누구나 홀로 선 나무

누구나 홀로 선 나무

조정래 산문집

문학동네

| 차례 |

1 이 어지러운 바람

2 나의 사랑 재면이

3 작가의 편지

1. 이 어지러운 바람

어디로 가고 있는가

영혼의 식민지

부질없는 잠꼬대

우리 찾기

어디로 가고 있는가

'언어가 정복당하면 그 민족은 멸망하고 소멸한다.'

이 말은 인류의 역사 속에서 진리가 되었다.

"서울에는 읽을 수는 있는데 뜻은 전혀 알 수 없는 간판들이 너무 많다."

만주에서 온 우리 동포들이 고개를 갸웃거리며 하는 말이다.

내가 만난 이들은 문인이거나 대학교수들이었다. 지식인들이 그런 형편이니 일반 동포들이 어떨지는 더 말할 것이 없다.

"그러시겠지요. 우리도 뜻을 모르고 그저 읽기만 하는 게 너무 많습니다."

나는 멋쩍게 대꾸할 수밖에 없었다. 그 무수한 간판들이 영어부터 시작해서 프랑스·이탈리아·독일어 심지어 일본어까지 뒤죽박죽이니 우리도 그 뜻을 다 알 수가 없다는 설명을 덧붙였다. 그러자 그들은 두 가지 점을 이해할 수 없어하며 안타까워했다.

어째서 정부에서는 무분별한 외국어의 남용을 규제하지 않는 것이며, 왜 또 사람들은 뜻도 모르는 간판들을 보는 불편을 겪으면서도 고치게 하지 못하느냐는 것이다. 그런데 외국어 간판들은 날이 가고 달이 갈수록 더욱 불어나고 있다. 어디 서울뿐인가. 시골 그 어느 곳에나 '가든'이라 이름 붙은 음식점들이 숱하고, 지리산이며 설악산 산골까지도 외국어 간판들은 넘쳐나고 있다.

어디 그뿐인가. 새로 생기는 잡지들마다 다투어 외국어 작명을 하고, 텔레비전은 말할 것도 없고 신문들의 지면에도 외국 글자 그대로 쓰기 시작했다. 그리고 문인들마저 작품 제목을 외국어로 붙이는 일이 늘어나고 있다.

이런 현상들은 '세계화'라는 구호가 생기고부터 부쩍 심해진 것이다. 그리고 그 구호와 함께 온 나라를 휩쓸고 있는 것이 영어 조기교육 바람이다. 그 거센 바람은 초등학교 학생에서 멈추지 않고 유치원생을 거쳐 그 아래 아이들까지 휘몰아대고 있다.

제 나라 말도 미처 익히지 못한 어린 혀로 영어를 지껄이게 하는 것은 억지고 성급함이다. 전문 언어학자들의 분석에 따르면 열두 살 이전에 두 가지 언어를 가르치면 언어체계에 혼란이 생겨 이 말도 저 말도 제대로 할 수 없게 된다고 한다.

이런 식으로 나가다 앞으로 십오 년쯤 뒤에 이 나라가 어찌 될까. 나는 글 쓰는 자료를 얻기 위해 아시아 여러 나라들을 여행하면서 놀란 사실이 두 가지가 있다. 첫째, 아시아에서 영어를 국어로 쓰는 나라가 뜻밖에도 많았다. 둘째, 일본사람들이 예상 밖으로 영어를 잘하지 못했던 점이다.

영어를 국어로 쓰는 아시아 국가들의 공통점은 식민 지배를 당한 것이었다. 그들은 독립을 했을망정 정신은 여전히 식민 지배를 당하고 있는 것이었고, 민족혼을 빼앗겨버린 셈이었다. 폭력보다 더 무섭게 인간을 지배하는 언어의 마력에 휘말린 그들은 몇백 년 뒤에 어떻게 변해 있을까.

일본 도쿄의 일류 호텔에서 만난 택시 운전사는 영어를 한마디도 할 줄 몰랐다. 또 텔레비전의 아나운서도 '호떼루' '닥구시'라고 발음하고 있었다. 그런데도 그들은 오늘의 경제대국을 이룩했다.

그들은 세계시장을 향해 영어를 비롯한 외국어들을 하되, 해야 할 필요가 있는 사람, 하고 싶어하는 사람들을 대상으로 집중적인 교육을 시킨다고 했다.

우리가 '세계화'의 필요를 느끼는 것은 시장을 상대로 더욱 잘살아보겠다는 욕구 때문이다. 그렇다고 유아들까지 영어학원에 보내는 전 국민적인 소란을 피워야 하는 것인가. 세계시장을 상대로 활동해야 하는 사람들은 전문성을 가진 일부이지 전 국민이 아니다. 국민은 교양 정도로 영어를 할 줄 알면 되는 것이고, 세계시장을 상대로 할 사람들은 따로 길러내야 한다.

지금처럼 무질서한 풍조는 엄청난 국력의 낭비인 동시에 국어를 얕보게 하고 국어를 망치게 부채질을 하는 것이며, 우리 민족의 장래마저 어둡게 만들 것이다. 또한 몇백 년 뒤에도 미국이 세계 최강국으로 군림하리라는 보장도 없다. 세계의 역사는 그 동안 강국으로 힘쓴 나라들이 누린 세월이 백년을 넘지 않았음을 보여준다.

우리 민족의 항구적인 생존과 삶을 위해서는 국어교육을 더 철저히 해야 하고, 민족의 역사교육에 더 시간을 바쳐야 한다. 민족의 존재 없는 세계화는 공허한 망상이고, 아무리 지구촌 시대가 열린다 해도 모든 민족의 해체란 있을 수 없는 일이기 때문이다.

(한겨레, 1996년 3월 3일자)

영혼의 식민지

하필이면 오늘이 제550돌 한글날이다. 이 공교로운 일치 앞에서 이런 글을 써야 하는 마음은 더욱 착잡하고 곤혹스럽다.

최근 이삼 년 동안에 우리 사회에서는 이상한 바람이 회오리치고 있다. 그건 다름아닌 영어를 배워야 한다는 바람이다. 온 사회를 정신없이 휩쓸고 있는 그 회오리바람은 해방 이후 그 어느 때보다 심한 것이 아닌가 싶다.

이 땅에 사회적으로 영어 바람이 분 것은, 해방이 되자마자 미군들이 38선 이남을 점령하면서부터였다. 그러나 그 바람은 눈치 빠르고 약삭빠른 지극히 일부의 사람들 사이에서 불었을 뿐이다. 그 일부의 사람들이란 급변한 상황 속에서 살아남으려는 친일파 부류들과, 새로운 상황을 이용해 출세해보려는 소수의 식자층이었다.

그리고 두번째로 일어난 영어 바람은 6·25라는 슬픈 전쟁과 함께였다. 모든 전쟁이 그렇듯 6·25도 어김없이 끔찍스러운 살육과 함께 그 후유증으로 배고픔과 추위를 걷잡을 수 없이 토해냈다. 그 배고픔과 추위는 총탄만큼 무자비하게 목숨을 위협했고, 아이들은 "할로,

할로, 기브 미 쪼코레토!"를 익히게 되었고, 저 벽촌의 아낙네들까지도 츄잉검을 질겅이며 "할로, 오케이"라는 말을 알아듣게 되었다.

6·25가 끝났지만 영어는 당연한 것처럼 교육적으로 강화되었고 사회적으로 위세를 펼쳤다. 그러나 안정을 찾아나가는 사회 분위기 속에서 그 영어 바람은 전쟁 때에 비해 한결 잦아들고 있었다. 그런데 일반인들과는 반대로 지식인들 사이에서는 영어 과용 현상이 벌어지고 있었다. 어느 분야든 학자들의 글에서는 영어가 범람하고 있었고, 일상의 대화에서 영어를 많이 섞어 써야 유식한 것처럼 유행바람이 불고 있었다. 그 유행과 함께 미국 유학이 선망의 대상이었고, 문학도 그런 소용돌이에서 헤어나지 못하고 있었다. 문학평론이란 평론들은 그 표기도 통일되지 않은 영어를 비롯한 외국어투성이였고, 아무나 써대는 수필은 말할 것도 없고 시와 소설에서도 외국어는 빈번하게 등장하고 있었다. 그런 현상은 1960년대를 거쳐 1970년대 초반까지 계속되었다.

그런데 1970년대 중반에 접어들면서부터 무분별한 외국어 남용이 초래한 사회적 폐해와 국어를 오염시킨 어리석음을 반성하고 부끄러움을 자각하는 기운이 일어나기 시작했다. 그 기운은 사회운동처럼 번져나가 이삼 년 사이에 실효를 나타내기 시작했다. 어느 유명한 문학평론가가 1960년대 중반에 쓴 수필 몇 편을 1970년대 중반에 다른 필자들과 함께 다시 책으로 묶으면서 외국어를 한글로 바꾸느라고 그 수필들이 빨간 볼펜 글씨 투성이가 된 일화가 그 좋은 예였다. 그 바람직한 자각행위는 1980년대를 거치면서 더욱 진지하게 실천되어, 한글이 탄생 이후 모처럼 제대로 대접받는 시대를 맞게 되었다.

그런데 그 시대도 오래 가지 못했다. 1990년대와 함께 경제개방의 물결이 밀려들면서 외국 상표들과 상품들이 범람하게 되고, 정권이 바뀌면서 '세계화'란 구호가 모든 분야를 휩쓸게 되면서 한글의 수난시대는 그 어느 때보다도 가혹하게 시작되었다.

세계화의 가장 큰 사회적 반응은 전 국민의 영어 잘하기로 나타났다. 위로는 모든 대기업의 감원대상 영순위로 영어 잘 못하는 사원들이 꼽혔고, 아래로는 유치원생들은 물론이고 그보다 더 어린 아이들까지 영어학원에 보내는 극성스런 바람이 휘몰아치기 시작했다. 그 걷잡을 수 없는 바람은 정부가 초등학교 3학년부터 영어 조기교육을 실시하겠다고 한 결정과 직결된 것이었다.

그런데 그 사회적 반응은 그것으로 그친 것이 아니었다. 최근 이삼년 사이에 뜻도 모를 영어 간판들이 거리마다 넘쳐나고, 새로 태어난 수십 종의 대중잡지 이름이 모두 영어고, 텔레비전 방송마다 영어 이름의 프로그램들이 부쩍 늘어나고, 심지어 신문사들마다 지면 표시를 영어로 하는 지경에 이르렀다.

그뿐이 아니다. 며칠 전에 어느 신문이 특집으로 보도한 것을 보면 유치원에 다닐 아이들이 유치원 대신 영어학원을 다니는데, 한 달 학원비가 칠십만원이라는 것이었다. 그러나 더 중대한 문제는 그 학원에서 교육 효과를 높이기 위해서 학원에 들어서서 나갈 때까지 영어만을 써야 하고, 아이들의 이름까지도 톰, 메리 하는 식으로 바꿔 부른다는 사실이었다.

그 기사를 읽는 순간 가슴이 섬뜩했다. 창씨개명을 강압하고, 조선말을 쓰면 체벌을 가했던 일제시대의 소학교와 다를 게 무엇인가 하는 생각이 퍼뜩 떠올랐던 것이다. 다른 것이 있다면 그때는 강압이었고 지금은 막대한 돈까지 내가며 우리가 솔선하고 있다는 점이다.

그리고 최근 우리나라 사람들이 영어공부를 위해 해외연수며 학원비 따위로 한 해에 쓰는 돈이 팔조원에 이르고 있다. 일억의 자금이 없어서 사업전망이 큰 중소기업들이 줄줄이 도산하고 있는 형편에 팔조원이라는 그 어마어마한 돈을 들여서 하는 영어공부의 효과는 과연 얼마나 나타나고 있는 것일까.

그런데 모국어를 익히려고 미국에서 온 한 여학생은 "왜 모든 사람들이 영어를 배우려고 그렇게 정신들이 없는지 도무지 이해할 수 없다"고 했다. 그리고 한국어를 배우려고 우리나라에 와 있는 데위 율리아나라는 외국 학생은 "좋은 한국말을 두고 왜 그렇게 외국어를 많이 쓰는지 모르겠다"고 비판했다.

언어는 인간을 지배한다. 영토를 빼앗긴 민족은 영토를 되찾을 수 있지만 말을 빼앗긴 민족은 스스로 소멸한다.

탈냉전의 지구촌 시대에 경제의 무한경쟁이 일어나고 있음을 인정한다. 그 전쟁에서 영어가 필수의 무기임도 인정한다. 또한 말을 할 수 없는 그 동안의 영어 교육이 잘못되었음도 인정한다. 그러나 지금과 같은 광란적 형태가 잘못되고 있다는 것도 인정해야 한다.

세계화는 특정 언어에 대한 사대주의 조장이 아니며 의식의 식민지화는 더구나 아니다. 세계화는 민족어의 경시와 훼손이 아니다. 세계화는 민족과 민족의식의 파괴가 아니다.

단세포적이고 우매한 대통령이 공청회 한 번도 없이 실행명령을 내린 것이 초등학교 4학년부터 영어 조기교육 실시였다. 그 결정 앞에서 기민하게 행동하기 시작한 것이 어린아이를 둔 젊은 부모들이었다. 그들의 약삭빠른 이기주의는 자기 아이들을 더 잘 가르칠 욕심으로 4학년이 되기 전에 거액을 들여 영어학원에 보내기 시작한 것이다. 그 이기주의 열풍은 그보다 더 어린 자식을 둔 부모들을 자극해 유치원 대신 영어학원으로 보내는 탐욕의 광풍으로 바뀌게 만들었다. 그 결과 한 해에 팔조원이 탕진되는 사회적 위기가 조성되었다. 언어 식민지를 넘어 영혼 식민지가 되기를 자초하고 있는 이 광란의 끝은 어찌 될 것인가. 이것이 반도민족의 고질병적 체질인가, 숙명적 비극인가.

(『문학사상』 1996년 11월호)

부질없는 잠꼬대

"한국에는 다시 오고 싶지 않다. 한국 사람들은 영어를 너무나 할
줄 모르기 때문이다."

인사동 길을 배경으로 어떤 미국 젊은이가 잔뜩 화가 난 얼굴로 거
침없이 하는 말이었다. 텔레비전 화면에는 그의 국적과 이름이 선명
하게 적혀 있었다. 그건 KBS 밤 아홉시 뉴스 시간이었다. 소파에 몸
을 부리고 있던 나는 상체를 벌떡 일으켰고, 다음 순간 십여 년 전에
보았던 한 장면이 선명하게 떠올랐다.

소설 『아리랑』을 쓰기 위해 중국으로 취재를 떠난 것이 1990년이
었다. 우리나라와 정식으로 국교가 트이지 않아서 그때 중국을 가려
면 바로 북경으로 가지 못하고 일단 홍콩으로 간 다음에 거기서 중국
비행기로 바꿔 타야 했다. 그리고 홍콩에서 출발하는 중국 비행기는
국내선이 아니라 국제선이었으므로 중국 입국수속을 북경이 아닌 천
진 공항에서 했다. 그 수속을 마치고 아까 타고 온 비행기를 다시 타
는데, 그때부터 그 비행기는 국내선이 되어 북경으로 날아갔다.

입국수속이 한창 진행되고 있는데 한쪽에서 갑자기 고함이 터져나

왔다. 그건 영어 욕설이었다. 너무 많이 들어온 "갓뎀"이었다.

사람들의 눈길이 일제히 그쪽으로 쏠렸다. 고함을 지르고 있는 것은 청바지 차림의 건장한 미국 남자였다. 그는 고함만 지르는 것이 아니었다. 고함에 따라 큼직한 손가방을 마구 걷어차고 있었다. 그때마다 지퍼가 열린 가방에서는 이런저런 물건들이 튀어나왔다.

"왜 당신들은 영어를 안 쓰는 거야. 영어로 말해, 영어로."

그 남자는 중국 세관원에게 삿대질을 하며 외쳤다.

그러나 중국 세관원은 무표정하게 중국말을 할 뿐이었다. 딱하게도 그 사나이는 중국 사람들 거의 전부가 미국말을 할 줄 모른다는 것을 모르고 있었다. 내가 한 달 동안 중국에 머무르면서 여러 계층의 사람들을 만나보았는데, 교수들도 러시아말은 곧잘 해도 영어는 할 줄 몰랐다.

중국에서는 자금성이나 이화원 같은 데 들어가는 입장료를, 외국인에 대해서는 자국민보다 싸게 받는 것이 아니라 네다섯 배나 더 받았다. 그건 개방이 얼마 안 되어 관광사업 수완이 미숙하기 때문일까? 그게 아니다. 너희들이 보고 싶으면 돈을 더 내라 하는 중국식 배짱이었다. 그런 그들의 자만심 강한 대국주의 배짱이, 미국과 수교를 한 지 꽤 되었다고 해서 세관원들에게 영어를 익히게 했을 리 없었다. 중국에 오고 싶으면 너희들이 중국말을 배워라. 이것이 중국 사람들의 느긋한 배포 아니었을 것인가.

입국수속을 끝내고 그 미국 사나이 옆을 지나치던 나는 멈칫했다. 공항 바닥에 흩어져 있는 그의 짐들 속에 있는 담배, 그것은 한국 담배였다. 그 사나이는 한국을 거쳐 중국에 왔음을 엿보여주고 있었다. 그가 자기 돈으로 그 담배를 산 것인지, 아니면 한국 사람 누군가가 사준 것인지는 상관할 바 아니다. 문제는 그가 한국에서 영어를 지껄이며 누렸던 편리를 중국에서도 똑같이 누리려고 하는 점이었다. 아니, 그는 중국 사람들이 당연히 영어를 할 줄 알아야 한다는 태도를 취하고 있었다.

그 사나이의 거침없는 태도와 KBS 텔레비전 화면에 나오고 있는 사나이의 태도는 어쩌면 그리도 빼박았는지 모를 일이었다. 그들이 그렇게 닮은 것은 세계 최강국 국민다운 모습이 아닐 수 없었다.

그런데 문제는 KBS 텔레비전이다. 미국인의 그런 모습을 방영하는 의도는 무엇인가.

국민들이여, 우리 어서 빨리 영어를 잘하도록 하자.

KBS는 이런 충동질을 노골적으로 해대고 있었다. KBS는 명색이 국영방송이다.

텔레비전 화면에서 맘껏 방자한 발언을 토해내고 있는 그 미국 젊은이는 추레한 입성에 배낭을 짊어지고 있었다. 그가 정식으로 여행사를 통해 들어온 관광객이 아니고 흔히 보는 배낭여행족임을 한눈에 알 수 있었다. 세계 어느 나라에서나, 특히 관광수입으로 먹고사는 나라들일수록 배낭족들을 달갑게 여기지 않는다. 말썽과 사고가 날 우려가 많은데다가 관광수입에 별로 도움이 안 되기 때문이다.

그런데 우리는 배낭족들이 뿌리는 푼돈도 긁어모아야 할 만큼 급한 사정이란 말인가. 그런 자들까지 아무런 불편을 느끼지 않도록 전 국민이 영어를 능통하게 하는 관광안내원이 되어야 한다는 것인가.

우리나라에도 세계적 경영망을 갖춘 여행사들이 수없이 많다. 한국을 여행하고 싶으면 돈 제대로 내고 그 여행사들을 통해서 들어오면 된다. 그러면 거기에는 영어 잘하는 사람들이 얼마든지 있으니까 아무런 불편 없이 여행을 즐길 수 있다.

의식이라고는 없이 국영방송이 전 국민의 관광안내원화에 나서고 있는 것이 우리의 현실이다. 이 몰지각함의 폐해는 벌써 곳곳에서 나타나고 있다. 영어공부에 적응하지 못한 어린아이들이 우울증과 자폐증을 일으켜 정신병원을 찾는 수가 날로 늘어나고 있다는 것이다. 또 한편에서는 영어를 잘하게 하려고 혀 수술을 시키는 바람이 일고 있다.

사람에게는 제각기 특기라는 것이 있다. 체육을 직업으로 삼을 만큼 운동 잘하는 사람이 따로 있고, 수학을 뛰어나게 잘하면서도 국어는 전혀 못하는 사람이 있는가 하면, 물리 화학에는 아무런 흥미가 없으면서도 글짓기를 빼어나게 잘하는 사람이 있다. 마찬가지로 어학에 남다른 재능을 타고난 사람들이 따로 있다. 영어는 그런 사람들을 가려 뽑아 국가적 차원에서 적극 지원하며 시켜야 한다.

중·고등학교 때부터 그런 특출한 학생들을 전 사회적으로 필요한 만큼 오십만이고 백만이고 뽑아 국비로 유학을 보내야 한다. 그리고 외국인을 상대로 해야 하는 모든 기업체에 필요한 인원을 배급하는 것이다. 그러면 각 기업들은 그들에게 들어간 국비를 나라에 연차적으로 갚고, 나라는 그 돈으로 새로운 인재를 키워내는 순환을 이룰 수 있다.

모든 대학들이 전공을 가리지 않고 일정 수준의 영어 실력을 갖추지 않으면 졸업을 시키지 않는 것을 자랑으로 삼기에 이르렀다. 그리고 모든 기업들이 영어 실력이 모자라는 사원부터 감원 대상으로 삼으면서 전 사원들에게 영어 잘하기를 강요하고 있다.

화가·성악가·연기자·문학가가 되고자 하는 학생들에게 토익 800점의 영어 실력이 왜 필요한가. 그 영어공부 하기 위해서 그들은 정작 자기들에게 필요하고, 하고 싶은 공부에 얼마나 큰 지장을 받고 있는가. 그리고 그들이 평생에 걸쳐 토익 800점의 영어 실력을 몇 차례나 써먹을 수 있을 것인가. 꼭 영어가 필요할 때가 오면 전문 통역사를 쓰면 된다. 이 나라에는 동시통역사라는 새로운 직종이 활기차게 움직이고 있다. 인터넷 시대니까 영어는 누구에게나 필수라는 주장도 있다. 그러나 어느 나라에서는 벌써 인터넷에서 세계 오십여 개 언어로 동시에 번역되는 시스템을 곧 완성하게 된다고 한다. 거기에 우리 한국어도 포함되어 있다.

기업체들도 마찬가지다. 외국 사람들을 빈번하게 상대해야 하는 무역회사라면 모르지만 국내 업무에 치중된 일반 기업의 사원들이 외국인을 상대로 업무처리할 일이 얼마나 되겠는가. 세계화라는 이상한 바람에 휩쓸려 하나같이 영어 잘하려고 혈안이 되어 있는 사회 분위기 속에서 턱없이 고통당하고 있는 월급쟁이들은 얼마나 많을 것인가.

굳이 세계화를 내세우지 않더라도 외국어 하나쯤 해서 나쁠 것은 없다. 그러나 그건 교양수준 정도만 갖추면 충분하다. 인생이란 단 한 차례의 기회일 뿐이며, 그다지 길지도 않다. 그런데 그 소중한 인생을 억지로 영어공부 하느라고 낭비하고, 또 학원비로 아까운 돈을 무작정 탕진하는 것은 얼마나 어리석고 비생산적인 일인가.

영어를 잘하게 하겠다고 자식의 혀를 수술시키는 오늘의 현실은 아무래도 정상이 아니다. 그렇게 해서 남들보다 출세를 하면 얼마나 하고, 편안하게 잘살면 얼마나 편케 잘살 것인가. 그보다 더한 이기심의 극치가 또 있을 수 있을까. 그 안면몰수한 이기심들은 당연한 것처럼 국어를 천시해 지금, 일제시대보다 더한 국어 수난의 시대가 되었다.

영어 잘하면서 넋도 얼도 없이 배부른 짐승으로 사는 게 나을까. 민족혼 담긴 국어와 역사를 잘 이해해가면서 사람답게 사는 게 나을까.

돈이 '살아 있는 신'으로 군림한 지 오래다. 수단과 방법을 가리지 않고 그 노예가 되기를 자청하고 나서는 시대다. 남보다 먼저 영어 잘하겠다고 정신없이 다투는 것이 그 한 예다. 그런 거센 물결 앞에서 나는 한갓 잠꼬대를 하고 있는지도 모른다.

우리 찾기

"……어쩌면 모든 사람들의 생김이 이렇게도 비슷할까. 똑같은 새까만 머리, 똑같이 광대뼈가 불거져 치붙은 피자파이 접시처럼 편편한 얼굴, 똑같이 가무잡잡한 안색, 흑판같이 시커먼 눈동자……"

이것이 오뤼크라는 미국 기자가 『롤링스톤』이라는 잡지에 '서울 브라더스'라는 제목으로 한국 사람들에 대해 쓴 글의 일부분이다.

철저한 백인 우월주의자로서 빼어나게 잘 쓴 글이다. 백인만이 신을 닮았다는 우월의식으로 바라본 한국 사람들의 얼굴은 그렇게 흉물스러웠을 것이다. 백인의 우월주의는 그들의 뼛속까지 박혀 있는 고질병이니까 탓하지 않을 수도 있다. 또 이 글은 한 개인의 편향된 시각이라고 의미를 축소할 수도 있다.

그러나 그는 단순한 개인으로 일기를 쓴 것이 아니라 기자라는 사회성을 가진 직업인으로 대중잡지에 공개적으로 글을 썼다. 그리고 특히 기자의 글이란 그 사회의 보편적 정서와 인식에 맞추어 씌어진다는 사실에 주목하지 않을 수 없다. 또한 이 글이 1950년대에 씌어진 것이 아니고 1988년에 씌어졌다는 사실이다.

1950년대라면 인종차별 문제가 세계적인 비판의 대상이 안 되었을 때고, 한국에 대한 인식도 낮아 그렇게 비하하고 천시할 수도 있으리라고 이해할 수 있을지 모른다. 그러나 1988년의 시점은, 인종차별이란 인간이 저질러서는 안 되는 최고의 악덕이라는 인식이 세계적으로 보편화되어 있다. 그리고 한국과 미국은 '우방'이라는 이름으로 삼십 년이 넘게 국가관계를 맺어왔다. 그런데도 미국 기자는 그런 글을 서슴없이 쓰고 있고, 미국 잡지는 그런 글을 태연하게 싣고 있다.

그 기자의 글은 계속된다.

"안경알에 김 서리게 하는 김치 숨결, 목구멍을 타게 하는 김치 트림, 그리고 바지를 찢는 듯한 고약한 김치 방귀……"

생김새를 지나 한국인의 주식의 하나인 김치에 대해서 시비를 걸고 있다. 발효식품인 김치가 얼마나 영양가 높고 천연 유산균이 많이 함유된 과학적 식품인지를 전혀 모르는 그의 무지를 가엾게 여겨 탓하지 않는 게 좋을까.

오륄크 기자는 자기네 백인들한테서는 버터와 치즈를 먹고 풍겨대는 속 뒤집히는 노린내가 안 나는 줄 아는 위인이다. 그리고 백인들의 방귀는 고약하지 않고 향기로운가. 고기를 많이 먹고 뀌는 방귀가 채소를 많이 먹고 뀌는 방귀보다 훨씬 더 고약하다는 것은 이미 과학적으로 입증되어 있다. 그리고 그는 백인들은 전혀 방귀를 뀌지 않는 척하고 있는데, 이 세상 사람들은 남녀노소 가릴 것 없이 하루에 스무 번 정도씩 방귀를 뀌어 가스를 배출해야만 생존을 유지할 수 있는 존재라는 기초 상식도 모르고 있다.

그가 글을 쓴 방식대로 백인이나 미국인들에 대해 흉을 보거나 험담을 하자면 그에 못지않게 할 수 있다. 그러나 그와 똑같이 천박해질 수 없어 삼가기로 한다.

"명동 성당에서 터지는 최루탄 가스를 피해 콜록거리며 내가 명동 입구에서 만난 몇 사람은 내가 묻는 말에는 답하지 않고 '한국의 민주주의에 대해 어떻게 생각하느냐'고 자기네들 말만 되풀이해서 물어댔다. 아마도 그들이 할 수 있는 영어라고는 고작해야 그것뿐인 것 같았다."

오뤌크의 자만과 우월의식은 이 대목에서 절정을 이루고 있다. 그는 자기가 불편을 느끼지 않도록 영어를 잘해야 하는 것이 마치 한국 사람들의 의무인 것처럼 말하고 있다.

그는 왜 최루탄 터지는 명동 성당에 갔을까? 거기서 그는 무엇을 보려 했던 것일까? 그곳은 군부독재에 저항하는 시위현장이었다. 그곳의 시위대나 그 주변 사람들에게 가장 절박한 것은 '민주주의 쟁취'였다. 그래서 그들은 외국 기자, 그것도 미국 기자에게 그런 질문을 하며 자기들의 절박한 진정성을 알리고 다소나마 어떤 도움이 되는 글을 써주기를 기대했을 것이다. 그런데 오뤌크는 기자로서 그 핵심에는 관심이 없었다.

그는 최루탄 가스를 마시면서도 "당신들은 왜 그렇게 피자파이 접시처럼 편편하게 못생겼냐?" "당신들은 왜 김치를 먹어 그렇게 고약한 방귀를 뀌느냐?" 하고 물었을까. 미국의 기자들도 그 자질이나 수준이 천층만층일 테니까 그만 접어두기로 하자.

문제는 미국이나 미국 사람들이 우리를 어떻게 보고 있는가가 아니라 우리가 미국을 어떻게 보아야 할 것인가를 다시 생각해야 한다는 점이다. 우리는 그 동안 정치 지배층의 정치적 필요에 따라 미국을 우리의 '우방'이라고 표현하는 말에 만족하지 못하고 '맹방'으로 강조하고, 그것도 부족하여 '혈맹'이라고까지 역설해왔다. 그에 발맞추기라도 하듯이 우리는 미제 물건이면 그야말로 사족을 못 쓰고 좋아했으며, '아메리칸 드림'이란 말이 나올 정도로 그 땅을 향해 무조건적 환상과 열등감을 가져왔다. 미국 땅에서 소수민족에게 자행되는 가지가지 인종차별이 끊임없이 신문에 보도되고 있다. 물론 유색인종에 대한 백인들의 차별은 미국에서만 벌어지고 있는 것이 아니다. 정도의 차이만 있을 뿐 프랑스에서도 영국에서도 독일에서도 계속 벌어지고 있다.

피부색깔로 인간을 차별하는 것, 그것처럼 야비하고 야만적인 행위가 없다는 것은 이미 세계적으로 인식되어 있다. 백인들이 그들의 순수혈통을 아무리 지켜도 아프리카에서 15대(450년) 정도 살면 그들도 흑인이 된다는 것은 이미 입증된 사실이다. 피부색깔이란 인간의 힘으로는 어찌할 수 없는 자연환경의 결정물이다. 각 인종의 생김새며 고유한 음식 또한 그렇다. 그러나 그런 기본적 인식은 관념일 뿐 인종차별은 세계 도처에서 갈등의 불씨가 되고 있다.

그런데 우리의 문제는 먼저 지식인들에게 있다. 인종차별이 엄연한데도 그것을 거론하면 꽤나 많은 지식인들은 시대착오적인 발상이라며 그 실체를 부인하려고 든다. 그런데 그들 대부분이 백인들의 나라에서 공부하고 온 유학파이다. 그들은 마치 자기네가 그 나라 사람인 것 같은 착각에 빠져 그 백인들을 편들고 나서기 예사다. 그건 백인 우월감에 오염된 일종의 정신이상이다. 그런 증상에 중독된 지식인들이 뜻밖에도 많은 것이 우리의 비극이다. 지식인들의 그런 맹목적 추종은 그들이 쓰는 글과 언행에 그대로 드러나고, 그 영향은 그들의 제자와 대중들에게 급속하게 파급된다.

우리는 이제 전후의 가난에서 벗어나 살 만큼 되었다. 경제력에 걸맞도록 미국에 대한 맹목적인 환상에서도 벗어나야 하며, 서구에 대한 무조건적인 열등감도 떼쳐내고 우리의 자존을 회복해야 한다. 그러지 않고서는 새로운 오뤼크는 끝없이 생겨난다. 일종차별 의식이란 일방적인 것이면서 상대적인 면도 있기 때문이다.

미국 비자를 받으려고 미 대사관의 담벽을 따라 우리가 눈비를 맞으며, 여름의 뙤약볕 속에서, 겨울의 설한풍 속에서 기나긴 줄을 선 것이 몇십 년인가. 미국은 구원을 썻고 베트남과 수교를 했다. 그리고 한국에서처럼 자기네 대사관 앞에다 베트남 사람들을 줄 세웠다. 그러자 베트남 신문들이 그 사실을 보도했고, 잇달아 베트남 정부는 신속하게 대응했다.

"당신들이 뭔데 우리 베트남 국민들을 땡볕 아래 줄 세우느냐."

미 대사관이 당한 추궁이었다.

그리고 며칠 만에 그 줄은 없어졌다. 미 대사관에서 다급하게 대기실을 지은 것이다.

인종차별은 이렇기도 한 것이다.

2. 나의 사랑 재면이

내 안에 살아 계신 아버지

　대학생이 된 아들이 어느 날 밤 열두시가 넘어도 들어오지 않았다. 나는 그때부터 신경이 쓰여 아내에게 이것저것 묻기 시작했다.

　늦는다고 했느냐, 무슨 일이 있다더냐, 왜 이리 늦느냐. 이런 추궁성 물음에 아내는 아무것도 아는 것이 없었다. 그런데 아들은 새벽 한시가 다 되도록 들어오지 않았다. 불길한 생각이 자꾸 신경을 자극했고, 나는 화를 내기 시작했다. 그래서 나는 더 심하게 아내를 채근했다.

　자식을 어떻게 단속하는 것이냐, 늦어지면 전화라도 하게 가르쳤어야 할 게 아니냐, 에미 노릇 제대로 하는 거냐. 나는 그저 아내 타박하기에 바빴다. 자식 걱정에 애가 달아 있는데다 내 추궁까지 당하면서 아내는 당혹스러워했다.

　아들은 새벽 한시 반쯤 술에 취해 들어왔다. 나는 안심을 하고 곧 안방으로 들어가 잠자리에 들었다. 그런데 한참 있다가 아들 방에서 돌아온 아내는 어이없어했다.

　"아니, 이게 뭐예요? 들어오면 곧 날벼락을 칠 것 같더니 어찌 그리 태평해요? 나만 죄인 다루듯 해놓고……"

"무사하면 됐지."

아내는 나의 그런 앞뒤 안 맞는 행동에 약간 어이없어하는 한편으로 의아해했다. 그때 나는 내가 생전의 아버지와 똑같이 행동했다는 사실에 놀라고 있었다. 그리고 아내의 모습은 바로 어머니의 모습이었다.

그래서 나는 아내에게 아버지의 이야기를 들려주었다. 아버지는 자식들이 밤늦게까지 돌아오지 않으면 어머니를 좀 심하다 싶게 닦달했다. 그러다가 정작 자식들이 무사하게 귀가하면 일언반구 꾸지람을 하지 않았다. 자식들은 아버지가 얼마나 화가 났었는지를 어머니와 다른 형제들을 통해서 알게 되었다. 그건 아버지의 엄함이면서 관대함이었고 간접 훈도방법이었다.

나는 아버지가 돌아가시고 몇 년 후에 내가 아버지의 그 훈도방법을 고스란히 이어받고 있음을 뒤늦게 발견하게 되었다. 아버지는 돌아가셨으되 그렇듯 내 속에 살아 계셨던 것이다.

아들에게 너무 엄하게 한다고 불평하는 아내가 그 관대한 훈도방법을 이해하고 환영한 것은 물론이었다.

"평생 호강을 하고 살지는 못했어도 마음고생을 하고 살지는 않았다."

이것은 어머니의 말이다. 이 말은 주색잡기라곤 해본 일이 없는 아버지와 한평생을 산 어머니의 긍지요 자랑이다.

우리 집안은 사남 사녀 팔남매다. 네 아들 중 나는 둘째고, 막내가 이미 마흔을 넘었다. 그런데 지금까지 그 누구도 주색잡기로 집안을 어지럽게 한 일이 없다. 아버지는 생전에 너무 엄해 자식들이 마음놓고 이야기를 할 수 없을 정도였다. 그렇다고 무슨 일을 강압하지도 않았다. 아버지는 당신의 생활을 통해 자식들이 보고 배우게 했다.

"자식들은 부모를 그대로 보배운다."

이건 아버지가 부끄러운 흉거리를 만들어내는 남의 집들을 보면서 자주 한 말이다.

자식들이 밤늦게 들어올 때마다 아버지가 보였던 성화는 지금도 우리 자식들에게 우스운 이야깃거리다. 나는 삼십 년쯤 후에 내가 내 아들 속에서 아버지처럼 살아 있기를 바라고 있다.

(동아일보, 1994년 7월 20일자)

아들과 떠난 여행

　　나는 자식이라고는 아들 하나밖에 없다. 옛말로 손이 귀해서가 아
니라 인위적으로 하나만 두기로 했던 것이다. 그건 국가에서 많은 돈
들여 벌여온 산아제한 정책에 호응해서가 아니었다. 문학이라는 것
을 하면서 많은 자식을 키워낼 자신이 없었던 것이고, 사남 사녀나
되는 내 형제들과 가난 속에서 부대끼고 다투며 살아온 것이 끔찍스
러웠던 것이다.

　　아들 하나만을 갖게 된 나의 단호한 결정은 좋았다. 그러나 그 결
정이 일방적이었다는 것은 아들이 차츰 커가면서 확인되고 확대되기
시작했다. 아이가 외로움을 탔고, 형제가 있는 아이들을 부러워했고,
초등학교에 들어가서도 인형을 손에서 떼지 못했으며, 더 나이가 들
어가면서 내성적으로 변해갔던 것이다. 아이는 그런 환경에 처한 것
만이 아니었다.

　　나는 또하나의 시행착오를 범하고 있었다. 아들이 하나밖에 없으
니까 강하게 키워야 한다는 생각으로 엄격주의와 아울러 매의 훈도
를 내세우고 있었던 것이다. 그래서 잔정을 표시하는 일이라고는 없

었고, 웃는 얼굴에 칭찬보다는 엄한 얼굴에 꾸지람이 훨씬 많았고, 내 기준으로 큰 잘못을 저질렀다고 생각하면 장딴지에 피멍이 들도록 매질을 하면서도 절대로 소리내어 울지를 못하게 했다.

나의 시행착오는 거기서 끝나지 않았다. 우리 부부는 함께 글을 쓰는 직업을 갖다보니 언제나 내외간에 대화하는 시간이 대부분이었다. 그러다보니 아이는 나이를 먹어가면서도 인형과 이야기를 해야 하는 외톨이가 될 수밖에 없었다. 거기다가 나는 소설이라는 긴 글을 쓰는 처지라서 아들과 이야기를 나누는 시간은 더 줄어들 수밖에 없었다.

아이가 중학생이 되면서부터 나의 그런 시행착오가 객관적으로 지적되기 시작했다. 해마다 바뀌는 담임선생들의 공통된 지적은 아이를 너무 엄하고 무섭게 키우는 것이 아니냐는 것이었다. 아이가 학교 생활에서도 얼마나 기죽고 겁먹고 있으면 그런 지적이 일치되었을 것인가.

나는 아내의 근심스러운 일깨움으로, 아들이 무슨 일인가를 제 뜻으로 하려 하다가도 내가 묻기라도 하면 그냥 얼버무리며 얼른 제 뜻을 꺾고, 친구들과 무슨 약속을 했다가도 내가 한마디만 하면 당황해서 계획을 취소해버리고 한다는 것을 알게 되었다. 아내는 내가 공포 분위기를 조성한다고 타박하고 안타까워하는 것이었다. 나는 엄한 아버지가 아니라 공포의 대상이 되어 있었던 것이다.

아들은 거의 말이 없는 아이로 중학교를 마치고 고등학생이 되었다. 그런데 어느 날 제 어머니한테 한마디 하더라는 것이다. 아빠는 자기를 사랑하지 않고 아무 관심도 없다고. 나는 그 말을 전해듣고 암담해졌다. 나는 내 삶의 어느 일부가 실패했다는 착잡함과 함께 나를 반성하지 않을 수가 없었다. 아들의 말을 뒤집으면, 나는 아빠를 사랑하지 않으며 아무 관심도 없다는 뜻이었던 것이다.

나는 이런 중간결과에 도달하기 위해 엄격주의를 앞세우고 매의 훈도를 실천했던 것이 아니었다. 성인으로서의 일차 판단력을 형성할 수 있는 고등학교 1학년의 아들에게 나는 공포의 대상일 뿐 버려진 아버지였던 것이다. 나는 참담한 기분으로 아내와 의논을 한 끝에 아들과 단둘이 여행을 떠나기로 했다. 소년기의 교육은 완전 실패로 돌리고, 청년기의 교육을 새로 시작하자는 것이었다. 그건 끊어진 부자지간의 끈을 잇는 일부터 시작되어야 했다. 여행을 통해서 그 일을 이루자는 것이었다.

여행 계획을 말했을 때 아들은 전혀 반가워하지 않았다. 마지못해 고개를 끄덕일 뿐이었는데, 그 얼굴은 어색하고도 떨떠름했다.

1989년 1월 중순, 나는 대하소설인 『태백산맥(太白山脈)』을 쓰느라고 일분 일초가 아깝고 초조한 시간 중에서 사흘을 떼내 속초로 여행길을 떠났다. 나를 따라나선 아들의 심정은 어떠했을까. 또, 아들은 이박 삼일 동안 끌려다니며 무슨 소리를 듣게 되리라고 예상했을까.

나는 아들이 예상하고 예측하고 상상하고 있을 언행은 단 하나도 하지 않기로 작정하고 있었다. 그래서 사흘 동안 나는 공부에 대해서, 앞으로 진학에 대해서, 그리고 그 어떠한 훈계조의 말도 단 한마디 하지 않고 사흘을 보냈다. 차창 밖의 경치 이야기를 했고, 제일 값비싼 생선을 골라 회를 시켜 먹였고, 이틀 밤을 제가 좋아하는 영화를 골라 보였고, 텔레비전도 애국가가 나올 때까지 보게 했고, 겨울비가 오기에 일부러 우산을 한 개만 사서 등 감싸안고 받쳐주었고, 비바람 몰아치는 경포대 바다를 둘이 꼭 붙어서서 삼십 분 정도 바라보았고, 호텔 커피숍에 마주 앉아 바다의 거친 파도와 경포 호수의 잔잔한 물결에 대해서 이야기를 나누었다.

그런데 사흘째 되는 날 이변이 일어났다. 대관령을 넘어오는데 멀미가 너무 심했으니 돌아갈 때는 다른 길로 갔으면 좋겠다는 아들의 의견이었다. 그전 같았으면 혼자 참아내고 말지 그런 말을 할 아들이 아니었다. 나는 무슨 보석이라도 얻은 듯 기쁘고 반가웠다. 그건 내가 잇고자 하는 끈이 이어졌음의 확인이었던 것이다.

나는 흔쾌하게 아들의 의견을 받아들여 비 내리는 동해안 도로를 따라 대구로 내려와 서울로 돌아왔다. 그리고, 대학생이 되면 읽히려 했던 『태백산맥』에 '사랑하는 아들 도현이에게'라고 써서 주었다.

그뒤로 아들은 제 어머니에게 여행의 사흘 동안을 몇 번이고 이야기하더라는 것이다. 변화는 그뿐만이 아니다. 내가 밤늦게까지 글을 쓰고 있으면 물잔이나 먹을 것을 가지고 들어오게 되었다. 그리고 몇 매나 썼는지 힐끗 보고 나가고는 하는 것이다. 그 묵직한 정 표시에 나는 가슴이 시리며 글 쓰는 고달픔도 잠시 잊고는 했다.

내가 『태백산맥』을 다 마치고 4부의 앞에다 쓴 작가의 말에 굳이 '아들 도현이'라고 이름을 밝힌 것은 주책없이 아들을 자랑하자는 것이 아니라 긴 글 쓴다고 그 동안 저지른 나의 잘못을 사과하는 뜻인 동시에 내 사랑을 아들에게 확실히 나타내고자 함이었다.

모든 청소년의 비행이 기성세대의 잘못이듯 모든 자식들의 문제는 부모의 잘못임을 나는 너무 늦게 깨달았던 것이다.

(『샘터』1990년 2월호)

나의 사랑 재면이

"엄마, 빨리 어른 되고 싶어요."

"왜?"

"빨리 커서 전기 켜게요."

이건 생후 이십오 개월 팔 일째 되는 날 손자 재면이가 한 말이다. 아직 발음도 똑똑하게 내지 못하면서.

그런 며느리의 말을 듣고 나와 아내는 그만 어리둥절해졌다. 도무지 믿을 수 없는 일이었다. 며느리도 재면이의 갑작스러운 그 말에 너무 놀랐다고 하면서 고개를 내둘렀다.

그런데 퍼즐게임을 하고 있던 손자가 그 사실을 입증이라도 하려는 듯이 불현듯 일어나 식탁 쪽으로 걸어가며 말했다.

"하비, 빨리 어른 되고 싶어요. 전기불 켜게."

까치발을 한 손자는 팔을 한껏 뻗쳐 벽에 붙은 전기 스위치를 잡으려 하고 있었다. 그런데 그 손끝은 한 뼘 가량 낮았다.

"아이고, 저놈, 저놈……"

나는 나도 모르게 상체가 뒤로 다 넘어가도록 자지러지는 탄복을

하고 있었고,

"세상에, 우리 재면이가 다 컸구나. 할머니가 못 따라가겠다. 누가 들으면 거짓말이라고 하겠다."

아내도 행복이 넘쳐흐르는 얼굴로 감탄하며 손자를 얼싸안으려 하고 있었다.

손자는 날마다 나와 아내를 깜짝깜짝 놀라게 하고 있다. 며칠 전에는 어느 식당에 갔는데 녀석이 갑자기 "내가 젤 좋아하는 노래다" 하는 것이었다. 나는 내 귀를 의심하며 아내를 멀뚱히 쳐다보았고, 아내도 놀라기는 마찬가지였다. 아들과 며느리는 아무렇지도 않은 듯 웃기만 했다.

손자는 태어나서 줄곧 음악을 들으면서 컸다. 특히 잠들 때면 꼭 음악을 틀어주었다. 돌이 지나면서부터는 배경음악과 함께 동화책을 읽어주어야 잠이 든다. 그 식당에서 흘러나오고 있는 음악은 그 동안에 들어온 것들 중의 하나라고 했다. 그러나 나는 그 음악이 어떤 것인지 알 수가 없었다. 다만 손자가 기특하고 대견하고, 으스러지게 끌어안고 싶은 사랑스러움으로 가슴이 환한 빛으로 일렁이고 있었다.

가정을 이루어온 사람이면 누구나 육십 고개 어름에서 손자를 보게 된다. 그건 그저 평범한 인생살이 과정에 지나지 않는다. 그러나 그 범상한 일이 개개인의 현실이 되면 할아버지와 할머니에게는 '특별한 사건'이 된다. 나와 아내에게도 손자가 태어난 것은 예상보다도 훨씬 더 기쁘고 행복 넘치는 특별한 사건이었다.

손자 재면이는 이 세상에 와도 참으로 공교롭고도 신비스럽게 왔다. 재면이는 2000년 9월 29일 오전 열시 이십구분에 태어났다. 그날은 소설 『아리랑』의 발원무대인 김제시에서 '아리랑 문학비' 제막식을 하는 날이었다. 나는 김제를 향해 달리는 버스 안에서 그 소식을 듣고 나도 모르게 환호성을 올렸다. 그때까지 휴대폰을 쓸 줄 몰라서 거꾸로 드는 실수를 하면서. 손자는 태어나면서부터 나를 그렇게 들뜨게 하는 주책없는 할아버지로 만들었다.

그뒤로 재면이는 건강하게 자라나면서 날마다 나와 아내가 바다 같고 하늘 같은 웃음을 흔쾌하게 웃을 수 있게 해주었다. 나는 『한강』을 연재하느라고 일분 일초를 다투는 생활을 하면서도 오후의 산보 시간을 두 배로 늘렸다. 날마다 손자를 보지 않고는 견딜 수 없었기 때문이다. 그러나, 꼭 나날이 달라지는 모습을 보고 싶고, 지향 없이 품어보고 싶은 마음 때문에 그런 것만은 아니었다. 어린아이들은 여러 사람의 사랑을 많이 받을수록 정서가 안정되고 건강하게 자란다는 육아지침에 따라 할아버지와 할머니의 몫을 다하려 했던 마음도 컸다.

나는 날마다 손자를 유심히 살피고 어루만지고 안아주면서 큰 아쉬움을 가지고 있었다. 하루하루 달라져가는 손자의 육아일기를 쓸 수 없어서였다. 소설을 쓰고 있지 않았더라면 나는 신비스럽게 변화해가는 손자의 모습을 맘껏 썼을 것이다. 그러나 소설을 쓰는 동안에는 짤막한 일기도 쓸 수 없는 형편이니 육아일기를 쓸 엄두를 낼 수가 없었다.

손자 재면이는 하늘이 우리 내외에게 보내준 가장 크고 가장 소중한 선물이다. 사람의 만병을 예방하는 명약은 날마다 한 차례씩 흔쾌하고 흡족하게 웃는 것이라고 현대의학은 진단하고 있다. 그래서 세계 도처에서 웃기 클럽이 성행하고 있다. 그러나 나는 굳이 그런 모임에 들어갈 필요가 없다. 손자 재면이가 바로 끝없이 샘솟는 웃음주머니이기 때문이다. 나와 아내는 손자를 보기만 해도 벙글벙글 웃기 시작해서, 앙증스럽고 영특한 재롱을 보면서는 흐드러지다 못해 자지러지도록 맘껏 웃어대고, 둘이만 있을 때도 재면이 이야기를 하면서 웃음꽃을 피운다. 그러면서 서로 확인한다. 세상의 무슨 일이 우리를 이렇게 즐겁게 웃게 하겠느냐고.

사람이 산다는 것은 늙어가는 것인지도 모른다. 그리고 늙는다는 것은 모든 것을 차츰차츰 상실해간다는 의미일 것이다. 그래서 늙음은 그늘지고 우울하고 적막하고 서글프다. 그런 노년을 갑자기 찬란한 꽃이 만발하게 하고, 푸르른 싹들이 파릇파릇 돋게 하고, 눈부신 햇살이 반짝반짝 넘치게 하는 것이 손자의 탄생이다. 그건 어쩌면 하늘이 모든 노년 인생들에게 마지막으로 보내는 위로인지도 모른다.

세상사를 바라보면서 웃을 일이 전혀 없는 나의 삭막한 가슴은 손자를 보면서 꽃들이 만발한 꽃밭이 되었고, 새싹 싱그럽게 돋는 넓은 초원이 되었고, 눈부신 햇살이 가득 넘치는 하늘이 되었다. 그런 선물을 받을 수 있는데 어찌 늙는다는 것이 아쉽고 쓸쓸하기만 하랴. 늙는 것도 값진 것이다.

손자를 본 다음에 크게 깨달은 것이 자연질서의 숭엄함이다. 폭포수가 쏟아지듯이 손자를 향해서 주체할 수 없도록 쏟아져내리는 할아버지의 사랑, 그건 인간의 소산이 아니었다. 그건 우주가 지배하는 힘이었다. 나는 내 몸에서 그런 사랑이 폭발하고 용솟음치리라고는 손자가 태어나기 직전까지 전혀 예기치 못했다. 그런데 손자에게 편안한 잠자리가 되어주려고 허리에 파스를 발라야 될 지경으로 오래 안고 있는 나를 보면서 나 스스로도 놀란다. 나도 모르게 저절로 그렇게 되는 그 헌신성은 바로 내 몸 속에 잠재되어왔던 종족보존의 본능이 마침내 발화하는 것이었다. 우주의 힘이 그렇게도 강한 것인가를 거듭거듭 확인하면서 나는 그 숭엄한 아름다움에 복종의 무릎을 꿇는다.

할아버지를 또박또박 발음하는 것이 귀찮아서 '하비', 해버리는 재면이 녀석은 할아버지보다 할머니가 더 좋다고 하고, 할머니보다는 엄마가 더 좋다고 한다. 그런데, 엄마가 최고봉이어야 하는데 그렇지 않다. 더 좋아하는 사람이 있다. 아버지? 천만의 말씀이다. 녀석은 맹랑하게도 탤런트 장나라를 엄마 위에 올려놓고 있다. 그 많은 젊은 탤런트들 중에서 뽑은 것이 장나라다. 너무 빨리 온 녀석의 사춘기를 보면서 온 식구가 또 한바탕 웃어댔다.

재면아, 사랑하는 재면아, 건강하고 슬기롭게 자라거라.

빈손

무소유—그것을 곱게 늙은 승려가 말할 때는 그지없이 큰 아름다움이지만 어떤 유명한 사람이 달변으로 말하면 아무 실감 없는 관념이나 말장난이 된다.

빈손으로 살기—그건 위대한 가르침이다. 인간의 본능 중의 하나인 욕심을 떼쳐낼 수 없을수록, 자본주의가 기세를 떨칠수록 그 가르침은 지고하다.

그러나 아무도 완벽하게 실행할 수가 없어 그 가르침은 높고 높아지다가 결국은 박제된 언어가 된다.

내가 가고 없을 세상

아들 내외가 신혼여행에서 돌아와 올리는 큰절을 받고 나는 시아버지로서 몇 가지 훈계를 시작했다. 그건 며느리를 한집안 식구로 맞아들이면서 어느 시아버지나 거쳐야 하는 절차인 셈이었다.

나는 대여섯 가지를 일렀는데, 그 첫번째가 아무리 사소한 것이라고 해도 거짓말을 하지 말 것, 두번째가 모든 물건은 낭비하지 말고 절약할 것이며 재활용할 수 있는 것은 철저하게 재활용하라는 것이었다.

나는 대여섯 가지를 그냥 나열하는 식으로 끝내지 않았다. 긴 소설을 쓰는 사람답게 한 가지마다 부연설명을 했는데, 그 내용이 마치 강연을 하거나 세미나장에서 논문을 발표하는 것처럼 자못 진지하고 엄숙했다.

모든 물건은 절약하고 재활용할 수 있는 것은 철저하게 재활용하라는 것은 단순히 집안살림을 알뜰하게 하라는 것만이 아니다. 왜 소비는 미덕이지만 낭비는 악덕이라고 했겠느냐. 낭비는 곧 이 세상 전체에 피해를 주기 때문이다. 우리가 좀 잘살게 되어 물자가 흔해지자 그 누구나 무신경하게 낭비하는 것이 세상 풍조가 되었다. 크리넥스 한 장만 예로 들어보자. 애들 콧물을 닦아줄 때도, 입을 훔칠 때도, 손끝에 고추장이 조금 묻었을 때도, 심지어 물방울 하나가 떨어졌을 때도 누구나 거침없이 크리넥스를 한 장씩 톡톡 뽑아 쓱 훔치고는 휴지통에 버려버린다. 그런 사소한 일에는 크리넥스 한 장이 아니라 절반, 또는 그 절반으로 잘라서 써도 충분한데도 말이다.

모든 종이가 그렇듯이 크리넥스는 무엇으로 만들어지느냐. 나무 아니냐. 종이가 두껍고 질이 좋을수록 나무는 많이 필요하게 된다. 그런데 나무는 무한정 있는 것이냐. 그건 한정된 자원이다. 또, 나무는 무엇이냐. 인간에게 없어서는 안 될 산소 공급원이고, 지구의 공기를 정화시키는 청소부다. 그래서 열대 밀림지대를 지구의 허파라고 하는 것 아니냐. 그런데 몇 년 전부터 그 밀림지대들이 파괴되어간다고 세계적인 문젯거리가 되고 있다. 왜냐하면 전 세계적인 소비생활의 확대로 종이 낭비가 심해지고, 종이회사들은 당장 눈앞의 돈벌이에 신바람이 나서 밀림의 나무들을 마구잡이로 베어내기 때문이다.

세계적인 공업화로 무수한 공장들은 유독 가스를 뿜어내고, 자동차를 비롯한 온갖 문명의 이기들은 계속 공해를 일으키고, 인구는 줄기차게 늘어나면서 지구의 오염은 날로 심해져가는데 나무들을 그렇게 마구 잘라내면 결국 인간들은 어떻게 되겠느냐. 나무는 하루아침에 자라는 것이 아니지 않느냐. 풀꽃 한 송이에도 우주의 섭리가 담겨 있듯이 하찮게 여기는 종이 한 장에도 인류와 지구의 미래가 걸려 있다. 세계인 모두가 그런 자각으로 일상생활에서 종이 한 장씩이라도 아껴 쓰면 한정된 지구 자원의 낭비를 막을 수 있고, 또 세계적 공해를 줄일 수 있는 이중삼중의 효과를 볼 수 있다.

그래서 나는 크리넥스 대신 두루마리 휴지를 주로 쓰고, 책들을 부쳐오는 두껍고 큰 봉투를 반드시 재활용하고 있다. 그 봉투를 잘 뜯어 모아두었다가 내 책을 선물할 때 다시 쓴다. 낭비하는 사람들 따로 있고 환경단체들 따로 있는 것이 아니다. 자아, 보아라.

나는 굳이 서재로 가서 수십 장의 책봉투들을 꺼내다가 며느리에게 보여주었다. 그 봉투들은 두 번이 아니라 네 번을 써도 좋을 만큼 두껍고 질겼다. 그것만이 아니다. 나는 출판사에서 책을 묶어가지고 오는 비닐끈도 내다 보여주었다. 오래오래 썩지 않아 공해품목의 첫 번째로 꼽히는 비닐제품의 생산을 줄이는 데는 소비자들의 철저한 재활용이 가장 효과적인 방법이다.

며느리는 속으로 골치 아픈 시아버지 만났다고 했을지 모른다. 그러나 곧 내 말을 실천으로 옮겼다. 크리넥스를 절반씩 잘라 사용했고, 나와 아내의 생일날 선물을 사올 때면 그 포장지와 끈이 재활용품이었다. 그리고 선물의 부피가 클 때는 서로 다른 끈이 세 가지가 연결되어 있기도 했다. 그럴 때면 내 치하가 흔쾌해지는 것은 더 말할 것도 없다.

내가 오래 전부터 환경문제에 신경을 써오는 것은 그것이 인류의 생존과 직결되어 있기 때문이다. 우리는 흔히 이 세상에서 가장 흔한 것이 물이라고 생각하고 있다. 그런데 세계보건기구와 유엔의 발표에 의하면 앞으로 십 년 후에는 세계의 삼십억 명 이상이 물 부족 현상을 겪게 될 거라고 한다. 그 나라들 중에 우리나라 대한민국도 들어 있다. 옛 어른들은 '물도 아껴 써야 복 받는다'고 가르쳤다. 그분들은 물도 한정된 자원임을 이미 파악하고 있었던 것이다.

우리가 식수를 따로 사먹고, 학생들이 책가방에 식수병을 넣고 다니는 것은 예사가 되었다. 그건 수돗물에 대한 불신 때문에 몇 년 사이에 생긴 현상이다. 수돗물이 마시면 위험한 물로 두려움의 대상이

된 이유는 무엇인가. 그건 우리들 모두가 방심하고 오염을 일으킨 탓이다.

흔히 21세기를 '문화의 세기'라고 하지만 그건 환상적 기대에 지나지 않는다. 어쩌면 21세기는 그 어느 세기보다 인류의 생존을 위협받는 세기가 될지도 모른다. 왜냐하면 세 가지 위험이 인간들을 노리고 있기 때문이다. 첫째, 강대국들이 무한정한 무기 경쟁을 일삼고 있고, 둘째, 지구 온난화와 함께 환경오염은 날로 심해져가고 있고, 셋째, 과잉생산을 부추기는 성장 제일주의의 자본주의는 방자한 독주를 멈추지 않고 있는 것이다.

그런 문제들은 인간의 진정한 노력으로 얼마든지 슬기롭게 해결할 수 있다. 그러나 당장 눈앞의 이익에 급급하는 국가 이기주의의 벽 앞에서 그 길은 혼미하기만 하다. 인간이란, 배가 침몰하고 있는 것도 모른 채 제 먹을 것을 서로 많이 가지려고 다투는 쥐새끼들과 다를 것이 없는 존재일까. 손자의 해맑은 눈동자를 들여다보면서 내가 가고 없을 세상에 대한 시름이 깊어진다.

슬픈 연극

　고속도로 휴게소에서 커피 한 잔을 마시며 무심코 걷다가 문득 걸음을 멈추었다. 넓은 주차장에 차들이 많고 많은데, 유난히 눈에 띄는 차가 있었다. 대형차 중에서도 유별나게 생긴 그 차는 닭장차였다.

　가느다란 쇠창살을 친 닭장들이 차곡차곡 쌓여 올라가 있는데, 얼핏 보아도 그것은 이십층이 넘었다. 그런데 그 닭장들의 높이는 닭들이 자유롭게 고개를 들 수 없을 정도로 낮았다. 그런 닭장 안에 닭들은 움직일 수 없을 지경으로 가득가득 갇혀 있었다. 수송 효과를 극대화시킨 닭장들이었다.

　그 가혹한 수용소에서 몇백 마리인지 모를 닭들은 연상 울어대고 있었다. 그런데 그 울음소리에는 닭다운 생기가 없었다. 그러고 보니 털이 성한 닭이 거의 보이지 않았다. 배 부분의 털이 빠져 맨살이 드러난 닭들이 아주 많았고, 어떤 것들은 목덜미 털이 빠졌는가 하면, 두 날개가 처져내리는 놈들도 많았다. 그리고, 모두 흰색인 털은 윤기라고는 없이 하나같이 지저분하고 때 절어 있었다. 내 어린 시절에 넓은 닭장이나 터밭에서 보았던 닭들이 아니었다.

햇살 눈부신 화창한 봄날이라서 그 닭들의 꼴은 더 초라해 보였는지 모른다. 울긋불긋한 나들이 옷들을 입은 사람들의 모습과는 퍽 대조적이었다. 닭들은 그 비좁은 닭장 속의 답답함을 면해보려는 듯 서로 쇠창살 밖으로 고개를 내밀려고 다투고 있었다.

담배를 피우며 운전자가 차에 올랐고, 닭장차는 더 왁자해진 닭들의 울음을 남기고 떠나갔다. 어느 사람 많은 도시로 실려가고 있는 닭들을 나는 망연히 바라보았다. 내 뇌리에는 어린 날의 기억 한 장면이 선하게 떠오르고 있었다.

치자꽃처럼 하얗지만 크기는 그 절반밖에 안 되는 앙증맞은 꽃들이 화창하고 포근한 봄볕 속에 무리지어 피어 있었다. 울타리를 이루며 꽃물결을 짓고 있는 그 꽃은 탱자꽃이었다. 그 탱자나무 울타리를 따라 암팡지게 생긴 암탉이 듬직한 엉덩이를 흔들며 느릿느릿 걸음을 옮기다가 한바탕씩 땅을 헤집어 파고는 했다. 그 뒤를 예닐곱 마리의 병아리들이 종종거리며 따라가기도 하고, 삐약거리며 쪼르르 달려가기도 했다. 병아리들이 서로 시합하듯 쉴새없이 삐약삐약하는 그 소리는 어찌나 맑고 고운지 종달새 소리가 무색할 만큼 싱그러운 봄노래였다.

병아리들이 서로 다투어 쪼르르 달려가는 것은 암탉이 한바탕씩 땅을 헤집어 판 다음이었다. 서로 앞서려고 삐약거리며 몰려간 병아리들은 새로 파헤쳐진 땅에 주둥이를 대고 먹이를 쪼아대기에 정신없이 바빴다. 그러다가 어떤 놈들은 지렁이 한 마리를 서로 양쪽에서 물고 싸움판을 벌이기도 했다. 서로 먹이를 뺏으려는 그 싸움은 한치의 양보도 없이 맹렬하고도 치열했다.

어떤 놈은 큰 지렁이를 삼키느라고 목을 뺀 채 뺑뺑이를 돌며 애를 썼고, 어떤 놈은 지렁이를 물고 다른 놈들이 덤비는 것을 피해 제 어미의 반대쪽으로 줄행랑을 치고 있었고, 어떤 놈은 어미닭이 새로 파헤친 곳으로 너무 빨리 달려가다가 넘어져 뒹굴어지거나 코방아를 찧기도 했고, 뒤따라오던 놈이 거기에 부딪쳐 넘어지며 두어 바퀴 또르르 구르기도 했다. 그럴 때면 삐약거리는 소리는 더 유난스러워졌다. 그러나 그 병아리들은 금방 몸을 일으켜 다시 기를 쓰고 달려가고는 했다.

포근한 햇볕 도타운 봄날이면 텃밭에서 으레 볼 수 있었던 생기 넘치는 광경이었다. 그러나 그런 봄철의 아름다움이 사라진 지 오래되었다.

대량생산과 대량소비는 공산품에 국한된 것이 아니다. 급속한 사회형태의 변화는 닭들마저 가축으로 건강하게 크는 것을 막고 닭공장인 대형 양계장에 갇히도록 바꾸어놓았다.

양계장의 닭장이라고 해서 수송용 닭장과 별로 다를 것이 없다. 운동을 많이 하면 살이 빨리 오르지 않는다고 해서, 양계장의 닭장들은 잔인할 정도로 낮고 비좁다. 그건 생명 있는 것이 살 수 있는 집이 아니라 감옥이다. 그런데 닭들은 움직임만 통제당하는 것이 아니다. 싱싱한 먹거리인 지렁이나 굼벵이, 메뚜기 같은 것은 전혀 맛보지 못한 채 성장을 촉진하는 인공사료만을 먹어야 한다. 어디 그뿐인가. 병드는 것을 막기 위해 항생제도 먹어야 한다. 이윤 추구를 앞세운 상혼 앞에서 닭들은 이미 생명 있는 존재가 아니라 오로지 상품일 뿐이다.

그런데 닭들이 먹은 항생제가 사람의 몸에 피해를 준다고 해서 언제부턴가 옛날처럼 놓아 먹인 닭이 인기를 끌기 시작했다. 이러나저러나 인간의 이기심을 드러낸 슬픈 연극인 것은 마찬가지다.

닭만 그렇게 수난의 삶을 사는 게 아니라 돼지나 소도 다를 것이 없다. 모든 가축들이 아무리 잡아먹기 위해서 기르는 것이라고는 하지만 살아 있는 동안만큼은 생명답게 자연적인 건강과 활기를 누리며 살 권리가 있는 것이 아닐까. 눈 부릅뜬 이윤 추구 앞에서 다 부질없는 소리겠지만, 닭장차 속에서 겹겹이 쌓여 학대받고 있는 닭들의 가엾은 모습은 오래 잊혀지지 않았다. 그건 닭들에 대한 연민이 아니라 인간의 잔혹함에 대한 두려움이었다.

삶

누구나
홀로
선
나무.
그러나 서로가 뻗친 가지가 어깨동무 되어 숲을 이루어가는 것.

황혼기 인생

꽃비를 맞으면 가슴 설레는데 낙엽비를 맞으면 우수에 젖어든다. 그 어인 일인가. 꽃비를 맞으면 웃음 벙그는데 낙엽비를 맞으면 눈물이 나려 한다. 그 어인 일인가.

그건 이십대 때의 감성만이 아니다. 육십 고개에 첫발을 내딛고서도 그 느낌에는 변함이 없다. 나이를 먹은 건 몸이지 마음은 나이를 먹지 않았다는 것인가.

그러나…… 그럴 리가 없다. 손자가 깨물어 먹고 싶도록 예쁘고, 눈에 넣어도 안 아프게 예쁘다는 말이 무슨 말인지 비로소 깊게 실감하는 것, 그게 늙은이의 마음 아니고 무엇인가. 어찌 마음인들 나이를 먹지 않으랴. 다만 자연의 품 안에서 자연의 소산인 감성이 세월을 넘어서 녹슬지 않는 것이 아닌가. 그러니 나이를 먹지 않는 건 자연뿐이다.

낙엽지는 것이 어디 나무뿐이랴. 인간의 육신도 세월의 물결 따라 부분부분 낙엽진다. 늘기만 하고 줄 줄 모르는 주름살이 그러하고, 희어지고 빠지면서 민둥산을 드러내는 머리카락이 그러하다.

나이를 먹으면서 늙어간다는 것, 그건 꼭 허망이거나 서글픔이 아니다. 늙은 모습만큼 깨달음이 늘어간다면 그 세월 또한 소중하고 알뜰한 것이다.

감추어지지 않는 늙은 모습으로 젊음을 탐하는 것처럼 추한 것도 없다. 흩날리는 낙엽을 밟으며 황혼의 인생을 고즈넉하게 바라볼 수 있는 여유, 그것이 낙엽비보다 더 아름다운 노년의 모습이 아닐까 싶다.

만해 한용운과 단재 신채호

최근 ㄷ신문사에서 신상기록 카드를 보내왔다. 이것저것 기록해야 할 사항들이 꽤나 복잡하게 많았는데, 그중에 '존경하는 인물' 을 적는 난이 있었다. 나는 망설이거나 주저할 것 없이 두 분의 이름을 정성스럽게 적었다.

만해 한용운, 단재 신채호.

일제 36년 동안 독립투쟁에 몸 바치신 분들은 수없이 많다. 그런데 한용운 선생과 신채호 선생은 단연 우뚝한 쌍벽이었고, 가장 튼튼한 두 기둥이었다. 투쟁의 치열함에 있어서나, 줄기참에 있어서나, 죽음을 선택한 장렬함과 비장함에 있어서나 두 분은 민족사의 하늘에 뜬 가장 큰 별일 것이다.

만해 선생과 단재 선생은 독립투사라는 점 외에도 유사한 점이 많다. 만해 선생은 승려였고 시인이었으며 논술가였다. 또한 단재 선생은 역사가였고 문필가이며 논객이었다. 그리고 고향이 같은 충청도였다. 그러나 그 무엇보다도 동일한 점은 그 어떤 경우에도 휘거나 꺾일 줄 모르는 투철하고 강인한 의지를 한평생 지녔던 사실이다.

그런데 한 가지 다른 점이 있다. 두 분이 독립투쟁지를 다르게 선택한 것이었다. 만해 선생은 국내를 지키고 단재 선생은 국외에서 투쟁해, 두 분은 결국 국내외를 대표하는 두 기둥이 된 것이다.

만해 선생은 동학농민군으로 나섰던 십대 후반부터 벌써 정의로운 삶을 살고자 하는 의인의 풍모를 갖추고 있었다. 나라를 빼앗기게 되자 승려의 몸으로 만주 일대를 관찰하면서 독립투사의 길로 들어섰다. 그후 3·1운동의 민족대표 한 사람으로 독립선언문의 의미를 응축시킨 「공약삼장」을 짓고, 고문 앞에서 두려워하고 나약해지는 민족대표들을 꾸짖고 격려하며 끝끝내 굴복하지 않은 유일한 사람이 되었고, 승려들로 비밀결사 '만당'을 조직하는 한편으로 신간회 같은 사회운동에도 지속적으로 참여하고, 일제의 온갖 회유와 협박에 저항하며 지명인사들의 변절을 막으려 애썼고, 세월의 흐름에 따라 민족대표들이 하나하나 흔들리고 허물어지는 비애 속에서 마지막까지 꿋꿋하고 억센 소나무였고, 수시로 젊은이나 학생들이 찾아오면 쌀값이든 장작값이든 탈탈 털어 쥐여 보내고 나서 밥 굶고 냉돌에 떨며 늙어가는 몸을 아랑곳하지 않았고, 전쟁이 심해지며 배급제가 실시되자 만해 선생은 동적계에 이름을 올리지 않았다. 그건 창씨개명을 거부했던 것처럼 배급 타먹기를 거부하는 것이었다. 곡식이란 곡식은 완전 통제되는 상황 속에서 그건 곧 굶어 죽는 일이었다. 총독부의 꼴이 보기 싫어 총독부를 등지고 앉은 심우장에서 만해 선생은 굶고 굶어 마침내 세상을 떠나고 말았다. 배급 타먹기를 거부하고 굶어서 죽은 것, 그것은 요새 말로 하면 단식투쟁이고, 그 시절의 말로 하면 아사투쟁이었다. 중풍을 앓고 있던 몸에 곡기마저 끊어버린 그때가 해방을 일 년 삼 개월 남겨놓은 1944년 5월 8일이었다.

좀 치사하고 더럽더라도 배급을 타먹으며 버텨야 했을 게 아니냐고 안타까워할 수도 있고, 좀더 심하게는 융통성이라고는 없는 외고집의 어리석음이라고 비판할 수도 있다. 그러나 그건 바로 기회주의자들의 현실주의 논리이고 순응주의 괴변인 것이다.

길이 아니면 가지를 않고, 정의가 아니면 손을 잡지 않았던 독립투사 만해가 마지막에 그런 결연함과 단호함을 보이지 않았더라면 지금 우리는 그를 '만해 선생'이라 받들며 머리 숙이지 않았을 것이 분명하다.

꼿꼿하고 단단하기가 만해 선생 못지않았던 단재 선생도 그 죽음을 맵고 맑고 뜨겁게 했다. 여순감옥은 겨울이면 영하 삼사십 도가 되는 혹한이었다. 왜놈들은 그 혹한 속에서 떨고 있는 단재 선생 앞에 전향서를 내밀며 지장을 찍으라고 했다. 지장만 누르면 당장 출감시켜주겠다는 회유고 유혹이었다. 그러나 단재 선생은 그 유혹을 끝끝내 뿌리쳐가며 십 년형 중에서 팔 년을 살고 옥사하고 말았다. 그때가 1936년 2월 18일이었다.

단재 선생의 비문을 만해 선생이 썼다. 그게 우연의 일일 것인가.

만해 선생과 단재 선생이 우리의 민족사 위에서 부활의 영생을 누리는 것은 나약하고 비겁한 우리들이 만든 우리들의 자랑이고 영광이다.

(『만해새얼』, 1996년)

타고난 예인

—작가 오영수

  평생 단편소설을, 깔끔하고 단아한 단편소설들을 짓기에 전념한 작가가 오영수 선생이다. 어쩌면 인생이란 간추려놓고 보면 단편소설 같은 것이라고 인식한 때문인지도 모른다. 아니면, 선생의 단정하고도 선적(禪的)인 성품 탓이었는지도 모른다.

  선생은 늘 과묵했고, 부드러웠다. 그러나 작품 쓰는 데는 그 누가 따르기 어렵게 치열했고 자기 학대적이었다. 작품들 편편이 감탄스러운 묘사를 품고 있는 것은 바로 그 열정의 소산이다. 시적으로 응축된 절묘한 묘사들은 고뇌에 찬 영혼이 극점에 다다라 잉태해낸 것임을 느끼게 하고, 그런 느낌은 선생 특유의 감동으로 이어진다.

  언어를 최대한 절제하면서 서사적 감동을 탄생시키는 소설쓰기 ― 그것은 자기 살을 깎아내는 산고의 고통을 수반하지 않고는 안 될 일이다. 그 자기 학대적 치열성으로 선생은 두 번이나 위를 잘라내야 하는 대수술을 받았다. 위궤양이 심해져 위천공이 되었기 때문이다. 위궤양은 요즘 말로 하면 스트레스 때문에 생기는 병이다. 다시 말하면 선생은 치열한 작가혼으로 끝없는 스트레스를 받아야 했고, 그 스트레스는 위벽이 헐어내리게 했고, 그래도 멈추지 않는 창작열은 갈수록 스트레스를 가중시켜 끝내는 위벽에 구멍을 내고 만 것이다.

한번 위를 잘라냈으면 대부분의 작가들은 겁질려 거기서 붓을 멈추거나 의식이 느슨해지기 십상일 것이다. 그러나 선생은 전혀 물러섬이 없이 줄기차게 창작에 몰두했다. 그러다가 몇 년 못 가 또 대수술을 받았다.

"이번에는 위를 거의 다 잘랐다더군. 허나 그건 별문제가 아닌데, 수혈을 너무 많이 한 것이 좀 신경 쓰여. 내 몸의 피가 남의 피로 채워질 정도로 출혈을 많이 했다는데, 그리 되면 머리에는 어떤 영향이 없을지 좀 걱정이 되거든."

회복이 덜 된 몸으로 선생이 하신 말씀이었다.

선생이 '머리'를 걱정한 것은 혹시 작품 쓰는 데 지장이 있지 않을까 하는 우려였다. 선생은 그렇게 오로지 글 쓰는 일에만 몰두해 사셨고, 위가 거의 없어진 몸으로 오영수 문학의 탑을 쌓아올리다가 끝내 생의 문을 닫았다.

선생은 자신의 문학에 엄했던 만큼 제자들의 글을 보아주는 데도 엄하기 그지없었다. 한 줄의 문장이 잘못되면 그 다음은 더 읽지 않는 엄정함으로 제자들을 회초리질해댔다. 그때는 야속해 않은 제자들이 없었지만, 그 가혹한 수련이 큰길을 열어준 것임을 제자들은 세월이 한참 흐른 뒤에 깨닫고는 했다. 그리고, 선생은 당신의 순수하고 고아한 성품처럼 제자도 많이 두지 않았다. 어떤 작가가 문단의 권력을 형성하기 위해서 중대 병력의 제자들을 양산해내고 있었던 것과는 좋은 대조를 이루었다.

소설보다 먼저 그림에 눈떠 그림 솜씨가 빼어났던 선생은 붓글씨 또한 일품이었다. 그리고 어느 날, 흥이 일면 켰던 만돌린의 경쾌하면서도 슬픔 깃든 선율―선생은 어찌할 수 없이 타고난 예인이었다. 전후의 가난이 선생을 억누르지 않았더라면…… 선생이 떠나시고 없는 오늘 그 안타까움이 더욱 가슴을 아프게 한다.

정의로운 사람 지키고 사랑하기

진실을 아는 것은 두렵다. 그러나 진실을 진실이라고 말하는 것은 더욱 두렵다. 왜냐하면 인간 세상에는 정의보다는 불의가 더 횡행하고, 어느 국가 어느 사회에나 자기네 이익을 도모하기 위해 예사로 불의를 저지르는 여러 형태의 집단들이 있기 때문이다.

최근에 이민을 가고 싶어하는 사람들이 부쩍 늘어나고 있다고 한다. 이미 이민을 떠났던 사람들이 되돌아오는 역이민현상이 일어나고 있는 상황에 기이한 일이 아닐 수 없다. 그러나 그건 분명한 이유가 있는 슬픈 현상이다. 우리 모두가 보고 겪은 정치 부패와 재벌 타락에서 받은 환멸과 불신을 해소하고 보상받을 길 없는 절망감이 우리 사회를 뒤덮고 있다. 그 막다른 절망감이 차라리 이 나라를 떠나버리고 싶다는 사회심리로 표출된 것이다.

그러나 우리가 혼탁하고 어지러운 인간세상에 환멸하고 절망하면서도 그래도 한줄기 빛을 찾는 것은 소수의 의로운 인간이 있기 때문이다. 물고기가 맑은 물을 찾아 거센 물줄기를 치올라가듯이 세상에는 올바른 사회정의를 실현하기 위해서 옳은 것은 옳다고 말하면서 자기 희생을 무릅쓰는 소수의 사람들이 있다. 지금 우리가 두 눈 똑바로 뜨고 발견해야 할 그 소수의 사람 중의 하나가 방희선 전 판사가 아닐까 싶다.

그는 구속영장이 기각된 혐의자를 일방적으로 인신구속하고 있는 경찰행위의 불법성을 고발한 최초의 판사가 되었다. 그 사건으로 그는 임기 전에 한직으로 밀려나는 등 온갖 불이익을 당하다가 끝내는 재임용에서 탈락되어 법복을 벗어야 했다. 올바른 그의 법복을 벗긴 사람들이 현직 판사 노릇을 하고 있다.

그의 장함은 자기에게 미칠 손해를 빤히 알면서도 비겁하게 타협하거나 굴복하지 않고 법의 정의와 사회정의를 위해 끝끝내 싸우다가 희생당했다는 점이다.

그런데 그가 계란으로 바위 치기와 똑같은 법조계와의 싸움을 혼자 벌이는 동안 느껴야 했을 외로움보다 더 큰 고통은, 그를 '사회부적응자' '다혈질' '성격이상자' '돈키호테' 같은 말로 비웃고 모함한 일일 것이다. 그건 어느 시대 어느 사회에서나 다수를 이루는 비겁자, 기회주의자, 야합자들이 소수의 정의로운 사람들을 제거하고 매장시키기 위해서 즐겨 쓰던 무기였다.

방희선 전 판사는 법복을 벗고 이제 변호사가 되었다. 그리고 그는 『가지 않으면 길은 없다』는 한 권의 책을 냈다. 사법부의 비리를 폭로하고 있는 이 책은 아직도 그가 정의로운 싸움을 멈추지 않았음을 보여준다. 정의로운 한 사람을 지키고 사랑하는 것은 바른 사회를 원하는 우리 모두의 소임이다.

(『좋은 생각』 1997년 8월호)

정치

가담해서는 안 되는 대상.
줄곧
감시 · 감독해야 되는 대상.

정치가란 강도 없는데 다리를 놓겠다고 하는 자들이다.
— 후루시초프

3. 작가의 편지

이상선군에게

　깊은 겨울 눈 소식과 함께 찾아온 이군의 독후감을 반가운 마음으로 잘 읽었다. 지금까지 받아본 독자들의 편지 중에서 가장 나이 어린 독자는 『아리랑』의 독자로, 여중생이었다. 그런데 마침내 이군이 그 기록을 깨고 말았다. 작가로서 여중생의 편지를 받고도 놀랐는데, 초등학교 5학년인 이군의 독후감을 받고 내 놀라움이 얼마나 컸는지 상선군이 상상해보아라. 더구나 독후감이 그렇게도 길었으니.

　한 권도 아니고 열두 권이나 되는 긴 소설을 11권까지 읽고, 권마다 독후감을 써나가다니, 참으로 대견하고 장하다. 그리고 독후감을 뒤로 갈수록 눈에 띄게 잘 쓰고 있으니, 그 발전이 기특하고 갸륵하구나. 긴 소설을 읽어내는 인내력과 그 내용을 파악하고 자기 생각을 차분하게 표현해내는 문장력이 이군의 꿈인 좋은 판사가 될 수 있는 밑거름인 것을 의심치 않는다. 아무쪼록 좋은 책들을 많이 읽고 공부도 열심히 해서, 가난하고 억울한 사람들의 편에 서는 정의로운 판사가 되는 꿈을 꼭 성취하기 바란다. 이 사회는 이군과 같은 꿈을 지닌 청소년들을 끝없이 필요로 하고 있다.

이군의 독후감은 나에게 작가로서의 기쁨과 보람을 느끼게 했다. 그리고 다음 작품을 잘 쓰게 하는 위안과 격려도 되었다. 『아리랑』을 다 읽고 나서 『태백산맥』도 읽겠다니, 그저 할말을 잃는다. 나는 새로운 소설을 쓰느라고 늘 바빠 독자들의 편지에 일일이 답장을 하지 못하는 결례를 범하고 있다. 그런데 이군의 독후감을 받고는 답장을 쓰지 않을 수 없었다.

초등학교 5학년에게 그 긴 소설을 사주시는 이군의 아버님도 예사 분은 아니신 것 같다. 그런 아버님을 높게 받드는 아들이 되어라.

가족들의 건강과 가정에 평안이 깃들이기를 바라며 이만 맺는다.

1998년 1월 20일

정동준님에게

꽃비가 내리고 있습니다. 포근하고 도타운 햇살 속에서 날마다 숨 막히게 꽃비가 내리고 있습니다. 벚꽃잎들이 낱낱이 흩어져 날리는 그 자욱한 모습을 보고 있노라면 가슴 저리도록 아름다운 것은 슬픈 그 무엇인지도 모른다는 생각이 듭니다.

그런 계절감에 어울리지 않도록 귀하의 편지는 육중하고 진지한 내용을 담고 있습니다. 어쩌면 무겁고 딱딱한 것일 수도 있는 귀하의 질문내용은 긴 답을 해야 하는 것일 수도 있습니다. 그래서 답장해야 하는 문제를 몇 번 망설이며 생각했습니다. 그러나, 귀하가 묻고 있는 것이 귀하처럼 문학을 본격적으로 하고 있는 사람들은 더 말할 것 없고, 일반 독자들도 의문을 갖게 되거나 알고 싶어하는 문제라 답장을 쓰기로 한 것입니다.

귀하는 소설에서 왜 꼭 역사·사회의식이 필요한 것인지를 묻고 있습니다. 또한, 역사의식이 강한 소설이 역사기록과 어떻게 다른지를 알고 싶어했습니다. 그 물음은 소설의 창작과 이해에 대한 근본적이고 본질적인 문제이면서, 그 답이 꽤나 길 수밖에 없는 문제입니다.

그 대답에 포함시켜 우리가 먼저 이해해야 할 것이 있습니다. 역사는 무엇이고, 소설은 무엇인가 하는 점입니다.

역사는 무엇일까요? 그건 '인생은 무엇일까' 하는 물음에 대한 응답처럼 대답하기가 용이하지 않습니다. 인생이 무엇인지를 규명하려는 철학책은 무수하게 많습니다. 그러나 수학문제를 푸는 것처럼 그 답이 명확하게 찾아지지 않았습니다. 그와 마찬가지로 역사에 대해서도 수많은 학자들이 책을 내놓았습니다만 그 정의가 명쾌하게 내려지지 않았습니다. 그것이 자연과학과 다른 인문학의 난해성이고 모호성이며 매력이기도 할 것입니다. 그 미궁을 따라 새롭게 길을 떠나는 것, 그것이 인문학의 숙제이고 흡입력인지도 모릅니다.

그러나, 저는 역사나 문학에 대해서 저 나름으로 한마디로 요약, 압축하고자 합니다.

역사란 우리 인간들의 삶 자체입니다. 그리고 기록을 통해서 그 모습을 형성하게 됩니다. 따라서 기록을 얻지 못하면 우리의 삶은 역사라는 형체를 갖지 못하고 세월 속에서 풍화해 자취가 없어지고 맙니다. 문자가 없던 시절의 삶이 아무런 구체성 없이 설화나 전설로 아득해져 있는 것이 그것을 잘 입증하고 있습니다.

문학도 한마디로 압축하자면 우리 인생사의 희노애락을 쓰는 것이라 할 수 있습니다. 특히 소설은 인생사를 구체적으로 쓰는 '이야기'이되, 문학성을 지닌 이야기라 할 것입니다. 여기서 문학성이라고 하는 것은 영원성을 가진 진실과 감동을 내포하는 것을 말하며, 그것은 '예술성'이라는 말로 바꾸어도 좋을 것입니다.

우리는 먼저 '인간'이라는 단어를 주목할 필요가 있습니다. '사람 인(人)'자의 형상을 보십시오. 서로 받치고 기대고 있습니다. 그 글자에는 '너와 나' '서로서로' '더불어' '함께' '같이' 등의 의미가 들어 있습니다. 그 글자는 단수가 아니라 복수를 나타내고 있다는 겁니다. 인간은 홀로 살 수 없는 존재라는 그 심오한 뜻에 따르듯 인간들은 오래고 긴 역사를 통해서 '사회'를 이루어왔습니다. 그 사회가 커지고 복잡해짐에 따라 국가를 형성하게 되고, 그 조직을 효율적으로 운영하기 위해서 법과 질서를 만들었습니다. 그런데 국가가 형성되면 국민들은 필연적으로 지배층과 피지배층으로 나뉘게 되고, 지배층의 권력행사는 그 속성상 사회적 갈등과 모순을 낳지 않을 수 없게 됩니다.

인간이란 존재가 갖는 여러 가지 본능 중의 하나인 이기성에 의해, 어느 시대의 지배층이든지 권력을 행사하면서 사회적 갈등과 모순을 일으키지 않은 때는 없었습니다. 또한 지배층에 비해 월등하게 수가 많은 피지배층은 그 갈등과 모순을 언제까지고 방치하지 않았습니다. 다수의 힘으로 그 문제점을 해결하려고 봉기하고는 했습니다. 그러므로 인류의 역사란 지배층과 피지배층의 끝없는 싸움이라고 할 수 있습니다. 그 비인간적인 갈등과 모순을 해결하기 위하여 인간들이 중지를 모아 만들어낸 발명품이 이념이고 이데올로기입니다.

그러나 인간이 애초에 불완전한 존재이기 때문에 완벽한 이데올로기란 있을 수 없었습니다. 인류의 긴 역사에서 여러 가지 이데올로기들이 계속적으로 생성과 소멸을 반복해온 것이 그 좋은 증거입니다. 그러므로 그 어느 시대, 어떤 체제 아래서도 완벽한 이데올로기란 있을 수 없습니다. 다만 인간의 이성이 완벽을 향해서 노력할 뿐이겠지요.

인간사회가 끊임없이 배태하고 있는 갈등과 모순을 한마디로 하면 '비인간적'인 문제들입니다. 이 대목에서 앞에 이야기한 소설의 정의를 환기해주시기 바랍니다. 소설은 인간의 이야기를 쓰되, 영원성을 가진 진실과 감동을 그려내야 한다고 했습니다. 그러므로 작가는 인간의 사회를 외면할 수 없고, 그 사회를 직시하게 되면 모든 갈등과 모순을 보지 않을 수 없을 것입니다. 그 비인간적인 문제들을 인간적인 진실로 쓰려고 하는 인식, 그것을 사회의식이라고 할 수 있습니다. 그리고 그 시야를 더 확대해서 역사 속에 은폐되어 있거나 감추어져 있는 진실을 찾아내는 것, 그리고 앞으로의 역사를 진실되게 하려는 노력, 그것을 합해 역사의식이라고 할 것입니다.

소설이 확보해야 하는 '영원성을 가진 진실'이란, 인간이 인간으로서 인간답게 살아야 하는 천부적 권리를 방해하거나 억압하는 비인간적인 것들을 끊임없이 밝혀내고 없애려고 하는 의지이고 노력입니다. 그러므로 작가란 이 세상의 모든 비인간적인 것에 저항하지 않으면 안 됩니다. 왜 일찍이 작가들을 '인류의 스승이며, 그 시대의 산소'라고 했겠습니까. 그 과분한 칭송은, 앞선 작가들이 그들이 살았던 시대의 모든 비인간적인 것들에 저항하며 인간의 역사를 바르게 이끌려고 노력했기 때문이며, 그 지평 위에서 새로운 작가들에게도 그 소임을 다하기를 바라는 사회적 기대라고 할 수 있습니다. 그러므로 남다르게 치열한 역사의식이나 사회의식은 소설가가 기본적으로 갖추어야 할 조건일 수밖에 없습니다.

흔히 소설은 재미있어야 한다고 말합니다. 또는, 소설은 꼭 사회적인 것만 쓰는 것이 아니라고도 합니다. 그거 옳은 말입니다. 물론 소설은 재미있어야 합니다. 그러나 재미가 소설의 전부는 아닙니다. 다만 재미는 소설의 여러 가지 요소들 중에 한 가지입니다. 지나치게 재미를 의식하며 쓰다가 소설을 망치기 예사고, 재미에 치중한 소설들이 오래 남기도 어렵습니다. 그리고 더 중요한 사실은, 역사·사회의식이 뚜렷한 소설이라고 해서 재미가 없는 것이 아닙니다. 작가의 능력과 노력에 따라 얼마든지 재미있게 쓸 수 있습니다.

그리고, 소설은 얼마든지 다양하게 쓸 수 있습니다. 작가들의 생김이 다 다른 것처럼 소설도 다양할 수밖에 없습니다. 다만 소설이 인간의 수많은 발명품들 중에 하나로, 왜 인간이 필요로 하는가 하는 점을 잊지 않으면 바른 소설의 길이 보일 것입니다.

귀하는 역사의식이 강한 소설과 역사기록이 어떻게 다른지를 묻고 있습니다. 어쩌면 그 답은 이미 앞에서 끝냈는지도 모르겠습니다. 소설은 영원한 감동을 지닌 예술품이라는 것이 그것입니다. 그에 비해 역사기록은 있었던 일들의 간추려진 나열입니다. 그것도 당대 지배세력의 간섭과 억압에 따라 사실기록이 좌우되는, 꽤나 의심스럽고 건조한 글이 역사기록입니다. 그래서 "역사는 끝없이 다시 씌어져야 한다"는 말이 생겨나게 된 것입니다. 그 좋은 예가 우리의 분단시대의 남북 역사기록일 것입니다. 우리는 흔히 역사기록이 진실이라고 쉽게 믿어버리는 습관이 있습니다. 또 그렇게 강요받기도 합니다. 그러나 역사기록이 그대로 사실이 아니고, 진실은 더구나 아니라는 것을 명심해야 합니다. 그 거짓된 역사기록의 행간에서 진실을 찾아내는 것, 그것이 작가들이 해내야 할 몫입니다.

작가 특유의 상상력으로 가공의 인물들을 창조해가며 거짓된 역사기록의 배면에 감추어진 진실을 투시해 감동적인 작품을 써내는 것. 그 일은 역사학자들이 절대로 할 수 없는 일입니다.

이야기가 너무 길어졌습니다. 저의 말이 무슨 도움이 되었는지 모르겠습니다. 저의 설명보다는 좋은 작품들을 많이 읽는 것이 더 나을지도 모릅니다. 문학은 가르치는 것이 아니라 깨닫는 것입니다. 쉽게 얻으려 하지 말고 어렵게 정진하십시오. 문학의 진실은 문명과 사회를 바꿀 수 있습니다. 그 확신의 등불을 스스로의 이마에 달고 먹빛 어둠을 혼자 헤쳐가는 것이 작가의 길입니다. 평생 꿋꿋하시기를.

2002년 4월 12일

임우경님에게

　귀하의 네번째 편지를 받고 더는 대답을 피할 수가 없어 답장을 쓰기로 했습니다. 이번에 답장을 보내지 않으면 다섯번째 편지가 또 날아올 것 같은 기세에 제가 항복했고, 귀하의 그 끈질김에 탄복하기도 했습니다.

　그 탄복은, 이 정도의 열정과 인내심이면 문학을 할 수 있겠다 하는 긍정이기도 하고, 다른 한편으로는 저 먼 옛날 문청 시절의 저의 모습을 얼핏 보기도 하는 야릇한 감정이 섞여 있습니다. 문학을 하는 것이 천하를 얻는 것인 것처럼 생각하고 오로지 작가가 되려는 일념으로 안간힘 다했던 문청 시절의 저의 모습을 생각하면, 지금까지도 가엾기도 하고 대견스럽기도 한, 상반된 감정이 교차하고는 합니다.

　제가 이렇게 저의 이야기부터 꺼내는 것은 귀하가 "선생님 같은 작가가 되고 싶다"고 했기 때문입니다. 그 말은 금방 이해가 될 것 같으면서도 달리 생각해보면 꽤나 모호하고 아리송하기도 합니다. 제가 세번째 편지까지 받고도 답장을 보내지 않았던 것도 그 석연치 않은 점 탓이었는지도 모르겠습니다. 제가 석좌교수로 특강을 나가는 동국대학에서도, 가끔 이 대학 저 대학에 강연을 하러 갔을 때에도 귀하와 똑같은 질문을 하는 학생들이 있습니다. 그때 그들의 얼굴에 드러나 있는 것은 저를 향한 맹목적인 부러움입니다. 그들은 좀 유명해져 있는 저를 보고 있을 뿐이지, 제가 오늘에 이르기까지 어떤 어려움과 괴로운 과정을 거쳐왔는지를 전혀 보지 못하고 있습니다. 외피의 호화로움만 보고 내부의 상처는 못 보는 것이지요. 편지로는 표정을 볼 수 없지만, 귀하의 마음도 그 학생들과 같지 않을까 하여 답장 쓰기를 자꾸 망설이게 된 것이 아닌가 싶습니다.

많은 예술가들이 예술의 길로 들어서게 된 계기를 보면 대강 두 가지로 나눌 수 있습니다. 하나는 어려서부터 탁월한 예술적 재능을 나타낸 것이고, 다른 하나는 이십대 전후에 어떤 작품에 충격적 감동을 받아 그것이 계기가 되는 경우입니다. 그 두 가지 중에 어떤 것이 더 바람직하다고 할 수는 없습니다. 다만 두번째 경우는 그 재능이 조금 늦게 발화했다는 차이가 있을 뿐입니다.

그런데 귀하와 대학생들의 질문이 가지고 있는 문제점은 저의 작품들 중에서 감동받은 것이 어떤 것인지 구체적으로 밝히지 않고 그저 막연하게 선생님 같은 작가가 되고 싶다고 한 점입니다. 물론 그 말 속에 작품에 감동받았다는 말이 포함되어 있지 않느냐고 할 수 있습니다. 그러나 냉정하게 지적하자면 "선생님처럼 유명해지고 책도 많이 팔리는……" 하는 말이거나, 차마 드러내지 못해서 그렇지 아주 솔직하게 표현하자면 "선생님처럼 출세도 많이 하고 돈도 많이 버는……"이라는 말이 감추어져 있다는 느낌이 강합니다.

저는 학생들에게 그 진의를 확인하거나 되묻습니다. 그리고, 학생들의 얼굴이 붉어지거나 계면쩍어하며 그 점을 시인하면 가차없이 말합니다.

"세속적으로 출세하고 돈 많이 벌고 싶으면 절대 문학을 하지 마라. 그 노력으로 차라리 딴 일을 택하는 게 훨씬 더 효과가 좋다. 왜냐하면 문학처럼 출세하기 어려운 게 없고, 돈을 많이 벌기는 더욱 어렵다."

이 말을 선뜻 이해하는 사람은 별로 없습니다. 그래서 다시 설명을 붙여야 합니다.

작품이 문학적 평가를 높게 받았다고 해서 그 작가의 대중적 인기까지 높아지는 것은 아닙니다. 대부분 문학적 평가는 대중들과는 멀리 떨어진 문학인들의 전문분야에서 이루어질 뿐입니다. 더구나 작품의 예술성과 돈벌이가 함께 이루어지기도 무척 어려운 일입니다. 이 사실은 우리나라에서만이 아니라 세계적으로 거의 비슷합니다. 다만 지극히 소수의 예외가 있을 뿐입니다.

그 누구나 평생을 바쳐 문학을 하고자 하면 최소한 다음의 두 가지를 각오해야 합니다. 첫째는, 평생을 가난하게 살겠다는 각오입니다. 둘째는, 한평생 최선을 다하고 실패하더라도 좋다는 각오입니다.

평생을 가난하게 살아도 좋다는 각오는 문학에 대한 치열성이며, 좋은 작품을 쓰기 위해서 그 어떤 어려움 앞에서도 작가혼을 팔지 않겠다는 자기와의 약속입니다. 그 차돌 같은 각오 없이는 좋은 작품을 써낼 수 없고, 중도에서 문학을 팔게 되거나 작파하게 됩니다. 그러므로 문학을 시작하기 전에 몇십 번, 몇백 번이고 스스로에게 확인하고 다짐해야 합니다. 문학이 나에게 오로지 하나뿐인 절대적 가치인가. 문학이 내 생명과 바꿀 수 있을 만큼 소중한가. 문학을 하지 않고는 이 세상을 살 의미가 없는가. 오로지 문학을 해야만 가장 행복할 수 있는가. 내가 그 누구보다도 제일 잘할 수 있는 것이 문학인가.

이런 확인이 돌기둥 같은 의지로 섰을 때 비로소 책상 앞에 앉아 원고지를 펼쳐야 합니다. 그런 각오가 확고하게 섰더라도 두번째의 각오가 남아 있습니다.

한평생 최선을 다했으면서도 실패해도 좋다는 각오를 요구하는 것은 참으로 잔혹한 일입니다. 그러나 그것은 모든 작가들이 직면해야 하는 현실입니다. 다시 말하면 작가로서 한평생을 바치고도 성공하는 사람보다 실패하는 사람이 훨씬 더 많다는 사실입니다. 그 실패는 중도에서 확인되기도 하고, 죽은 다음에 확인되기도 하는 차이가 있을 뿐입니다. 더 많은 사람은 중도에서 확인하며 붓을 꺾게 되는데, 그때 그 실패를 스스로 어떻게 받아들이느냐가 행·불행을 가르게 됩니다. 최선을 다한 것에 만족하며 그 실패마저 사랑하게 되면 그 작가는 행복할 것입니다. 그러나 실패에 낙망하며 뒤늦게 후회하게 되면 그보다 더 비참한 불행은 없을 것입니다. 그렇지만 인간으로서 실패를 사랑할 수 있는 사람이 몇이나 되겠습니까.

제가 너무 가혹하게 말한 것일까요? 그러나 이건 진심의 토로이고, 제가 거쳐온 길입니다. 문학은 예술이고, 예술은 끝없이 새롭게 태어나야 하는 싸움입니다. 작가가 되는 것은 사법고시 한 번의 합격으로 평생이 보장되는 판사 검사가 되는 것이 아니며, 의사 자격증을 따는 것도 아닙니다. 작가가 되는 그때부터 고통의 싸움이 시작되는 것입니다. 모든 예술품은 아름답지만 그 아름다움을 창조해내는 과정의 인내와 노력은 참혹하기 이를 데 없습니다. 그 고통을 견디고 이기며 줄기차게 새로운 것을 만들어낼 수 있으려면 시작 전부터 가혹하게 준비하지 않으면 안 됩니다.

문학을 하는 것은 감상도 아니고 멋은 더구나 아닙니다. 험악한 바위산을 홀로 끝없이 오르는 것이고, 백광 쏟아지는 광막한 사막을 동반자 없이 건너는 일입니다. 그래서 저는 아들이 문학 하는 것을 바라지 않았습니다. 그런데 다행히도 아들은 문학을 하려는 기미를 보이지 않았습니다. 어쩌면 애비가 하는 것을 보고 일찍이 정나미가 떨어졌는지도 모를 일입니다. 만약 아들이 한다고 했다면 저는 극구 말렸을 것입니다. 그 길은 무엇인지 모르고 나 자신이나 갈 수 있었던 길이었지, 다 알고 나서 자식을 보낼 수는 없는 길이었습니다. 마찬가지로 문학을 하겠다는 젊은이들에게 제가 먼저 하는 말은, 가능하면 하지 말라는 만류입니다.

귀하에게도 그 말을 하고 싶습니다. 그러나 이 만류를 귀하가 결연하게 거부하기를 바라는 마음이 또 한편에 있기도 합니다.

제 이야기가 무슨 도움이 되었는지 모르겠습니다. 아무쪼록 현명한 선택을 하기 바랍니다.

2002년 7월 2일

신명규군에게

"저는 대구 교동중학교에 재학중인 학생"이라고 시작되는 신군의 편지 잘 읽었습니다. 신군이 『태백산맥』『아리랑』『한강』을 다 읽었다는 것이 놀랍고, 그 감동에 따라 "한민족을 울리고 웃기는 징헌 대하소설을 쓸" 작가가 되기로 결심했다니 더욱 놀라지 않을 수 없습니다.

작가가 되기로 결심한 신군은 "인생의 선배로서 후배에게 따뜻한 말 몇 마디를 해달라"고 하면서 '작은 인터뷰'란 이름 아래 여덟 가지를 묻고 있습니다. 신군은 질문 아래에다 "별로 많지 않다"고 했고, "정성껏 답변해달라"고 했습니다.

나는 신군의 질문을 몇 번이나 되풀이해 읽었고, 마음에 큰 부담을 느꼈습니다. 왜냐하면 신군이 한 질문들 중에서 몇 가지는 짧게 답할 수 없는 것들이고, 특히 작가가 되기로 결심한 신군의 선택에 대해 어떻게 말해야 할지 알 수가 없었기 때문입니다.

많은 독자들의 편지에 일일이 답장을 보낼 수 없는 처지에서 몇 년 전에 『아리랑』을 쓰다 말고 어느 독자에게 서둘러 답장을 쓴 일이 있습니다. 그 독자는 고등학교 2학년이었는데, 『태백산맥』을 읽고 사학과로 진학하기로 결심한 학생이었습니다. 내가 다급하게 편지를 쓴 이유는 그 학생이 작품에서 받은 어떤 감동 때문에 혹시 너무 성급하게 마음을 정한 것이 아닌가 하는 염려 때문이었습니다. 그래서 좀더 냉정하고 신중하게 생각하고, 혼자 결정하지 말고 부모님과 충분히 상의하라고 일렀습니다. 특정한 학과를 선택해서 대학에 진학하는 것은 누구에게나 중대한 일이 아닐 수 없습니다. 그건 인생의 길을 여는 첫번째 문이고, 대학의 전공이 일생을 좌우하게 되기 때문입니다. 그 동안 살아오면서 전공 선택이 잘못되어 뒤늦게 후회하는 사람들을 적잖이 보아왔습니다.

신군이 작가가 되겠다는 꿈을 품는 것은 좋습니다. 내 작품을 읽은 것이 동기가 되었다니 작가로서 기쁘기 그지없습니다. 그러나 신군은 아직 중학생입니다. 하나도 급할 것도, 서두를 것도 없습니다. 사람은 그 누구나 사회인의 역할을 제대로 하기 위해서 일정한 교육과정을 밟아야 합니다. 중·고등학교 생활은 그 필수 과정이며, 자기 나름의 개성과 특기를 발견해내는 시기이기도 합니다. 그러므로 신군은 앞으로 고등학교를 마칠 때까지 문예반에서 특별활동을 하면서 문학을 할 수 있는 자질과 능력이 있는지 스스로 확인하고 검증하는 여유를 갖기 바랍니다. 그리고 부모님이 동의하는 축복도 얻어야 합니다.

인생이란 연습도 재공연도 안 되는 단 일회의 연극 같은 것입니다. 그러니 진로를 함부로 정할 수 없는 것이고, 뒤늦게 진로 선택을 후회하는 것은 바로 인생의 실패나 다름없습니다. 사회 여러 분야에서 남다른 재능과 능력을 갖춘 사람들도 성공보다는 실패를 더 많이 한다는 것을 신군은 신중하게 생각하기 바랍니다.

여기까지 읽고 나면 신군이 보낸 질문 여덟 가지에 대한 답을 듣기에는 너무 때 이르다는 것을 깨닫게 되었을 것입니다. 신군의 질문들은 퍽 어른스럽고, 그 대답은 문학에 일생을 걸기로 작심하고 나선 대학의 국문과나 문예창작과 학생들에게나 필요한 것입니다. 신군이 세번째 물은, "작가가 갖추어야 할 중요한 것은 무엇이 있습니까?" 하는 것에 대해서는 그 응답이 일 년 강의로도 어려울 것입니다.

문학은 일생을 걸고 해볼 만한 의미가 있는 일입니다. 그러나 그 길은 외롭고 고달프며 험난합니다. 신중히 생각하기를 거듭 당부합니다.

늘 건강하고, 의미 있는 독서생활을 하기를 빕니다.

2002년 9월 7일

독자 여러분, 안녕하십니까

독자 여러분, 안녕하십니까.

깊은 산만이 아니라 가까운 산, 그리고 집안 정원의 나무에도 단풍이 물들기 시작하고 있습니다. 여름이 물러가는가 싶더니 어느덧 가을이 자취를 감추어가고 있습니다. 이 빠른 세월의 흐름 앞에서 문득 깨닫는 죄송함이 있습니다. 그 동안 너무나 오래 소식 전하지 못한 점입니다.

그 동안 여러분들께서 남기신 소식들은 관리자를 통해 전부 보아왔습니다. 그런데, 소설을 쓸 때에 못지않게 나날이 바쁘고 분주해서 차일피일 미루다보니 독자 여러분들께 소식 전하는 일이 벌써 몇 달째 지체되고 말았습니다. 이 점 사과드립니다. 그러나 세상에 핑계 없는 무덤 없더라고 저에게도 변명거리는 많습니다. 그중에서 첫번째 주범은 강연이고, 두번째는 12월중 발간할 산문집 원고 정리입니다.

강연은 될 수 있는 대로 피하려고 하고 있지만 전국에서 요청이 몰려오다보니 도저히 피할 수 없는 것들이 있어서 시간 소모가 큽니다. 그리고 첫번째 산문집 원고 정리도 소설을 쓰는 것과 다름없이 많은 시간을 잡아먹고 있습니다. 이미 여러 지면에 발표했던 것들이지만 다시 읽어보니 손질해야 할 데가 여기저기 많은 탓입니다.

여러분들께서 따뜻한 마음을 담아 정성스럽게 남기신 글들은 모두 저의 작가의 삶에 대한 크나큰 보람이고 기쁨입니다. 그런데 특히 저를 가슴 뭉클하게 하는 건 저의 작품들을 "자식들에게도 읽히기 위해 소중하게 간직하겠다"는 글들입니다. 그런 글들을 대할 때마다 저는 작가로서 천복을 누리고 있는 것을 재삼 확인하곤 합니다. 왜냐하면 작품의 가치를 그보다 더 크게 평가해준 말은 있을 수 없기 때문이고, 이 세상의 모든 작가들은 차마 내놓고 말은 못 하지만 그 누구나 자신들의 작품이 그렇게 시대를 초월해서 읽히기를 바라고 있는 것입니다. 작가들의 그런 바람은 문자가 지니는 영원성 속에 내포되어 있는 것입니다.

그런데 이번에 저는 글을 읽어나가다가 저도 모르게 그만 푹 웃음을 터치고 말았습니다. 어느 독자가 자기는 아직 총각이지만 장래의 자식들에게 읽히기 위해 작품집들을 잘 간직하겠다고 한 까닭입니다.

또, 어느 독자가 도서관에서 책을 빌려보고, 대여점에서 책을 빌려보면서 다음 책이 없어 독서가 중단되는 안타까운 심정을 토로한 데 대해 다른 독자가 금방 "우리가 선생님을 도와드리는 방법은 책을 사보는 것밖에 없지 않겠느냐"는 내용을 올렸더군요. 저는 그 글을 보고 또 웃음을 터뜨리지 않을 수 없었습니다. 그리고, 그게 인터넷의 재미라는 것도 알았습니다.

괜찮습니다. 제가 미련하게 너무 길게 써서 그 책값이 만만찮습니다. 사보기가 어려운 분들께선 어디서든 빌려보십시오. 어떤 방법으로든 많은 독자들이 책을 읽는 것, 작가에게 그것 이상 큰 기쁨은 없습니다.

그런데, 어떤 분들은 소논문을 발표하고 있더군요. 그 행위에 대해서 다른 분이 왜 이 홈페이지와 상관없는 일을 하느냐고 나무라는 것을 보면서도 웃음이 나왔습니다. 인터넷 세계는 생기 있고 흥미롭습니다.

독자 여러분, 모두 건강하시고 안녕히 계십시오. 또 지키지 못할 약속이 될지 모르지만, 앞으로는 자주 소식 전하겠습니다. 떠나는 가을의 길목에서.

2002년 10월 12일

4. 왜 문학을 하는가

문학을 하는 자존

강설의 계절

사람들은 대개 자신들이 살아온 세월을 기억 속에서 끌어내는 경우 미화시키기가 예사다. 자신은 그 누구보다도 드라마틱한 삶을 살았고, 그 현장마다 자신은 용맹스러운 투사였거나 갈채에 싸인 주인공이었다는 식이 그것이다. 그 반대로 술회한다 하더라도 그 의도는 결국 마찬가지 목표에 조준되어 있다.

그래서 많은 사람들은 자신들의 생애가 짤짤한 한 편의 소설이 될 수 있다고 자신만만하게 주장 아닌 주장을 하는 것이리라. 이런 현상은 '소설'이라는 문학형식이 다른 예술보다 그만큼 '삶의 이야기'를 진하게 담고 있기 때문일 것이다. 그러나 정작 소설을 쓰는 사람의 경우 자신의 삶을 그렇게 아름다운 렌즈만을 통해서 보기는 어려우리라 여겨진다.

내가 「누명(陋名)」으로 『현대문학』에 추천을 받게 된 1970년 5월까지의 기억은 참 고역스럽게 남아 있을 뿐이다. 바들바들 떨면서 나무를 기어오르다가 누구에게 차이기라도 한 것처럼 땅바닥에 사정없이 곤두박인 꼴이었던 것이다.

문학도 생활도 정지되어버린 진공 상태의 의식 속에서 나는 아무래도 등신이나 다름없었다. 굳이 이유를 따진다면 지극히 상식적인 것에 불과했다. 그러나 상식적인 것이 상식의 범주 내에서 상식을 외면해버린 채 비비 꼬일 때 그것은 좌절의 벽이 되고 절망의 낭떠러지가 된다. 그건 아마도 누구에게나 주어진 '삶'이 보편적인 것이면서 개인적으로는 유일한 것일 수밖에 없는 함수관계 때문일 것이다. 그런데 그때 나는 상식적일 수 없는 몇 가지 상황에 처해 있었다.

가당찮게도 일등병을 달고 장가를 갔었던 자의적 상황과, 1·21사태라는 날벼락을 맞고 무조건 육 개월 더 연장근무를 하고 제대한 타의적 상황이 그것이었다. 이 상식적일 수 없는 상황이 상식이어야 하는 일상을 난도질하기 시작했다. 아무리 허우적거려도 걸리는 것이라곤 없는 깊은 물에 빠진 절박감에 몰리며 보낸 실업자의 세월과 가장의 처지와…… 그러면서 나는 그 무슨 사무친 원한이라도 있는 것처럼 소설이라는 것을 쓰고 또 썼다.

「누명」이 활자화되었을 때 나는 힘을 얻기는커녕 풀썩 주저앉은 꼴이 되고 말았다. 사생결단 싸운 끝에 상대를 쓰러뜨리고 심판의 카운트아웃을 확인한 다음 거꾸러진 복서나 마찬가지였다.

지금도 일장기를 대하면 싸늘한 감정의 발톱을 날카롭게 세우는 나의 촌놈근성(?)이 그 바탕을 이룬 것이 「누명」이었다. 이상하게 지식인들 사이에서 비웃음거리가 되는 그 촌놈근성은 다름아닌 민족애다. 그러나 그건 너무 거창해서 또한 촌스럽다. 좀더 구체성 있게 지적하면 '우리의 자존'이라고 함이 적합하겠다.

어떤 계기였는지는 정확하지 않지만 나는 퍽 오랜 날을 통해서

'우리'가 거의 무방비 상태인 채 '남들'에게 라이트 스트레이트, 레프트 스트레이트, 어퍼컷, 스윙 등의 무자비한 펀치를 맞아가며 홀딩으로 겨우겨우 지탱해온 역사를 더듬으며 괴로워해왔다. 그러던 내가 「누명」 같은 작품을 쓴 것은 내 나름대로 의미 있는 일이었고, 그것으로 내 문학의 출발을 열었다는 것을 나는 만족스럽게 여기고 있다.

계절을 가리지 않고 눈이 퍼붓던 회색의 세월 속에서 나는 허수아비 같은 나의 허상에 주눅들지 않고 '우리'의 삶의 자존을 위해 「누명」을 쓸 수 있었던 나를 약간쯤 아끼고 싶은 애정을 가지고 있다.

위선이 매끈한 화장술을 지닐 때

그해 12월호에 「선생님 기행」으로 추천을 완료한 후 만 오 년 동안 작업해온 결과는 단편 20여 편과 중편 3편을 쓴 것이다. 그 문학적 성과는 타인에 의해 객관화될 것이기에 나는 언급할 자격이 없음을 잘 알고 있다. 다만 이 지면을 빌려 나는 지금까지 어떤 관점에서 어떤 문제에 관심을 기울이며 글을 써왔는지에 대해 돌이켜볼 여유는 가져야 하지 않을까 싶어진다.

우선 내 작품의 관점은 역사의식적인 것과 사회의식적인 것의 두 가지로 나눌 수 있을 것 같다. 전자에 속하는 것들이 「누명」「어떤 전설」「20년을 비가 내리는 땅」「청산댁」「황토」 등이고, 후자에 속하는 것들이 「선생님 기행」「빙판」「동맥」「하빙기(河氷期)」「인형극」「비탈진 음지」 등이다.

이런 두 가지 관점에서 출발한 나는 역사적인 면에서는 그것의 공포에, 사회적인 면에서는 그것의 부조리에 관심을 집중시켜왔다고 할 수 있다.

　역사의 표피는 언제나 힘있는 자들의 자만에 찬 웃음이 차지하게 마련이다. 그리고 어느 때나 사회의 기류는 풍성한 삶의 마력에 빨려들어 악과 동위원소인 위선이 매끈한 화장을 하고 군림한다. 역사의 공포에, 사회의 부조리에 관심을 기울이는 내 작품에서 그 대상이 누구인지는 더 설명할 필요가 없을 것이다. 다만 내가 믿고 싶은 것은 그런 대상들을 작품화하는 성실성이 곧 작가로서 가져야 하며, 끝내 성취시켜야 하고, 그리고 안타깝게 남기지 않으면 안 될 진정한 휴머니즘으로의 길이 아닌가 하는 것이다. 이런 나의 관심에 따라 나는 '어떻게 쓸 것인가' 보다는 '무엇을 쓸 것인가' 에 더 고심하게 되곤 했다. 그런데 '무엇을 쓸 것인가' 에 지나친 관심을 쏟는 대개의 작품들이 자칫 빠지기 쉬운 함정이 있다. 주제의 과잉노출이다. 다시 말해 작가가 작품 속에 뛰어들게 되는 실수를 범하는 것이다. 나는 나의 초기에 만들어진 서너 작품에서 그런 실수가 저질러졌음을 시인하며 부끄럽게 생각하고 있다. 작품은, 무엇을 어떻게 썼든 상관없이 감동을 주는 예술로서의 형상화라는 전제된 대원칙을 망각할 수 없기 때문이다.

　어쩌면 예술이란 시한부적 삶의 순간적인 확인이 아닐까 한다. 그래서 예술이라는 추상명사에 생명을 건 사람들은 '노력' 이라는 단어보다는 '집념' 이라는 단어의 주인이 되기를 꺼려하지 않은 채 맥박이 뛰는 그 무수한 일순(一瞬)들은 침묵 속에 한결같을 수가 있지 않을까. 그것도 어제의 자기가 아닌 내일의 또 새로운 자기를 잉태시키기 위한 고통을 안고.

　물론 나는 또다른 나의 발견을 위해 지금껏 속임수 없이 최선을 다했던 것처럼 앞으로도 겸허하게 계속할 것을 나 자신한테 확답으로 듣고 있다. 그렇지만 변모해야 하는 숙명적인 노정을 앞에 놓고 내가 앞으로 어떻게 변할지 알기는 어렵다. 알 필요도 없고 염려할 것도 못 된다. 내가 지닌 최초의 예술적 사명감이 잠들지 않는 한 지극히 자연스럽게 풀려나갈 것이기 때문이다. 당분간은 역사와 사회에 지속적인 관심을 가지게 되리라는 예감은 꽤나 분명하다. 아직 만족스럽게 이룬 것이 없어서다. 그때까지는 나는 연애소설을 써보지 못한 불구의 작가로 남아 있을 것이다.

감정에 지배당하는 유행 열차

근자에 들어와서 소설의 재미라는 문제가 퍽 비중 크게 역설되고 있다. 어차피 소설이 종교적 위력도, 법률적 통제력도 없는 바에야 재미나 있어야 읽힐 게 아니냐는 납득할 만한 이론적 전개다. 그러나 과연 소설이 단순한 재미를 얻기 위한 읽을거리 노릇을 필수적으로 수행해야만 하는가는 좀더 신중하게 검토해볼 문제다.

왜냐하면 재미를 주장하는 사람들이 다름아닌 작가들 자신이라는 점이며, 그 도는 흥분 상태에 이를 만큼 격앙된 어조로 치닫고 있기 때문이다. 재미를 우선으로 취하고자 하는 방법으로 소설이라는 문학형식은 전혀 적합한 도구가 못 된다. 재미를 추구하는 입장에서 보면, 첫째, 일정한 분량을 읽어야 하는 번거로움과 고역이 따른다. 둘째, 단일시간 내에 얻어지는 감각적 밀도나 육감적 농도가 다른 수단에 비해 효과가 미미하다. 셋째, 경제적 투자가 결코 만만찮다는 점이다. 물론 소설이 제공할 수 있는 재미가 어찌 코미디나 기타 오락과 같은 차원에서 취급될 수 있느냐는 이의도 있을 수 있다. 그 점을 충분히 감안하더라도 재미의 공감대는 어디까지나 한 레일 위에 놓인다는 사실이다. 강조되었거나 의식된 경우의 재미는 더욱 그렇다. 나도 소설을 재미있게 쓰려고 노력하고 있다. 그러나 그것은 부수적인 요건일 뿐 절대요소가 되도록 허락하지는 않는다. 왜냐하면 소설은 소설 이상도 이하도 될 수 없기 때문임을 망각할 수 없어서다.

소설이 있어왔고, 있으며, 있어야 할 필연성은 소설만이 가지는 생명이 있기 때문이다. 종교도 철학도 윤리나 도덕도 그리고 그 외에 허다한 예술적 양식이 해답하지 못하거나 충족시킬 수 없는 점을 소설이 담당하고 있는 것이다. 그 점이 다면경적(多面鏡的)인 인간의 요구에 의해서 소설이 있음을 허용하는 것이리라.

소설이 유행가적 반응을 일으키기를 소원하지 말 일이다. 소설을 쓰면서 영화배우적 인기를 누리려고 몽상하지 말 일이다. 문학은 인식의 작업이며 차가운 이성의 산물이다. 문학은 후대의 이성적 비판을 거쳐 생사가 결정되는 문화의 핵이다. 유행은 일시적이며 피부적이며 무비판적이다. 유행의 열차에 편승하는 보다 많은 사람들은 감정에 지배당하고 흥분에 마비되어 있다. 문학의 또다른 소임은 이들의 감정을 억제시키고 흥분을 가라앉혀주는 것일 수도 있다.

독자는 많을수록 좋다. 그러나 인식이 없는 무리의 환호를 얻기 위해서 굳이 계단을 걸어내려갈 필요는 없다. 그때 이미 소설의 생명은 끝나고 언어의 유희적 사기극만 남게 된다. 많은 독자를 갖는다는 것은 결코 타락이나 저속화를 의미하지 않는다. 그리고 소설을 필요로 하며 최소한의 것을 기대하는 독자는 어떤 경우에도 소설의 저질화를 용납하지 않는다.

모든 예술의 숙명이 미래 지향적인 것을 망각하지 않는 한 작가는 저속한 사회적 반응에 촉수를 세우기보다는 진정한 문학적 반응에 진지한 태도를 보여야 할 것이다.

왼쪽 다리를 잘라 구걸을 할지언정!

나는 대학 시절에 나 이후에 소설이라는 문학형식을 없애버리겠다고 기염을 토했었다. 이 기고만장한 객기가 얼마나 어리석은 것이었는지를, 훈련소에서 LMG를 메고 낑낑대며 걷다가 언뜻 깨달았다. 그 깨달음 이후 나는 내가 소설을 쓸 수 있는지 없는지를 점검하기 위해서 나를 수십 번 분해 결합하는 고역을 치렀던 것이다. 그러나 그 가능성 여부를 확인하지 못한 채로 문단에 데뷔, 오 년이란 세월이 흘렀다.

한 가지 분명한 것은, 지금의 나는 나 자신이나 문학을 대하는 데 필요 이상으로 겸손해 있다는 사실이다. 그리고 하루에 한 차례쯤은 삶의 허무를 씹으며 소설을 위하여 내 하잘것없으면서도 유일한 생명을 팔아 생긴 돈을 아낌없이 바칠 수 있음을 확인한다. 이것은 더 없는 기쁨이다.

나는 나에게 능력이 허락되는 한 미련한 곰처럼 문학에 전력을 다할 것이다. 생활의 피치 못할 어떤 요구로 문학을 더럽히게 될 때 나는 조용히 펜을 놓으려 마음먹고 있다. 그리고 차라리 왼쪽 다리 하나쯤 못 쓰게 만들어 구걸을 나설 작정이다. 물론 이런 각오가 앞서 말한 나의 촌놈 냄새와 걸맞은 것이겠지만 문학을 하는 나의 자존임이 분명한 이상 어쩔 도리가 없다.

어서 빨리, 고등학교 동창들이 나를 우연히 만날 때 너 신문에서 봤다. 출세했더구나, 이런 물에 기름 도는 식이 아니라, ××에 실린 작품 잘 읽었다. 좀더 잘 써라, 이런 날이 오기를 고대하고 있다.

나는 매일매일을 반성하며 그때그때 최선을 다해서 글을 쓰려고 한다. 그래서 나의 장남이며 외아들인 도현이가 성장한 다음에 나의 아들임을 긍지로 느낄 수 있는 소설들을 남길 수 있기를 소원하며, 그렇게 되도록 노력할 것이다.

　빅토르 위고와 『레 미제라블』이 아직도 숙제로 남아 있는 상태에서 편안한 잠을 자기를 원하지 않는다. 이 숙제가 풀리면 또다른 숙제가 주어질 것을 번연히 알면서도 초조하다. 편안한 잠자리를 갖기 위해서가 아니라 그 다음의 숙제가 무엇인지 궁금한 까닭에서다. 내가 그려놓을 원의 크기를 나도 모르는 채 가는 곳까지 가볼 수밖에 없다. 만류뿐이던 길을 스스로 택한 것이니까.

(『문학사상』 1975년 11월호)

맞물려 돌아간 두 개의 톱니바퀴

소설 『태백산맥』은 이제 완결을 한 달 남겨놓고 있다. 1983년 9월의 어둠 속에서 시작해 1989년 9월의 혼미 속에서 끝내게 되었다. 만육 년 동안에 16,500매를 써낸 것이다. 소설을 준비했던 세월까지를 포함시키면 1980년대의 십 년 세월과 나의 사십대 인생이 송두리째 소설 『태백산맥』에 바쳐진 셈이다.

긴 소설을 끝내는 막바지에 서서, 누가 나에게 "꼭 하고 싶은 말 한마디만" 하라고 한다면 "독해를 잘해달라"고 하고 싶다. 그건 단순한 연애소설이 아니며, 황당한 추리소설이 아닌 까닭이다. 그건 1980년대의 어둠을 헤치고, 혼미를 더듬어가며 쓴 우리 분단 현대사의 실종된 부분의 기록들이다. 그 진실한 기록의 실현을 위하여 소설의 여러 곳에 역효과적 구성, 반어적 표현 같은 것들이 징검다리를 놓고 있다. 그 동안 많은 사람들이 그런 대목에서 오독의 오해와 착오를 범했던 것이다.

1980년대를 후세의 사가들은 뭐라고 정의할까? 분단사의 대변혁의 시대, 민족통일운동의 대중화 확산 시대, 분단극복과 민족주체 인식의 대중화 시대, 민주운동의 계급적 연대와 통일운동의 민족적 일체화 시대…… 그리고 또 많고 많을 것이다.

1980년대가 내 문학에 어떤 영향을 끼쳤으며, 그 구체적 현상은 어떻게 나타났는지를 이 지면에서 다 말하기는 참 어렵다. 말을 시작하자면 한 1,500매 정도는 써야 하겠는데, 이 지면은 너무나 짧다. 결론부터 말하자면, 나는 분단현실로서의 1980년대와, 분단역사 위에서의 1980년대의 인식을 소설에 담아내려고 내 부족한 능력을 모두 동원해 최선을 다하려고 했다. 그 구체적 모습은 『태백산맥』의 수많은 봉우리들과 골짜기들에 나무로 솟기도 하고, 바위로 얹히기도 하고, 계곡물로 흐르기도 하고 있다. 그것들을 다 열거하자면 또 1,500매쯤이 필요하지 않을까 싶다.

솔로호프는 『고요한 돈강』을 쓰고 나서 "소설은 남자의 일생을 바쳐 해볼 만한 일"이라는 말을 했다. 그 말 속에는 소설이라는 것이 가지는 인간사의 비중 큰 의미와 함께 '나는 마침내 대작을 써내고야 말았다'는 자신감이 복합적으로 내포되어 있다. 그런데 나는 15,000매 정도의 긴 소설을 써내겠다는 까마득한 계획을 세워놓고 『현대문학』의 연재 예고에 '작가의 말'을 쓰면서 그 마지막 문장을 "나는 이 작품 이후로는 더는 분단에 대한 소설을 쓰지 않을 것이며, 쓰려고 해서도 안 될 것이다" 하고 썼다. 그런데 그 문장은 활자화되지 않았다. 편집자가 지워버린 것이다. 나는 심각하게 몇 날 며칠을 고민해서 나 스스로의 각오와 나 자신에 대한 경고를 밝히고자 했던 것인데 편집자 입장에서는 그런 앞짧은소리를 하는 나를 염려해서 빼버렸던 모양이다.

소설 『태백산맥』을 쓰지 않을 수 없었던 데는 여러 가지 요인이 복합적으로 작용하고 있었다. 먼저, 나는 작품생활을 시작하면서부터 분단문제를 써낸 십 년을 넘기면서 보니 그 작품들이 내 작품의 칠십 퍼센트 정도를 차지하고 있었다. 그런데도 그 중·단편들은 부분적 이고, 표피적이고, 소재적일 뿐이어서 '미완성적 허기'를 남겨놓고 있었다. 그건 '완성적 포만감'을 얻기 전에는 결코 기피할 수 없는 내 내부의 책무인 동시에 치유될 수 없는 내 내부의 병이기도 했다. 다음, 글쓰기를 시작하면서부터 민족의식을 자꾸만 표출시켜 '촌놈' 이란 1970년대식 야유를 받아온 나로서는, '분단극복'이라는 용어가 문학분야는 물론이고 사회 여러 분야에서 횡행하면서도 구체적인 대 안이나 방법이 전혀 제시되지 않는 추상성과 무책임성에 대해 '작가 로서' 그 길을 찾아나서고자 하는 욕구를 잠재울 수 없었다. 그 다음, 1980년 5월의 사태는 나에게 끔찍한 충격을 안겨주었다. 4·19가 그 러했듯이 그건 민주화를 바라는 민중의 의지였던 것인데, 그 피의 좌 절은 바로 분단에서 비롯되고 있었던 것이다. 그러한 만행을 저지를 수 있는 타당성으로 분단상황이 이용되고 있었다. 그것은 역사의 또 하나의 굴절이면서 왜곡이었다. 분단의 근본적인 원인과 문제점을 밝혀내고, 그것을 모든 사람들이 분명히 인식하여 객관적 힘을 구축 하지 않고서는 그런 엄청난 사건은 얼마든지 또 되풀이될 수 있었다. 분단에 대한 책임 있는 공동의 인식은 사회의 현실적 갈등과 문제점 들을 푸는 열쇠이며, 그 연장선상에 통일도 있을 수 있는 것이었다. 나는 살아 있는 자의 비겁으로 무릎을 꿇었고, 그 무릎 위에 작가의 소임이 무엇인지를 되묻는 눈물을 떨구어야 했다. 끝으로, 사나이의 나이 사십을 바라보며 나 자신의 지나온 날을 돌아보지 않을 수 없었 다. 지나온 자취의 공허함에서 글 쓰며 살아왔다는 나 자신을 용서할 수가 없었다.

이러한 것들이 복합적으로 작용해 나는 『태백산맥』을 쓰기로 작정

했고, 결국은 인쇄되지도 못할 그런 작가의 말을 쓰지 않을 수가 없었다.

나는 『태백산맥』을 쓰기 전에 몇 가지 기본입장을 갖추고자 했다.

첫째는, '분단극복'이라는 것을 역사적으로, 그리고 현실적으로 구체성을 갖추도록 밝혀내고자 했다. 그럼으로써 문단에서 통칭되어오는 '분단문학'이 '분단극복문학' 또는 '통일지향문학'으로 진전되고, 나아가서 '민족통일문학'이 되게 하고자 하는 욕구였다. 그러기 위해서는 분단의 근본적 원인부터 객관적으로 밝혀내는 일이 이루어져야 하고, 따라서 반공 이데올로기에 의해 왜곡되어온 분단사의 진실도 밝혀야 했다. 나는 분단의 원인을 두 가지의 복합으로 보았다. 외세와 내부의 원인이 그것이다. 그 두 가지 원인은 서로 맞물려 돌아간 톱니바퀴인 것이다. 그 두 가지 원인을 분명히 제시하고 있음에도 불구하고 '분단내인론'으로만 확대해서 보는 것은 불구적 사시이고 의도적 오독이다.

둘째는, 분단사의 진실을 밝혀내는 과정에서 농민을 중심으로 한 그 당시의 민중이 어떻게 역사의 주체일 수 있었던가를 구체적으로 밝혀내고자 했다. 또한 그들의 역사의 대응과 수난을 통해서 오늘의 사회현실을 투영하고자 했음은 물론이다.

셋째로, 역사의 필연적 전개에 의해 일어났던 사회주의 운동을 정당하게 자리매김하여 역사적으로 수용하게 해야만 한다는 것이었다.

이 세 가지가 복합적으로 총체성을 획득하고 조화되게 하기 위하여 각 계층의 수많은 인물들이 등장하지 않을 수 없었다.

그럼 1980년대의 사회상황과 소설 『태백산맥』은 어떤 관계에 있을까. 그것 또한 서로 맞물려 돌아간 톱니바퀴라고 해야 할 것이다. 나는 지난 역사의 진실을 복원하는 가운데 오늘의 역사를 투영하고자 했고, 오늘의 상황을 사는 수많은 독자들은 그런 『태백산맥』을 수용하고, 지켜보았던 것이다.

소설은 보는 사람의 입장에 따라서 달라지게 마련이다. 그러나 역사의 진실은 어느 입장에서도 달라지지 않는다. 여기서 생기는 거리와 괴리를 함께 없앨 때 역사의 진실은 살아나고, 소설에 대한 곡해나 오해도 없어질 수 있다.

작가는 오로지 작품으로만 말하는 존재다. 그것만이 오로지 그들에게 허용된 임무며 권한이다. 나는 더구나 길고 길게 소설로 이야기를 한 입장이기에 이 글 자체가 군더더기가 될 것이다.

다만 내가 바라는 것은 우리 민족이 필연적으로 가야 하는 통일의 민족사에 『태백산맥』이 작은 디딤돌이거나 하나의 징검다리가 될 수 있다면 더 바랄 것이 없겠다. 이제 소설을 다 끝내가는 마당에서 객기로나마 솔로호프 같은 말을 할 수 없는 것이 나의 불행이다.

얼마 동안 세월이 흘러간 다음에 소설을 쓰면서 겪었던 여러 가지 이야기며, 소설을 이해하는 데 도움이 될 수 있는 이야기들을 쓸 수 있는 기회가 오기를 바라고 있다. 그것은 또하나의 소설로 읽힐 수 있을 것이다. 그러나 한 십 년 쯤 뒤에나 가능한 일일지 모르겠다.

(『문예중앙』 1989년 가을호)

나의 창작실

미숙아적 입씨름

길고 긴 꿈에서 깨어난 듯 오 년여 만에 『아리랑』을 끝내고 바라본 세상은 어수선하고 소란스러웠다. 세계화라고 해서 초등학생들은 말할 것도 없고 유치원생들까지 영어과외 바람에 휩쓸리고 있었고, GNP는 1만 달러를 돌파하게 되었다는 예측이 성급하게 나돌고, 북한은 백년 만의 최악의 홍수를 당해 기아상태에 빠졌다는 소식이 퍼지고……

그런데 세상사만 어지럽고 혼란스러운 것이 아니었다. 눈을 안쪽으로 돌려보니 문단도 수선스럽고 시끌덤벙했다. 문학의 위기가 닥쳤다느니, 1980년대 후일담소설들의 한계라느니, 건전한 대중성을 표방한 소설문학의 상업적 타락이라느니, 많은 말들이 뒤엉키고 있었다.

그런데 그중에서도 가장 빈번하고 심각한 기미로 얼굴을 내밀고 있는 것이 거대담론의 퇴조와 미시담론의 확장이라는 것이었다. 유식하기 이를 데 없는 신조어인 '거대담론'이니 '미시담론'이니 하는 말들을 눈여겨보며 나는 어리둥절할 수밖에 없었다. 나는 과히 유식한 편이 못 되어 그 한자로 된 조어의 뜻을 선뜻 알아차릴 수 없었던 것이다. 그런데 뒤늦게 알고 보니 거대담론이란 1980년대식으로 사회문제나 역사문제를 소설의 소재나 주제로 삼는 것을 말하는 것이고, 미시담론이란 그와 반대로 개인의 문제나 인간의 내적인 문제를 작품화하는 것을 말하는 것이었다.

결론을 요약하자면 거대담론은 지난 1980년대식 문학이고, 미시담론은 새로운 시대인 1990년대식 문학이며, 1990년대의 문학은 당연히 미시담론의 문학이어야 한다는 것이었다. 그런 결론과 주장은 마치 약속이나 한 것처럼 문학지부터 신문까지 통일을 이루고 있었다.

나는 그 당당한 주장들을 바라보면서 그저 씁쓰레한 웃음을 흘리지 않을 수 없었다. 그 이유는 두 가지였다. 그건 마치 1980년대 문학에 대해 감정적인 보복을 하는 것 같았고, 그리고 그건 전혀 새로울 것이 없는 말인데도 신조어로 단어만 바꾸어 무척이나 새로운 진리라도 발견한 것처럼 과장하고 있었던 것이다.

'미시담론'이 '거대담론'을 문학이 아니거나 문학성이 없다고 공격하는 것은 새로운 논리가 아니라, 지난 1970년대의 '순수'와 '참여'의 입씨름이 신조어의 탈을 쓰고 재등장한 것일 뿐이다. '순수'와 '참여'의 입씨름(논쟁이 아니고)처럼 소모적이고 미숙아적인 행위가 또 있을까. 그런데 이십여 년의 세월이 흐른 지금에 와서도 그 입씨름이 되풀이되고 있다.

'순수'와 '참여'의 논쟁이란 이미 실패가 입증된 서구의 이분법적 발상이고 잔재다. 인간은 정신적 동물인가, 육체적 동물인가. 인간은 이성적 존재인가, 감정적 존재인가. 인간은 선한 존재인가, 악한 존재인가. 이런 식의 이분법이 사물의 실체를 파악하는 데 얼마나 어리석고 착오적인가는 이미 입증되었고, 그런 발상이 폐기된 지는 오래다. 그런 단선적이고 극단적인 이분법으로는 복합적이고 다면적인 사물의 실체를 올바로 파악하거나 규명할 수가 없었기 때문이다. 그런데도 우리 문학에서는 여지껏 그 어리석음이 자행되고 있으니 어찌 된 일일까.

'무엇을 쓸까'에 중점을 두는 '참여'는 순수를 향하여 역사성과 사회성이 없다고 공박하고, '어떻게 쓸까'에 중점을 둔 '순수'는 참여를 향하여 문학성과 예술성이 없다고 반박하는 것이다. 그 끝없는 입씨름은 부엌에 들어가면 며느리 말이 맞고, 안방에 들어가면 시어머니 말이 맞다는 격으로 언뜻 들으면 그 나름으로 일리가 있는 것도 같다. 그것이 바로 논리라는 것이 갖는 교활이고 묘술이다.

그러나 그 주장들은 복합적이고 다면적인 인간들과 인간세상의 어느 단면밖에는 보지 못하는 허점을 가지고 있다. 새삼스럽게 강조할 것도 없이 인간은 개인적 존재인 동시에 사회적 존재인 것이다. 아무리 탁월한 능력을 가진 인간도 혼자서는 살 수 없으며, 아무리 천국 같은 사회도 인간 개개인의 내적 고뇌까지 해결해줄 수는 없는 것이다. 문학은 바로 그런 복잡한 인간들의 삶을 구체적이고 총체적으로 다루는 것이다. 그런데 어떻게 이분법의 논리로 그 일을 효과적으로 해낼 수 있겠는가.

'무엇을'에 집착하는 '참여'를 뼈라고 한다면, '어떻게'에 집착하는 '순수'를 살이라 할 수 있을 것이다. 이 세상의 생명 있는 동물들을 보라. 뼈만 있고, 살만 있는 동물들이 어디 있는가. 그 어떤 동물이든 뼈와 살이 최상의 조화를 이루고 있는 것이다. 바로 이 사실과 함께, 인간은 개인적 존재인 동시에 사회적 존재라는 불변의 사실을 덧붙여 생각하게 되면 순수와 참여의 논쟁이 지극히 소모적이고 미숙아적인 입씨름으로밖에 여겨지지 않을 것이다.

나는 오래 전부터 원고지 앞에 앉을 때마다 그 두 가지 극단론의 불구성을 넘어서야 한다고 나 자신에게 경고해왔다. 그리고 기회 있을 때마다 후배 문인들에게나 작가지망생들에게도 그 사실을 일깨워주려고 마음을 썼다. 빅토르 위고의 이 말을 곁들여가며.

"순수는 아름답다. 그러나 참여가 포함된 순수는 더욱 아름답다."

세상이 어떻게 바뀌고, 평론가라는 사람들이 그 상황에 따라 무슨 소리를 한다 해도 나의 창작실은 여전히 평온할 것이다. 인간과 인간 그리고 사회와의 관계가 이루는 불변성을 근거로 하여.

우리는 그 어떤 분야에서든 기본적 인식을 바르게 하고, 원칙적 실천을 똑바로 해야 한다. 그러면 삶의 소모를 막을 수 있다. 문학은 인간의 삶을 '총체적'으로 다루는 '예술'이다. 이 불변의 사실을 망각하거나 경시하지 않으면, 문학의 다양성에 대한 논의는 나올 수 있으나 '거대담론'이니 '미시담론'이니 하는 억지스러운 말들까지 만들어가며 미숙아적 입씨름을 되풀이하지 않을 것이며, 문학을 아끼는 독자들을 생경한 혼란에 빠뜨리지도 않을 것이다. 이제 한국의 근대문학은 성숙하지 않으면 안 되는 자체 역사를 가지고 있다. 상황의 변화에 따라 논리의 편협성과 편파성을 너무 심하게 드러내는 소아병적인 버릇을 떼칠 때도 되지 않았을까.

문학인의 이성과 문학의 길

1990년대가 중반을 넘어서고 있는 상황에서 문단을 휩쓸고 있는 그런 바람은 정치·사회의 분위기와 무관하지 않다. 탈이데올로기 시대라고 주창되고 있는 1990년대는 정치·사회적으로 팔십년대의 부정, 팔십년대의 범죄시, 팔십년대의 거부가 주류를 이루고 있다. 그런 분위기에 편승해서 문학계에서도 미시담론 제일주의가 고창되기 시작한 것이다.

그러나, 1980년대의 투쟁과 시대정신이 그렇게 무조건적으로 부정되고, 전면적으로 거부되어야 하는 것인가? 그건 우리 한국사회에서만 드러나는 기현상일 것이다. 그 첫째 이유는, 우리의 분단상황이 만들어낸 고질병인 충동적이고 감정적인 반공주의가 저지르는 횡포다. 그리고 둘째로는 이 땅의 지식인들이 너무 약삭빠르게 발휘하는 기회주의의 현주소인 것이다.

1990년대는 현실사회주의의 붕괴와 함께 시작되었다. 그와 때를 같이 해서 이 땅의 반공주의는 다시금 득세를 했고, 모든 분야는 앞다투어 보수 강화의 깃발을 들어올렸다. 그리고 운동권은 모두 사상 불온자들이나 사회주의자들로 매도되기 시작했다.

그런 급변은 거기서 끝나지 않았다. 더욱 놀라운 것은 운동권의 너무 허망한 와해와 분산이었다. 상상하기 어렵게 흔들리고 흩어지는 운동권의 몰골은 공격세력의 기세를 더욱 드높이고, 그들의 매도를 타당한 것으로 입증시키는 결과가 되었다.

그 어느 나라, 그 어느 사회에서 이런 희한한 현상이 벌어질 수 있겠는가. 하나의 사회운동이 일어났다가 끝나거나 상황이 달라지게 되면 그에 대한 성과, 의미, 오류 같은 것들을 점검하고 검토하는 과정을 거치는 것이 정상이 아닐 것인가. 그런데 운동권 그 어느 분야에서도 그런 시도가 없는 채 1980년대는 실종되고, 1990년대는 목적지 모를 독주를 해대고 있는 것이다.

돌이켜보건대, 1980년대는 우리에게 무엇이었으며 우리는 무엇을 추구했던 것일까. 그건 세 가지로 요약할 수 있을 것이다. 첫째 군부독재 타도와 민주주의 건설, 둘째 인간다운 삶의 조건 확보, 셋째 민족통일의 성취였다. 이 세 가지는 상호보완적이고 상호상승적인 역학관계 속에서 운동권을 추동하며 1980년대를 관통해왔다.

그럼 그 결과는 어떠하였는가. 이십만의 운동권과 팔십만의 시민들이 뭉친 6·10항쟁을 절정으로 하여 삼십 년 군부독재를 종식시켰다. 1980년대의 이 역사적 투쟁이 없었다면 어찌 되었을 것인가. 이 땅에는 지금까지도 군부독재가 계속되고 있을 것이 분명하다. 이 엄연한 사실 앞에서도 1980년대는 무조건 부정되고 매도되어야 하는 것인가.

6·10항쟁은 4·19보다, 그리고 광주항쟁보다 더 위대한 승리의 꽃이었다. 왜냐하면 6·10항쟁은 5·16쿠데타로 살해된 4·19를 부활시켰으며, 군부독재의 폭압으로 표류하고 있던 광주항쟁을 구조했기 때문이다. 아직은 만족할 수 없지만 그나마 오늘과 같은 민주주의가 있게 한 것은 팔십년대의 민주화투쟁의 결실이 아니고 무엇인가.

그리고 노동운동으로 통칭되는 인간다운 삶의 추구는 어찌 되었던가. 그 운동은 노동자의 개념을 수정·확대시키면서 모든 생업장에서 노조를 탄생시켜 최소한의 인간다운 삶의 토대를 구축하는 동시에, 그 조직된 힘으로 이 땅의 산업화와 근대화가 재벌들에 의해 이루어진 것이 아니라 바로 노동자들에 의해 이루어지고 있음을 여실히 보여주는 엄청난 업적을 세웠다.

끝으로 통일운동의 결과는 어떠했는가. 분단의 세월이 길어짐과 동시에 산업화에 따른 물신주의에 휘말려 자칫 망각하거나 경시하기 쉬운 통일문제를 우리의 삶의 행복과 불행의 절대요소로 환기시키고 인식시키는 알찬 성과를 이룩했다. 초등학생들 팔십오 퍼센트가 통일을 우리 민족의 과제라고 인식하고 있는 여론조사의 결과는 1980년대의 운동과 시대정신이 얼마나 큰 기여를 했는지 잘 입증하고 있는 것이다.

그러나 노동운동의 과정에서 어느 일부가 사회주의 이론을 끌어들이고, 학생운동에서 극히 일부가 북한의 주체사상에 기울어진 것을 부정할 수는 없다.

그것은 운동의 격랑과 흥분 속에서 저질러진 단견이고 오류였다. 그렇지만 그것을 빌미로 하여 반공세력이나 수구세력들이 운동권 전체를 사상불온자들로 매도하고 1980년대를 부정하려고 드는 것은 비열한 악의인 것이다.

1980년대, 얼마나 많은 사람들이 죽어갔으며, 얼마나 많은 사람들이 고문당하고 감옥살이를 했던가. 돈이면 최고인 자본주의사회는 인간들을 그 얼마나 개체화시키고 이기화시키고 소아적으로 만들어 가는가. 그런 비인간의 시대, 비정의 시대에 자신의 안위와 안락을 버리고, 오직 하나뿐인 목숨까지 버리며 '우리'라는 공동체의 삶을 위하여 수많은 사람들이 어깨동무한 동지로 나서게 했던 것, 그것이 1980년대의 시대정신이고 위대함이다.

나는 1980년대를 무조건적으로 매도하고 부정하는 부류들을 탓하기에 앞서 운동권에 몸담았다가 1990년대와 함께 재빠르게 변신한 부류들을 탓하고자 한다. 그들의 발빠른 기회주의는 수구세력의 기회주의보다 더 추하기 때문이다. 또한 그들의 기회주의가 수구세력의 기세를 더욱 올려주고, 그들의 매도를 합리화시켜주었기 때문이다.

그런 변화는 문학계라고 해서 다를 것이 없었다. 문학성을 주창하는 미시담론자들이 활개치기 시작하면서 운동권의 일부 문인들은 재빠르게 변신하거나 엉뚱한 작품을 써내기에 바빴다. 그 두 부류의 사람들은 모두 똑같은 기회주의자들이다. 미시담론을 내세우며 그것이 문학의 본령이라고 주장했으려면 1980년대부터 했어야 하고, 운동권에 속한 문인으로서 최소한의 진실이라도 있었다면 논리나 작품을 바꾸려고 허둥댈 것이 아니라 1980년대의 진실과 정의로움을 객관적 논리로 정리하거나 '문학성 있는 작품'으로 써내려고 노력했어야 할 것이다.

다시 되풀이하건대, 인간은 전적으로 개인적인 존재도 아니고 전적으로 사회적인 존재도 아니다. 1980년대에는 인간이 역사적·사회적 존재라고 주장하고 그런 작품들을 떠받들던 평론가가 1990년대가 되자 인간은 개인적 존재이며 인간의 내면을 추구한 작품이라야 인간의 문제를 해결할 수 있다는 정반대의 주장을 하는 걸 보고 비웃음마저 나오지 않았다. 그것이야말로 표변하는 지식인 기회주의의 극치였던 것이다. 그런 식으로 몸을 바꾸는 시인과 작가도 적지 않은 것이 오늘의 현실이다.

인간이 동물과 다른 것은 문화와 문명을 지녔기 때문만은 아니다. 그뿐만 아니라 인간은 인간다운 삶을 영위하기 위하여 끊임없이 비인간적인 제도와 억압에 저항하고 투쟁하는 역사를 살아오며 그 목적을 달성해왔다는 점이 추가되어야 한다. 이 점을 상기하면서 우리는 되물어야 할 사실이 있다. 1990년대는 과연 탈이데올로기 시대인가. 그것은 시대적 거짓말이다. 자본주의를 등에 업은 자유주의라는 것은 무엇인가. 그건 이데올로기가 아니라 새롭게 내린 하늘의 말씀이란 말인가. 1990년대는 탈이데올로기 시대가 아니라 이데올로기 독주의 시대인 것이다. 그 독주가 생산해내는 비인간적이고 반사회적인 문제점들이나 갈등 그리고 모순은 없을 것인가. 이미 다 알다시피 우리 사회는 수많은 문제점들을 안고 있다.

태풍이 몰아칠 때 큰 나무에서부터 작은 풀까지 영향을 받지 않는 것이 어디 있는가. 이데올로기 독주 시대에 전혀 그 영향을 받지 않고 개인으로서만 존재할 수 있는 사람이 그 누가 있겠는가. 우리는 인간다운 삶을 위해서 그 독주 시대가 야기시키는 문제점이나 모순들과 또다시 싸워나가지 않으면 안 된다. 그러므로 인간은 영원히 이데올로기적인 동물일 수밖에 없다. 사회조직을 거부할 수 없는 인간의 숙명을 안고서.

문학은 그런 인간의 삶을 총체적으로 그리는 것이다. 그러므로 참여나 순수만을 내세우는 것은 아둔이거나 거짓이다. 나는 그 인식의 바탕 위에서 또 다음 작품을 쓰려고 한다. 그 작품 속에서 1980년대와 그 시대정신을 올바르고 진실되게 투시하려고 최선을 다할 것이다. 그 투시의 노력 속에는 용기 있는 사람들만이 아니라 비겁자들과 기회주의자들도 모두 포함될 것이다.

감히 말하건대, 동학농민혁명이 우리의 지난 백년을 규정했듯이 1980년대는 우리의 미래 백년을 규정할 것이다. 이런 의식 때문에 나의 창작실은 열정의 도가니로 끓고 있는지도 모른다.

(『실천문학』 1996년 가을호)

십사 년 동안

작가란 인생에 대한 모색자이고 역사에 대한 탐험자다.

이것은 작가로서 많은 경구를 남긴 셰익스피어의 말도, 톨스토이의 말도 아니다. 오랜 세월 전부터 내가 나 자신에게 해온 말이었다.

그것은 작가로서, 나 자신에게 어떤 자세로 작품을 써야 할 것인지를 제시한 것인 동시에, 내 영혼을 스스로 매질해나갈 채찍을 마련한 것이었다. 사회가 작품을 필요로 하고, 작가의 존재를 인정하는 것은 작가가 인간의 인간다운 삶의 길을 모색해 나아가고, 역사의 숨겨진 진실을 찾아내는 역할을 하기 때문이라는 인식이 바탕을 이루고 있었다.

『태백산맥』은 그 경고를 충실히 실현시키고자 하는 욕구와 함께 씌어지기 시작했다. 그런데 『태백산맥』 1부 3권이 단행본으로 출간된 1986년부터 나에게 시련이 닥치기 시작했다. 점점 뜨거워지는 독자들의 반응에 즐거워하며 2부 연재의 곤욕을 위로받고 있는 나에게 느닷없이 찬물을 끼얹고 든 것은 심야의 공갈협박 전화였다.

"이 빨갱이 새끼야, 그것도 소설이라고 써. 당장 때려치워. 말 안 들으면 네놈을 없애버릴 거야!" "지금 당장 네놈 집이 폭파된다" "네놈 아들이 어느 학교에 다니는지 다 알고 있어" "이새끼, 느네 가족을 싹 몰살시키고 말 거야" "평생 따라다니며 끝끝내 죽이고 말 거니까 안심하지 말아"……

새벽 두세시경이면 걸려오는 공갈협박 전화의 내용이었다. 이런 전화는 압구정동에서 서초동으로, 서초동에서 분당으로 이사를 해도 줄기차게 따라다녔다. 거기에 겹쳐 정보과 형사들이 사무실로 찾아들고, 방송국 블랙리스트에 오르고, 수사기관들의 수사착수 위협이 가해져오고, 대검에서 자체수사에 따른 태도 표명이 나오고, 결국은 반공 8개 단체에게 국가보안법 위반으로 고발을 당하고, 경찰 대공분실의 조사를 받고, 다시 검찰에 소환되어 조사를 받고, 소항목까지 120개 항목이 넘는 반증자료를 제출하며 오늘에 이른 세월이 십사 년에 걸쳐 있다.

그런 와중에 『태백산맥』을 끝냈고, 『아리랑』을 시작하고 또 끝냈다. 그리고 세번째 대하소설 『한강』을 시작해 1부 3권을 막 마무리지었다. 돌이켜보니 참 용케도 견디어왔다는 생각이 선뜩하고 새롭다.

내가 십사 년 동안 당한 고통스러운 일들은 수없이 많다. 매일 신문연재에 쫓기고 있으니 그 이야기들을 여기에 다 적을 시간이 없다. 차근차근 메모를 해둔 사건들을 언젠가는 자세하게 쓸 작정인데, 아마 책 한 권이 넘을 것이다. 아내가 밤에 나 혼자 다니지 못하게 한 것도 십 년이 넘었는데, 그런 공포와 함께 나를 십사 년 동안 에워쌌던 그 일들은 한마디로 쇠고랑이었고 고문이었다.

나는 정말 그런 고통을 당할 만큼 죄를 지은 것일까? 모를 일이다. 사실을 사실대로 쓰고자 했고, 진실을 진실로 밝혀보고자 한 '소설'을 놓고 국가보안법의 칼을 들이댄 것이다.

요즘 미군의 노근리 양민학살사건이 오십여 년 만에 불거져 한창 시끄럽다. 『태백산맥』에도 그와 똑같은 성질의 미군 강간사건이며 횡포들이 나온다. 고발자들은 그런 것들을 모두 사실 무근이라며, 이적행위를 한 빨갱이로 몰았다. 그리고 경찰과 검찰은 객관적 근거를 대라고 추궁했다. 이번 노근리사건도 미국 신문이 거론했으니까 괜찮은 것이지 만약 우리나라 어느 작가나 학자가 글을 썼더라면 또 여지없이 국가보안법을 위반한 빨갱이로 몰렸을 것이다. 사실을 사실이라고 말하는 것이 죄가 되는 상황, 그것이 54년에 걸친 우리의 분단현실이다. 노근리사건을 계기로 전국에서 봇물처럼 터져나오는 미군의 양민학살이 그런 현실을 웅변적으로 입증하고 있다.

그러나 작가가, 그 시대의 산소이며 빛이라고 황송한 칭송을 받고 있는 작가가 언제까지 침묵을 일삼을 것인가. 침묵은 비겁이며 역사에 대한 반역이다. 어쩌면 피해받은 대중의 침묵은 작가들에게 웅변을 요구하는 또다른 웅변인지도 모른다. 나의 무죄는 아직까지도 확정되지 않았고, 앞으로 또 얼마나 끌어갈지 모른다. 나는 오로지 쓰는 일에 열중할 뿐이며, 그 동안 그래왔듯이 앞으로도 그런 일들이 나를 괴롭힐 수는 있어도 내가 그런 공포에 겁질려 붓을 놓지 않는다는 사실은 불변이다. 작가가 쓰기를 굴복할 때 그건 작가의 죽음이다. 단재 신채호에게 일본의 식민지법은 법이 아니었듯이 분단시대의 작가에게 국가보안법은 법일 수 없다.

얼마 전 문학평론가 김우종 선생은 "『태백산맥』은 우리나라에서 수사당국 조사로서 최장기록을 세우고 있다. 그리고 아마도 이것은 기네스북에도 오를 수 있는 기록일 것이다" 하는 칼럼을 썼다.

(『실천문학』 1999년 겨울호)

왜 문학을 하는가

"선생님, 소설을 꼭 그렇게 쓰셔야 됩니까?"

마주 앉아 설렁탕을 먹던 검사가 나직하게 말했다.

나는 천천히 눈길을 들어 상대방을 바라보았다. 마흔이 다 차지 않은 것 같은 젊은 검사의 어조뿐만이 아니라 얼굴도 아까 신문을 할 때와는 퍽 다르게 풀려 있었다.

나는 그를 물끄러미 바라보다가 그저 웃음지으며 다시 숟가락을 뜨기 시작했다. 1999년 9월 어느 날 검찰청에서 있었던 일이다.

그 젊은 검사가 조사 책상을 떠나 굳이 그렇게 물었던 것은 자기보다 훨씬 나이 많은 소설가를 죄인 취급해가며 조사하는 것이 미안하고 마음 편치 않다는 표현이기도 했고, 또 한 가지는 왜 이런 괴로움을 미리미리 피해 서지 않느냐는 딱해함을 담고 있기도 했다.

젊은 검사가 알고 싶어했던 것

그 검사는 『태백산맥』을 고발한 사람들이 제시한 오백여 가지의 혐의사항들을 백이십여 가지로 간추려 조사하면서 내가 '객관적 자료'를 댈 수 있을 것인지 회의하는 눈치였다. 그런데, 1994년 6월에 『아리랑』을 쓰다 말고 경찰청의 조사를 받았던 것처럼 나는 다시 『한강』을 쓰는 것을 며칠 중단하고 검찰이 요구하는 객관적 자료를 하나도 빠짐없이 갖추어 조사에 대응했다. 그러고 나서 그 검사와는 더 만나지 못했다.

이제 와서 그 검사의 말이 다시 떠오르는 것은 그것이 '당신은 왜 문학을 하는가' 하는 물음의 다른 표현이기 때문이고, 그때 내가 침묵을 했던 것은 가장 현명한 응답을 한 것이 아니었을까 하는 생각이 드는 탓이다. 고발당한 소설 『태백산맥』에 대해 어떤 편안한 휴게실이 아닌 검사실에서 그 진실을 전달한다는 것은 거의 불가능한 일인 것이다.

6·25 시절을 전혀 알 수 없다고 실토한 젊은 검사가 나한테서 알고 싶어했던바, '당신은 왜 꼭 그렇게 쓰는가' 하는 의문의 답은 저 멀리 사십여 년 전에 그 뿌리가 닿아 있다. 문학에 사나이 한평생을 걸기로 작정하고 국문과 대학생이 되었을 때 가장 심각하고 절실했던 문제는 무엇이었던가.

무엇을 써야 할 것인가……

그것은 답을 얻기 어려운 물음이 아니었던가 한다. 나만 그랬던 것이 아니라 문학의 열정에 사로잡혀 있었던 내 주변의 문학청년들 모두가 그 물음에 시달리고 있었다. 그것은 바로 '문학을 어떻게 해야 할 것인가'로 이어지는 가장 기본적이고 본질적인 고민이었고, 그것은 또 '왜 문학을 하는가' 하는 궁극적인 문제로 직통하는 시발점이었다.

나는 대학생이 되기 전에 벌써 확고부동한 가치 한 가지를 의식 깊이 세워두고 있었다. 만인 평등의 민주주의에 대한 절대 신뢰, 그에 따른 봉건주의 유습의 철저한 배격 — 이 둘이면서 하나인 가치관은,

줄기세포가 수많은 종류의 기관을 만들어가는 세포로 변형되고 분화하듯이 복합적 작가의식을 형성해 나아가는 모태가 되었다.

초등학생 때 노예 만화 보고 느낀 슬픔

나는 어렸을 때부터 비정상일 만큼 이상한 데가 있었다. 6·25 전쟁이 끝난 직후 그 책 귀하던 시절에 만화 한 권을 빌려보게 되었다. 초등학교 4학년 무렵이었던 그때 나는 사랑방의 옛날이야기에 정신을 팔고, 만화 보는 데 두 눈에 쌍불을 켜고 있었다. 그 만화는 미국 흑인 노예의 슬프고 슬픈 이야기였다. 백인들에게 쫓기며 아이를 안고 얼음장 위에서 넓은 강을 떠내려가는 흑인 여자…… 나는 그 여자로 변했고, 책을 덮고 수많은 날이 가도 그 슬픈 통증은 전혀 가시지 않고 가슴속에 생생히 살아 있었다.

그리고 중학생이 되어 노예해방과 민주주의를 알게 되었다. 너무 자연스럽게 링컨을 존경하는 인물로 삼게 되었고, 민주주의에 역행하는 제도가 봉건주의임을 식별하게 되었다. 그 식별에 따라 우리 사회에 일어난 여러 문제점들이 봉건제도에서 비롯된 것임을 조금씩 눈떠가게 되었고, 고학년의 역사를 배워가면서 봉건주의의 비인간성은 점점 더 크게 보이게 되었다.

내가 고등학교 2학년 때, 아버지는 장남인 형과 차남인 나를 불러 앉히고 족보 찾는 법을 가르치려고 했다. "아버지, 지금 세상이 어떤 세상인데……" 하며 나는 즉각 반발했고, 아버지는 버르장머리없는 차남에게 손찌검을 했다. 부모한테 맞을 때는 빨리 달아나는 것이 효도라는 말이 있다. 나는 효도하느라고 잽싸게 도망쳤고, 예순이 된 지금까지도 족보 찾을 줄 모른다. 그러나 나는 그 무식을 부끄러워하지 않는다.

그뿐만이 아니다. 십삼, 사 년 전에는 '문중을 빛낸 어른'이라며 화수회에 가입하라고 사람이 왔다. 나는 심부름 온 여직원에게 이 나라에 번창하고 있는 모든 화수회가 왜 없어져야 하는지를 교육시킨 다음 입회원서에 아무것도 기재하지 않고 그 여직원을 돌려보냈다. 내가 고등학생 때부터 봉건사회를 증오하듯이 싫어한 것은 왕권의 세습과 신분제도 때문이었다. 이 세상에 그것처럼 비인간적인 제도가 어디 또 있는가. 평소에 세금도 내지 않고, 국난이 닥쳐도 군대에 나가지 않았던 것이 양반들이 한 짓이다. 그런데 오늘날 문학을 한다는 사람들이 그 알량한 양반족보를 과시하고, 양반제도를 찬양하고 든다. 그게 용기인지 아둔인지 알 수가 없다. 나는 한번 옳다고 마음에 심은 가치는 이렇듯 미련하게 지키고 가꾸려고 애써왔다.

대학교 2학년 때였던가. 〈스파르타쿠스〉라는 영화를 보게 되었다. 수많은 노예들이 엄청나게 큰 바윗덩이들을 끌고 밀며 거대한 임금의 무덤을 만들고 있었다. 그들 중에 한 여자는 이미 고정된 바위와 새로 붙이는 바위 사이에서 흙이며 티끌을 쓸어내는 일을 하고 있었다. 그런데, 어느 순간 밀려드는 바위 틈에 옷자락이 끼어 그 여자는 바위 사이에서 빠져나오려고 몸부림치다가 끝내 두 바위가 밀착되는 속에서 흔적도 없이 으깨져 죽고 말았다. 옛날에 만화를 보고 그랬던 것처럼 나는 다시금 바위 사이에서 으깨져 죽은 그 여자로 변해 새로운 가슴의 통증을 앓게 되었다.

이처럼 소설에서고 현실에서고 가엾고 불쌍하고 억울하게 당하는 힘없고 가난한 사람들의 이야기는 전혀 간격이 없이 내 가슴의 정면으로 부딪쳐왔고, 나는 곧바로 그들로 변신해 통증을 앓아야 했다. 그 대책 없는 가슴에 대해 최근에 이르러서야 '작가적 가슴'이라고 이름 붙여주었다. 그런 가슴을 안고 대학생 상급반으로 올라가고 있는 나는 우리 사회와 역사를 통찰하려고 애쓰면서 '어떻게 쓸까' 보다는 '무엇을 쓸까'를 고심하는 문청이 되어 있었다. 그 시절에 내 의식을 무장시켜 나가고 있는 것은 앞서 살다간 사람들이 남긴 경구들이었다.

"작가가 돈에 작품을 파는 것은 창녀가 몸을 파는 것보다 더 더러운 짓이다" "작가는 모든 비인간적인 것에 저항해야 하고, 그 실천이 위대한 작품을 탄생시킨다." 톨스토이와 빅토르 위고의 그런 말들은 내 영혼을 흔든 대표적인 것들이다.

나는 그런 경구들처럼 내 의식과 영혼을 성장시키고 지키려고 애쓰는 한편으로, 우리의 험난하고 가혹한 역사에 대해서, 그런 역사의 땅에 태어났음에 대해서, 그리고 하필이면 문학을 하려고 하는 것에 대해서, 그렇다면 무엇을 쓸 것인가에 대해서 고심고심하면서 대학을 졸업했다.

인간다운 세상 기여하고파

군대를 거쳐 사회인이 되었을 때 '우리'를 바라보는 사회의식은 더욱 견고해져 있었고, 마음에 심은 가치들은 한결 더 많아져 생울타리를 이루고 있었다. 나를 작가로 만들어준 두 편의 작품 중 「누명」이 반미 냄새가 진하고, 「선생님 기행」이 사회 부조리를 드러내고 있는 것은 숨길 수 없는 나의 모습이었다. 역사의식적인 면과 사회의식적인 면, 그 두 갈래 길을 심화·확대시키려고 노력해온 것이 내 작가의 생애가 아닌가 한다.

만인의 평등이 인간사회의 지고한 가치라고 믿듯이 문학 또한 그런 아름다운 세상을 실현하기 위해서, 인간의 인간다운 삶을 위해서 인간에게 기여해야 한다는 것을 최고 가치로 삼고 오늘에 이르렀다. 무릎 꿇지 않고 굽히지 않는 그 길을 걷다보니 이념공세도 당하게 되고, 계급주의자 굴레도 쓰게 되고, 사상불온자로 고발도 당하게 되었다. 그런 고통은 분단시대를 사는 작가로 피할 수 없는 것이고, 민족이 당하는 고통에 비하면 지극히 미약한 것이다. 그 검사한테는 미안한 일이지만 앞으로 필요하다면 『태백산맥』보다 더한 작품도 쓰기를 망설이지 않을 것이다. 어차피 작가는 진실을 말하지 않으면 안 되는 존재이며, 진실한 작가는 그 어느 시대 그 어떤 정권하고든 불화하게 되어 있다. 왜냐하면 모든 정권이나 체제는 오류를 남기게 마련이기 때문이다.

인간의 인간다운 세상을 위해 인간에게 기여할 수 있다면 그보다 더 숭고하고 보람스러운 일이 어디 또 있을까. 진정한 문학, 참된 문학은 역사를 변혁시키고 사회를 변화시킬 수 있다고 믿고 있다. 그 길을 따라 남은 생애를 살고자 한다.

적지 않은 사람들이 나에게 묻고는 했다. 당신은 사상적으로 성분적으로 무슨 주의자냐고. 굳이 그렇게 분류하고 싶다면, 정의와 진실을 실현시키고자 하니까 진보주의자고, 민족적 자존을 지키고자 하니까 민족주의자고, 그 어떤 간섭이나 억압 없이 예술창작을 하고자 하니까 자유주의자이다. 그러나 이런 분류들이 얼마나 부질없는 일인가. 나는 경건한 마음으로 문학을 섬기며 남은 생애를 흠 없이 살기를 바라고 있을 뿐이다. 그러므로 이 서러운 역사의 땅에서 진실을 찾아 헤매며 글을 쓰다가 갈 예술가일 뿐이다.

(한국일보, 2002년 3월 21일자)

작가 일기 : 앞서 떠난 후배

1983년 3월 12일

비평가 ㅅ씨가 쓴 글을 읽고 무척 당황했고 어느 만큼 시간이 지나
자 불쾌감이 일었다. 그는 월평이라는 길지 않은 글을 통해서 작가
ㅂ씨의 작품을 평하려고 한 모양인데, 정작 작품에 대한 평은 보류하
고 소재를 가지고 시비를 하고 있었다. ㅂ씨가 다루고 있는 소재는
6·25였고, ㅅ씨는 그것을 가리켜 "전혀 감동할 수 없는 동어반복의
지루함일 뿐"이라고 힐난하고 있었다.

내가 처음 당황한 것은 평자의 그 용감무쌍한 용기 때문이었고 그
다음은 ㅂ씨가 받게 될 아픔을 동업자로서 충분히 상상할 수 있어서
였다. 나는 평소부터 ㅂ씨가 성실을 바친 작품을 써내는 작가로 신뢰
하고 있어서 그 당황은 더 컸는지도 모른다. 나는 그때까지 읽지 못
하고 있었던 ㅂ씨의 작품을 한 달 전 월간지를 뒤져 찾아냈다.

내 마음속에서 불쾌감이 일기 시작한 것은 ㅂ씨의 작품을 다 읽고
나서였다. ㅂ씨는 내가 신뢰하고 있던 대로 정확한 문장을 바탕으로

새로운 시각의 주제를 거의 완벽하게 형상화하고 있었다. 왜 이 작품이 그런 혹독한 비평의 칼을 맞아야 하는가…… 나는 한동안 어리둥절해 있다가 그 이유를 발견하게 되었다.

ㅂ씨의 죄는 6·25를 소재로 했던 때문이고, 비평가 ㅅ씨는 ㅂ씨의 작품을 비평한 게 아니라 ㅂ씨가 선택한 소재만을 놓고 시비를 하고 있었던 것이다. 그렇다, 그건 분명 시비일 뿐이었다.

작품에 대한 비평가의 비평권한 영역이 어디까지인지 나는 잘 모른다. 그러나 나의 짧고 무식한 식견으로는 작가의 소재 선택까지가 거기에 포함되리라고는 여겨지지 않는다. 그 범주가 어쨌든 간에 내가 불쾌했던 것은 비평가라는 자격을 가진 ㅅ씨의 무책임과 경솔에 대해서였다.

ㅅ씨는 그 문맥으로 보아 6·25라는 소재는 "이제 지긋지긋하고 넌덜머리가 난다"는 구어체의 의미를 강하게 표출시키고 있었다. ㅅ씨의 그런 거부반응이 어디서부터 비롯되고 어떤 이유로 생긴 것인지는 알 길이 없다. 어떤 개인적인 이유가 아니라 ㅅ씨의 말 그대로 그동안 되풀이되어온 동어반복의 횟수만 가지고 그러는 것이라면 문제는 더욱 심각해진다.

되풀이된 소재, 그래서 진부하고 구태의연한 소재, 그건 보나마나 형편없는 소설 — 이런 등식을 행여나 ㅅ씨가 적용하지 않기를 빈다. 왜냐하면 비평가가 느끼는 소재의 식상보다 작가가 느끼는 소재의 식상이 몇십 갑절 강하기 때문이다. 작가는 거의 본성적으로 새로운 소재, 신선한 소재를 갈구하게 마련이고, 거기에 남이 안 한 이야기를 담을 수 있기를 소원한다. 그럼에도 불구하고 되풀이된 소재를 선택하지 않을 수 없었을 때는 상대적으로 그만큼 새롭게 하고자 하는 이야기가 있기 때문이 아닌가. 비평가는 소재의 반복에 시비를 걸 것이 아니라 그 속에 담겨 있는 주제의 새로움을 발견하려고 노력해야 한다. 그것이 비평가의 기본적 책임이며 궁극적 의무인 것이다.

불행하게도 ㅅ씨는 직권 남용과 동시에 직무 태만을 범하고 있었다. 물론 6·25가 그 동안 삼십 년 세월에 걸쳐 정치적으로, 사회적으로 얼마나 많이 반복되었으며, 얼마나 신경을 피로하게 했는지는 더 말할 필요가 없다. 그러나 ㅅ씨는 문학비평가다. 그는 최소한 문학적 입장에서의 6·25와 6·25로 비롯된 민족의 상처와 생존 같은 문제를 평소에 조금만 심각하게 생각했더라도 그런 식의 경박은 범하지 않았을 것이다.

물론, 1950년대 이후부터 1980년대에 이르기까지 반복되고 있는 소재 6·25를 통해서 그 주제가 어떤 변모를 보이고 있는지에 대해서 예리한 비평의 눈을 집중시키고 있는 비평가들이 엄존하는 것으로 ㅅ씨의 경박은 개인의 능력 부족으로 간단히 정리해버릴 수 있다. 그러나 한 가지 염려스러운 것은 그가 대학에서 강의를 하고 있는 교수라는 점이다. 그나마 그가 국문학이 아닌 영문학을 전공하고 있음을 다행으로 여길 수밖에 없다. 그러면서도 왠지 석연찮고 서글픈 마음이다.

작가 ㅂ씨에게 좋은 작품을 썼다는 격려의 전화를 하기로 마음먹었다. 생전 해보지 않은 짓이지만 ㅅ씨가 저지른 망발을 내가 대신 사과하는 마음에서다.

1983년 4월 6일

문예진흥원의 문학 강좌에 나갔다. 작년에 이어 계속되는 강좌로, 나도 연달아 강사로 초빙되고 있다. 중·고등학교의 선생 시절이 아니라 교과서도 없고 범위도 없이 문학 전반에 걸쳐 두 시간을 연속해내야 하는 강의다. 내가 문학에 대해서 무엇을 안다고 하는 겸손 아닌 주저가 생기고, 수강자들에게 죄스러운 생각이 든다.

이런 생각도 나이가 드는 탓인가. 언제부턴가 문학에 대해서 주장할 것도, 내세울 것도 없는 것 같은 마음이 되어간다. 삶에 대해서도 마찬가지다. 마흔을 넘긴 나이는 그냥 숫자의 누적이 아님을 여실하게 깨닫는다. 소설은 마흔을 넘겨 비로소 하는 문학이라는 말이 새삼스러운 실감으로 가슴에 자리잡는다. 그런데 그건 두려움과 함께 있다.

백여 명의 수강자들을 분류할 수 있는 건 남자와 여자라는 것뿐이다. 여자가 압도적으로 많은데, 그들의 학력 정도도, 문학의 소양이나 지식 정도도 전혀 알 수가 없다. 그런 상태로 문학을 이야기하자니 더 진땀이 나는 모양이다. 수강자들의 태도가 예상 외로 진지하다는 것이 작은 기쁨과 고마움으로 마음에 담긴다. 현대가 문학시장의 황폐화 시대임은 세계적인 현상이고, 특히 우리나라처럼 문화계층이 두껍지 못한 현실 속에서 그들은 그래도 확인되는 밭이기 때문이다.

최선을 다하고자 한 백 분의 강의를 끝내고 이십 분의 질문을 받는다. 가지각색의 질문이 쏟아진다. 순수와 대중문학, 순수와 참여, 작가의 사명, 소설 잘 쓰는 비결, 왜 작가가 되었느냐……

박수를 받고 강의실을 나오면서 갈증을 느끼고, 생각보다 많은 강사료를 받아 건물 현관을 나서면서는 말을 많이 한 공허에 싸인다. 내가 뭣을 안다고…… 그러면서도 헛된 시간이 아니었다는 작은 보람은 꽃씨처럼 의식의 가운데에 남는다.

1983년 5월 27일

"조형, 왔다가 갑니다. 오랜만의 걸음이었는데……"

작가 ㅎ형이 남기고 간 메모였다. 나는 이 짧은 메모를 들고 서서 안타까움을 어찌하지 못하고 있었다. 삼십 분만 서둘러 들어올 것을…… 이 친구 삼십 분만 더 기다리지 않구서……

그러나 ㅎ형은 이미 삼십 분쯤 전에 내 사무실을 나가 터무니없이 소란하고 번잡한 도시 서울의 그 어딘가로 숨어들어버렸다. 그러니 찾을 길이 막연하다. 나는 그의 메모를 멍하니 들여다보다가 콧등이 찡 해오는 적막을 느꼈다.

그 짧고도, 수식이라고는 전혀 없는 건조한 문장. 거기에서는 슬픈 울음 같은 스산한 바람이 일고 있었다. 그건 작가 ㅎ형의 고적한 마음이고 쓸쓸한 모습이었다.

나는 ㅎ형을 만나야 했고, 그리고 오랜만에 참으로 오랜만에 맥주를 한잔하며 삶의 여울을 어루만졌어야 했다. 그런데 ㅎ형은 문득 왔다가 스산한 바람으로 가버린 것이다. 나는 그가 남기고 간 자리를 오래도록 지키고 앉아 있었다.

ㅎ형은 나와 십 년이 넘게 알아온 사이다. 그런데 그 세월 동안에 열 번쯤인가 만났고, 네 번쯤인가 술을 했을 뿐이다. 그러면서도 나는 그를 믿고, 그가 영광되기를 빈다. 그도 내가 없는 자리에서 내 작품을 높게 말하고, 내 인격을 옹호해준다.

그는 섬세한 감각의 문장과 중후한 주제를 탁월하게 조화시킨 작품을 계속 생산해냈다. 그러다가 어느 때부터인지 작품이 뜸해지기 시작했다. 그건 그의 능력의 한계 때문이 아니라 순전히 생활적 환경에 의한 타의 때문이었다. 그는 다름아닌 대학교수 노릇을 본격적으로 시작했던 것이다. 그는 좋은 소설을 쓰기 위한 생활 조건의 해결을 위해 교수가 되었던 것인데 그 교수라는 직책의 구속이 결국 소설을 못 쓰게 만드는 결과를 빚어낸 것이다.

소설에 대한 정념이 남달리 뜨겁고 순수한 그가 쓰고 싶은 소설을 제대로 써낼 수 없는 타의의 제약 속에서 얼마나 갈등하고 있을까. 나는 그가 치르고 있는 고뇌의 무게를 그 누구보다도 잘 안다. 나도 생활조건의 해결 때문에 한 삼 년 정도 거의 소설을 쓰지 못했던 아픔을 겪었기 때문이다. 침몰해가고 와해되어가는 스스로를 목격해야 하는 그 절박한 초조와 고독을 그 누가 부축할 수 있는가.

돌아가신 이범선 선생은 "소설을 쓰려면 대학교수를 하느니 차라리 구멍가게를 하라"고 후배나 제자들에게 입버릇처럼 말하고는 하셨다. 그러나 이 땅의 작가나 시인은 어찌할 수 없는 비애와 더불어 부업으로 직장을 갖게 되는 것이다.

ㅎ형은 꼭 나만을 만나기 위해 안암골에서 종로까지 나온 것이 아니라 겸사겸사해서 들렀는지도 모른다. 그러나 이사를 해버린 사무실을 찾으려고 그는 여기저기 더듬거렸을 것이고, 그리도 오랜만에 나를 찾아준 그와 더불어 말보다 더 농도 짙은 마음을 건네는 시간을 갖지 못했음이 그리도 안타까울 수가 없는 일이다.

생활의 파도라는 것이 무엇인지 그와 나는 자주 만날 수가 없고, 그러면서도 항시 만나는 마음으로 살고, 사람에게 마음이라는 것이 있음을 더없이 소중한 재산으로 인식하며 그의 메모를 접는다. 그러면서 내가 시간을 내어 그를 만나러 안암골로 가기로 마음을 먹는다.

1983년 6월 10일

갠지스 강과 인더스 강을 품고, 힌두교와 불교를 잉태시켰으며, 간디와 타고르를 자식으로 거느린 나라, 인도를 떠나는 날이다.

인도에서 머물기 삼박 사일. 22개 언어권을 형성하고, 남한의 사십

배가 넘는 면적을 가진 나라에 고작 삼박 사일 머물고 무슨 할말이 있으랴. 그러나 내가 인도를 떠나면서 침묵의 늪에 빠져 있는 것은, 체류기간이 짧아 말할 재료가 없어서가 아니라 그 짧은 기간 동안에 인도가 보여준 연속적인 충격에 말을 잃어버렸기 때문이다.

나는 인도를 떠나면서 앞으로 인도에 열 번쯤 다시 오리라고 마음 먹고 있었다. 이것만이 내가 인도를 놓고 가장 확실하게 할 수 있는 말이었다. 그 외에 더 무슨 말을 하려고 하면 그건 거짓이고 허풍일 뿐이다. 인도는 열 번을 가기 위해 그만큼 필요한 시간을 소모할 의미를 가진 땅이었고, 열 번을 가기 위해 그만큼 필요한 돈을 소비할 가치를 가진 땅이었다. 그런 다음에 비로소 인도를 이야기해야만 겨우 그 맥을 찾을 수 있지 않을까 싶다.

철학자 버트란드 러셀이 경악했고, 역사학자 토인비가 경배했고, 소설가 헤르만 헤세가 경탄해 마지않은 땅, 인도. 그러나 그 세 사람도 그들 나름의 시점에서 그 어떤 결론을 내리지 못했던 나라, 인도. 하물며 내가 어찌 인도를 향해 무슨 말을 할 수 있으랴. 충격을 받은 만큼 나는 무슨 말인가를 할 수도 있고, 글로 쓸 수도 있다. 그러나 그것이 필경 장님 코끼리 만지는 격일 것이기 때문에 특히 글을 삼가하고자 한다.

물론 충격을 받았던 이런저런 장면들을 기록할 수는 있을 것이다. 그러나, 그것이 얼마나 부질없는 짓인가. 생각이 투영되지 않은 기록 위주의 글은 사진을 당해내기가 어렵다. 그리고 기록의 글이 아무리 유려한 표현을 빌린다 해도 직접 보는 경우의 감동과 충격을 이겨낼 수는 없을 것이다.

어찌하여 세계를 움직이는 4대 종교 중에서 그 땅에서만 두 개가 만들어질 수 있었을까. 이런 의문에 대한 대답을 마련할 수 있어야만 비로소 인도에 대해 무언가를 쓸 자격이 생기는 게 아닐까 싶다.

인도는 몇천 년을 거기 그렇게 있으면서 의연한 침묵을 지키는 속에 인간의 삶의 진실과 가치를 그대로 보여준다. 그리고 대한민국이라 이름 붙인 땅에서 살고 있는 우리네의 삶이 얼마나 잘못되어 있는지를 거울이듯 환하게 비춰준다. 이 말이 어떤 의미인지 인도를 보지 않은 사람은 전혀 이해하지 못할 것이다. 그러나 일단 보게 되면 금방 알아차린다. 그런 완벽한 준비를 갖춘 나라가 인도다.

나는 뒤늦게나마 인도를 볼 수 있었음을 생의 큰 보람으로 여기고 있다. 나는 앞으로 자주 인도에 갈 것이고, 이 땅의 더 많은 사람들이 한 번만이라도 가보기를 권하고 싶다. 너나없이 동경해 마지않는 파리나 로마를 보지 말고 인도를 보라고 권하고 싶다. 왜냐하면 파리나 로마는 하찮은 눈요기에 지나지 않지만 인도는 삶을, 인생을 깨닫게 하는 깊은 샘이기 때문이다. 그러나 한 가지 갖추어야 할 자세가 있다. 인생이 무엇인지 하룻밤쯤 울어 샌 경험을 가지고 인도를 가라는 것이다. 그렇지 않으면 인도는 섭씨 사십오 도의 아교풀처럼 끈적끈적 달라붙는 더위와 끝없이 구역질을 솟게 하는 점액질의 노린내만을 선사할 것이다.

1997년 3월 18일

오늘로 그 일을 다 마쳤다. 마음 급할 미망인을 생각해서 일을 서두른다고 서둘렀는데도 나흘이나 걸렸다. 네 사람을 일일이 찾아다니며 서명을 받다보니 생각보다 시간 소모가 많았다. 이 일이 성과가 있어서 제대로 보상을 받을 수 있다면 더 바랄 것이 없겠다. 그래야만 너무 허망하고 억울하게 세상을 떠난 이균영의 넋이 편히 잠들 수 있을 테니까.

새로 쓸 소설 『한강』의 취재로 나날이 바쁜데 며칠 전 뜻밖의 전화가 걸려왔다. 얼마 전 교통사고로 세상을 떠난 후배 작가 이균영의 아내였다.

"선생님, 바쁘신데 무례인 줄 알면서도 사정이 급해 이렇게 전화를 드리지 않을 수가 없었습니다. 다름이 아니라 애들 아빠에 관한 일입니다. 그 동안 대학에서는 성의껏 업무처리를 해 퇴직금 같은 것을 고맙게 선처해주었습니다. 그런데 문제는 보험회사입니다. 작가의 사고 보상에 대한 선례가 없다면서 아주 비협조적입니다. 그 사람들 말로는 작가의 창작시한을 언제까지 잡을 것인지 모호하기 때문에 보상액을 산출할 객관적 근거가 없다는 겁니다. 그래서 그쪽에서는 객관적 근거를 요구하는데, 그 객관적 근거라는 게 문단의 저명하신 분들이 연성명으로 그것을 입증하는 것이라고 합니다. 그런데 저는 문단에 아는 분들이 거의 없습니다. 아무리 생각해도 선생님밖에 생각이 안 나서 결례를 무릅쓰고 전화를 드린 것입니다. 어떻게 좀……"

나는 무엇에 쫓기기라도 하듯이 그 방법이 무엇이냐고 서둘러 물었다. 내 눈앞에는 순한 사슴 같기도 하고 청순한 여인 같기도 한 이균영의 모습이 선하게 떠올라 있었기 때문이다.

아무 걱정 말고 며칠만 기다리라고 하고 나는 전화를 끊었다.

그런데, 전화를 끊고 나서도 그 의문은 무슨 여운처럼 오래 가시지 않았다.

왜 나한테 전화를 한 것일까…… 정채봉이가 있는데……

나의 그 의문은 이균영의 부인과 통화를 하면서부터 떠오른 것이었다. 그러나, 왜 정채봉에게 연락하지 않았느냐고 물을 수는 없었다. 그 물음은 자칫 잘못하면 그 부탁을 꺼려하거나 회피하려 한다는 오해를 불러일으킬 수 있었던 것이다.

그 부인이 거듭 무례와 결례라는 말을 했던 것처럼 그 부인과 나는 초면이나 다름없었다. 내가 그 부인과 첫 대면을 한 것은 이균영의 빈소에서였다. 그런 점을 우려했던 것일까, 그 부인이 조심스럽게 한마디 한 말이 있긴 했다.

"……그이가 평소에 조선생님에 대해 자주 말하고는 했습니다……"

그러나 그 한마디로 내 의문은 풀리지 않았다. 왜냐하면 아동문학가 정채봉과 소설가 이균영은 가까운 사람들은 다 알다시피 이종사촌간이었다. 고등학교 때부터 이균영은 정채봉을 따라 문학을 하고자 했고, 그들의 신선하고 예리한 감수성은 많이 닮은 데가 있는 깊은 관계였다.

혹시 정채봉보다 내가 더 유명하다고 생각한 것일까? 그렇지만 그 일을 신속하고 효과적으로 처리하자면 『샘터』 주간 자리에 있는 정채봉이 훨씬 나을 수도 있는데……

이런 생각을 하면서도 나는 정채봉에게 전화를 할 수가 없었다. 만에 하나, 미망인과 정채봉 사이에 그런 일을 부탁할 수 없는 무슨 사연이 있을지도 모른다는 우려가 있었다. 그리고, 그 부인에게 그런 것처럼 정채봉에게 전화를 잘못 했다가는 그 일이 귀찮아 떠넘기려고 한다는 엉뚱한 오해를 살 수도 있었다.

나는 보험회사가 꼼짝달싹하지 못하고 대학에서 처리한 수준만큼의 보상을 하지 않을 수 없는 문장을 꾸미려고 밤늦게까지 고심했다. 이균영이 근무했던 대학에서는 그의 나이 사십대 중반인데도 정년퇴직 때까지 근무한 것으로 퇴직금을 계산했다고 했다. 그러나 내 머릿속은 논리정연한 문장을 지어내기 어렵게 어수선하고 복잡했다. 이균영, 그와의 옛 기억들이 나의 허망감과 슬픔을 새롭게 자극해대고 있었다.

"아이고 선배님, 징그럽고 끔찍해요. 선배님은 꼭 고릴라 같거나 공룡 같아요. 『태백산맥』 하나면 됐지 『아리랑』은 뭡니까, 『아리랑』은. 나 같으면 『태백산맥』 하나로 충분히 만족하고 죽을 때까지 편안하게 지냈을 거예요. 근데 선배님은 또 새 대하소설을 준비하신다고요? 아이고 징그러워요. 선배님은 사람이 아니라니까요."

술 취한 이균영이 거침없이 쏟아놓는 말이었다. 평소에는 수줍은 색시 같지만 그는 술을 퍽 잘 마셨고, 취하면 전혀 다른 모습으로 활달해졌다.

"이봐 이형, 괜히 시샘하고 배 아파하지 말고 선배님한테 술 한잔 공손하게 권하고 한 수 가르쳐달라고 해. 이형도 대하소설 쓰겠다며?"

동석한 평론가 정 아무개가 능글맞게 웃었다.

"아, 그럴까요? 설마 소재 뺏아갈 리 없으니까 그거 좋겠는데요. 선배님, 좀 들어봐주시겠어요? 예, 그게 뭐냐면 말이죠……"

이균영은 출렁거리는 술기운에 실려 열 권 길이쯤 되리라는 대하소설 줄거리를 엮어내기 시작했다. 소설가가 앞으로 쓸 소설에 대한 이야기를 할 때처럼 순수하고 진지하고 어린애 같을 때가 또 있을까. 그 순정한 열기는 시간이 갈수록 광기를 띠어가면서 신들린 무당과 다름없이 되기가 예사다. 시간을 따라 소설 이야기에 몰입되어가는 이균영의 모습도 신들려 뛰는 굿판의 무당이었다.

"응, 그거 대하소설 되겠는데. 그런데 장소를 너무 백운산으로 한정시키지 말어. 이야기도 주인공 한 사람에게 너무 집중시키지 말고. 대하소설 그거, 다양한 인물에 시대적 총체성이라는 거 알지? 시대와 인물과 이야기, 특히 사회주의 문제는 충분히 대하소설이 될 수 있어. 한번 맘먹었으면 잘 써봐."

나는 진심으로 격려했다.

이균영은 전공이 역사학이었고, 대학에서 사학과 교수를 하고 있었다. 그는 교수로서 박사학위를 취득할 수 있는 연구를 해야 하고, 작가로서 업적을 쌓을 수 있는 작품활동을 해야 하는 이중고에 시달리고 있었다. 그뿐만 아니라 젊은 역사학자로서 치열한 1980년대를 올곧게 살려고 남다르게 고심하고 있었다.

그는 우선 전공에 충실하기 위해 박사학위를 받을 때까지 소설을 뒤로 미룰 수밖에 없었다. 그러나 그는 늘 소설을 생각하고 있었다. 중·단편이 아니라 큰 이야기를 담을 수 있는 큰 소설을.

이균영은 소설 취재차 고향에 다녀오다 교통사고로 떠나갔다. 고향에서 막차 고속버스를 탄 그는 새벽 한시 반쯤에 서울에 내렸다. 그리고, 심야를 질주하는 합승택시의 앞자리에 앉아 이태원 네거리에서 교통사고를 당했다.

피투성이가 되어 숨이 끊어진 그는 보통이 하나를 꼭 안고 있었다. 거기에서 나온 것은 1,500매 넘게 쓴 소설 원고였다.

나는 다시금 가슴 메는 것을 느끼며 그가 소설보다도 더 소중하게 여겼을 그의 유가족을 위해 써야 할 글에 정신을 모으려고 애썼다.

작가 이균영의 창작실태 및 그 전망

작가 이균영은 세상을 떠나기 삼사 년 전부터 "박사학위를 받는 동안 쓰지 못했던 글을 몇 배로 벌충하겠다"는 의지를 주변 사람들을 만날 때마다 강하게 표출했다. 그리고 그 말을 입증이라도 하듯 장편소설『노자와 장자의 나라』(중앙일보사, 1995)를 출간했고, 장편소설『빙곡』과 창작집『나뭇잎들은 그리운 불빛을 만든다』(민음사, 1997년 3월말 발간 예정)를 유작집으로 남길 만큼 왕성한 작품활동을 펼쳤다. 그뿐만 아니라 우리의 근현대사를 다룰 열 권의 대하소설을 금년 중반부터 집필하기 위하여 수년에 걸쳐 자료 수집을 해왔다는 것은 고인의 지인들치고 모르는 사람이 없다.

또한 고인은 "작가는 팔십까지 글을 써야 한다"는 말을 자주 하며 그 실천을 위해 평소에도 규칙적인 운동으로 건강관리에 남다른 열성을 보였다. 특히나 그가 체력단련을 위해 단순한 등산이 아닌 강도 높은 암벽등반을 하는 것은 문인들 사회에서 경이롭고도 신선한 화제가 되고는 했다.

이렇듯 작품창작에 대한 뜨거운 열정과 건강생활에 남다른 실천을 보여왔던 작가 이균영이 불의의 사고를 당해 타계하지 않았더라면 그가 팔십까지 건필했을 것을 우리는 믿어 의심치 않는다.

1997년 3월 15일

나는 겨우 이 글을 써놓고 또 고심을 했다. 어떤 사람으로 연성명을 해야 할 것인지 선뜻 고르기가 쉽지 않았다. 문단에 사람은 많지만……

나는 이런저런 점들을 감안하고 고려해서 네 사람을 골랐다. 문학평론가 이어령, 변호사 박원순, 평론가 권영민, 소설가 최인호. 차례로 그분들의 자필 서명을 받은 다음 맨 끝에다가 내 이름을 적었다.

내일 이균영의 부인과 만나기로 했다. 그 이름들이 효과를 발휘해야 할 텐데 어찌 될지 걱정스럽다.

2000년 9월 14일

황순원 선생께서 돌아가셨다. 『한강』을 쓰다 말고 부랴부랴 빈소를 찾아갔다. 소설을 쓰는 동안에는 세상과 절연상태로 살아왔지만, 선생님이 떠나시는데 펜을 잡고 있을 수는 없었다. 선생님은 작가로서 모범적으로 살아오셨을 뿐만 아니라, 나를 『현대문학』에 완료추천을 해주신 스승이시다.

세상에 허망하지 않은 죽음이 없지만 선생님이 이렇게 갑자기 떠나신 것은 너무 뜻밖이고 너무 허망하다. 몇 년째 건강이 별로 안 좋으신 줄은 알고 있었지만……

"에구 조선생, 진작 한번 찾아뵙지. 선생님이 조선생을 많이 보고 싶어하셨는데……"

미망인인 사모님이 내 손을 잡으며 말했다.

나는 아무 말도 할 수가 없었다. 아버지의 임종을 못 지켰을 때처럼 나는 스승의 빈소 앞에서도 말문이 막힌 죄인이었다.

선생님은 저녁까지 잘 잡수시고 밤새 아무도 모르게 떠나셨다고 했다. 그 편안한(?) 임종은 어쩌면 그리도 생전의 흠 없이 깨끗하고 바른 삶을 닮았는지 모른다.

선생님은 문단의 어른이라고 할 수 있었던 다른 동년배 문인들과는 많이 달랐다. 그분은 정치권력의 우산 아래 기생하려는 그 어떤 몸짓도 한 일이 없었고, 문단정치라는 것에 휩쓸려 추한 모습을 보인 적이 전혀 없었고, 오로지 문학 하는 일에만 전념하면서 일생을 살아오셨다. 그 올곧음과 꿋꿋함은 편편이 완벽한 작품에 못지않게 후배들을 엄히 가르친 교훈이다.

생자필멸이 야속하다. 삼가 선생님의 명복을 빈다.

2001년 6월 25일

아는 사람은 알고, 모르는 사람은 모릅니다.

아는 사람은 잘 알고, 모르는 사람은 까맣게 모릅니다.

그러나 이제, 모르는 사람도 알아야 합니다.

반세기 전 이 땅에서 어떤 일이 있었는지, 모르던 사람도 똑똑히 알아야 합니다.

갓난애부터 늙은이까지 남녀노소를 막론한 민간인 백만 명이 무고하게 죽었습니다.

한국전쟁과 함께 인민군이 죽었습니까? 그랬으면 좋겠습니다.

차라리 그러면 대놓고 말하겠습니다. 고래고래 악을 쓰고 억울하다고.

하지만 대한민국 국방군이 죽였습니다. 대한민국 경찰이 죽였습니다.

대한민국 우익단체 사람들이 죽였습니다. 미군이 죽였습니다.

죄 없는 사람들을 닥치는 대로 죽였습니다.

하지만 '잘못 말하면 또 죽을까봐' 오십 년 동안 찍소리 못 하고 살았습니다.

어떻게 죽었는지 당신은 아십니까?

나치 대학살에 결코 뒤지지 않습니다. '학살 올림픽'에 나가면 단연 일등감입니다.

그런데도 우리는 아무 일 없었던 듯이 오십 년간 '우리나라 좋은 나라' 하고 살아왔습니다.

오십 년 만에 공개된 '국회 양민학살진상조사특위' 피해자 청취록의 생생한 증언

『한겨레21』 364호를 읽으면 욕 나옵니다.

앞의 글을 몇 번이고 읽고 또 읽었다. 읽을수록 가슴 저리고 눈물겹다. 이런 글이 신문에 버젓이 실리고 있다는 것이 믿어지지 않는다.

1980년대에 『태백산맥』에 학살 사실들을 썼다. 그리고 1990년대에 국가보안법 위반자로 검찰에 고발당했다. 그런데 2000년대에 들어 이런 일이 벌어지고 있다.

나를 고발한 우익 8개 단체의 회원들은 거의가 예비역이거나 전직 경찰관들이다. 그들은 내가 쓴 학살이나 강간을 무조건 사실 무근이라고 했고, 사실무근＝용공행위＝빨갱이로 몰아댔다. 그런데 6·25 참전을 자랑삼는 그들은 학살이나 강간 같은 것들을 그 누구보다도 잘 아는 사람들이다.

세월은 무상하게 흐르는 것이 아니다. 서서히 역사를 변화시키며 유상하게 흐른다.

『태백산맥』, 그 골짜기와 봉우리들

왜 『태백산맥』을 써야 했는가

『태백산맥』을 쓰기 전까지 나의 소설들을 분류해보면 분단에 관한 것들이 육십 퍼센트 이상을 차지한다. 등단작품 「누명」에서부터 「청산댁」 「황토」 「이십 년을 비가 내리는 땅」 「유형의 땅」 「불놀이」 같은 것들이 그 대표적인 것이다. 그 여러 작품들은 형식에 있어서도 단편에서 시작되어 중편을 거쳐 장편까지 다양하다. 그러면서도 왜 또 길고 긴 소설 『태백산맥』을 써야 했는가.

그건 한마디로 말해 '미완성적 허기' 때문이었다. 다각적인 시점을 갖춰나가며 그때마다 새로운 소재를 찾아내어 '분단'을 써냈지만 무언가 다 채워지지 않은 부족감은 계속 남아 있었다. 여러 가지 방법의 모색과 노력에도 불구하고 완성적 포만감에 이르지 못한 불행 속에서 나 자신의 능력과 행위에 대해서 반성하고 질문하지 않을 수가 없었다.

그 반성과 질문은 두 가지의 명백한 답을 제시해주었다. 첫째, 분단이라고 하는 전 민족적인 비극은 그 크기와 깊이가 거대한 산맥과 같은데 단편이나 중편으로는 말할 것도 없고 장편으로도 전체적인 모습을 담아낼 수 없다는 점이었다. 그러므로 나를 비롯해서 많은 작가들이 그 동안에 써온 '분단소설'들은 그 거대한 민족비극의 산맥을 놓고 제각기 어느 골짜기나 어느 산등성이를 호미질하거나 괭이질해가며 문학적 먹이로 삼아온 것에 불과했던 것이다. 그것은 바로 큰 먹을거리에 너나없이 달라붙은 소재주의에 다름아니었다. 둘째, '분단'을 써온 많은 작가들은 누구나 반공주의 울타리 안에 안주하거나 갇힌 상태에서 소설을 써냈다는 점이었다. 내가 그랬듯 다른 작가들도 '분단'을 소설로 되풀이해서 쓰면서 소재주의에 빠지지 않고 주제를 심화·확대시켜 나아가려고 그 나름대로 노력을 바쳤을 것이다. 그 결과가 여러 가지 방법과 형식을 동원하는 것으로 나타났지만 그건 반공주의의 울타리 사이사이를 눈치껏 빠져나가보고자 했던 미약한 몸부림에 지나지 않는 것이었다. 빨갱이는 뿔이 돋거나 이빨이 길게 뻗친 형상으로 피를 빨아먹는 흡혈귀라고 주입해온 것을 소설로써 부정하고 수정하지 못하는 한 반공주의 울타리를 벗어나보려는 여러 가지 문학적 방법이나 형식의 노력은 아무런 성과 없이 물거품이 되게 마련이었다.

나는 그 두 가지 사실을 극복하기 위해서 대하소설을 쓰기로 작정했다. 그래서 소설 연재의 예고가 나가는 작가의 말 마지막 문장에 "나는 이 작품 이후에 다시는 분단에 대해서 쓰지 않을 것이며, 쓸 수도 없을 것이다"라고 썼다. 그런데 불행하게도 그 문장은 활자화되지 못했다. 잡지의 편집자가 지워버렸던 것이다. 아마도 내가 너무 앞짧게 입 바른 소리를 한다고 생각하고 나를 보호하려고 했던 모양이다. 어쨌든 나는 내 나름으로 그런 글을 쓰지 않을 수 없을 정도로 자못 심각한 각오와 결의로『태백산맥』을 쓰기 시작했던 것이다.

왜 '태백산맥' 인가

내 작품을 조금 주의 깊게 살펴본 사람이면 곧 알아차리게 될 사실이 한 가지 있다. 소설을 읽기 전에 작품의 제목들에서 '땅' 이라는 단어가 많이 쓰이고 있음을 발견하게 될 것이다. 모든 작품들의 제목은 거의 예외 없이 그 작품 내용의 압축인 동시에 주제의 상징이다. 그러면 나의 경우 '땅' 은 어떤 의미이며 무엇을 상징하고 있는 것일까. 우선 땅의 보편적 이미지를 파악할 필요가 있다. 땅은 생명성, 잉태성, 불변성, 역사성을 포괄하고 있다. 따라서 그 이미지는 여자의 모성으로서의 잉태력, 생명력, 인내력, 역사 보존력 같은 것과 동질성을 가지고 있다. 그래서 나는 우리 민족이 겪는 역사적 수난과 고통, 그리고 끈질긴 삶을 그려냄에 있어서 여자의 특성과 땅의 이미지를 상징적으로 결합시키고자 했던 것이다. 「황토(黃土)」같은 작품이 그 대표적인 예가 될 것이다. 그러나 제목에 '땅' 이라는 단어가 들어가 있는 모든 작품들이 여자와 땅의 복합 상징으로 되어 있는 것은 아니다. '땅' 은 곧 민중의 수난이거나 민족의 존재라는 단순 상징인 작품들도 있다.

나는 작품들의 제목에서부터 내 나름의 성격과 냄새를 확보하고자 했다. 그런 맥락에서 우리 민족의 분단과 그 극복을 총체적으로 써내야 할 대하소설의 제목으로 '태백산맥' 은 퍽 자연스럽고도 수월하게 정해졌다. 왜냐하면 쓰고자 하는 주제가 확고했기 때문이다.

민족의 분단과 그 극복을 총체화시켜나가는 소설의 제목인 '태백산맥' 은 세 가지를 복합적으로 상징하는 의미였다. 첫째, 지형적으로 한반도의 등뼈인 태백산맥이 실제로 그 허리를 잘림으로써 우리 민족의 허리가 잘린 분단을 상징한다. 둘째, 소설에서 꾀하고자 하는 분단극복이란 다름아닌 잘린 '허리 잇기'이며, 그것은 곧 민족통일의 상징인 것이다. 셋째, 태백산맥의 골 깊고 산 높은 장대한 흐름은 그 모습 그대로 우리 민족 전체가 겪고 있는 분단 비극의 크기와 깊이를 상징한다.

이런 상징성을 포괄하는 제목을 놓고, 제1부 세 권이 단행본으로 발간되었을 때 어느 평론가라는 사람이 "태백산맥은 소설 속에 비치지도 않는다. 그러므로 소설 제목이 추상적인 태백산맥보다는 구체적인 조계산이 되는 게 옳다"고 글을 쓴 일이 있다. 또 어느 독자는 "소설에 태백산맥은 얼마 나오지도 않는데 왜 제목이 태백산맥이냐"고 물어온 일이 있었다.

그 두 가지 사실보다 그래도 나를 덜 절망시키고 실소나마 나오게 했던 것은 어느 독자가 "저는 태백산맥이란 제목만 보고 등산에 관한 소설인 줄 알았습니다. 제가 등산을 무지하게 좋아하거든요. 그런데 읽다보니 엉뚱한 얘기였어요. 그렇지만 읽어갈수록 내용이 너무 재미있어서 한 권, 한 권 사 읽다보니 다섯 권까지 다 읽어버렸습니다. 얘기가 다 안 끝난 것 같은데, 그 뒤는 언제 책이 나옵니까?" 하는 전화를 걸어왔을 때였다.

작가가 의도하는 제목의 의미가 제대로 이해, 전달되는 데는 이렇듯 어려움이 있는 것이다. 그러니 소설이 엮이어나가면서 직설적 표현이 어려운 대목에서 반어적 기법을 사용했다거나, 상황적 효과를 높이기 위해서 역설적 표현법을 썼다거나, 어느 인물의 성격이나 행동변화의 필연성을 부여하기 위해 미리 복선을 깔았다거나 하는 것들이 제대로 읽히지 않고 엉뚱하게 오해되고 왜곡되는 것은 어찌할 수 없는 일이다.

　이야기가 약간 샛가지를 쳤다. 어쨌든 나는 그런 필연성에 따라
제목을 쉽게 마음에 정하기는 했는데, 그것을 확정하기까지는 시간
이 조금 더 소모되어야 했다. 왜냐하면 '태백산맥'이라는 네 글자의
한자가 너무 진부하거나 구태의연하게 느껴지지 않을까 하는 우려
를 떼칠 수가 없었던 것이다. 소설의 내용은 숨가쁘게 치열한 우리
의 분단현대사를 다루고 있는데 그 제목이 저 조선시대의 케케묵은
이야기로 선입감을 조성하게 된다면 그것이 제아무리 거창한 상징
의 의미를 가지고 있다고 해도 제목으로 적합할 수가 없었던 것이
다. 내 고심은 거기서부터 치열해지고 외로워지기 시작했다. 나는
혼자 몇 날 며칠이고 고민을 하다 못해 내 주위의 믿을 만한 사람들
에게 물어보기 시작했다. 칠팔 명의 의견은 내 우려를 차츰 씻어나
갔다. 그러는 동안에 연재 예고는 이미 '태백산맥'으로 나갔고, 나
는 첫 회분의 작품을 잡지사에 넘기면서도 제목 쓸 자리를 비워둘
수밖에 없었다. 교정이 다 끝나는 마지막 순간까지 시간을 벌자는
심산이었다. 나는 날마다 고심했지만 그러나 더 좋은 제목은 떠오르
지 않았다. 잡지사에서 교정 완료를 알려왔고, 결국 길고 길게 예정
된 소설의 제목은 '태백산맥'으로 확정되고 말았다. 그래서 첫 회분
의 첫 장에 씌어진 제목의 글씨는 내 글씨가 아니고 편집직원의 글
씨가 될 수밖에 없었다.

　작가들은 그 누구나 작품의 제목 때문에 고심한다. 그래서 세계적
인 작가들이 제목을 정하는 어려움 때문에 남긴 일화들이 많다. 제목
은 그 작품의 얼굴일 수밖에 없다. 그러므로 작가들이 고심하는 것은
너무 당연하다.

무엇을 쓰고자 했는가

『태백산맥』에서 '무엇을 쓰고자 했는가' 하는 문제는 앞에서 언급한 '왜 『태백산맥』을 써야 했는가' 하는 문제와 직결되면서 또 확대되는 문제이다.

그 핵심적인 문제는 '분단과 그 극복'이었다. 그건 다시 말하면, 첫째로 분단의 역사를 있었던 바 그대로 진실하게 써야 하며, 둘째로 엄연히 적대적으로 대치하고 있는 분단현실을 뛰어넘어 그 어떤 것을 제시해내는 것, 그것이 바로 '분단과 그 극복'의 소설화였던 것이다.

그러나 내 앞을 가로막고 선 것은 문자 그대로 태산준령의 장애물이었다. 그것들은 이미 있어왔던 반공주의, 국가보안법, 1980년부터 시작된 포악한 정치상황 같은 것들이었다. 어느 만큼 거리를 두고 있었던 그런 것들은 내가 소설을 쓸 방향을 정하자마자 느닷없이 험악한 얼굴을 하고 내 앞을 가로막고 섰다.

분단의 역사를 있었던 바 그대로 진실하게 쓴다는 것은 무엇인가. 그 동안 반공주의에 의해서 일방적으로 왜곡되고, 굴절되고, 암장된 수많은 역사적 사실들을 바르게 펴고 밝히고 찾아내는 것이었다. 또 분단극복이라는 것은 무엇인가. 여러 분야의 지식인들에 의해서 수없이 주장되고 강조되면서도 그 단어의 추상성 때문에 실체는 밝혀지지 않은 채, 그 단어를 많이 쓰는 지식인일수록 진짜 지식인이고 책임 있는 지식인인 것처럼 야릇한 위장력을 발휘했던 말, '분단극복'. 지식인들의 교활한 기회주의는 문학적으로나 사회적으로나 정치적으로나 '분단극복'을 다투어 주장하고 강조했을 뿐 그 누구도 무엇을, 어떻게 하는 것이 분단극복인지 구체적 방법이나 체계적인 방안을 밝히지 않았다.

그 이유는 두 가지로 볼 수 있다. 하나는 분단 극복이 무엇인지 자세하게 알지도 못하면서 세상 돌아가는 눈치가 그러니까 덩달아 떠들어대는 아둔한 기회주의요, 다른 하나는 분단극복이 무엇인지 대체로 알면서도 그것을 구체적으로 털어놓았다가는 신변에 위험이 닥치게 되니까 변죽만 울려대는 그야말로 제대로 자격을 갖춘 기회주의인 것이다.

어쨌거나 '분단극복' 은 분단의 역사를 진실하게 밝혀내고 기록함으로써 역사의 잘잘못을 따지고, 그 객관적 판단과 인식을 바탕으로 하여 분단의 요소를 제거해나가 통일의 새로운 길을 여는 것이었다.

그런데 그 두 가지 일을 하고자 하는 것은 호랑이 아가리에 머리디밀기요, 끓는 가마솥에 알몸으로 뛰어들기요, 제재소 톱날에 가슴팍 들이대기였다. 나는 본능적으로 주눅들고 기죽을 수밖에 없었다. 그리고 암울하고 참담한 심정으로 나 자신을 응시해보았다. 겁에 질려 어깨를 움츠린 채 눈만 반짝거리는 나의 모습은 이미 오래 전부터 반공주의의 울타리를 무슨 요령으로든 빠져나가보려고 하는 눈 익은 모습이었다.

그러나 그런 모습으로는 새로운 작품을 써내기란 아예 틀린 일이었다. 그런 인식 또한 오래 전부터 내 의식 속에 도사리고 있었다. 그 인식이 새로운 작품을 써내야 한다는 필연성의 욕구를 갖게 했으면서도 그 욕구와 함께 필연적으로 닥친 위험 앞에서 나는 여전히 왜소한 모습이었던 것이다. 그건 다람쥐 쳇바퀴 돌기였다.

무슨 결단을 내리지 않으면 안 될 시점에 도달해 있었다. 나는 심각하게 나 자신을 돌이켜보기 시작했다. 소설쓰기에 한 생애를 바치기로 작정했던 것이며, 누가 시킨 것도 아닌데 '어떻게 쓸까' 보다는 '무엇을 쓸까' 를 선택했던 것이며, 문단 등단이 늦어진다는 것을 번연히 알면서도 톨스토이보다는 도스토예프스키 쪽으로 나아가야 된다는 소설가 스승의 은근한 강압에 굽히지 않고 끝까지 내 생각을 고집했던 것이며, 고등학교 시절부터 족보며 가문을 따져 사람의 값을 매기려는 사회풍조를 거부하며 인간의 평등한 삶이 이루어져야 한다고 믿었던 것이며, 그런 의식의 바탕 위에서 소외계층의 문제를 나의 문제로 생각하고 소설 습작을 해나갔던 것이며(물론 그때는 전체적인 구조의 모순은 보이지 않고 현상만 보였던 것이지만), 어린 시절에 겪었던 끔찍스러운 기억들을 무시로 꿈에서 또 보며 분단에 대해 일어나는 많은 의문들을 가지고 결국 「누명」이란 반미소설로 등단을 했던 것이며, 그뒤로 분단과 소외계층의 문제를 내 문학의 두 줄기 레일로 깔아가며 소설을 써왔던 것이며…… 그러나 소설을 써온 십년 남짓한 세월을 뒤돌아볼 때 남겨질 만한 작품이 별로 없다는 비참한 자책감이며, 덧없이 나이만 먹어버린 허망감이며, 소설을 쓰는 자로서 남달라야 함이며…… 오만 가지 생각들 앞에서 나는 초라하고 부끄럽고 고통스럽고 외로웠다.

나는 결국 결단을 내렸다. 모르면서 안 쓰는 것은 동정이나 받을 수 있는 어리석음이지만 알면서 안 쓰는 것은 용서받을 수 없는 비겁이다. 아닌 것을 아니라고 하지 못하고 마음 따로 눈길 따로 가지고 평생 적당한 안일 속에서 부질없는 작품들만 끄적거려댄다면 그건 결국 휴지밖에 더 되는가. 그런 식으로 사는 것이 작가로서 무슨 의미가 있으며, 또 살면 얼마를 더 살겠다는 것인가. 옳은 것은 옳다고 쓰고, 틀린 것은 틀리다고 쓰자. 쓰다가 닥쳐오는 위험은 당하자.

홀로 결단을 내리기까지 수많은 생각들이 뒤엉키고, 수많은 얼굴들이 떠올랐다 사라지고는 했다.

아내에게 남긴 말

나는 온몸이 저릿저릿하도록 새로운 힘이 솟구치는 것을 느끼며 소설을 써나가기 시작했다. 그전에 느낄 수 없었던 야릇한 힘의 팽창이었고, 이상하게도 전신에서 진초록빛의 파릇파릇한 신명이 돌아올랐다. 그 동안 쓰지 못하고 덮어두었던 것들을 다 쓰자, 내 판단으로 옳다고 생각하는 것들을 다 쓰자, 무슨 방법이든지 총동원해서 다 써내고 말자…… 나는 온통 소설에 몰입했고, 꿈에서도 소설을 썼다.

소설 2회분을 찾아와 3회분을 준비하고 있던 어느 날이었다. 나는 더는 견딜 수가 없어서 아내를 불러 마주 앉았다. 그때가 자정이 넘은 시간이었다. 나는 내 마음에 담겨 있는 걱정을 아내에게 알려주고 그리고 아내의 마음을 확인받고 싶었던 것이다.

"여보…… 내가 『태백산맥』을 써나가다가 무슨 일을 당하게 될지도 몰라. 그땐 당신도 도현이 데리고 잘 견뎌야 할 텐데……"

놀라기 잘하고 겁이 많은 아내라서 나는 몹시 조심스럽게 말을 꺼냈다.

"알아요. 쓰고 싶은 대로 다 써요."

아내는 뜻밖에도 담담하게 이렇게 대꾸하는 것이었다. 그리고 나를 잠시 쳐다보고 있다가 하는 말이, "남자가 어차피 한평생 살다가 가는 건데요, 뭘" 하는 것이었다. 아내는 심적 동요를 '남자가 해야 할 일'로 누르고 있는 것이 분명했다.

나는 그런 아내가 더없이 고맙고 믿음직스러우면서도 눈물겨웠다.

나는 소설을 쓸 때마다 아내한테 그 내용을 대충 이야기해왔고, 내가 소설을 다 마치고 나면 꼭 읽어보는 것을 게을리 하지 않았던 아내로서는 내가 새 소설 『태백산맥』에서 무엇을 말하고자 하며, 어떻게 쓰고자 하는지 이미 눈치채고 있었던 것이다.

15,000매를 향한 대장정

『태백산맥』을 쓰기 위한 처음의 계획 중에서 원고지 총매수는 1만 5천 매 정도, 시대는 해방이 된 1945년부터 1980년 5월의 광주사태 (그 당시에 '사태'라고 하는 말은 소설적 도전의식을 한층 자극했던 것이다)까지였다.

그 시대를 배경으로 총체적으로, 그리고 구체적으로 규명해내고 밝혀내고자 한 기둥이 된 사실들은 다음과 같다.

첫째, 분단의 원인을 명백하게 찾아낸다.

둘째, 실생활을 바탕으로 한 모순과 갈등을 통해 민중의 실체가 무엇인지를 그려낸다.

셋째, 역사적 사건들을 정면으로 다루어 그 진실을 밝혀낸다.

넷째, 역사적 사건들의 진실을 토대로 역사해석을 새롭게 시도한다.

다섯째, 철저한 객관성을 확보하고 유지시켜 소설의 생명이 한시적이지 않게 한다.

대충 그런 원칙을 세운 근거는, 그 동안 내가 작품을 써오면서 기피했거나 성취해내지 못했던 바의 반성이었고, 다른 하나는 우리 문학 전체와 사회 일반을 통찰함에 있어서 의도적 침묵과 고의적 외면이 계속되고 있는 것에 대한 대응이었다.

첫째, 분단의 원인에 대해서는 '강대국 분단론', 즉 '외세개입론'이 확고한 정의로 자리잡고 있었다. 그건 분명한 역사적 사실을 근거로 한 것이었지만, 그것으로 한정시키다보면 외세에 책임을 떠미는 속편함은 있을지 모르나 상대적으로 우리 민족의 존재는 없어지고 마는 비참한 결과가 초래된다. 강대국이라고 하는 외세가 분단을 해올 때 우리는 그냥 당하고만 있었다는 것은 '민족부재론'이거나 '민족허수아비론'으로 무책임하기 그지없는 발상이고 관점인 것이다. 그리고 그건 분명한 역사의 왜곡이다. 친일파들과 민족반역자들을 제외한 우리 민족 전체는 외세의 민족분단에 대해 과감하게 맞서고 싸웠던 것이 역사적 현실이기 때문이다. 6·25라는 전쟁을 파악하는 데도 '외세분단론'의 연장으로 두 강대국의 이데올로기 대립에 의한 '대리전쟁'이라는 것이 정설인 것처럼 횡행하는데, 그 대목에서 '민족허수아비론'은 극치를 이루게 된다. '대리전쟁' 논리는, 우리는 아무 생각도, 느낌도, 판단도 없이 그저 두 강대국이 시키는 대로 양쪽으로 편갈이를 해서 '동족상쟁'을 벌인 족속들이기 때문이다. 과연 그런가. 사실은 그렇지 않다. 외세가 전혀 개입되지 않고 해방이 되었을 때 반도땅은 어떻게 되었을 것인가. 그건 더 볼 것도 없이 혁명적 민족국가의 수립이었다. 이것은 역사적 가정이 아니다. 건준의 건국강령과, 임정의 건국강령과, 남로당의 건국강령의 일치가 그것을 명백히 입증하고 있다. 그런데 미 군정은 남쪽에서 친일파와 민족반역자들을 중심으로 해서 반민족정권을 억지로 만들어냈다. 그 시점에서부터 강대국에 의한 '영토의 분단'인 외적 요인은 '민족의 분단'이라는 내적 요인까지 잉태시키며, 그 두 가지는 맞물려 돌아가게 되었다. 따라서 '혁명적 민족국가'를 세우기 위해서는, 반민족정권을 척결해야 하는 역사적 필연성으로서 '내전'은 벌어지게 되어 있었다.

나는 이 엄연한 역사적 사실을 쓰고자 했던 것이다.

둘째, 특히 6·25전쟁을 통해서 무수하게 희생된 기층민들에 대해서 반공주의는 '지방폭도들'이라고 규정하고, 이미 죽어버린 당사자들을 '영원한 죄인'으로 못 박았을 뿐만 아니라 그 자식들까지도 연좌제라는 '신종 유전병'을 만들어내 억압하고 학대했다. 그 비인간적인 악법은 차치하고라도 문학을 중심으로 한 지식인들의 사회에서도 소작농민들이 주축이 된 기층민들의 역사 참여를 '무식한 것들'로 일단 비하시킨 다음 '감정적 원한 갚음'이니 '사적인 보복'이니 해가며 그들의 행동의 의미를 악의적으로 매도하고 해체시킴으로써 반공주의에 편승하고, 반공주의를 더욱 확대·심화시키는 역할까지 했던 것이다. 소설가들도 소작인이나 기층민들이 세상이 바뀐 것을 틈타 하루아침에 변심해서 어제의 주인에게 얼마나 잔혹한 짓을 했는가를 반공주의의 모범작문으로 써냈고, 어쩌다가 기층민들의 행위에 대해 타당성을 부여하는 작품이 씌어지기라도 하면 대부분의 평론가라는 사람은 또다시 '무식한 것들의 사감에 의한 만행'이라는 식으로 그 의미 해체에 열을 올렸던 것이다.

나는 1971년에 연좌제의 비인간적 잔인성을 다룬 「어떤 전설」을 썼고, 기층민들의 역사 참여의 정당성과 필연성을 입증하기 위해 「유형의 땅」과 「불놀이」를 썼다. 그러나 그 작품들은 앞에서 지적한 이유들로 나 자신을 만족시키지 못했다. 나는 총체적인 사회구조 속에서 그들 기층민들이 왜 역사의 격랑과 함께 불길로 일어나게 되며, 그들의 행위가 왜 역사적으로 정당하며, 어째서 그들을 역사의 중핵이며 역사의 에너지라고 부르게 되는지를 꼭 입증해 보이고자 했다.

셋째는 더 말할 것 없이 반공주의에 의해 왜곡, 굴절, 암장된 수많은 사건들을 제 모습대로 써내는 것을 말한다. 그러기 위해서는 일방적인 자료들을 전면 무시하고 직접적인 취재와 증언을 들어야 하고 새로운 자료를 찾아내지 않으면 안 된다.

넷째는 작가로서 갖추어야 하는 역사의식을 말함이다. 작가의 역사의식이란 무턱댄 상상력이나 터무니없는 가상이나 마음대로의 추측을 말하는 것이 아니다. 확실한 근거, 명백한 논리를 바탕으로 새로운 역사의 정의를 이끌어내고 세우는 것이다.

다섯째는 굳이 부연 설명이 필요치 않을 것이다.

증언과 자료를 찾아서 헤맨 세월

길고 긴 소설을 쓰기로 작정하면서 내가 정신을 집중했던 것은 무엇을 어떤 방법으로 쓰는 것이냐였지 쓸거리에 대한 걱정은 별로 없었다. 왜냐하면 그 동안 분단에 관해 많은 소설들을 여러 각도에서 써오면서도 현실적인 이유 때문에 유보하고 덮어둔 쓸거리들을 나는 많이 가지고 있었던 것이다. 그것들을 다 털어내놓으면 소설이 아무리 길다 해도 반 이상은 엮어낼 자신이 있었다.

그 쓸거리들은 내가 소년 시절부터 겪었던 일들에서부터 그 동안 소설을 써오면서 취재를 통해서 얻어진 것들이었다. 나는 그런 여축을 바탕삼아 1970년대 후반부터 본격적인 취재를 시작했다.

취재는 두 가지를 병행했다. 하나는 분단에 대해서 쓴 책들을 힘이 닿는 데까지 모아 읽는 것이었고, 다른 하나는 중심무대로 삼고 있는 지역 일대를 돌며 소설의 배경이 될 시대를 제대로 증언할 수 있는 사람들을 찾아내는 일이었다.

인쇄물로는 물론 책만 읽은 것이 아니었다. 필요에 따라 사십여 년 전에 폐간되어버린 신문을 찾아내기도 했고, 흔적이 묘연한 등사판 간행물을 구하기도 했다. 그리고 확실한 역사 사실을 확인하고 객관적 판단을 내리기 위해서 가능한 한 책을 폭넓게 섭렵하려고 애썼다. 그러나 그 당시만 해도 분단과 해방공간에 대해 객관적 인식을 가지고 심층적으로 써놓은 사회과학 서적이란 지극히 드물었다. 학자들도 반공주의 울타리 안에서 움츠리고 있었음을 여실히 입증하는 현상이었다.

그러나 마음에 차는 인쇄물들을 구하는 일보다 한층 어려운 일이 그 당시에 좌익활동을 했던 사람들을 찾아내 증언을 듣는 일이었다. 그런 사람들은 결코 많지가 않았고(세월이 흘러 많이 죽기도 했고, 눈치 받고 살기가 옹색해 고향을 등지고 연고가 없는 타향으로 떠나기도 해서), 어찌어찌 해서 찾아내게 되더라도 도무지 입을 열려고 하지 않았다. 그들은 나를 믿지 않는 눈치였고, 그 시절의 이야기를 한마디라도 꺼내면 당장 잡혀가기라도 할 것 같은 두려움을 가지고 있었다. 다 알다시피 1980년 초반의 상황은 살벌했고, 그들은 그때까지도 엄연한 감시의 대상이었다.

그들이 약속이나 한 것처럼 간신히 하는 한마디는 "다 잊어버렸다"는 것이었다. 늙은 그들은 거의가 얼굴에 표정이 없었고, 눈들은 헛것을 바라보고 있는 것처럼 초점 없이 흐리게 마련이었다. 그런 그들은 정말 지난날의 모든 것을 다 잊어버린 것도 같았다. 나는 얼마가 지나서야 그들이 왜 그렇게 된 것인지 알았다. 그들은 자신들의 보장 없는 목숨을 지키기 위해서 오랜 세월에 걸쳐 '인위적인 망각'을 연습하다보니 정말 그렇게 멍한 망각증에 빠져버린 것이었다. 그것이야말로 비감한 인간의 모습이 아닐 수 없었다.

겨울날 밤에 찾아갔던 어느 영감님은 세 사람이 앉기에도 비좁은 작은 방에 모로 누워 숨이 자지러지듯 기침을 심하게 해대고 있었다. 병이 깊다는 것을 알 수 있었고, 그 좁은 방과 때 전 이불에서 자식에게서 버림받고 있다는 것도 금방 알 수 있었다.

"가씨요, 가. 자석들 못헐 고상 시켰으면 됐제, 낯 모르는 젊은 사람꺼정 고상시킬 맘 읇응께."

그 영감님이 기침 사이사이로 어렵게 한 말이었다.

"아닙니다. 제가 고생할 건 염려 마십시오. 이젠 세상이 달라졌습니다. 그러니까 그때 이야기를 소설로 쓰려고 나선 것 아닙니까. 무슨 이야기든 좀 해주세요. 그래야 영감님이 하신 일을 제대로 쓸 것 아닙니까. 이건 영감님 개인의 문제가 아니란 말입니다."

나는 애달아하며 말했다.

그 영감님은 나를 물끄러미 올려다보더니 벽 쪽으로 돌아누워버렸다. 나는 영감님의 눈에 물기가 번지는 것을 보았다.

"당하고 사신 게 억울하지 않습니까?"

"말씀 안 하신 걸 후회하지 않겠습니까?"

나는 말을 끌어내기 위해 영감님의 등에 대고 이런 말들을 해댔지만 그 영감님은 이미 굳은 돌이었다.

"편찮으신데 죄송합니다. 다시 찾아뵙도록 하겠습니다."

그 영감님은 끝내 돌아눕지 않았다.

겨울이 지나고 쑥이 돋을 즈음에 다시 찾아가보니 그 영감님은 저 세상으로 떠나고 없었다.

그런 허탈하고 허망한 일을 당한 것이 한두 번이 아니었다.

지리산 문화공작대의 일원이었다는 여자를 찾기 위해 지리산 노고단을 찾아간 일도 허망하기는 마찬가지였다. 그 여자는 서울 여의도 어디가 집인데 그 전화번호를 노고단 산장지기가 알고 있다는 것이었다. 나는 부랴부랴 지리산을 찾아갔다. 그런데 산장지기는 그 여자를 안다고 하면서도 전화번호는 모른다고 고개를 저었다. 그 사람의 태도로 보아 알고 있으면서도 시치미를 떼는 것이 분명했다. 나는 입에 침이 마르도록 사정사정했다. 그러나 산장지기는 고개를 슬슬 저

으며, 먼길을 왔으니 자기가 끓이는 원두커피나 한잔 마시고 돌아가
라는 것이었다.

그런데 나는 예상치 못했던 일을 당하게 되었다. 맥이 다 풀려버린
다리를 이끌고 산장을 나서는데 등산복 차림의 두 남자가 다가서며
잠깐 보자는 것이었다. 그들이 밝힌 신분은 구례 경찰서 소속 형사였
다. 그들은 내가 산장지기와 나누는 말을 엿들었던 모양으로 이것저
것 꼬치꼬치 묻기 시작했다. 그들은 산장에서 파견근무를 하는 것이
아니고 등산을 와서도 그 직분을 성실하게 수행하는 표창감의 경찰
들이었다. 나는 마침 주민등록증을 가지고 있어서 망정이었지 그렇
지 않았더라면 꼼짝없이 구례 경찰서까지 끌려가는 영광을 누릴 뻔
했던 것이다.

그런 일까지 당했으니 천오백 미터 산을 내려오고, 다시 천리길 서
울로 돌아오는 심정은 더 말할 것이 없다.

그러나 나는 지치지 않았고 포기하지 않았다. 소설을 쓰면서도 매
달 필요한 사람을 찾아, 현장확인을 위해서, 거리를 상관하지 않고
취재를 떠나고는 했다. 그러면서 모래밭에 섞이거나 풀섶에 흩어진
곡식 낱알을 줍듯 증언을 하나씩 하나씩 모아나갔다.

물론 증언도 좌익활동을 했던 사람들 것만을 모은 것이 아니었다.
토벌대 출신들도 만났고, 나이 든 일반인들의 이야기도 수없이 들었
다. 좌익활동을 했던 사람들의 이야기를 듣기 어려운 것과는 반대로
토벌대 출신들의 이야기는 듣기가 쉬웠다. 자기 과시욕은 인간의 본
능 중의 하나이듯 그들도 그 옛날 무용담을 자기 흥에 취해 신바람나
게 엮어나갔다. 그들의 이야기를 통해서 빨치산 활동에 대한 뜻밖의
사실들을 알아낸 것이 한두 번이 아니었다. 역취재의 효과였던 것이
다. 일반인들의 증언 또한 중요한 것이 많았다. 그들은 대체로 관찰

자의 입장에 있었으므로 증언의 신빙성이 높았고, 당시의 상황 파악에 많은 도움이 되었다. 학식이 많은 사람의 경우는 비판능력까지 갖추고 있어서 당시의 역사인식까지 파악할 수 있었다.

나는 그런 여러 입장의 사람들을 만나면서 한 가지 공통된 원칙을 지켰다. 그들의 인적사항을 전혀 알려고 하지 않은 것이다. 그건 두 가지 이유 때문이었다. 그들에게 심적 부담을 주지 않는 것으로 가슴에 든 이야기를 다 털어놓게 하려는 것이었다. 다음으로는, 만일의 경우에 소설이 정치적으로 말썽이 되더라도 그들을 보호하고 모든 책임을 나 혼자서 지기 위해서였다. 신문기자에게 취재원의 보호권이 있듯이 작가도 똑같은 책임과 권한을 가지고 있다.

이렇듯 어렵게 취재를 해가며 제1부 세 권을 단행본으로 내놓았다. 그리고 해가 바뀌어 6월항쟁이 일어났고 뒤따라 '6·29항복'이 있었다. 세상이 조금 달라지면서 숨통이 트이는 것 같았다. 다시 한 해가 바뀌면서 그 물결을 타고 빨치산 수기물들이 나오기 시작했다. 그리고 대중잡지들도 서로 다투어 옛 빨치산들을 찾아내 기사를 써내느라고 정신없이 번잡을 피웠다. 약삭빠른 상업주의의 본색이었다. 그 소란 속에서 이 아무개 작가가 방금 발간된 어떤 빨치산 수기를 벌써 몇 년 전에 원고상태로 읽어보고 그것을 송두리째 자신의 소설에다 도용했다 하여 그 사실이 신문에 대서특필되는 사건이 벌어졌다. 그 내용인즉, 두 권으로 된 빨치산 수기를 그 작가는 자신의 일곱 권짜리 소설 중에서 뒤의 두 권 반으로 고스란히 옮겨놓았으니 그건 모방도 표절도 아니고 도용인 것을 부인할 도리가 없는 일이었다. 그 작가가 한 일이 있다면 그 수기의 화자를 소설의 주인공으로 둔갑시킨 것이고, 수기의 사이사이에다 정부기관 발행의 전사자료들을 끼워넣은 것 정도였다. 먼저, 작가라는 사람이 그런 행위를 서슴지 않은 것도 곤란한 문제였고, 다음으로는 자기의 수기가 도용당했다는 것을 벌써 몇 년 전에 알았으면서도 입 다물고 있다가 정치상황이 좀 나아졌다고 해서 뒤늦게 책을 내놓고 사건화하는 수기 쓴 사람의 처신도 곤란하기는 마찬가지였다.

그런 어지러운 소란들을 보면서 나는 난감해지고 또다른 허망감에 빠지지 않을 수가 없었다. 그 이유는 두 가지였다. 첫째, 내가 그 동안 아득바득해가며 모아두었던 자료들 중에서 그 빨치산 수기물들과 겹치는 것들은 다 버려야 하는 처지에 빠지고 말았던 것이다. 그 수기들은 나에게 도움이 되는 것이 아니라 내 일을 방해하는 장애물이었고, 내가 뛰어넘지 않으면 안 되는 적이었다. 나는 무릎이 꺾이는 허탈을 딛고 다시 일어섰다. 그리고 새로운 각오로 새 자료를 찾아나섰다. 소설을 끝내기까지 그 적을 넘어서기 위해 내가 매달 겪은 고생을 굳이 말할 필요는 없을 것이다. 둘째, 정치상황이 변하기 전에는 그렇게도 철저하게 얼굴을 감추었던 빨치산 출신들이 무슨 경쟁이라도 하듯 잡지며 주간지에 얼굴을 내밀고 있었던 것이다. 나는 세상이 그 정도나마 달라진 것을 진심으로 기뻐하는 사람이고, 그들이 그런 날을 맞이하기를 그 누구보다도 바랐던 사람이고, 내가 쓰는 소설이 그런 날을 앞당기는 데 힘이 되기를 원했던 사람이었다. 그런데 그런 그들에게 서운함을 느끼는 까닭은 무엇이었을까. 그러나 나는 새 각오로 새 자료를 찾아나서며 그 서운함도 다 씻어냈다.

그런데 요즈음에 평론가들이 글을 쓰는 것을 보면 빨치산을 다룬 모든 소설들이 그 수기물들을 통해서 자료를 제공받았으므로 '빚진 바 크다'고 단정하는가 하면, 그 수기물들의 기여에 대하여 지나치게 후한 값을 쳐주기도 했다. 평론가의 오독은 자유라고 주장되는 바에야 평론가의 착각도 자유일 테니까 더 말할 것 없지만, 평론이 과

학이라는 자존심을 세우고 싶다면 정확한 식별은 상식적 의무이고
책임이 아닐까 싶다.

소설 짜기, 그 여러 방법과 진통

초보적 암기용으로 소설을 이루는 세 기둥을 주제·구성·문체라
고 한다. 그 공식이 썩 마음에 드는 것은 아니지만 그냥 거기에 맞춰
이야기를 해나가자면 주제에 대해서는 앞에서 이미 언급했다.

그럼 지금부터는 두번째 구성인, 소설 짜기에 대해서 말할 순서다.

또 소설 짜기는 세 가지로 나누는바, 다 알다시피 인물·사건·배
경이 그것이다. 대체로 그 순서에 맞추어 이야기를 간추리고자 한다.
사실 소설이 워낙 긴데다가, 이 글이 소설 짓기에 뜻을 둔 분들에게
다소나마 도움을 줄 수 있기를 목적으로 하고 있는데, 그 목적에 충
실하자면 내 경우 이 대목만으로도 수백 매의 원고를 써야 할 것이
다. 그러나 여러 가지 형편상 자세하게 쓰는 것은 다음 기회로 미루
고 이번에는 중요한 것들만 골라 간략하게 쓸 수밖에 없겠다. 나는
사오 년 뒤에 조금 여유 있는 시간을 내어 『태백산맥』에 대한 이모저
모를 자상하게 써서 한 권의 책으로 낼 계획을 가지고 있다. 이번에
생략하는 많은 이야기들은 그때 가서 하게 될 것이다.

소설 짜기는 곧 본격적인 소설 짓기이며, 그것을 어떻게 하느냐에
따라 소설의 성패가 판가름나는 것이 아닌가 한다. 아무리 독특한 소
재를 선택하고, 아무리 거창한 주제를 내세웠다 하더라도 소설 짜기
가 그에 걸맞게 이루어지지 않으면 그 소설은 독특해지지도 거창해
지지도 않게 되고 만다.

내가 『태백산맥』을 씀에 있어서 제일 큰 문젯거리로 앞을 가로막

고 있는 것은 반공주의와 그것을 떠받치고 있는 실정법이라는 것이었다. 그 동안의 역사적 왜곡과 굴절을 바로잡고 펴서 그 진실을 밝히고자 하는 것은 반공주의의 가시울타리를 뚫고 나가는 일이었고, 실정법의 칼숲을 헤쳐나가야 하는 일이었다. 그 일을 맨몸에 펜 하나를 들고 감행한다는 것은 아예 가당치도 않은 싸움이었다. 그러나 그건 힘의 논리로만 볼 때 그럴 뿐이었다. 예술의 방법으로는 그 싸움이 얼마든지 이기는 싸움이 될 수 있다는 것을 나는 믿고 있었다.

소설 짜기에서 내가 해결해야 할 급선무는 바로 그 문제였다. 무슨 방법으로, 어떻게 해야 할 것인가…… 그러나 그 방법의 동원은 단순하게 그것으로 끝나는 것이 아니라 인물들이 다시 사건들과 연결되며 조화를 이루어야 하고, 사건들은 또 시대와 연결되며 생동해야 하는 속에서 그 방법은 복합적으로 작용하고 기능하지 않으면 안 되는 것이었다. 인물은 사건을 낳고, 사건은 시대를 말하며, 시대는 인물을 구속하고, 또는 시대는 인물을 낳고, 인물은 사건을 말하며, 사건은 시대를 제약하고, 혹은 사건은 인물을 낳고, 인물은 시대를 말하고, 시대는 사건을 지배하기도 하는 그 상호 복합적이고 충돌적이며 상승적이기도 한 관계의 진행 속에서 '그 무슨 방법을, 어떻게'라는 것이 효과적 방어력과 파괴력을 갖게 해야 되는 것이었다.

『태백산맥』에서 그 방법의 모색이 인물들의 창조에 앞서는 괴로운 고민이고 힘겨운 진통이었다. 그러나 나는 '삼인칭 소설'이 내포하고 있는 그 무한한 방법론과 그 신묘한 능력을 믿으며 문제의 해결에 골몰했다.

나는 먼저 인물들을 통해서 그 방법과 수단이 행사될 수 있도록 계획했다. 소설에 있어서 인물의 중요성이란 새삼스럽게 강조할 필요가 없을 것이다. 소설을 그 어떠한 문예형식으로 쓰든 인물이 없고서는 소설이 성립될 수가 없기 때문이다. 나는 인물들이 갖는 복합적 역할 속에다가 그 임무도 나누어지게 한 것이다.

그 대표적인 예를 몇 가지 들어보겠다.

정지용과 김기림이 정치적으로 해금이 된 것이 언제인가. 일 년 전인 1989년이었다. 그러나 오장환은 아직까지도 공식적인 해금이 되지 않았다. 그런데『태백산맥』에서는 오장환의 「병든 서울」이 단 한 자도 빠지지 않고 원문 그대로 실려 있다. 그때가 1986년이었다. 그것이 어떻게 가능했는가. 금융조합장의 딸이면서 투철한 반공주의자이고 겉멋이 들어 있는 송경희라는 여대생이 '그까짓 것도 시냐' 하는 식으로 비난을 하게 만든 것이다. 표면적으로는 분명 비난이다. 그러나 송경희라는 인물을 주시하며 그것을 뒤집어서 보라. 그러면 그 시대상황 속에서 송경희가 부정적인 인물이 분명한데 비난받아야 할 시는 어떤 것인가. 바로 그녀가 칭송해 마지않는 「승무」가 아니겠는가. 이 반전법이 제대로 전달되지 않아 어느 대학생의 강력한 항의를 받은 것까지는 좋았는데, 어느 평론가가 "정말 오장환 시를 그렇게 생각하십니까?" 하고 진지하다 못해 나를 이상하게 보는 투로 물었을 때 나는 그만 암담해지고 말았다.

그런 몰이해의 반응이 일어나기는 염상진의 경우도 마찬가지다. 염상진을 통해서 '홍익인간'이란 말이 내포하고 있는 봉건성을 비판하면서, 사회주의 혁명으로 그야말로 참다운 홍익인간의 정신을 실현시켜 보이겠다는 반어법을 썼더니 '사회주의자가 어찌 홍익인간의 정신을 신봉할 수 있느냐. 작가는 엉터리다' 하는 학생의 매도성 지적을 가지고 어느 국문과 교수가 나를 찾아왔다. 나는 쓰게 웃으며 "다시 읽어보라고 하세요"라고 했을 뿐이다.

심재모라는 학병 출신의 양심적인 군인이 제1부 초반부터 등장한다. 그에게는 제1부에 제한된 주제이면서, 소설 전체의 주제의 바탕을 이루고 있는 여순사건의 새로운 성격 규명의 매개자 역할을 하는 동시에 비옥하고 넓은 농토를 가진 전라도 땅의 구조적 모순과 그 속에서 핍박받고 살아가는 민중들의 삶을 객관적으로 이해시키는 일을 해나가게 했다. 그의 임무는 그것만이 아니라 대한민국 군대의 인적 구성의 문제점, 거기에 따른 일본식 폭력성, 비정통성 같은 것들을 낱낱이 폭로하고 입증하는 것이었다. 양심적인 군인이 사건 속에서 군대 자체의 모순과 문제점을 증언하게 함으로써 진실성을 확보함과 동시에 비판불가의 성역을 쉽게 파헤치면서도 칼숲을 용이하게 헤쳐나갈 수 있었던 것이다. 그런데 제1부가 발간되자 젊은층에서 '작가가 군부를 두둔한다'는 성토 아닌 매도가 일어났다. 그건 당시의 군사독재에 정면으로 저항하고 있던 젊은이들의 성급함으로 충분히 이해할 수 있었다. 그런데 문제는 "조정래가 어떤 정보기관으로부터 돈을 받아먹고 그 소설을 썼다더라" 하는 날벼락 같은 소문이 때마침 생겨나 젊은이들의 그 성급한 매도와 뒤엉키게 되었다. 그 사태는 불길이 기름을 만난 격이었다. 그 사람 잡을 난데없는 소문은 확실한 근거로 둔갑하면서 "그래서 그렇게 군부를 두둔했구나!" 하는 쪽으로 비약하고 말았던 것이다.

어느 정보기관으로부터 돈을 받아먹었다는 그 황당하고도 터무니없는 모략은 당시의 정치·사회상황 아래서 나에게는 치명적인 타격이 아니라 결정적인 살인행위였다. 나는 온갖 위험을 무릅써가며 소설을 써낸 결과가 이것이란 말인가 하는 참담한 절망감에 빠지지 않을 수가 없었다. 또한, 억울한 누명을 쓴 사람들이 왜 자살하지 않을 수 없는지를 나는 가슴 절절히 실감할 수 있었다.

그렇다고 신문광고로 내 진실을 밝힐 수도 없었고, 종로바닥에 나서서 목이 터져라 외칠 도리도 없었다. 소문은 바람탄 불길로 퍼져나가고 있는데 나는 허수아비가 된 채 속수무책이었다. 그 소문은 문단, 운동권, 대학생 사회로 일시에 퍼져나갔고, 일부 대학에서는 책을 불매결의했다는 소식도 들려왔다.

그러나 나는 좌절할 수 없었다. 나 스스로 작가로서의 모든 것을 걸고 세웠던 각오와 의지를 그런 악의적 모략 앞에서 허물어뜨리거나 꺾을 수는 없었다. 그건 또하나의 적이었고, 적이란 무찌르는 데 의미가 있었다. 나는 더욱더 외로워진 상태로 내가 쓰고자 하는 방향으로 한 달도 거르는 일 없이 연재소설을 써나갔다. 일 년 만에 다시 제2부 두 권이 발간되었다. 나는 그 일 년 동안에 삼중, 사중의 고통에 시달려야 했다. 그 소문의 진부를 알고자 하는 전화가 계속 걸려왔고, 한편으로는 그 소문과 정반대로 일체의 방송출연 봉쇄와 함께 여러 수사기관들의 찬바람에 에워싸였고, 밤낮을 가리지 않고 걸려오는 위협과 협박전화에 시달려야 했다. 그런 사면초가의 상황에서 나를 덮씌워온 또하나의 사건이 평론가 최원식씨와의 논쟁이었다. 나는 소설을 한 장 한 장 써내면서 한 달에 걸친 그 싸움을 꾸려나갔다. 그때 느낀 바는 세상에는 선의보다는 악의가 훨씬 더 많다는 사실이었다. 특히 가까운 주변에. 좀 유명해지는 그 순간에 주위 사람들은 시샘과 질시의 칼을 뽑아든다. 플로베르의 말이다.

그 논쟁이 마감되면서 일 년 동안 기승을 부려왔던 그 소문도 차츰 꼬리를 감추기 시작했다. 그런데 이 기회에 분명히 밝히고 싶은 바는, 그 어려운 일 년을 쓰러지지 않고 견디어낼 수 있었던 것은 내 의지라기보다는 나의 진실을 알고 있는 아내의 눈물겨운 부축과, 얼굴도 이름도 알 수 없는 수많은 독자들의 격려전화와 위로의 편지들이 커다란 힘이 되어준 때문이다.

그런데 참으로 놀라운 사실은 그 흉측한 소문이 독일과 미국의 교포사회에까지 퍼져나갔다는 것이다. 독일에서는 어느 의사가 출판사로 편지를 보내왔는데, "책을 아무리 읽어보아도 모 기관에서 돈을 받고 쓴 소설 같지는 않은데 그 소문이 사실인지 아닌지를 알려달라"는 내용이었다. 그리고 미국에서는 정치경제학을 전공하는 교수가 전화를 걸어 똑같은 내용을 확인하고자 했다.

다시 일 년 세월이 지나 제3부 두 권이 나오고, 그 소문은 삭풍에 가랑잎 쓸리듯 말끔하게 없어지고 말았다. 나는 그즈음에 이르러서야 그 끔찍스런 소문을 만들어낸 장소와 사람을 알아낼 수 있었다. 그건 P출판사에서 작가 H가 발설하기 시작한 말이었다. 나는 그에게 아무것도 묻거나 따지지 않았다. 그런 가혹한 말을 예사로 지어낸 자는 또 거짓말을 할 것이 뻔했으므로. 결국 그 싸움에서 나는 이긴 것이고, 한 이십 년쯤 세월이 지난 뒤에 내 인생을 정리하는 글 속에다 그의 이름을 밝혀두는 것으로 그 사건을 마무리짓고자 한다. 연재소설 쓰기를 철저하게 방해했던 최원식씨와의 논쟁에 얽힌 복잡한 뒷이야기도 그때쯤으로 미루어두련다. 한마디만 밝혀두자면, 그 괴소문과 최원식씨의 글과는 야릇한 연관을 맺고 있다.

경찰서장 권병제가 있다. 그가 '불법남침'에 대한 '불법성'을 말하고 있다. 또다른 경찰서장 남인태가 같은 편인 '서청'의 무자비한 포악성을 증언하고 있다. 그리고 지주의 아들로 전형적인 젊은 우익인 최서학의 눈을 통해서 인공하의 의용군이 전부 강제로 동원된 것이 아님을 보여주고 있다.

이렇듯 사건의 성격에 따라 어떤 경우에는 같은 편이 자기네의 모순이나 잘못을 지적하게 하기도 하고, 또 어떤 경우에는 반대편에서 상대방을 관찰하게 하는 방법을 썼던 것이다.

김범우를 통한 논리적 비판이나, 이학송 같은 사람들에 의한 실증적 증언 같은 것이 정공법이라면 앞에 적은 방법들은 순치법이나 역공법이 될 것이다.

이러한 방법들의 동원이 표피적으로 또는 사건 중심적으로 책읽기를 하는 독자들에게는 오독의 오해를 유발하거나 이해가 잘 안 되는 결과로 나타났으나 바로 그러한 점들이 가시울타리에 찔리지 않고, 칼숲에 피 흘리지 않고 목적하는 바대로 소설을 쓸 수 있도록 결정적 역할을 해냈던 것이다.

"그런 소설을 쓰면서도 어떻게 무사할 수 있었습니까?"

이건 강연을 할 때마다 거의 빠짐없이 나오는 질문 중의 하나다.

"그 답은 책 속에 다 있습니다. 자세히 읽어보면 그 답을 다 찾아낼 수 있으니 자세히 읽어보세요."

여기에 기록한 사실들을 일일이 다 열거할 수가 없는 노릇이라 나는 이렇게밖에 대답할 수가 없고는 했다. 그럼 질문자들은 으레껏 의아해했다.

물론, 사건의 장면들을 빨리 이동시키고 바꾸었던 이유 중의 하나도 앞서 말한 목적을 용이하게 달성시키기 위해서였다. 사건들이 서로 유기적인 관계를 가지고 얽히게 하는 동시에 그 배치를 대칭적으로, 대비적으로 해나가는 것으로 어느 한 부분만을 가지고는 문제를 삼을 수 없게 한 것이다. 그 다음의 이유는, 격랑의 역사상황 속에서 동시다발적으로 일어나는 많은 사건들을 처리하는 데 그 방법은 효과적이었고, 세번째 이유는 많은 주인공들이 제각기 자기 역할을 짊어지고 잊혀짐이 없이 살아 있게 하기 위해서였고, 네번째 이유는 길고 긴 소설을 엮어가는 데 그 긴장과 탄력이 지속적으로 유지되게 하기 위해서였고, 다섯째 이유는 그런 짜임 자체가 긴 소설을 쓰는 새로운 형식이 될 수도 있다는 의도였다.

그러나 여기서 재삼 말해두고 싶은 것은, 한 가지 사실에 그런 여러 가지 이유들이 내포되는 것은 선후가 없이 복합적으로 작용하는 것이지 앞에서 적은 순서대로 그 중요도가 정해지는 것은 아니라는 점이다. 글을 쓰는 사람이 한 인물이나 또는 한 방법에 얼마만한 복합성과 다각성을 내포시키느냐 하는 것은 그 기본능력에 따라 좌우되는 문제일 것이다. 다만 그 복합성과 다각성이 내포하는 의미나 그 효과를 독자들이 얼마만큼 이해하고 파악하느냐 하는 것은 독자 개개인의 질적 수준차이로 결정되는 문제니까 작가와는 별개의 문제인 것이다. 똑같은 한 편의 영화를 보고 초등학생, 중학생, 고등학생, 대학생, 일반인, 남녀에 따라 그 감상의 심도가 각기 다르듯이. 이제 주인공에 대해서 말하기로 하자.

소설 『태백산맥』을 읽어나가는 독자들은 먼저 수없이 많이 등장하는 인물들 때문에 정신없이 바쁘고, 부담도 느낄 것이다. 그러나 분단이 우리 민족 전체가 겪고 있는 고난이고, 그 전체상을 조명해 총체적으로 문제를 규명해내기 위해서는 모든 계층을 망라하는 많은 주인공들의 등장은 필연적이었다.

내가 『태백산맥』에서 낳고, 키우고, 먹여살린 인물들은 250여 명을 헤아린다. 그들은 그 시대상황 속에서 각 계층을 대표하는 사람들이며, 그들 나름대로 『태백산맥』이라는 소설이 이루어내고자 하는 주제를 나누어 지고 소설 속에서 살아가고 있다.

어느 프랑스 작가는, 자기는 자신이 일생 동안 쓰는 소설 속에서 파리 시민호적부에 올라 있는 사람들 수만큼의 인물들을 그려내 보이겠다는 의욕과 욕구를 나타냈다. 그런 의욕과 욕구를 가진 작가가 어디 그 사람뿐이겠는가. 작가라면 누구나 그런 식으로 다양하고 개성 있는 인물들을 끝없이 창조해내고 싶을 것이다. 다양하고 개성적인 인물들은 그만큼 다채롭고 독특한 소설들의 탄생을 약속하는 것이고, 모든 소설가들은 자기 극복적인 여러 가지 소설들을 끝없이 써낼 수 있기를 본능적으로 소망하고 있다.

소설이 인간사의 구체적 표현이고, 그러므로 그것은 '이야기' 일 수밖에 없다는 고전적이며 숙명적인 명제에서 벗어날 수 없는 한 그 어떤 형식의 소설이든 간에 인물을 배제할 수가 없는 노릇이고, 인물이 등장하는 한 소설에서 인물이 차지하는 비중이나 그 영향력에 대해서는 새삼스러운 강조가 필요 없을 것이다. 작가의 능력을 종합적으로 평가하는 척도로 흔히 두 가지를 든다. 하나는 '인물' 이고, 하나는 '언어' 다. 한 작가가 일생 동안 쓴 소설들 중에서 독창적인 인물들을 얼마나 많이 만들어냈으며, 남다른 언어를 얼마나 다양하게 구사했느냐가 그 판가름의 기준인 것이다.

그러나 어느 평론가는 "대부분의 경우 한 작가가 평생 동안 창조해낸 독창적인 인물들의 수는 그가 평생 동안 써낸 작품들의 수를 넘지 못한다"고 지적했다. 작가들로서는 꽤나 충격적인 이 말은 곧 독창적인 인물들을 창조해내기가 얼마나 어려운 일인가를 설명하고 있다. 아무리 짧은 단편이라고 하더라도 등장인물이 둘은 될 것이고, 보통 장편의 경우는 아무리 적어도 대여섯 사람은 될 것이다. 그러면 한 작가가 일생 동안 단편 백 편, 장편 다섯 편을 썼다고 할 때 그 작가가 등장시킨 인물들은 모두 230여 명에 이른다. 그런데 정작 독창성을 가진 개성적인 인물들은 백여 명을 넘지 못한다는 것이다. 결국 대부분의 작가는 이 작품, 저 작품에서 비슷한 인물들을 되풀이해서 등장시키고 있다는 결론이다. 그것은 곧 작가의 한계이기에 앞서 인간의 한계라고 해야 할 것이다. 그 한계를 뛰어넘는 것, 그것이 바로 작가의 숙명적 고뇌이며, 각고의 노력이 될 것이다.

나는 『태백산맥』에서 각 계층의 인물을 많이 등장시키면서 그들이 그들의 계급성을 대표하는 동시에 시대적·역사적 전형성을 확보할 수 있게 하는 데 모든 힘을 기울였다. 그것은 곧 인물의 개성과 독창성의 획득과 직결되기 때문이었다. 인물의 개성이나 독창성이 성격의 별남, 생김의 별남, 행위의 별남, 직업의 별남이라고 생각하는 것은 큰 오산이다. 그런 점들이 인물을 개성적으로 꾸미고 독특하게 치장하는 데는 분명 필요요건은 될 수 있다. 그러나 절대조건은 아니다. 그러한 요건들과 함께 계급성과 시대성을 포괄하는 전형성을 획득해야만 개성적인 인물이나 독창적인 인물은 탄생될 수 있다.

『태백산맥』의 인물들은 대략 다섯 가지로 나눌 수 있다.

1) 보수우익적 인물들

2) 혁신좌익적 인물들

3) 보수양심적 인물들

4) 개혁진보적 인물들

5) 민중 일반

일반적으로 흔히 쓰이는 '중도적'이라는 말로 인물들을 분류하지 않은 것은 그 말이 갖는 모호성과 그 말에 내포되어 있는 부정적인 회색성 때문이다. 그 정치적 용어를 문학 쪽에서 남발하고 있는 것은 재고되고 경계되어야 한다. 문학은 곧 언어의 정확한 개념을 세우고 아울러 그 사용을 올바르게 하는 것을 기본으로 삼기 때문이다.

앞에 분류한 다섯 가지 인물들은 서로 계급적으로 대립하거나 융합하면서 그 시대적 사건과 함께 개성을 획득해나가고 전형성을 확보하게 된다. 또 같은 계급 안에서 서로 병립됨으로써 쌍방이 개성과 독창성을 확보하기도 한다. 앞의 분류 중에서 1)과 2)는 숙명적으로 계급의 대립을 통해 갈등을 빚게 되고, 염상진과 하대치 같은 경우는 같은 계급으로 병립하는 대표적인 예가 될 것이다. 그리고 김범우나 서민영 같은 인물은 4)에 속하면서 1)과 2)가 빚어내는 시대상황의 대립과 갈등 속에서 또다른 시대의 전형성을 갖게 된다. 또 계급은 같으면서도 시대상황에 따른 삶의 방법선택이 달라짐으로써 대립되는 경우가 있다. 그 대표적인 것이 염상진과 염상구의 경우이다.

나는 그런 설정 위에서 각각의 인물들을 만들게 되었다. 제1부는 여순사건이 일어나지 않을 수 없는 해방정국의 여러 가지 문제점과, 거기서 야기되는 제반 사회모순과 갈등이 그 사건과 어떻게 연결되고 작용되는가를 종합적으로 규명하는 동시에 앞으로 소설을 이끌어갈 주요인물들을 등장시키는 것으로 짜여 있다. 그런데, 나는 사건을 전체적으로 진행시키면서도 인물들을 서너 사람씩 동시에 등장시키지 않고 극히 제한적으로 한 사람씩 차례로 등장시키는 방법을 썼다. 그리고 한 인물을 등장시킬 때마다 그의 사회계급적 처지와 조건에 따른 개인사를 조명하는 동시에 그 계급이 거치게 되는 역사성과 사회성을 함께 융합시켰다. 그건 그 인물의 의식 생성의 필연성, 현재적 행위의 원인 제공, 사회·역사적 전형성 확보, 남다른 개성과 성격부여 같은 복합적 목적을 동시에 실현시키기 위해서였다. 그래서 한 인물을 통해서 흐르고 있는 시간은 과거의 시간과 현재의 시간이고, 현재의 시간보다 과거의 시간이 훨씬 긴 것은 물론이다. 그러므로 독자들은 각 인물들의 등장을 통해서 그 계급에 따른 과거의 역사를 종합적으로 이해하면서 현재의 사건을 파악하게 되고 또한 개성과 성격이 각기 다른 인물들을 의식 속에 하나하나 새기게 된다.

이러한 구성법을 쓰게 된 것은, 첫째 인간의 삶은 사회구조 속에서 끊임없이 이어져내려오는 연속적이고 필연적인 것이며, 둘째 역사도 그런 인간의 삶을 따라 엮이고 흘러내려오는 것이기 때문에 그 어떤 역사적 사건도 돌출적이거나 단선적으로 발생하는 것이 아니라 다 지난날과 연결된 고리와 필연성을 가지고 있다는 역사인식에서 비롯되었던 것이다. 그러므로 왜 여순사건이 발생했으며, 민중들은 왜 호응했고, 그 사건의 성격은 무엇인가를 밝히기 위해서는 각 인물들을 그런 식으로 조명하는 것이 필수적이었다.

한 사람 예를 들면, 하대치 같은 경우 그 가계가 저 멀리 갑오년 농민전쟁에까지 거슬러올라가게 되고, 그 시간의 역류를 통해서 우리는 가난한 농민들이 불합리한 사회구조 속에서 삶을 어떻게 이어왔는가를 파악하게 되고, 개인적으로는 하대치가 왜 일제 때부터 염상진의 영향을 받지 않을 수 없었는지 그 필연성을 이해하게 되며, 또 그 두 가지가 합쳐져 하대치는 대대로 수난받고 살아온 체험적 역사를 딛고 변혁에 앞장서게 되는 농민상으로서의 전형성을 갖게 되는 것이다. 그 다음에 묘사되는 여러 가지 조건들, 즉 키가 작으면서도 다부지다거나, 운동도 갈비뼈가 뻑적지근하게 힘을 쓰는 씨름을 좋아한다거나, 씨름대회에서 연거푸 두 번 진 상대방을 삼 년째에 만나서는 부자지를 차서 넘어뜨린다거나, 하룻밤에 여섯 번씩 그 일을 치를 수 있다거나 하는 것들은 그 인물의 성격과 개성을 보다 뚜렷하게 하면서 민중상의 전형으로서의 토착성과 건강성을 포괄하고자 하는 장치들이다.

그런데 하대치가 장터댁하고 하룻밤에 여섯 번씩 그 일을 치르는 부분만을 딱 잘라내서 어느 평론가는 "통속성이 너무 지나치다"고 자못 근엄하게 지탄한 일이 있었다. 글쎄, 나는 하대치의 남다른 기운을 실제로 보이고, 그리고 민중의 야성적 건강성을 그려낼 목적으로 그 대목을 썼던 것이지 통속성은 전혀 의식한 바가 없는데, 내가 좀 지나쳤던 것일까, 아니면 표현능력이 모자랐던 것일까. 어쨌거나 그 사람이 그렇게 느꼈으면 어쩔 수 없는 일이기는 하지만 그런 앞뒤 차단식 확대해석은, 출판사 교정원의 실수로 어느 주인공의 이름이 책 몇 페이지 사이에서 한 자가 틀린 것을 가지고 작가의 용서할 수 없는 과오라도 찾아낸 것처럼 시퍼렇게 칼날을 세우는 '편집교정원적 평론가'와 전혀 다를 것이 없는 '고장난 현미경적 평론가'가 아닐까 싶다. 내가 이 사실을 굳이 지적하는 것은 그런 평론이 독자들에게 영향을 미치고, 고정관념을 형성시키기 때문이다. 어느 강연에서 바로 그 평을 외워서 질문하는 독자를 만났을 때, 나는 긴 한숨을 토할 수밖에 없었다.

말을 보태자면, 농민전쟁에 이어진 하대치의 가계와 그의 이름이 하필이면 '대치(大治)'라는 상징적인 복선을 통해서 그가 끝까지 살아남으리라는 사실을 눈치빠른 독자들은 벌써 초반에서 알아차렸을 것이다. 작가의 의도는 그렇게 숨겨져 있다.

인물에 대해서 일일이 말을 하자면 끝이 없다. 단, 하대치가 그렇듯 주요한 인물들은 모두 그 나름의 복합적 의미를 가지고 꾸며져 있다. 그 복합성을 찾아내는 것이 또다른 소설공부가 되리라 믿는다.

수많은 독자들은 주인공들이 실재인물이냐고 묻는다. 그 질문을 받을 때마다 내 감정은 복잡해진다. 당연히 아니라고 대답해야 하는데도 대답이 망설여지고, 다른 한편으로는 '내가 애쓴 보람이 있구나' 하는 안도감을 느끼기도 한다. 독자들이 그 질문을 계속 해오는 것은 주인공들이 모두 살아 있는 것처럼 느껴졌기 때문일 것이다. 내가 '아니다'고 해야 할 당연한 대답을 망설이는 이유는, 그 대답을 듣고 몇몇 독자가 무척 실망하는 것을 본 다음부터였다. 그 소박하고 순진무구함이여!

　다음은 사건에 대해서 말할 차례다.

　이미 알다시피 제1부의 가장 큰 사건은 '여순사건'이다. 그리고 나머지의 사건들은 그 여진으로써 일어나는 것들이다. 그런데 정작 여순사건은 소설의 전면에 나타나지 않고, 소설은 그 사건이 끝난 시점에서 벌교라는 고장으로부터 시작되고 있다. 왜 그럴까? 독자들은 당연히 의문을 갖게 될 것이다. 그러나 독자들은 그 제1단계에서 의문을 끝내서는 안 된다. 그 의문을 풀기 위한 제2단계의 '질문'을 자기 자신에게 해야 한다. 소설은 여러 가지 의문을 갖게 한다. 그러나 시험문제가 아니기 때문에 그 답은 반드시 소설 속에 마련되어 있다.

　앞에서 이미 말했지만 나는 제1부를 통해 여순사건의 성격을 새롭게 규정하고자 했다. 그 사건은 여수에서 발생했지만 이틀 만에 전남의 반 이상이 새로운 세력에게 장악되었다. 왜 그랬을까? 군인들이 그렇게 신속했는가? 그렇지 않다. 그럼 무엇 때문인가? 그 '무엇 때문인가'가 바로 새로운 성격규명의 열쇠고, 나는 그것을 제1부 4천8백 매로 쓴 것이다.

　육군 14연대가 중요한 것이 아니다. 그것은 기폭제였을 뿐이다. 그걸 계기로 깃발을 들어올린 민중들의 항거가 그 사건의 본질인 것이다. 그러므로 여순사건의 현장은 생략되었다. 그건 소설쓰기에서 필수적으로 행해지는 '취사선택'인 것이다. 그럼에도 불구하고 많은 독자들은 제1단계의 의문을 바로 질문으로 바꾸어 나에게 직접 묻는다. 소설은 '있었던 일'을 빠짐없이 다 쓰는 것이 아니다. 그럼 그건 실록이 되고 만다. 『태백산맥』을 읽고 여순사건에 대해 알고 싶은 욕구가 생겼으면 그것을 자세하게 기록해둔 역사책이나 사회과학서적을 찾아나서야 한다. 그런 지적 욕구를 유도해내는 것이 소설의 부차적인 기능이고 임무일 수도 있다.

제2부의 중심사건은 농지개혁의 정치적 지연에 따른 지주층의 파렴치한 행위와 그에 맞서는 소작인들의 집단충돌이고, 제3부의 중심사건은 6·25이며, 제4부의 중심사건은 인민군의 후퇴와 빨치산 투쟁이다.

그러니까 제1부에서는 소설의 진행시간이 두 달 반, 제2부에서는 열 달, 제3부에서는 열한 달, 제4부에서는 이 년 열 달이다. 그 전체의 시간을 합하면 오 년에 불과하고, 1부에서 여순사건이 일어나기까지의 해방정국과 미 군정을 많이 다루고 있으니까 그 삼 년까지를 확대해서 포함시킨다 하더라도 팔 년일 뿐이다. 그 팔 년 동안을 16,500매로 쓴 것이다. 그건 분단의 총체성을 형상화하기 위하여 시간을 최대한으로 압축하고 그 대신 공간을 최대한 확대시킨 구성법이었다. 물론 기존의 대하소설들과 다른 그 방법이 새로운 대하소설의 형식이 될 수 있다는 믿음에서 시도된 것이다.

그리고 뒤로 갈수록 시간을 길게 잡은 것은, 첫째 새로 등장하는 인물들이 대폭 줄어들고, 둘째 시간의 흐름을 빨리함으로써 소설의 긴장과 탄력을 고조시키기 위해서였다.

소설에서 엮이어나가는 수많은 사건들은 가능한 한 취재를 통해서 얻어진 실제의 사건들에 피와 살을 붙이고자 애를 썼다. 그것이 매몰되어 있었던 사건들의 역사성을 새롭게 회복하는 의미라고 판단했기 때문이다.

투쟁으로서의 글쓰기, 징역살이 육 년

나는 이십 년이 넘게 글을 써오면서도 문인들이 흔히 쓰고 있는 말

중에 전혀 실감이 안 되는 몇 가지가 있다.

문학은 나를 구원해주는 유일한 대상이다.
나는 구원받기 위해서 글을 쓴다.
괴롭지 않을 때는 글이 써지지 않는다.
글을 쓰다보면 주인공들이 제 마음대로 움직여가고 있어서 고민
이다.

나는 사람이 어딘가 모자라서 그런지 세번째 말까지는 아예 무슨
소리인지 모르겠고, 네번째 말도 좀처럼 이해가 되지 않는다.

소설이란 작가의 철저한 의도에 의해서 그 형체가 조형되어 나아가
는 언어기하학이라고 믿고 있고, 그 믿음대로 소설을 써오고 있는 나
로서는 어째서 주인공들이 제멋대로 움직이게 되는 것인지 도무지 이
해할 수가 없는 노릇이다. 구성을 허술하게 해놓고 소설을 써나가기
때문일까. 독자들의 취향에 맞추려다보니 그리 되는 것일까. 주제가
분명치 못해 그러는 것일까. 아무리 생각해도 알 수가 없는 일이다.

나는 언제나 그랬듯이 『태백산맥』을 쓰면서도 주제를 향해서 동원
된 그 많은 주인공들이 처음의 구상에서 그 누구 하나 자기들의 궤도
를 벗어나는 일 없이 끝까지 그 임무를 다 해내게 만들었다. 소설의
주인공들은 작가가 의도하고 있는 주제를 형상화해내기 위해서 작가
에 의해서 만들어지고, 작가에 의해서 부려지는 것인데 어떻게 제멋
대로 움직일 수 있는 것인가.

나는 등단 전부터 소설이라는 것을 쓰면서 미리 그 줄거리를 적거
나, 구성 같은 것을 구체적으로 또는 단계적으로 정리하여 일일이 종
이에 쓰는 일이 없었다. 파지 난 원고지를 반으로 찢어 몇 자 적는 것

이라고는 아직 확정되지 않은 제목과 주인공들의 이름이나 나이, 그
것뿐이다. 다른 모든 것들은 머릿속에서 굴리고, 정리하고, 설계되
고, 보관되어 있는 것이다.

『태백산맥』이라고 해서 예외는 아니었다. 16,500매를 쓰는 동안
소설 구성을 위해 소모된 종이는 16절 모조지 두 장이었다. 이어붙인
그 두 장의 종이에 250여 명의 주인공들의 이름만 빡빡하게 차 있는
것이다. 그리고 나머지 모든 것들은 머릿속에 질서정연하게 담아두
고 매달 풀어냈던 것이다.

『태백산맥』이 다른 소설들을 쓸 때와 다른 것이 있었다면 역사적
사실들을 정리한 공책, 취재를 정리한 수첩들, 그리고 기타 자료들이
있었다는 점이다.

나는 신문이나 잡지들에 인터뷰를 하면서 여러 차례 소설을 구성
한 공책이나 도표를 보여달라는 말을 들었다. 그때마다 나는 "그런
건 없다"고 대답했고, 기자들은 어처구니없다는 얼굴로 나를 쳐다보
고는 했다. 그 어처구니없어함에 나도 어처구니없어하며 마지못해
보여주는 것이 그 16절 모조지 두 장이었다. 그 종이 두 장을 들고 앉
아 그들은 도저히 믿을 수 없다는 표정을 오래도록 짓고는 했다. 물
론 그런 반응을 보인 것은 그들만이 아니었다. 가까운 사람들, 독자
들, 모두가 같은 반응이었다. 그러나 그건 사실이니 어찌할 도리가
없는 일이다.

나는 또한 소설을 쓰는 동안에 스스로에게 '소설이 씌어지지 않는
다'는 경우를 용납하지 않는다. 나는 여지껏 소설이 잘 씌어지지 않
아 펜을 놓고 책상에서 일어나 다음날로 미루며 술을 마시거나 한 적
이 단 한 번도 없다. 소설이 잘 안 될수록 벽 쪽으로 더 붙어앉으며
기어이 그 고비를 넘어가고서야 책상에서 일어난다. 그렇게 만 육 년

을 나 자신과 투쟁하며 『태백산맥』을 완성시켰다. 소설은 오로지 자기 의지와 노력으로 쓰는 것인데 잘 씌어지지 않는다고 돌아앉는 것은 자기 의지의 박약이며, 자기 패배이기 때문에 나는 절대로 그것을 용납할 수가 없다.

나는 소설을 쓰면서 영어를 중심으로 한 외래어를 철저히 배격했고, 한자어도 가능하면 우리말로 바꿔쓰려고 노력했다. 그리고 우리의 내면이라고 할 수 있는 토착정서와 자연정서도 최대한 살려 그것들이 주인공들의 정서로 연결되면서 주제를 받치는 소설의 일부로 형상화되도록 했다.

마지막으로 밝혀두고자 하는 것은, 소설의 효과적 형상화를 위해 나는 세 편의 시를 썼고, 대나무 전설과 탱자나무 전설을 만들어냈으며, 몸씻기마을굿이란 무당굿도 만들어냈다. 그 동안 이 사실을 내가 말하기 전에 미리 눈치챈 사람은 단 하나도 없었다.

그뿐만 아니라 나는 희곡까지 몇 장면 써넣었다.

지금까지 긴 이야기를 했지만 아직도 남은 이야기는 열 배가 더 된다. 그러나 여기서 이야기를 맺으면서, 소설을 쓰는 데 나의 스승이 되어왔던 너무 평범하나 절대성을 지닌 말 한마디를 남기고자 한다.

다독, 다작, 다상량—많이 읽고, 많이 쓰고, 많이 생각하라.

(『녹두꽃』 1991년 여름호)

고통스럽지만 외롭지 않은 길

『한강』이 세번째가 된 이유

『태백산맥』 1부 세 권이 출간되고 나서 어느 날 어떤 세미나에 참석하기 위해 전세버스에 몸을 실었다. 버스가 서울을 벗어나 고속도로에 진입하자 옆자리에 앉은 평론가가 조심스럽게 입을 열었다.

"조형, 『태백산맥』이 몇 권 예정이라고 했지요?"

"예, 열 권입니다."

"그래요? 그런데…… 1부에서 그렇게 많은 이야기를 해놓고, ……어쩌려고 그래요?"

그의 어조는 사뭇 걱정스러웠다.

"글쎄요…… 앞으로도 할 얘기가 너무 많아서 좀 고민인데요."

"하아, 그래요?"

그는 의아한 얼굴로 나를 쳐다보며 고개까지 갸웃했다.

이야기는 나의 예상보다 훨씬 많아져, 1980년까지 쓰려던 애초의 계획을 수정해 6·25가 휴전된 해의 가을 어름에서 소설을 끝내야 했다. 그리고, 4부에 쓴 작가의 말을 통해 이 사실을 밝히면서 그 다음 시대는 새로운 작품으로 쓰겠노라고 했다. 그 새로운 작품이『한강』이다.

그 평론가하고는 더이상 그런 얘기를 나눌 기회가 없었으니 완성된『태백산맥』을 보고 뭐라고 했을지 궁금하다.

『태백산맥』을 끝내고 바로『한강』을 연결시켜 쓰지 않은 것은 여러 가지 까닭이 있었다. 첫째, 작품의 개성과 독립성을 위해『태백산맥』과 시간적 거리를 둘 필요가 있었다. 그건 내 의식 전체를 점령하다시피 하고 있는『태백산맥』씻어내기와『태백산맥』벗어나기의 시간이었다. 둘째, 소설적인 진실과 객관성을 확보하기 위해 좀더 긴 역사적 거리가 필요했다. 셋째,『태백산맥』의 시대는 식민지시대의 유산이고, 식민지시대의 진실이 급속도로 망각되어가고 있어서『아리랑』을 먼저 써야만 했다.

『태백산맥』을 끝내고 잠시의 쉴 틈도 없이『아리랑』취재를 시작했다.『태백산맥』을 시작하기 전에 이미 제목『아리랑』을 정해둔 터라 피곤을 느낄 새가 없었다. 그리고『태백산맥』을 쓰는 틈틈이, 특히 후반부를 쓰면서는『아리랑』의 얼개를 짜나가고 있었기 때문에 내 의식은 육체의 피곤 따위를 아랑곳하지 않고 앞으로만 내닫고 있었다.

"하나면 됐지, 참 욕심도 많네."

어느 날 마주친 선배 작가의 말이었고,

"아이고 참, 후배들이 먹을 것도 좀 남겨주세요. 근데, 그게 가능하긴 하겠어요?『태백산맥』에서 그 많은 주인공들을 만들어내놓구선."

어느 후배 작가가 의심스럽다는 듯 한 말이었다.

"안 될 때 안 되더라도 할 때까지는 해봐야지. 딴 직업이 있는 것도 아니고, 노력하면 안 될 것도 없으니까."

나는 『아리랑』에서 내 나름으로 새롭게 쓰고자 하는 바를 다시 상기하며 그저 웃을 수밖에 없었다.

그런데 나는 주책없게도 『아리랑』 취재를 시작하면서도 문득문득 『태백산맥』 다음 시대의 작품(『아리랑』과 달리 『한강』은 그때 미리 제목을 정하지 못하고 있었다) 구상에 사로잡히고는 했다. 그것은 주로 인물설정에 대해서였다. 『아리랑』을 위해서 판소리 하는 옥비를 『태백산맥』에서 빼두었거나, 『아리랑』의 공허 스님의 형상화 때문에 『태백산맥』의 운정 스님의 존재를 증발시켰던 것처럼 『한강』에 등장시킬 인물들을 위해서 『아리랑』의 등장인물들을 조정하느라 생기는 현상이었다. 『태백산맥』의 소화나 하대치를 다른 작품에 다시 쓸 수 없는 것처럼 다양한 개성을 가진 인물들을 고갈됨이 없이 수없이 만들어내고, 세 개의 대하소설에 안배하는 것은 작가로서 부딪치는 첫번째 고민이고 고달픔이었다. 인물과 사건은 서로 상호작용을 하면서 소설을 이끌어가고 이루는 중추가 아닌가. 그러고 보면 써내는 시간차만 있었을 뿐 나의 의식 속에서는 세 편의 대하소설을 동시에 쓴 것이나 다름없지 않았나 싶다. 『한강』의 유일민이나 김선오, 강숙자 같은 인물들이 『아리랑』에서 빠져나와야 했다. 강숙자나 유일민이 출판사의 홈페이지에서 실시한 독자들 인기투표에서 상위를 차지하고 있다는 소식을 들으며 지난날의 고달픔이 새삼스러웠다.

세번째의 풍랑 속에서 노 젓기

『아리랑』이 『태백산맥』보다 훨씬 빠른 속도로 독자들을 만나는 것을 보면서 나는 다시 『한강』 취재를 시작했다.

"조형, 또 쓴단 말이오?"

"대하소설 시대는 끝난 것 아닌가?"

"글쎄, 그건 다 아는 얘기 아닌가? 소설로 가능할까?"

더러 마주치게 되는 문인들의 반응이었다. 그들은 『아리랑』이 독자들을 많이 만나고 있는 것이 도무지 믿어지지 않는다는 표정들이었다.

그도 그럴 것이 1990년대는 시대가 바뀌었고, 더는 대하소설은 먹히지 않는다는 것이 문인사회와 출판계에서 내린 준엄한 심판이고 확실한 결론이었다는 것이다. 『아리랑』은 바로 그 바뀐 시대인 1990년대의 중반에 출판되었으니 분명 독자들을 만나지 못해야 정상인 셈이었다.

그런데 나는 나를 글감옥에 가두어놓고 세상과 절연상태에 있었으니 그런 심판과 결론을 까마득히 모른 채 미련스럽게 열두 권짜리 소설쓰기에 목숨을 걸고 있었던 것이다. 그러나 나라고 어찌 소련을 위시한 사회주의권의 몰락을 몰랐을 것이며, 군부정권이 종식되고 민간정부가 들어선 것을 모를 리 없었던 것이고, 그에 따라 1990년대가 1980년대와 다르다는 것을 어찌 몰랐을 것인가. 국내외적으로 대변화가 일어난 것은 분명하지만, 그렇다고 하여 소설이 근본적으로 달라질 거라고 하는 착각과 오류는 어디서 기인한 것인가.

나는 예상보다 심한 세상의 변화를 목도하면서도 그런 변화 때문에 소설이 독자를 못 만나게 되리라는 우려는 한순간도 해본 적이 없었다. 소설이 진실을 쓰고 감동 어린 문학성을 갖추면 언제든지 많은 독자들을 만날 수 있다고 확신하고 있었다. 그리고 몸 여기저기가 망가지고 병들어가면서 두번째로 긴 소설을 써냈던 것은 그것을 쓰지 않으면 안 되는 나의 작가적 욕구가 나를 지배했기 때문이었다.

1990년대를 놓고 내린 그런 속단과 오류는 왜 빚어지는 것일까. 그런 잘못은 그전에도 비일비재하게 저질러져왔다. 그건 지식인들의 영리함이 지나친 탓일까, 법적 책임이 지워지지 않는 자유로움 탓일까. 한 가지 분명한 것은 지식인들이 대중(또는 작가)의 심층을 투시하지 못하고 영악스러울 만큼 사회현상의 표피만을 보고 조급하게 발언을 일삼고 있다는 사실이다.

소설을 놓고 그런 식으로 내려지는 규정이 또 한 가지 있다.

'프랑스와 서유럽에는 대하소설이 없다. 한 권짜리 장편이되 그 길이도 점점 짧아지고 있다.'

이런 내용의 글은 1990년대에 들어서 부쩍 많아지기 시작했다. 그 단호한 발언들이 그저 가상하기만 하다.

도무지 그들은 어느 나라 사람인지 알 수가 없다. 프랑스는 프랑스고 우리나라는 우리나라인 것이다. 프랑스나 서유럽 여러 나라들이 우리처럼 수난과 질곡의 역사를 살았다면 그 땅의 작가들이 대하소설을 안 썼을 것인가. 대하소설은 대하소설로 쓰지 않으면 안 되게 할 이야기가 많고 복잡하기 때문에 씌어지는 것이다. 그 필연성의 인식 없이 모든 기준을 미국이나 서유럽에 두고 있는 이 땅의 지식인들의 행태는 창피스럽고 서글프다. 어쩌면 그런 사대주의 근성은 수천 년에 걸쳐서 뿌리박혀온 우리 반도 민족의 나약하고 기회주의적인 고질병인지도 모른다.

이삼 년 전에 어느 재단에서 국제 규모의 문학 심포지움을 연 일이 있었다. 그 규모에 걸맞게 노벨 문학상 수상자인 소잉카도 초대되었다. 그를 상대로 한국 기자들이 물었다. 한국 문학은 아직도 주변에 머물러 있는데, 한국 문학은 언제쯤 노벨상을 받을 수 있을 것 같으냐, 하는 내용이었다.

"내가 노벨상을 받은 것은 우연이었을 뿐이다. 좋은 작품은 그 스스로가 중심이다."

소잉카의 답변이었다.

이런 우문현답이 또 있을 수 있을까. 소잉카의 그 점잖은 응답은 너무나 많은 말들을 내포하고 있었다.

그 말들 중에서 내가 가장 크게 느낀 것은 '이봐, 자존심 좀 찾아!' 하는 것이었고, 그건 따귀를 얻어맞는 부끄러움이었다. 그런데 정작 그 자리에 있었던 기자들은 그런 느낌을 가졌는지 의심스럽다.

소잉카는 한국의 작품을 거의 읽지 않은 사람이다. 그런데 한 나라의 기자라는 사람들이 그런 질문을 할 정도이니 전혀 부끄러움을 못 느꼈을지도 모른다.

그런데 월드컵 개막식에 참석하려고 노벨 문학상을 탄 독일의 귄터 그라스가 왔다. 그와의 인터뷰가 텔레비전에 방영되고 신문에 실리고 했는데, 독일어 잘한다는 학자라는 사람들은 마치 무슨 의무라도 되는 것처럼 '한국 작품은 언제쯤 노벨상을 받겠느냐'는 질문을 빼놓지 않았다. 귄터 그라스의 대답은 독일인답게 구체적이었다. 번역부터 체계적으로 충실하게 하라고. 나는 거듭거듭 창피를 무릅쓰지 않을 수 없었다. 한국 작품을 거의 읽지 못했기는 귄터 그라스도 소잉카와 마찬가지이고, 우리나라 번역사업이라는 것이 아주 보잘 것없는 상태라는 것을 기자들이나 그 학자들이 모를 리 없으면서도 그런 우문들을 연발하고 있는 것이다. 그건 우리 지식인들의 골수에 박힌 사대주의의 무의식적 표출이다. 아마 앞으로도 그런 우문들은 아무런 부끄러움 없이 계속될 것이다.

대하소설 무용론에도 불구하고 나는 세번째 대하소설을 쓰기 위한 본격적인 준비를 시작했다. 그건 풍랑 거친 바다에 쪽배를 띄우는 일이었다. 수많은 인물들을 데리고, 가지 많은 이야기들을 한 장(章) 한 장 엮어가면서, 그때마다 끝없이 밀려오는 파도를 숨가쁘게 타넘는 것 같은 힘겨움에 사로잡히고는 했었다. 그런데 그 가위눌리는 일을 또다시 하려고 나 스스로를 바다 속으로 떠밀어넣고 있었다. 그게 무슨 연고 때문인지 나 자신도 잘 알 수가 없었다. 그건 작가의 삶 속에서 가지 않으면 안 될 숙명적인 길이었다.

작품의 무대를 찾아 세계적인 유랑

『아리랑』처럼 『한강』도 그 무대가 세계적인 넓이로 구성되어 있었다. 『태백산맥』에서부터 현장취재를 철저히 했던 것처럼 『아리랑』을 거쳐 『한강』의 준비도 현장을 찾아가는 것으로 시작되었다.

첫번째 목적지가 독일이었다. 광부와 간호원들의 발자취를 찾아서. 그들의 이야기는 아득한 전설처럼 사라진 상태인데, 그들이야말로 오늘의 부를 있게 한 외화획득을 위해 최초로 외국에 나간 사람들이었고, 북쪽말로 하자면 최초의 '외화벌이꾼'들이었다.

며칠에 걸쳐 독일에 뿌리내리고 있는 여러 광부와 간호원들을 만났다. 아니, 그들은 이제 광부와 간호원 '출신'들일 뿐이었다. 화산토인 하와이의 핏빛 흙을 본 순간, 블라디보스톡의 비탈진 신한촌과 그 아래 펼쳐진 바다를 본 순간 『아리랑』에 쓸 이야기들이 줄줄이 풀리고 엮이어나갔던 것처럼 그들의 뼈저린 회고담을 들을 때마다 내 가슴은 눈물에 젖고, 내 의식은 베틀이 되어 『한강』의 베를 길게 짜나아가고 있었다.

현장을 한 번 찾아간다는 것, 그것은 사진을 백 번 보는 것이 당하지 못한다. 사진은 아무리 많이 연결시켜놓아도 그건 죽은 그림일 뿐이다. 사진은 현장에서 발 딛고 시각·후각·청각·촉각으로 느낄 수 있는 상상력의 자극이 없다. 더구나 '사람들'의 체험담이 없으니 왜 굳이 수만 리를 찾아 헤매야 하는지는 자명해진다. 독일에서 돌아오며 많은 것을 챙긴 보람으로 가슴 뿌듯하면서도 꽤나 피곤했다. 취재 여행이란 언제나 그렇지만 무엇인가를 찾아내고 얻어내야 한다는 긴장과 강박감으로 소위 여행에서 느낄 수 있는 '낭만'이라고는 없다. 그러나『아리랑』취재에서 몰락한 소련의 모습과 개방된 사회주의 중국의 모습을 새 소설이 될 수 있는 부수입으로 얻었듯이 독일의 취재에서도 통일된 동서독의 모습을 비교 대조하면서 그전의 부수입에 보탤 수 있었으니 그보다 보람찬 일은 더 있을 수 없었다. 나는 또 어이없게도 비행기에 실려오면서『한강』다음에 쓸 장편 생각에 몰입되어 있었다. 20세기의 거대한 실험이었던 사회주의 몰락은 두 권쯤의 장편이 될 수 있는 더없이 좋은 소재였던 것이다. 그것을 독립된 소설로 써야 할 것인지,『한강』에 포함시켜야 할 것인지도 나를 괴롭히는 즐거운 숙제였다.

두번째로 베트남을 다녀왔다. 베트남 사람들이 한국 사람에 대해 뜻밖에도 관대한 것에 놀라지 않을 수 없었고, 더 놀라운 것은 우리의 청룡부대가 산꼭대기에 세워둔 승전비는 말할 것도 없고 해변가의 시멘트 벙커 하나까지도 그대로 두고 있었다는 사실이다. 그것이 둔감인지 게으름인지 알 수 없었다. 그런데 그들의 대답은 나의 그런 짐작을 여지없이 깨뜨리고 말았다.

"모두 역사의 교훈이다."

당연히 보존해야 되지 않겠느냐는 되물음이 담긴 그 응답 앞에서 나는 침묵할 수밖에 없었다. 그 침묵 속에는 말할 수 없는 부끄러움이 감추어져 있었다. 공청회 한 번도 없이 대통령 명령 한마디로 조선총독부 건물을 없애버린 우리를 생각하면서.

"민가 한 채까지도 역사의 교훈으로 보존해야 한다. 그리고 장춘의 모든 것은 우리 인민들의 피땀 어린 노동으로 이루어진 것이다."

모택동이 장춘을 방문해 한 말이라고 했다. 그래서 일본이 신경이란 이름으로 개발한 근대식 도시 장춘에는 일제시대의 건물들이 그대로 활용되고 있다.

그런데 우리의 단순하고도 몽매한 대통령은 거침없이 조선총독부 건물을 철거하라는 명령을 내렸을 뿐만 아니라 그 일을 치적이라고까지 내세우며 임기를 가까스로 마쳤다. 조선총독부 건물을 철거하라고 명령한 그의 행위는 민족정기를 되살린 쾌거가 아니라 식민지배시대에 저지른 온갖 죄에 대해서 진정하게 사과할 줄 모르는 일본을 마음 편하도록 해방시켜준 형국이었다. 식민지 지배의 원죄를 나타내는 가장 큰 증거물이 자취를 감추었으니 일본은 얼마나 마음 편하고 홀가분할 것인가.

일본인들이 중·고등학교 학생들을 수학여행차 데리고 와 조선총독부 건물 앞에서 자기들의 식민지 지배 역사를 자랑스럽게 가르치기 때문에 그 건물을 꼭 허물어야 한다는 주장도 있었다. 얼핏 들으면 그럴듯하기도 하다. 그러나 동남아를 휩쓸고 다니는 일본인들이 관세가 없어 물건값이 싸기로 소문난 싱가포르에 특히 많이 몰려가면서도 거기서 제일 가기 싫어하는 곳이 식민지시대 박물관이다. 왜냐하면 그곳에는 일본이 저지른 온갖 만행과 죄상들이 적나라하게 전시되어 있을 뿐만 아니라 맨 마지막 전시실의 커다란 벽면에는 일본군 대표가 미주리호 함상에서 항복문서에 서명하고 있는 사진이 온 벽 가득 확대되어 붙어 있기 때문이다. 일본인들은 그 사진 보기를 무엇보다도 싫어한다는 것이었다.

우리도 조선총독부 건물을 그렇게 사용했어야 했다. 조선총독부 건물 내부를 일본이 저지른 온갖 죄상으로 가득 채우고, 외벽에는 그 항복하는 사진을 내걸어놓는다면 자기네 학생들을 데려와 역사 공부를 시킬 수 있을 것인가. 독일이 유태인 학살에 대해서 유태인들과 세계를 향해서 거듭 사과를 했던 것은 그들이 꼭 일본인들과는 다른 양심을 지녔기 때문이었을까. 그건 폴란드의 아우슈비츠 같은 현장이 생생하게 보존되어 있었던 힘을 무시할 수 없기 때문이었을 것이다.

"문학의 출발점은 치열한 역사의식이고, 한국 작가들은 일본의 과거사 고발에 앞장서야 한다."

귄터 그라스가 이번에 남기고 간 말이다. 새삼스러울 것 없는 말이지만 새삼 옳은 말이다.

소매치기와 창녀들이 드글거리는 사회주의 베트남에서 여러 가지 멸시와 차별을 받아가며 한국인 아버지를 찾고자 하는 '라이 따이 한' 들은 작가의 상상력을 아프게 자극하는 존재들이었다. 베트남을 등지며 다시금 마음 착잡하게 확인한 것은 오늘 우리가 누리고 있는 부의 어두운 과거였다. 우리가 군인들과 민간인 근로자들을 수없이 보내 베트남에서 한 일은 무엇인가⋯⋯

세번째 찾아가야 할 곳이 사우디아라비아였다. 그러나 그 뜨거운 사막의 나라는 가기가 쉽지 않았다. 그 나라에서는 외국의 신문기자들이나 작가가 오는 것을 달가워하지 않았던 것이다. 왜냐하면 이슬람교와 그 사회에 대한 이해와 인식이 부족한 외국 기자나 작가들은 자기네 기준과 안목으로 그 나라를 비판하고 흠집내기 때문이었다.

나는 사우디아라비아의 주한대사를 두 번이나 만나야 했다. 나는 성심껏 그리고 진심을 다해 내가 왜 사우디아라비아에 가려고 하는

지를 설명했다. 사우디아라비아는 우리의 근로자들을 받아들여 우리나라의 경제 발전에 큰 도움을 주었고, 우리 근로자들은 기후의 악조건 속에서 열심히 일해 사우디아라비아의 근대화에 많은 도움을 주었다. 두 나라는 경제적 측면에서 '형제국'이나 마찬가지이며, 우리나라 젊은 세대에게 아버지 세대들이 바친 노고가 어느덧 잊혀가는 전설이 되고 있다. 그래서 그 사실만을 소설로 쓰려는 것이다.

젊은 대사는 내 진심을 믿어주었다. 그는 비자만 내준 것이 아니었다. 사우디아라비아에 머무는 기간 중에서 일 주일 동안을 정부 초청으로 우대해준 것이었다. 그리고, 그쪽에서 일 주일 동안 취재에 필요한 모든 편의를 제공해주었음은 물론이다.

나는 사우디아라비아의 초청 기간이 끝나고 일 주일을 더 머물렀는데, 야릇한 일 한 가지가 생겼다. 수도 리야드의 어느 한식당에서 식사를 하다가 골프복 차림으로 들어서는 대여섯 사람을 보게 되었다. 안내를 맡고 있던 건설회사 지사장이 반색을 했다. 한국 대사라면서. 그러나 나는 별 관심이 없었다. 내 의식 속에 깊이 박혀 있는 공무원 집단에 대한 불신감 때문이었다. 그리고 여러 나라를 취재하는 동안에 대사관이라는 것이 그곳의 교포나 한국 사람들에게 도움되는 것은 하나도 없이 군림하려 들고 간섭하려 들면서 피해만 입히고 있는 사례들을 많이 들어 그 불신감은 더 커져 있었다.

대사 일행이 차지한 방으로 갔던 지사장이 한참 만에 난처한 얼굴로 돌아왔다.

"거참 이상하네. 기본예의도 모르고. 조선생님을 뵈면 자기 영광이지 조선생님 영광인가……"

지사장이 자리에 앉으며 중얼거렸다.

"아니, 안 만나겠대요?"

"골프 치다 들켜서 그런 모양이지요?"

동석하고 있던 두 직원이 어이없어하며 거의 동시에 말했다.

"그게 아니오. 공무원의 보신주의 때문에 그럴 거요."

내가 말했다.

"보신주의? 그게 무슨 말입니까?"

"뭐, 그런 게 있어요."

그때 내 머릿속에는 블라디보스톡 영사관이 떠오르고 있었다.

『아리랑』을 위한 취재로 러시아땅 연해주에 가기에 앞서 나는 후배 작가 정동주씨에게 연락을 했다. 그는 남다르게 구소련땅으로 유랑해야 했던 동포들의 삶에 관심을 집중시켜 이미 그 넓은 땅을 다 답사했고, 책도 엮어낸 유일한 작가였다.

내 도움 요청에 정동주씨는 열성적으로 응해주었다. 안내할 사람을 소개해주었고, 여러 가지 주의사항도 알려주었다. 그리고 블라디보스톡 영사관의 전화번호와 영사 이하 여러 직원들의 이름도 불러주며 꼭 영사관을 찾아가라고 했다. 왜냐하면 그곳 치안이 몹시 불안하기 때문에 만일을 생각해서 알려두는 것이 좋고, 특히 취재에 이런저런 도움을 받을 수 있을 거라고 했다.

하바로프스크에서부터 취재를 시작한 나는 블라디보스톡에 도착하자 영사관을 찾아갔다. 정동주씨가 말한 치안불안은 예상했던 것보다 훨씬 더 심각했다. 마피아가 새로 짓고 있는 경찰서장의 집을 불태워버릴 정도였고, 두 안내인은 소매치기 날치기를 당할까봐 줄기차게 신경을 곤두세우고 있었다. 그리고 만주에서 장사를 하려고 넘어온 조선족이 여럿 살해당했고, 특히 한국 사람들은 돈을 많이 지니고 있어서 표적이 된다고 했다. 그래서 영사관으로 가는 발길이 더 빨라졌는지도 몰랐다.

그런데 영사관으로 들어가서 나는 너무 당황하고 말았다. 내 명함을 받은 직원은 냉담하기 그지없었다. 그 냉담함은 공무원들의 고질적인 거만을 넘어서고 있었다.

"우리 같은 사람을 자주 만날 수 없어서 그러는지 그 사람들 아주 친절합니다. 선배님한테는 몇 배 더 친절할 겁니다. 먼저 여직원 ○○○씨를 찾으세요. 그 여자가 아주 싹싹하고 제일 친절하니까요."

정동주씨의 굵고 힘 실린 목소리를 다시 생각하며 나는 담배만 뻑뻑 빨아대고 있었다.

얼마 후에 영사를 만나게 되었다. 영사 역시 냉담했다. 형식적인 말 몇 마디를 하고는 영사는 입을 다물어버렸다. 더 앉아 있을 수가 없어서 나는 자리를 떴다. 시간이 미처 오 분도 지나지 않은 상태였다.

복도를 걸어나오다가 어떤 여자와 마주쳤다. 직감적으로 정동주씨가 말한 그 여직원이란 느낌이 들었다.

"저어, ○○○씹니까?"

"네."

"저는 소설 쓰는 조정래입니다."

"네."

여직원은 휑하니 지나쳐가고 말았다.

그건 단순한 불친절이 아니라 당신하고는 말 한마디 섞고 싶지 않다는 완강한 거부였다.

그 순간 나는 퍼뜩 깨달았다. 나는 국가보안법을 위반한 용공혐의자로 검찰의 의심을 받고 있는 자라는 것을.

이 나라의 모든 수사기관들이 나를 포획대상으로 삼고 있다는 것을 직접·간접으로 느끼기 시작한 것은 『태백산맥』이 완간된 시점부터였다. 그 음습한 분위기 속에서 1989, 1990, 1991년이 지나고 드디어 1992년에 들어 대검찰청에서 자체 수사결과를 발표했다. 이미 수백만 부가 팔린 책에 대해 작가를 의법조치하거나 책을 판금시키는 것은 적절하지 않아 문제삼지 않기로 했다는 내용이었다. 그런데 한 가지 단서가 붙어 있었다. "학생이나 노동자들이 읽으면 불온서적 소지·탐독으로 의법조치할 것이며, 일반 독자들이 교양으로 읽는 경우에는 무관하다"는 것이었다. 이 단서 때문에 모든 신문에 기사가 났을 뿐만 아니라 어떤 신문에는 그 단서를 비웃는 박스 기사나 칼럼이 다시 실려 세상이 시끄러워졌다.

어느 집단보다도 보신에 능한 것으로 소문나 있는 그들 공무원이 다른 죄도 아니고 용공혐의자로 의심받고 있는 사람하고 상대하려 했겠는가. 나는 그들이 한번 대면하는 것조차 꺼리는 기피인물이 되어 있다는 것을 뒤늦게 깨달았다. 폭설이 퍼붓고 강풍이 몰아치는 연해주의 3월 추위에 떨며 이십여 일을 헤매다니는 동안 정작 나를 얼어붙게 만든 추위는 의식 속에서 문득문득 일어나는 영사관의 외면이었다.

그리고 이 년이 지난 1994년에 나는 8개의 반공단체로부터 국가보안법을 위반한 용공분자로 정식으로(?) 고발당했다. 그 사건은 또 모든 방송과 신문들을 요란하게 했다. 그리고 나는 경찰의 조사를 받고 있는 몸이었으니 더욱이 사우디아라비아의 평원에서 느긋하게 골프를 즐길 수 있는 한국 대사께서 나를 대면하려고 했겠는가.

"꼭 대사관에 연락하십시오. 우리의 중동 진출에 대해서 쓰시는 건데, 많은 도움을 받으실 수 있을 겁니다. 이건 대사관에서 먼저 나서서 도와야 할 일이거든요."

내가 중동 길을 잡는 데 많은 도움을 준 해외건설협회 홍이사의 말을 곱씹으며 나는 식당을 나섰다.

리야드에서 다란까지 비행기 일정을 굳이 자동차로 바꾸었다. 시속 120킬로미터로 다섯 시간 동안 질주하는 고속도로. 동서남북 사방이 하늘과 땅으로 맞닿아 있는 지평선을 본 것은 내 생애 최초의 일이었다. 이글거리다 못해 지글지글 끓는 느낌의 백광이 쏟아져내리는 그 숨막히는 광막한 반사막지대를 꿰뚫고 가는 한 가닥의 검은 선, 그것이 고속도로였다. 넓고 넓은 땅 사우디아라비아에는 그런 고속도로들이 수십 개가 있다. 그런데 그 도로의 칠십 퍼센트 이상을 한국 사람들이 만든 것이라 했다.

우리 근로자들의 고생을 다소나마 느껴보려고 그 반사막지대를 한 시간쯤 걸었다. 그때는 건기가 아니라 우기라서 제일 더울 때가 삼십오 도에서 삼십팔 도 정도라고 했다. 그런데도 따가운 햇살은 한 시간 정도에 얼굴을 홍시처럼 익혀놓고 말았다. 건기에는 사십오 도가 예사라고 했다. 우기보다 건기가 세 배는 길어서 그 땅은 사막화되고 있었다. 거기서 우리 근로자들은 우기도 건기도 없이 도로공사라는 막노동을 했다. 그건 어디서 나온 힘이었을까…… 불볕 속을 터벅거리면서 생각했다. 까마득한 지평선 저쪽에서 불현듯 솟는 한 덩어리의 구름처럼 문득 떠오르는 것이 있었다. 가난이 힘! 그건 삼 년 뒤에 그대로 『한강』 속의 소제목이 되었다.

발전 없고 요령 없는 원시노동

현장취재를 끝낸 다음에 집중해야 할 일은 기초자료 조사였다. 소설이 엮어지는 시대의 세세한 생활상은 여러 가지 책을 뒤진다고 찾아지는 것도 아니고, 기억에 의존하는 것은 정확한 듯하면서도 아주 부정확한 일이 아닐 수 없다. 완벽하지는 않지만 그래도 안심할 수 있는 정확도를 확보할 수 있는 것이 신문이다.

나는 1950년대 말부터 삼십 년 동안의 우리네 생활상을 재정리하기 위해서 한 해 겨울 삼 개월 동안을 하루도 빠지지 않고 대학 도서관에 나가 두 가지의 신문을 비교해가며 동시에 넘기는 일에 몰입했다. 점심은 학교식당에서 먹어가며 필요할 것 같은 것들을 대학노트에 하나하나 적어나갔다. 연탄 한 장의 값, 영화 입장료, 담배값과 그 종류의 변화, 좀도둑들의 종류, 교통순경들의 비리, 가난과 빈번한 연탄가스 중독 죽음, 복어알 중독 죽음, 미제 물건들의 범람, 파마·양장의 유행, 전쟁 후유증인 불발탄의 폭발사고…… 헤아릴 수 없이 많은 삶의 세목들이 무심히 흘러가는 시간을 따라 노트를 채워나갔다.

"선생님, 손수 그러지 마시고 누굴 좀 시키시지 그러세요."

어느 날 한참 후배인 교수가 식당에서 만나 말했다.

"시켜? 소설에 어떤 게 필요한 줄 알아서? 취사선택은 글을 쓰는 작가 자신만이 할 수 있는 일 아닌가. 남을 시키면 신문 전체를 복사하는 일밖에 더 시키겠어?"

내 말에 후배는 잠시 어리둥절하다가,

"아 네, 그렇겠군요, 그렇겠어요. 근데 학생들 사이에서 수군수군하기 시작해서요."

"수군수군?"

"네, 선생님 같은 분이 날마다 손수 그런 일을 하시니까 학생들이 너무 놀라서 화젯거리가 되고 있는 겁니다."

"어쩌겠소. 소설 쓰는 일이 그런 원시노동을 하지 않으면 안 되니. 아무리 컴퓨터 시대라지만 문학을 하려는 학생들이라면 그 점을 인식하지 않으면 안 될 거요. 컴퓨터는 막대한 양의 자료만 품고 있지 개개인이 필요한 자료를 뽑아주는 것이 아니고, 더구나 소설을 쓰는 일은 더 말할 것도 없잖소."

"네. 그래서 학생들에게 선생님을 본받으라고 말하고 있습니다. 얼마나 효과가 있을지 모르겠습니다만."

동국대학교는 나의 모교라서 편한 마음으로 긴 시간 동안 신문들을 들출 수 있었다. 열람실의 큰 책상 하나를 독차지하고 앉아 있는 그런 특혜는 다른 도서관에서는 기대하기 어려운 일이었을 것이다. 나의 그 미련스러운 행위가 몇몇 학생에게나마 가르침이 되었다면 모교 도서관을 장기간 무상으로 이용한 보답은 다소나마 한 것이 아닐까 하는 생각으로 나는 고개를 끄덕였다.

소설을 방해하는 검은 그림자

일 주일, 열흘 단위로 한겨레신문사에 원고를 보내기가 숨이 가빴다. 쓰기는 힘겨운데 신문은 날마다 열 매씩을 잘도 까먹으며 나를 뒤쫓고 있었다. 완벽하게 취재를 한다고 했지만 쓰다보면 무언가 부족함을 느끼는 대목이 생긴다. 그러면 쓰던 것을 멈추고 다시 취재를 나서기도 하고, 정확한 자료를 찾아 이런저런 책을 뒤지다보면 하루가 허망하게 가버리기도 한다. 마음은 바쁘고 써야 할 양은 태산같이 남았는데 원고 쓰기를 방해받는 것처럼 짜증스럽고 화나는 일도 없다. 그러나 대상이 있어야 욕이라도 하고 화풀이를 해보지, 내 앞에는 언제나 나밖에 없었다. 쓰는 것을 방해받지 않으려고 이미 오랜 세월 전부터 세상과 절연상태에서 살아왔으니까.

그런데 느닷없이 훼방꾼이 나타났다. 갑자기 걸려온 그 전화는 막강한 힘으로 나의 어떠한 거부도 용납하지 않을 기세였다.

"여기 검찰청입니다. 그 동안 미루어왔던 그 사건을 조사하고자 합니다. 그러니까……"

나는 시간을 다투는 신문 연재소설을 쓰고 있는 중이라고 말할 수가 없었다. 분단된 한국에서는 사상범이 살인범보다 더 앞서는 중죄인이었고, 한국은 작가들은 많되 '작가 △△△ 선생께서 집필중이니 경적을 울리지 마십시오' 하는 팻말 하나 붙어 있지 않은 나라였던 것이다.

"××날 나오실 수 있습니까?"

전화 속의 목소리가 마지막 확인을 하고 있었다.

"네, 그러지요."

검찰청의 출두요구 날짜는 아직 멀었는데 나는 전화를 끊은 그때부터 소설 쓸 기분을 그만 상하고 말았다.

검찰청에서 조사하고자 하는 건 몇 년 전에 고발당한 바로 그 사건이었다. 『한강』이 절반 고비를 넘어가고 있는데 그 사건은 『아리랑』을 쓸 때처럼 불쑥 뒷덜미를 잡아채고 든 것이다.

경찰의 출두요구를 받은 것은 『아리랑』을 한창 쓰고 있던 1994년 6월이었다. 더위가 시작되고 있어서 한국일보에 연재하고 있던 『아리랑』의 원고량이 차츰 줄어들고 있을 때였다. 내가 불려간 곳은 박종철군을 죽인 속칭 남영동 분실이었다. 그 기관은 박종철을 죽인 이후 문화촌 어딘가로 자리를 옮겨가 있었다.

나는 하루 열네 시간 반의 조사를 받은 다음에 2회를 더 하겠다는 조사를 거부했다. 그리고 박원순 변호사에게 변호를 부탁했다. 그때부터 대여섯 달 동안 경찰과 편지싸움이 전개되었다. 경찰에서는 자기네 입장에서 본 나의 잘못을 지적하며 조사에 응하라고 몰아댔고, 나는 소설을 쓰다 말고 그들의 잘못과 부당함을 공박하는 장문의 글을 써서 변호사에게 가져갔다.

"나는 경찰의 글을 읽어보고 당신이 사상범이구나 생각했는데 당신의 글을 읽으니 그들의 생각이 말도 안 되는 억지라는 것을 알았어요. 당신이 글을 잘 썼어요."

아내가 안도의 숨을 내쉬며 한 말이었다. 아니 이게 무슨 일인가. 아내가 그렇게 흔쾌하게 '글 잘 썼어요' 한 것은 처음 있는 일이었다. 그전에 소설을 읽을 때마다 아내는 트집잡지 않은 작품이 하나도 없었다. 나는 소설이 아닌 엉뚱한 글로 결혼 삼십여 년 만에 아내한테 인정받은 셈이었다.

공격과 재공격, 조사에 순순히 응하지 않으면 강제구인하겠다는 엄포와, 강제구인을 할 테면 하라는 맞대거리, 점점 심해져가는 더위 속에서 나는 편지싸움에 휘말려들며 소설 쓰기에 막대한 지장을 받고 있었다.

그런데 엎친 데 덮친 격으로 충격적인 사건이 터졌다. 군대에 간 아들이 구타를 당해 목 디스크에 걸린 것이었다. 그건 눈앞이 캄캄해지는 사건이었다.

나는 자식이 그것 하나밖에 없었다. 글을 써서 잘살 자신이 전혀 없어서 딱 하나만 갖기로 한 자식이었다. 누구는 대통령 후보가 될 능력이 있어서 아들을 둘씩이나 군대에 보내지 않고 빼돌렸는데, 나는 아무 능력이 없어서 무녀독남 외아들을 군대에 보냈더니 밤마다 태권도에서 말하는 수도로 목줄기에 구타를 당해 디스크가 된 것이었다. 그런데 더 큰 문제는 병세가 자꾸 심해져가는데 아들이 입원해 있던 원주 군인병원에서는 무작정 귀대조처를 하려고 하는 것이었다. 나는 소설을 쓰다 말고 병원장에게 항의서를 썼고, 그것을 가지고 통상 두 시간이 걸리는 원주까지 한 시간 이십 분 만에 달려갔다.

나는 병원으로 달려가며 소설이고 뭐고 다 때려치우고 줄기차게 폭력을 일삼고 있는 군대를 뒤집어놓아야 한다는 분노에 떨었다. 내가 군대에 갔던 삼십오 년 전에도 무조건 두들겨맞아야 했고, 그 야비한 폭력은 결국 아들을 병원에 눕게 만든 것이었다. 그런데도 텔레비전에서는 폭력이 없어진 군대를 강조하며 군인 프로그램을 뻔뻔스럽게 방영해대고 있었다. 아비로서의 나의 분은 하늘이라도 뚫을 것 같았고, 그 부대의 사단장까지 모조리 처치하고 말겠다고 이를 갈았다.

그런 내 분노를 예감했던 것인지 병원장은 자리를 피하고 없었다. 나를 맞이한 부원장은 다자고짜 수도통합병원으로 이송하겠노라고 약속했다.

아들이 서울로 이송되는 것을 보면서 나는 분노를 삭일 수밖에 없었다. 군대 일이란 그렇고 그렇게 끝나게 되어 있는 것이니 아버지는 분하지만 참고 글이나 쓰시라며, 머리에 쇠추를 매단 아들의 말은 간곡했다.

아들은 역시 현명했다. 몇 년 뒤에 판문점에서 김훈 중위가 의문의 죽음을 당했다. 그의 아버지는 예비역 중장이었다. 그 아버지는 사인을 밝히려고 온몸으로 나섰다. 그러나 끝내 아무것도 밝혀지지 않고 말았다. 예비역 중장이 그리 당하는 판인데 하물며 소설가쯤이야……

나는 다시 『한강』 쓰기를 중단하고 검찰에 출두해야 했다. 검찰조사는 삼 일 3회 예정이었는데 둘쨋날 오후 일찍 끝났다. 조사할 것이 없어서가 아니라 검사의 신문에 내가 '객관적 자료'를 제시하겠다고 했기 때문이었다.

검사는 신문을 하면서 '객관적 자료'가 있느냐를 추궁했다. 그건 작가의 직접 체험이나 목격, 취재, 증언 같은 것이 아니라 책이나 공인보고서, 정부기록 같은 것을 말하는 것이었다.

나를 고발한 사람들은 『태백산맥』에서 오백여 가지의 사실 무근을 찾아내어, 그러므로 그는 빨갱이라고 몰아대고 있었다. 그런데 검사는 그중에서 문제가 될 만한 것 120여 가지를 골라서 '객관적 자료'를 요구하고 있었다.

나는 그날부터 『한강』 쓰기를 중단하고 일 주일 동안 '객관적 자료'들을 찾기에 집중했다. 120여 가지의 객관적 자료를 전부 갖추어 검사가 보기 편하도록 책마다 표시를 하고 목록까지 만들어 제출했다.

그런 어지러움 속에서 『한강』을 끝내고 책이 출간되었다. 그런데 수사를 마친 검찰에서는 여지껏 아무런 결론을 내리지 않고 있다. 어쩌면 내가 새 소설을 쓰면 그때를 기다려 다시 괴롭히려는 심사인지도 모를 일이다.

그러나 나는 다시 태어나도 소설을 쓸 것이다. 소설 쓰는 일밖에 다른 재주가 없으니까.

(『작가』 2002년 가을호)

5. 문학의 그림자

내 영혼 속의 만해와 철운

용서는 반성의 선물

평단의 어제 오늘 내일

역사와 문학과 리얼리즘

세계화의 함정, 그리고 작가

내 영혼 속의 만해와 철운

만해 선사처럼 될 수 있다

만해 한용운의 시 「알 수 없어요」는 고등학교 3학년 국어 교과서에 실려 있었다. 나는 그 시를 배우기 몇 년 전부터 이미 '만해 선사'를 알고 있었다. 아버지가 생활 속에서 훈도를 할 때면 자주 만해 선사를 받들어올렸기 때문이다. 독립투사로, 민족을 지킨 어른으로, 굳은 의지의 인물로, 아버지는 만해 선사를 으뜸으로 꼽고는 했다.

독립군의 오인으로 목에 총을 맞아 그 총알을 빼내는 수술을 마취도 하지 않고 받는데, 무릎 꿇고 앉아서는 신음 소리 한번 내지 않았다. 「독립선언문」을 낭독하고 잡혀들어간 민족대표들이 모두 고문을 두려워하고 그 고통에 신음하며 나약한 모습을 보이자 '똥통에 구더기만도 못한 것들'이라고 그들을 호통쳤다. 세월이 가면서 민족대표들이 모두 변절했지만 오로지 그분만은 지조를 꺾지 않았다. 어떤 학생이 도움을 청하러 오자 그분은 두말하지 않고 수중의 돈을 다 털어 주고 그날부터 며칠을 물만 마시며 지냈다. 그분은 시인 행세를 하려고 시를 쓴 게 아니라 독립운동의 한 방법으로 시를 쓰셨다. 그분은 집만 조선총독부를 등지고 북향으로 지은 것이 아니라, 배급도 타먹지 않았다.

이런 일화들을 이미 알고 있는 나는 「알 수 없어요」를 배울 때 지은이 만해 한용운에 대해서 국어선생보다 더 많이 아는 학생이었다. 국어선생이 한 말은, 민족대표 33인 중에서 유일하게 변절하지 않은 분이라는 한 가지뿐이었다. 나는 옆자리의 친구들에게 내가 알고 있는 일화들을 다 엮어냈는데, 그들은 어리둥절해하며 믿으려고 하지 않았다.

나는 무슨 최면에라도 걸린 듯 「알 수 없어요」를 단박에 외웠다. 어느 시구든 나를 사로잡았지만 특히 "타고 남은 재가 다시 기름이 됩니다" 하는 시구는 오늘날까지도 내 영혼 깊이 아로새겨져 있다. 그리고 내 평생에 걸쳐 읽어온 시들 중에서 절창의 으뜸으로 꼽고 있다. 그래서 만해 선생을 이야기할 때는 물론이고 산문을 압도하는 시의 위대성에 대해 이야기할 때도 꼭 그 구절을 첫번째로 올린다.

그지없이 쉬운 여섯 개의 단어로 조립된 그 시구가 내포하고 있는 의미는 얼마나 크고 깊은가. 만상이 서로 얽혀 생성과 소멸을 끝없이 되풀이한다는 윤회사상, 지고한 사랑의 영원불변성…… 그렇게 배웠고, 나 또한 교단에 서 있었던 몇 년 동안 그렇게 가르쳤다. 그리고 이십여 년이 지난 어느 날 문득 떠오르는 생각이 있었다. 거기에 숨겨져 있는 또하나의 의미! 죽고 죽고 또 죽어도 그 죽음을 딛고 끝끝내 이루어내고야 말겠다는 것, 조국 독립에 대한 불굴의 의지와 확신이 푸른 칼날로 번뜩이고 있음을 뒤늦게야 발견한 것이다. 뜨거운 의지를 직설적인 언어로 쓰지 않고 그렇게 여러 가지 의미를 포괄하는 언어로 은유한 것, 만해는 독립투사로서 투철함 못지않게 시의 미학을 그 누구보다도 잘 구현해낸 고결한 시정신의 소유자였다.

그런데, 내 앞에 커다란 사건이 돌발했다. 진로에 대한 여러 가지 고민 끝에 문학의 일생을 살기로 작심하고 대학입시 공부 막바지에 이르러 있던 어느 날이었다. 나를 불러앉힌 아버지가 말했다.

"내가 여러모로 생각해봤는데…… 아무래도 네가 부처님 앞으로 가야 되겠다."

"네에……?"

나는 소스라쳐 아버지를 쳐다보았다. "부처님 앞으로 가야 되겠다" 하는 말이 다른 사람들에게는 생소하게 들릴지 모르지만 나는 그 말이 '출가해서 승려가 되라'는 뜻임을 금방 알아들었다. 그런 불교적인 말이 일상화되어 있는 것이 우리집 특유의 분위기였다.

"그래, 놀랄 것 없다. 생각해봐라. 너희들 여섯 남매, 우리 여덟 식구가 난리 속에서 그렇게 어렵게 피난을 다니면서도 하나도 상하지 않고 무사했고, 오늘날까지 열 식구가(전쟁 후에 둘이 더 태어남) 별 탈 없이 사는 건 다 부처님의 가피 덕분이 아니겠냐. 그러니 장남이 가는 건 좀 그렇고, 차남인 네가 부처님을 잘 섬기고 받드는 게 그래도 도리 아니겠냐."

"아버지…… 저어…… 저는…… 문학을 해야 하는데요."

나는 당황해서 더듬거렸다. 그 당황스러움은 어린 시절부터 꿈꾸어 왔던 문학을 하지 못하게 되어 생긴 것만이 아니었다. 아버지의 말씀이 무척 타당해서 벗어나기 어려운 올가미로 느껴졌고, 또 한편으로는 평생 승려로 살아야 한다는 암담함에 가위눌리기도 했던 것이다.

"그래? 승려생활 한다고 문학을 못 할 게 없다. 저 만해 선사를 봐라. 그분은 걸출한 독립투사인 것은 말할 것도 없고, 출중한 승려였고, 큰 업적을 남긴 시인으로, 모든 걸 다 이루셨다. 여러 말 말고 가

거라."

그러면서 아버지가 한 장의 종이를 내밀었다. 그 종이는 다름아닌 조계사 승적 168호였고, 인천(隣天)이란 이름이 적혀 있었다. 나는 그만 소스라치고 말았다. 나는 서류상으로 이미 승려가 되어 있지 않은가!

조계사 승적이란 5·16 쿠데타를 일으킨 박정희가 사회정화의 깃발을 내걸고 그 대상에 불교계까지 넣어 절마다 인원점검식 승적을 만들게 한 것이었다. 그런데 아직 출가도 하지 않은 자에게 승적 168호가 주어진 것은 전혀 놀랄 일이 아니었다. 불교계에 모르는 사람이 거의 없고, 집에서보다는 절에 가야 심신이 편해질 정도로 영혼이 온통 승려인 옛날의 철운 스님인 아버지가 그런 승적을 미리 받아오는 것은 그야말로 식은 죽 먹기였을 것이다. 아버지는 당당하고 자랑스럽게 내 작은아들을 출가시키려 한다고 했을 것이고, 절에서는 반색을 하며 승적 168호를 만들어주었을 것 같은 장면이 선하게 떠올랐다.

그런데 더 문제는 승적에 적혀 있는 인천이라는 이름이었다. 그건 몇 개월 전에 아버지가 한시 한 수를 풀이한 다음 거기서 두 자를 따내 지어준 호였다. '하늘을 벗하고 살아라' 하는 뜻의 호를 받고 나는 어른 대접을 받은 것 같고, 특히 '하늘에 이르는 큰 문학가가 되라'는 뜻으로 해석해 그 만족감은 벌써 하늘에 닿아 있었다. 그런데 그 호가 엉뚱하게도 출가승의 법명으로 둔갑해 있었다. 아니 그건 엉뚱한 것이 아니었다. 아버지는 그 호를 지어줄 때 벌써 출가를 시키려고 암암리에 음모(?)를 꾸민 것이었다.

"만해 선사는 백년에 한 번 나올까 말까 한 인물인데 제가 어찌 감히 그렇게 할 수가 있겠습니까?"

내가 아버지를 향해 던진 반격이고 저항이었다.

아버지는 한동안 말없이 나를 물끄러미 쳐다보았다. 그리고 승적을 끌어당기며,

"그래……"

나직하게 뇌었다.

그후로 아버지는 다시는 출가를 입에 올리지 않았고, 나는 그 한마디로 아버지의 뜻을 물리친 나 자신의 똑똑함에 취해 있었다. 그런데 삼십여 년이 지난 어느날, 두번째 긴 소설인 『아리랑』을 쓰는 고통에 시달리다가 문득 깨달은 것이 있었다. 나는 그 한마디로 아버지의 뜻을 물리친 것이 아니라, 아버지로부터 만해 선사처럼 될 수 있다는 기대를 받았다가 나의 입 바른 소리로 소설밖에 쓸 수 없는 위인으로 추락당했다는 것을. 그러나 그것도 어불성설이다. 아버지는 나를 출가시키려고 임기응변을 한 것이었고, 나의 당돌한 말에 당신의 임기응변이 잘못되었음을 깨달은 것이었다. 다만 한 가지 분명한 것은, 우리 민족사의 위대한 영혼인 만해 선생은 아버지를 통해서 내 어린 영혼에 이식되면서 세월을 따라 내 영혼을 가꾸어간 거대한 의식의 나무였다.

나는 『태백산맥』을 끝내고 『아리랑』을 거쳐 『한강』에 이르러 긴 소설 쓰기가 갈수록 어려워질 때마다 문득 생각하곤 했다. 그때 차라리 승려가 되었으면 얼마나 좋았을까 하고. 아버지는 무척 엄했으므로 아버지가 강압했더라면 나는 어쩔 수 없이 출가를 했을 것이다. 그랬으면 어찌 되었을까를 가끔 생각해보기도 했다. 그러나 만해 스님처럼은 아예 될 수가 없는 일이었고, 평범한 승려 노릇도 제대로 못 했을 것 같았다. 문학을 한다는 게 일종의 귀신 들린 일인데, 그 잡귀에 끌려 끝내 파계를 하고 말았을 게 아닌가 싶었다.

내가 『태백산맥』 4부를 쓰고 있을 때였다. 어느 날 아버지가 넌지

시 물었다.

"네 호를 인천이라고 지어주었었지?"

"네."

"그거 그만두고…… 태백산맥에서 앞의 두 자를 따서 태백이라고 하면 좋겠지만, 중국에 이미 이태백이 있으니 두번째, 세번째 글자를 따서 백산(白山)이라고 해라."

"네."

나는 별 생각 없이 그저 대답했다. 굳이 호를 쓰지 않는 시대였기 때문이다.

그런데 일 년이 다 못 되어 아버지는 돌아가셨다.

"아부지가 니 책을 보시고 자식 키운 보람 있다고 허셨니라."

몇 개월이 지나 어머니가 한 말이었다.

나는 깜짝 놀랐다. 생전에 아버지는 그런 내색을 전혀 하신 적이 없었고, 내가 지은 소설이 아버지께 그런 만족을 드렸다는 것이 뒤늦게 가슴 뭉클해졌다. 그리고 퍼뜩 깨달음이 왔다. 아버지가 호를 백산으로 바꾸라고 했던 일이었다. 아버지는 『태백산맥』을 보시고 작가로서 입신한 자식을 확인했던 것이고, 그래서 승려가 되기를 바랐던 호를 버리고 더욱 좋은 작품을 써서 '높고 높은 산'이 되라고 백산이란 호를 새로 지어준 것이라 여겨졌다.

『아리랑』에서 만해 선생을 여러 곳에 실명으로 등장시켰는데 그 대목들을 눈여겨보아주실 아버지는 계시지 않았다. 나는 열두 권의 책을 아버지 산소에 바치면서 내가 쓰라린 민족의 역사에 대해 천착하고, 약한 자들의 아픔에 이끌리는 그 의식의 뿌리를 다시 확인하고 있었다.

만해의 정신을 따른 수난

남도땅의 큰절 순천 선암사의 부주지 철운 스님은 해방을 맞이한 상황 속에서 절 앞에 세 가지 현수막을 내걸었다.

- 절은 사회에 봉사해야 한다.
- 모든 사답은 소작인들에게 무상분배해야 한다.
- 승려들은 자질향상을 위해 공부에 매진해야 한다.

이 운동은 주지와 정면충돌을 일으켰다. 주지는 사답의 무상분배를 절대 반대했기 때문이었다. 절의 승려들이 양분된 가운데 '여순 반란사건'이 일어났다. 철운은 빨갱이로 몰려 경찰서에 붙들려갔고, 서북청년단들에게 몽둥이로 구타당해 빗장뼈가 부러지고, 세 번이나 즉결 처형장까지 끌려갔다가 손에 든 염주를 보고 어느 군 장교가 살려주고, 어느 유지가 끌어내고 해서 죽을 고비를 넘겼고, 무자비한 구타로 터지고 찢어진 엉덩이에 구더기가 드글거리는 몸으로 광주고법에까지 가 무죄로 풀려나는 수난을 당했다.

그 소용돌이 속에서 집안이 엉망진창이 되었을 것은 더 말할 것이 없었다. 국민학교 1학년이었던 나는 그 공포 속에 휩쓸리며 와들와들 떨었고, 그때 겪은 무시무시한 일들이 내가 최초로 체험한 사회였고, 어른들의 세계였다. 충격의 강도에 따라 기억의 선명도는 결정된다. 나는 그때의 일들을 세월이 아무리 흘러도 바로 눈앞에 보고 있는 것처럼 생생하게 기억했고, 그래서 『태백산맥』에 내가 겪은 것을 쓰지 않을 수 없었다. 소설에서는 철운 스님이 다만 법일로 바뀌었을 뿐이다. 그렇게 쓰고 나면 그 험한 일들이 잊혀질 줄 알았다. 그러나 지금까지도 전혀 달라진 것이 없다. 아마 그 끔찍한 기억들은 죽을 때까지 갈 것이다.

그리고, 내가 잊지 않으려고 이를 앙다물었던 것은 아버지를 모함하고 밀고한 주지였다. 나는 그때부터 대학생이 될 때까지 아버지의 원수를 갚아야 한다고 굳게 마음 다지고 있었다. 그러나 아버지는 물론이고 어머니도 그 주지가 아버지를 그렇게 만들었다고 단 한마디도 한 일이 없었다. 그런데도 나는 그 사실을 알고 있었다. 주변 어른들이 쉬쉬하며 숙덕거리는 말을 엿들었던 것이다.

그런데 아버지는 내가 대학생 때 뜻밖의 말을 했다. 오래 전에 속인이 되었던 그 주지가 중병이 들었는데 병문안을 갔다 왔다는 것이었다. 어머니는 아무 말이 없는데 형과 나는 거칠게 항의했다. 내가 놀란 것은 형도 나와 똑같은 생각을 품고 있었다는 사실이다.

우리집에는 한 가지 무언의 금기사항이 있었다. 그 '여순반란사건'에 대한 이야기는 절대 입에 올리지 않는 것이었다. 그래서 형과 나도 속생각을 따로따로 품고 긴 세월을 살아온 셈이었다.

"그래, 너희들 마음 잘 안다. 그러나 그때는 서로 어쩔 수 없는 일이었다. 그 사람도 눈물을 흘리며 잘못했다고 했다. 잘못을 빌면 용서하는 것이 사람의 도리다. 그 사람 오래 살지 못할 것이고, 자식도 잘되어 있지 못하다. 너희들도 다 잊어버려라."

아버지의 담담한 말이었다.

역시 아버지의 생각은 옳았다. 나는 그 일로 가슴에 품어왔던 그 흉한 복수의 음모를 잊게 되었고, 용서는 저쪽의 편안이 아니라 이쪽의 편안이라는 것을 체득하게 되었다.

절에서 쫓겨난 아버지의 수난은 무죄판결로 끝나지 않았다. 다음 해에 순천을 떠나 논산으로 이사를 해야 했다. 아버지와 친한 어느 유지가, 뒤숭숭한 시국에 순천에 사는 것은 아무래도 불안하니 타향으로 떠나라며 이사비용과 아는 사람을 소개해준 것이었다. 신심 두터운 불교신도였던 그분은 더할 수 없는 우리의 은인이었다. 아니 우리 여덟 식구 생명을 구해준 생불이었다. 왜냐하면 그 다음해에 6·25가 터졌고, 보도연맹사건은 전국에 걸쳐 무참하게 자행되었던 것이다. 그때까지 순천에 살았더라면 그 어떤 지역보다 잔혹했던 살육의 피바람에 휩쓸려 우리 식구 여덟은 꼼짝없이 저승객이 되고 말았을 것이다.

전쟁의 소용돌이 속에서 논산 언저리를 지향 없이 떠돌아야 했던 피난 시절은 극도의 굶주림과 추위로 우리 식구들을 죽음 직전까지 몰아갔다. 우리 식구들은 그 어느 가족보다 혹독한 전쟁을 치르고 있었고, 나는 늘 배고픔에 허덕이면서 많은 정신적 상처를 받는 반면에 악조건의 삶에 부대끼며 견디어내는 악착스러움도 익히게 되었다.

그후로 삼십 년이 넘는 세월이 흘러 『태백산맥』을 준비하면서 나는 승려 철운이 해방과 함께 내걸었던 그런 혁신적 구호가 어디서 비롯되었는지를 알게 되었다. 그건 바로 『불교유신론』을 썼고, 인간 평등의 세상을 추구했던 만해 선생이 실천하고자 했던 사상이고 이상이었다. 아버지의 설명 한마디 없이 그 사실을 발견한 나는 비로소 수수께끼의 열쇠를 든 채 지난날의 쓰라림을 되새기고 있었다.

시인 고은이 쓴 『한용운 평전』에는 심우장을 찾아든 제자들 중의 한 사람으로 조종현을 적고 있다. 그가 승려 철운이다. 종현은 시조를 쓰는 데 사용한 필명이다.

"그때 독립운동의 방편으로 문학을 한 이들이 있었지……"

아버지가 바람 스치듯이 한 말이었다.

아버지가 승려의 몸으로 시조를 썼던 것도, 문명을 얻고자 했던 것이 아니었고 만해 스님의 방법론을 따르고자 했음을 알 수 있다.

철운이 만해를 받들었던 항심은 만해의 장례에서 잘 드러나고 있다. 조선총독부에서는 독립투사나 애국지사들이 사망했을 경우에 장례를 억제하는 총독부령을 실시하고 있었다. 그 장례들을 계기로 일어날지도 모르는 대중저항이나 집단시위 같은 것을 사전에 봉쇄하기 위해서였다. 그 총독부령은, 비석을 세울 수 없다, 공공연히 부고를 낼 수 없다, 집단이 모여 장례식을 할 수 없다, 이 세 가지로 요약된다.

만해 선생의 장례에도 총독부의 감시하에 그 법이 적용된 것은 더 말할 것이 없었다. 그래서 만해의 장례를 치른 사람은 열서넛에 지나지 않는다. 그 사람들의 이름 속에 조종현의 이름이 들어 있다.

여기서 또 한 가지 수수께끼가 생긴다. 총독부에서는 부고를 내지 못하게 감시를 했고, 승려 철운은 천리 밖 순천 선암사에 있었다. 오일장이긴 했지만 어떻게 장례에 참석할 수 있었을까. 관공서가 아닌 일반인 전화는 걸기가 거의 불가능하고, 기차가 열 시간 이상 걸리던 시절이었다. 이 수수께끼는 뒤에 가면 풀린다.

철운은 화장터의 연기로 사라져가는 스승 만해를 바라보며 그 흉금이 어떠했을까. 푸르스름한 연기마저 자취를 감춘 텅 빈 하늘을 바라보며 무슨 생각을 했을까.

"아아, 님은 갔지마는 나는 님을 보내지 아니하였습니다."

철운은 이 시구를 가슴 저리게 뇌이며 스승의 뜻을 철저히 따르겠노라고 다짐한 것은 아니었을까.

그리고 다음해에 해방이 되자 철운은 스승이 떠나고 없는 안타까움 속에서 스승의 사상과 염원을 펼치려고 그런 현수막을 내걸었던 것은 아닐까. 그러나 어지러운 세상 속에서 그 대가는 혹독한 것이었다.

만당(卍黨)의 질긴 인연

그 누구보다도 가혹하게 전쟁을 치른 아버지는 교육자로서 제2의 인생을 시작했다. 시조 시인인 것이 국어선생을 할 수 있는 자격이 된 것이었다. 독립운동의 방편으로 삼았던 문학이 해방된 땅, 돌아갈 절이 없는 쫓겨난 승려 철운과 그 권속의 생계수단이 된 것이다.

그런데 꼭 시조 시인이라서 국어선생이 된 것만은 아니었다. 아버지가 그 자리를 얻게 된 배면에는 불가의 인연이 짙게 드리워져 있었다. 벌교상업고등학교 교장이 승려 출신이었다. 절 돈으로 신식공부를 한 그 교장은 조계산을 에둘러 선암사로부터 육십 리 떨어져 있는 송광사에서 그 존재가 두드러졌던 아버지의 도반이었다. 그 교장은 시대의 학대를 받고 지칠 대로 지쳐 있는 옛 도반에게 관세음보살 같은 구원의 손길을 보내준 것이다.

아버지는 선생으로서 열성을 바쳤고, 작품을 쓰는 것을 낙으로 삼는 생활을 해나갔다. 조종현의 작품에 곧잘 드러나는 민족애와 조국애가 그 뿌리를 어디에 대고 있는지는 더 설명이 필요없을 것이다. 분단을 애석해하고 안타까워하는 것도 지식인의 관념이 아니었다. 독립운동을 했던 단재 신채호며 백범 김구며 만해 한용운이 가장 갈망했던 것은 무엇인가. 민족의 독립이요, 조국의 해방 아닌가. 그런데 해방이 곧 분단이 되고 말았으니 만약 그분들이 살아 계셨더라면 그 절망은 어떠했을까. 시조 시인 종현은 그 절망의 신음을 작품으로 앓고 있었다.

그런 아버지가 가장으로서 가장 신경 쓴 건 자식들의 교육이었다. 그 교육을 위해 아버지는 이사를 단행하기 시작했다. 여기서 이사를

'단행' 했다고 좀 거창하게 말하는 것은 단순한 이사가 아니라 아버지가 다른 도시로 직장을 옮겨가는 어려운 일이 포함되어 있기 때문이다.

그 첫번째 모험적 이동이 벌교에서 광주로 가는 것이었다. 광주 제일고등학교로 옮긴 아버지의 두번째 목적지는 서울이었다. 벌교에서 광주로 옮기는 건 같은 전남이니까 어려운 일이 아닐 수 있지만 광주에서 서울로 뛰어오른다는 것은 거의 무모한 모험이었다. 그때 아버지 나이 벌써 쉰둘이기도 했다. 그런데 아버지는 서울 보성고등학교로 대뜸 전근을 갔고, 식구들은 일 년 뒤 이사를 했다.

아버지가 빼어난 시인이거나 국어 가르치는 능력이 남달라서 서울 학교에서 모셔간 것이 아니었다. 거기에도 불가의 인연이 거미줄처럼 쳐져 있었다. 보성고등학교 교장은, 만해가 일제 식민지 민적에 오르는 것을 거부한 까닭에 해방이 되자 무적자가 되어버린 그분의 딸이 취학을 할 수 없게 되자 그 애로를 풀어 혜화국민학교에 입학시킨 서원출이었다. 그런 서원출과 승려 철운은 승려들의 독립운동 비밀결사체인 만당의 일원이었고, 만해는 만당의 총재로 추대되었던 인연이 얽혀 있었다.

그리고 육 년의 세월이 흘러 서원출과 조종현은 나란히 동국대 재단이사가 되었다. 그때 동국대 총장은 김법린이었는데, 그분은 만당 회원들이 검거되었을 때 그 이름이 첫번째에 오른 만당의 주도자였다. 김법린은 총장을 맡으면서 재단을 일신해 대학을 새롭게 발전시킬 복안으로 옛 만당의 동지들을 불러모은 것이었다. 잃어버린 나라를 되찾고자 했던 순수한 일념을 되살려 부처님의 얼이 담긴 대학을 발전시키고자 했던 뜻—그러나 김법린이 세상을 떠나면서 만당의 회원들도 흩어져야 했다.

세월의 흐름이란 모든 것을 변하게 만드는 위력을 발휘한다. 그런데 만당 회원들은 그 위력을 비웃기라도 하듯 그렇게 강한 결속력을 유지하고 있었다. 여기서 내가 품었던 수수께끼는 풀렸다. 만해 선생의 장례에 천리 밖에 있었던 승려 철운을 불러올렸던 것은 다름아닌 만당의 그 결속력이었다.

만해는 갔지만 그 그늘은 넓고도 짙다. 세월이 갈수록 역사의 힘은 강대해지듯이 역사의 인물 만해는 그 힘에 실려 생생한 영생을 누리고 있다.

아버지가 암암리에 나에게 만해의 정신을 심었듯이 나는 또 내 아들에게 만해의 정신을 심고 있으며, 내 아들은 다시 내 손자에게 그 꿋꿋한 정신을 심어나갈 것이다.

내가 『아리랑』에서 만해 선생의 죽음이 단순히 신병 때문이 아니라 총독부의 배급 타먹기를 거부했던 아사투쟁(요즘 말로 하면 단식투쟁)이라고 정의했던 것은 역사를 새롭게 보아야 하는 독자들을 향해서 수행한 작가의 작은 소임이었다.

만해, 민족사의 영원한 빛 앞에 삼가 머리를 조아린다.

(『유심』 2002년 가을호)

용서는 반성의 선물

왜 다시 거론해야 하는가

민족사의 지평 위에서 친일파를 새롭게 문제삼을 때 우리는 옷깃 여미며 확인해야 될 사실 하나가 있다. 만약 우리가 또다시 일제시대와 같은 식민지 상황에 처한다면 우리는 어떻게 할 것인가 하는 점이다. 이 자문 앞에서 올바른 답은 무엇일까.

한일병탄이 벌어지자 매천 황현은 "비록 국록을 먹지는 않았으나 나라를 빼앗긴 통절함 속에서 선비로서 어찌 더 목숨 부지하기를 바라겠는가" 하는 내용의 글을 남기고 스스로 목숨을 끊었다. 그런데 매천은 죽지 않고 오늘에 생생히 살아 있다. 매천이 자각한 '선비로서'의 역할을 요즘 말로 하자면 '지식인으로서'의 역할이 될 것이다. 매천은 과거에 급제를 하고서도 관직사회의 부패와 타락에 환멸을 느껴 벼슬길을 외면했다. 그런데 국난을 당하자 누구보다 먼저 지식인의 길을 선택한 것이다. 매천은 그 결연한 실행을 통해 당대뿐만이 아니라 오늘을 사는 지식인들에게도 지식인이 가야 할 올바른 길이 어떤 것인지 일깨우고 있다.

그런데 일제시대를 살아온 대부분의 지식인들은 어떠했던가. 매천을 본받기는커녕 오히려 반대의 길을 걸었다. 여기서 다시 환기해둘 것이 있다. 삼십육 년 동안 일본의 압제로 죽어간 우리 동포들의 수가 사백여 만. 한반도에서 활개친 일본인들의 수가 팔십여 만인데 거기에 기생했던 친일파·민족반역자들은 1백60여 만. 일본인들보다 두 배가 많은 그들은 구십구 퍼센트가 지식인이었다. 일본인들은 주구로 부려먹기 위해 유식한 자들을 필요로 했고, 무식한 사람은 친일도 할 수 없었던 것이 식민지 상황이었다.

새삼스러운 말이지만, 지식은 무엇이고 지식인이란 무엇인가. 한마디로 요약하자면, 지식은 올바른 앎이고 지식인이란 올바른 앎을 갖추고 그것을 올바르게 써야 하는 존재들이다. 그러나 올바른 앎을 올바르게 쓰는 지식인보다 그릇되게 쓰는 지식인들이 더 많다는 것이 인간사의 슬픔이고 비극이다.

그리고 반민족 범죄에 대해서는 공소시효가 있을 수 없다는 대전제 아래 우리는 또 한 가지를 확인해야 한다.

왜 우리는 다시 친일파 문제를 거론하는 것인가.

벌써 다 지나버린 옛날 일을 이제 와서 들춰내 어쩌자는 것이냐. 너희들이 그때 살았으면 별수 있었을 것 같으냐. 털어서 먼지 안 날 사람 없는데 그때 친일파 아닌 사람이 어디 있느냐.

이것은 지난 세월 동안 우리 사회 모든 분야의 권력을 장악해온 친일파들이 자기네의 변호를 넘어서서 대중들을 향해 역공을 가했던 말들이었다. 대중들은 그들이 장악하고 있는 권력의 위세 앞에서 주눅들어가면서 그들이 반복해대는 그 말들이 옳은 것으로 착각하게 되었다. 그뿐만 아니라 그 착각은 세월이 갈수록 최면현상까지 일으켜, 대중들은 그들의 그런 말을 무작정 따라서 하는 가엾은 앵무새가 되어갔다.

1974년쯤에 있었던 일이다. 그때 생긴 지 얼마 되지 않은 문예지에서 '이광수문학상'을 만들어볼 생각을 하고 있었다 그래서 그 잡지의 주간은 여러 문인들에게서 의견 청취를 하고 있던 참이었다. 어느 날 그 잡지사에 등단한 지 사오 년 되는 작가 네다섯 명이 모여 앉아 있었다. 그 이야기를 꺼내놓기 안성맞춤인 자리였다. 그런데 그 상의 제정을 반대한 것은 나 혼자뿐이었다. 다른 작가들이 모두 찬성한 것이 너무 놀라웠고, 더욱 당혹스러웠던 것은 그들의 입에서 줄줄이 흘러나오는 말들이 바로 친일파들이 그 동안 퍼뜨려놓았던 그 말이었다는 점이었다. 다수 앞에서 내 의견이 보기 좋게 묵살당한 것은 더 말할 것이 없었다. 그런데 더 어이없는 일은 그 다음에 생겼다. 나중에 들려온 얘기인데, 그 자리에 있었던 신인작가들은 나를 "그거 영촌놈이야" 하며 비웃었다는 거였다. 그뒤로 이십여 년의 세월이 흘러 내가 『아리랑』을 쓴 것을 보고 그들은 또 "이거 정말 촌놈이네" 했을 것인가.

소위 작가들이 그 정도였으니 일반 대중들의 의식은 어찌 되어 있었을 것인가. 친일파들에게 모든 권력만 장악당한 게 아니라 민족의 역사까지 철저하게 유린된 형편이었다. 바로 그런 사태 때문에 친일파 문제는 거듭 거론되지 않으면 안 된다. 그들의 손아귀에서 민족의 역사를 구해내야 하며, 그들의 술수로 마비된 우리의 의식을 일깨우고 바로잡기 위해서는 친일파들의 죄상을 거듭거듭 새롭게 따지고 밝혀내야 한다.

오늘날 우리 사회가 비양심과 불의와 부패로 얼룩져 있는 근본적인 원인이 친일파들을 엄정하게 단죄하지 못했기 때문인 것을 모르는 사람은 이제 아무도 없다. 그런 친일파들이 득세한 사회 속에서도 뜻있는 사람들이 줄기차게 노력해서 일으켜세운 인식이며, 수십 년에 걸쳐서 어렵사리 이루어진 민족적 동의다. 그 동의에 바탕해서 그동안 왜곡되고 굴절된 민족사를 바로잡고, 내일의 삶을 올바로 살기 위해서 친일파의 문제를 파헤치지 않으면 안 된다. 그것은 또, 민족 앞에 다시는 그런 죄를 짓지 않겠다는 우리 모두의 결의이기도 하다.

문인들의 행태

매천이 말한 '선비'가 '지식인'인 것은 넓은 의미이다. 그런데 그 의미를 좁히면 '선비'는 바로 '문인'이기도 하다. 선비는 쉼없이 글을 읽을 뿐만 아니라 글을 짓는 삶을 살아가는 존재이기 때문이다.

그런데, 말로 짓는 원한은 백년을 가고 글로 짓는 원한은 만년을 간다는 말이 있다. 그건 글의 무한한 생명력을 가리키는 것인 동시에, 그러므로 글을 함부로 잘못 쓰지 말라는 경고를 함께 담고 있다. 글의 생명력이 글 쓴 자의 수명보다 훨씬 길다는 것을 모르는 바 아니지만, 글로 짓는 원한이 만년을 간다는 것은 새삼스럽게 가슴 서늘해지는 일이 아닐 수 없다. 고작 육, 칠십 년을 살다 가는 인간이 만년의 세월을 실감하기란 너무 까마득하고, 더구나 글이 만년 동안이나 살아남아서 영향력을 행사한다는 것은 끔찍스럽기까지 하다. 그게 불경이나 성경처럼 좋은 글이 아니라 나쁜 의미가 내포되어 있는 글이라면 그 파급력의 끔찍함은 어떤 전염병보다 무서울 것이다.

그런 연유 때문에 일찍부터 선비를 말할 때 학식이나 글재주보다 꿋꿋하고 단단한 지조와 절개로 이루어진 선비정신을 더 앞세웠는지도 모른다. 그것은, 모든 글은 진실해야 한다는 가장 기본적인 명제와 맞통하는 것이기도 하다. 정신이 바르고 올곧지 않고서는 참되고 실한 글이 씌어지지 않을 것은 너무 자명한 일일 것이다.

그런데 일제시대의 문인들은 선비정신은 없고 글재주만 있었던 것인가. 극소수 몇몇 사람을 빼고는 거의 모두가 친일의 붓을 놀려 만년 민족사의 죄인들이 되고 말았다. 물론 그들은 개인적으로 제각기 구구한 사정이 있을 수 있고, 남모르는 고뇌에 시달렸을 수도 있다. 그러나 그들은 그저 필부가 아니라 공인의 삶을 선택한 문인이며, 인간의 영혼을 지배하는 생물인 글로 친일을 했기 때문에 그 잘못이 다른 친일파들보다 더 크고 더 도드라져 보일 수밖에 없다.

그들은 어려움이 겹치는 생계 앞에서 위협을 당했을 수도 있고 회유를 당했을 수도 있다.

"이미 자란 아이들은 할 수 없지만, 아직 어린 자식에게는 '일본'과 '조선'이 별개 존재라는 것을 애당초 모르게 하련다."

이것은 김동인이 쓴 「감격과 긴장」이라는 글의 한 대목이다. 다 알려져 있다시피 김동인은 평양 갑부의 아들이었다. 그리고 이 문장에 드러나 있는 것은 어찌할 수 없는 소극적 붓놀림이 아니라 광적인 자발성이다.

이것은 그때의 문인들의 친일행태가 어떻게 이루어지고 있었는지를 잘 입증해주고 있다. 과연 몇이나 목에 칼이 들어오는 위협을 받았을까. 더구나 사회적 비중이 미약한 신인들까지 줄줄이 친일의 글을 쓴 것을 보면 그 의문은 더욱 커지지 않을 수 없다.

그리고 이광수가 한 행위를 보면 그때의 상황이 잘 드러난다. 춘원은 수많은 친일의 글을 쓰고, 참전을 독려하는 강연만 다닌 것이 아니었다. 그는 역량 있는 신인들에게 편지를 보냈다. 친일의 글을 쓰면 문인으로서 출세를 보장하겠다고. 그런 편지를 받은 신인들 중의 한 사람이 소설가 황순원이었다.

친일파 노릇은 제2의 매국인 것을 부인할 도리가 없다. 그 행위에 문인들이 가담했다는 것은 슬픈 일이다. 그런데 해방이 되고 나서 하나같이 "어쩔 수 없어서"였다고 입을 모으며 반성이나 사죄를 하지 않은 것은 더욱 슬픈 일이다.

춘원 이광수의 시범

문단의 왕을 자처했던 이광수의 문학적 업적은 한국문학을 말할 때 그 누구도 지울 수 없을지 모른다. 그런데 그는 문단의 왕답게 친일의 업적도 크고 높다. 그리고 그의 친일보다 더 큰 문제는 해방이 되고 나서 친일에 대해서 그가 취한 태도일 것이다.

해방이 되어 친일파 척결이 가장 시급한 사회문제로 대두되고, 각처의 친일파들은 산으로 도망을 가거나 연고가 없는 다른 지방으로 몸을 숨기는 상황이 벌어졌다. 그 와중에서 이광수는 뜨거운 눈물로 조국의 해방을 맞이한다며 아주 그럴듯한 글을 썼다. 지금은 모두 힘을 합쳐 새나라를 건설하는 것이 급선무다, 친일파를 처벌하는 것은 나라를 세운 다음에 해도 늦지 않다, 하는 내용이었다.

곧 미 군정이 실시되면서 그들이 친일파들을 옹호하고 재등용하자 친일파들은 사경에서 벗어나 새날을 맞이하게 되었다. 여러 곡절을 거쳐 대한민국 정부가 수립되고, 민족정기를 바로잡자는 대의를 내걸고 반민특위가 결성되었다. 그건 친일파들에게 난데없는 날벼락이었다. 반민특위의 특급 척결대상이었던 이광수는 그 동안의 침묵을 깨고 다시 붓을 들었다. 그 누구나 친일을 하고 싶어서 한 것이 아니다, 그리고 그건 이미 지나가버린 옛일인데 새삼스럽게 들춰내서

뭘 하겠냐는 내용이었다.

그는 그것으로 끝내지 않았다.

"12월 8일 대동아전쟁이 일어나자 나는 조선 민족이 대위기에 있음을 느끼고, 일부 인사라도 일본에 협력하는 태도를 보여줌이 민족의 목전에 임박한 위기를 모면할 길이라 생각하고, 기왕 버린 몸이니 이 경우에 스스로 희생되기를 스스로 결심하였다."

자신의 친일은 '민족을 위한 희생'이었다는 춘원 이광수의 유명한 글이다.

그 위대한 희생을 묵살하고 반민특위는 최린, 최남선, 박흥식 등과 함께 이광수를 첫번째로 구속했다. 그러나 반민특위는 대통령 이승만의 묵인 아래 친일파 경찰들의 폭거로 파괴되고 말았다. 그 다음부터 이 땅은 친일파들의 천국이 되었다.

그런데 이광수는 민족을 위해 친일을 했다는 충정어린 글만 쓴 것이 아니었다. 반민특위가 발족되고, 신변의 위협이 커져가자 극비리에 추진한 일이 있었다. 그건, 두번째 부인 허정숙과의 법적인 이혼이었다. 이혼과 함께 모든 재산은 허정숙의 명의로 바뀌었다. 반민특위의 판결 후 있을지도 모를 재산몰수에 대비한 처사였다.

문단의 왕이 보인 그런 시범 뒤에 몸을 감추며 수많은 친일 문인들은 "그때 어찌할 수 없었다"는 상황논리를 입에 담기에 익숙해졌다. 그러나 그들이 다투듯 친일의 글을 써대고 있었던 그때에 시인 이육사는 열 차례가 넘게 투옥을 당한 끝에 세상을 떠났고, 만해 한용운은 집만 총독부를 등지고 지은 것이 아니라 배급 타먹는 것을 거부해 아사상태로 목숨을 버렸고, 윤동주는 하늘을 우러러 한 점 부끄러움 없이 살려다가 일본 감옥에서 생체실험을 당하며 죽어가고 있었다. 그리고 염상섭, 변영로, 오상순, 김영랑, 황순원, 조지훈 같은 사람들은 절필을 하거나 향리에 묻혀 발표할 길이 없는 글을 써서 책상 서랍에 쌓았다. 이런 문인들이 엄존하는 한 친일 문인들의 상황논리는 통할 수가 없으며, 단 한 명도 진정한 사죄를 하지 않았다는 것은 우리 문학사를 넘어 민족정신사의 수치가 아닐 수 없다.

친일 문인들 중에서 유일하게 사죄를 한 사람으로 『탁류』의 작가 채만식을 꼽을 수 있다. 채만식이 「민족의 죄인」이라는 글을 쓰기는 했다. 그러나 그 글은 '그런 앞뒤 막힌 상황에서 누가 죄인이고 누가 죄인이 아니냐, 과거는 흘러갔으니 앞으로 잘하면 될 것 아니냐' 하는 내용일 뿐이다. 이광수를 많이 닮은 그 글은 구차스러운 변명이고, 자기 합리화를 위한 공범의식의 조장일 뿐 진정성이라고는 없다.

미당 서정주의 숙제

나의 『태백산맥』 『아리랑』 『한강』은 제목이 그런 것처럼 시대도 다르고, 주인공들도 다르고, 표현방법도 다른 별개의 소설들이다. 그런데 세 편을 관통하고 있는 공통점 몇 가지가 있다. 첫째가 분단된 역사현실 속에서 남과 북의 지배집단들이 자기네가 필요한 대로 왜곡시키고 굴절시키고 암장시킨 민족사의 진실을 찾아내려 한 것이었고, 둘째가 격랑 심하고 파란 많은 역사 속에서 민중들이 어떻게 역사의 동력으로 그 수레바퀴를 굴려가는가를 밝혀내려 했고, 셋째가 우리의 민족사에서 친일파들이 어떻게 생겨나게 되고 그 양상이 어떠하며 그 폐해가 얼마나 큰지를 적시하려고 하였다는 점이다.

그래서 친일파에 대한 문제는 『태백산맥』이 시작되면서부터 대두하게 된다. 친일 지주들의 해방 후 작태뿐만이 아니라 친일 경찰들이 작당하여 반민특위를 유린·파괴하는 것까지 빼놓지 않고 써나갔다.

무장한 친일 경찰들이 무자비하게 반민특위를 공격하고 난동을 부리는 광경을 바로 지금 보고 있는 것처럼 하려고 수많은 자료를 뒤지고 영상적 기법을 구사하고 하면서 다른 부분들보다 훨씬 많은 시간이 소모되는 것을 감수했던 것은 무슨 이유 때문이었던가. 반민특위의 파괴는 곧 민족역사의 파괴였고, 민족역사의 파괴는 바로 우리 미래의 종말이었기 때문이다.

식민지시대를 다룬『아리랑』에서는 더 말할 것도 없고, 우리의 당대를 다룬『한강』에서도 친일파의 문제는 간과하거나 빼놓을 수가 없었다. 앞에서 지적했듯이 오늘의 모든 병폐의 샘이 친일파 문제이기 때문이었다.

그런 인식으로『태백산맥』을 써내며 나는『한국문학』이라는 잡지의 주간을 맡고 있었다. 그런데 1985년이 왔다. 그해는 해방 사십 년이 되는 해였다. 나는 고민 끝에 친일파, 그중에서도 친일 문인들의 문제를 8월호 특집으로 정했다. 해방 사십 년이 되도록 단 한 사람도 진정한 반성이나 사죄를 하지 않았다. 그래서는 안 된다. 반성을 하고, 역사를 정리해야 한다. 생존해 있는 분들에게 하고 싶은 말을 다 하도록 지면을 제공하고, 그리고 사죄를 하게 하자, 이것이 특집의 방향이었다.

그런데 문제는 간단치 않았다. 생존자들 명단을 뽑아놓고 보니 문학적 비중으로 첫번째 꼽히는 사람이 미당 서정주였다. 참으로 난감하지 않을 수 없었다. 왜냐하면 나는 그분과 인연이 깊었다. 대학생 때 그분의 강의를 들은 사제지간이었고, 내 집사람 김초혜를 시인으로 등단시킨 스승이었고, 우리 부부의 결혼식 주례였다. 이 삼 겹의 인연 앞에서 고민은 커졌다. 나와 아내는 며칠을 두고 고민고민했다. 나보다 아내는 더 괴로워했다.

이건 선생님을 욕보이려는 것이 아니다. 당장은 괴롭더라도 결국은 선생님을 위하는 길이다. 그 문제는 덮는다고 덮어지는 것이 아니다. 그런 과정을 거치지 않으면 두고두고 더 많은 욕을 먹게 된다. 그것이 역사의 힘이고 냉엄함이다. 선생님이 한마디만 하면 모든 문제는 해결된다. 선생님이 잘못했다고 말할 수 있는 기회를 마련하는 것도 제자가 할 일이다.

나는 이런 식으로 아내를 설득하려고 애썼다. 결국 아내는 침묵하는 것으로 내 일을 막지 않았다.

나는 마음 단단히 먹고 선생님 사무실을 찾아갔다.

"선생님께서 글의 마지막에 잘못했다고 한마디만 하시면 선생님은 자유로워지십니다."

내가 조심조심 끝낸 말이었다.

"뭐라고! 넌 대학생 때부터 반골 기질이 승하더니만…… 그래 들어봐라."

안색이 변한 선생님은 두 시간이 넘도록 여러 말씀을 했다.

그러나 결국은 글 쓰기를 거부했다.

나는 다른 문인들을 접촉했다. 그러나 거부당하기는 마찬가지였다. 나는 "버르장머리없는 놈"이 된 채로 특집을 바꿀 수밖에 없었다. 그러나 그대로 끝날 수는 없었다. 그래서 정반대의 특집을 다시 구상했다. 젊은 문인들을 통해서 반성 없는 선배 친일 문인들을 비판하는 특집이었다.

그 특집은 9월호를 넘기고 10월호에야 가까스로 이루어지게 되었다. 그 이유는 그때의 편집후기에 나타나 있다.

"열한 명으로 결정되었던 필자가 원고가 모아지는 과정에서 일곱 명으로 줄어들었음이 무슨 의미인지 편집자로서는 해득이 난해할 뿐이다."

그 특집의 후유증은 컸다. 원고료 지원을 중단하라는 압력이 문예진흥원에 들어가는가 하면, 심지어 문화공보부에 잡지를 폐간시키라는 압력이 가해지기도 했다. 『친일문학론』을 썼던 임종국씨가 평생을 야인으로 떠돌아야 했던 것이 새삼스럽게 실감났다.

병상의 미당에게 어느 텔레비전 방송국 기자가 마이크를 대며 물었다. 친일에 대해서.

"거 뭐, 잘들 봐달라고 해."

초췌한 미당의 대꾸였다.

나는 그 화면을 보면서 가슴이 쓰라렸다. 나의 선생님은 마지막 기회마저 놓치고 있었던 것이다. 그리고 며칠이 지나 미당은 그야말로 미당인 채로 이 세상을 떠나갔다.

그리고 미당 비판을 놓고 문단과 세상이 한바탕 시끌시끌해졌다. 미당이 마지막으로 잘못했다는 한마디만 남겼어도 그렇게 시끄러웠을 것인가. 미당은 그의 빼어난 시들처럼 생애도 깔끔하게 정리했어야 했다. 그 일을 끝내 하지 않음으로써 미당은, 후진들이 서로 얼굴을 붉혀야 하는 업보를 남겨놓았다. 미당을 비판하는 쪽도 괴롭고, 미당을 옹호하는 쪽도 괴로운 일이다. 그 괴로움을 손수 거두어가지 않은 미당이 원망스럽고 안타깝다. 그리고 빼어난 시들을 남긴 미당이 우리의 정면교사가 아니라 반면교사로 영원히 남게 된 것이 한없이 아쉽고 슬프다.

(『실천문학』 2002년 여름호)

평단의 어제 오늘 내일

　최근 어느 월간 문예지에 '패거리비평' '골목비평' 이라는 말이 등장했다. 그것은 어느 신문의 문화부 기자가 오늘의 한국문학 평단을 비판하는 글에 나온 것이다. 그 꽤나 모독적이고도 힐난할 '패거리 비평' 이니 '골목비평' 이니 하는 말을 모르는 이 땅의 문인은 거의 없을 것이다. 평론가들과 평단의 문제점을 한마디로 압축한 그 말은 이미 이십여 년 전부터 문인들 사이에서 수없이 오간 말이었던 것이다.

　그런데 그 말이 새삼스럽게 눈길을 끄는 이유는 무엇인가. 그 노골적이고 자극적인 비판어가 신문의 가십 기사가 아니라 권위를 자랑하는 문예지의 특집란을 통해 '최초로 활자화' 되었기 때문이다. 그렇다면 그가 발휘한 '용기' 또한 남다른 것이 아닐 수 없다. 그러나 그 사람이 그런 행위를 할 수 있었던 것은 그가 문인이 아니라 기자였기 때문에 가능했다는 것 또한 문인들은 누구나 잘 알고 있을 것이다. 그렇다고 그 사람의 용기를 폄하해서는 안 될 것이다.

　그 동안 문인들의 사석이나 술자리 같은 데서 제일 화제에 많이 올랐던 이야기는 무엇일까. 그건 바로 평론의 '패거리비평' 이나 '골목비평'이 단연 으뜸이 아니었을까. 문인들은 끼리끼리 모여앉은 술자리에서 평단의 그런 문제점들을 단골 술안주로 삼기를 주저하지 않았고, 비판의 도를 넘는 분노를 술기운에 실어 터뜨리기도 했다. 그러나 이십여 년 세월이 넘도록 그런 비판이나 분노는 술자리의 거품으로 사라지거나 부질없는 말의 찌꺼기로 자취가 없었다.

왜 문인들은 그런 헛된 짓을 되풀이하며 세월을 보내는 것일까? 이 물음은 당연하되 지극히 어리석은 것인지도 모른다. 그건 예술가와 평론가, 작품과 비평 사이에 얽혀 있는 어찌할 수 없는 운명적 관계가 야기시키는 슬픈 비극인 것이다.

그 운명적 사슬과 현실적 입장 때문에 나를 포함한 그 어떤 문인도 술자리의 비판과 분노를 그대로 문자화시키지 못한다. 그 운명성과 기회주의성은 문인들 스스로를 이불 속에서나 활개치는 못난이로 만들고, 그 허약성과 비겁성을 꿰뚫어보고 있는 평론가들은 맘놓고 '패거리비평'이나 '골목비평'을 일삼을 수 있는 것이다.

시인 릴케는 그 어느 평론가에게도 작품집을 먼저 보낸 바가 없으며, 혹 어느 평론가가 글을 쓰는데 시집을 구할 수가 없으니 좀 보내달라는 부탁을 해와도 단 한 번도 시집을 보낸 적이 없었다고 쓰고 있다.

그게 정말일까 하고 의심스러울 정도로 믿어지지 않는 사실이다. 그러나 릴케가 거짓말을 했을 리가 없다. 그게 거짓말이라면 그 글이 발표되면서 거짓말인 것이 들통나지 않을 것인가. 시인으로서 릴케의 그런 태도는 우리를 무척이나 부끄럽게 만든다. 이 땅의 문인들치고 릴케처럼 사는 사람은 단 한 사람도 없을 것이다. 이 서글픈 확신을 토양 삼아 평단의 패거리화와 골목화가 뿌리발을 하며, 그 횡포와 폐해가 갈수록 심해지고 있는 것이다.

물론 그 동안 문인들 중에서 평단의 그런 문제점들을 글로 나타내려는 시도가 없었던 것은 아니다. 십여 년 전에 어느 지방의 젊은 평론가가 어떤 평론가 그룹의 문제점을 비판하고 나섰다. 그러나 그 문제제기는 논쟁을 통한 문제해결의 길로 발전하지 못하고 흐지부지되고 말았다. 그 이유인즉, 그 젊은 평론가는 자신의 공격대상인 평론가그룹의 신속한 회유에 말려들어 그들의 그룹에 속하는 출세(?)의 길을 택했던 것이다.

　　그리고 또 몇 년 전인가 어느 신진 시인이 그 문제를 시로 쓴 일이 있었다. 그 시인이 시적 표현을 한 것이 "××골목학교" "××골목대장"이었다. 전두환이 '골목성명'을 발표하기 훨씬 전부터 문단에서는 '문학골목'들이 있었던 것이고, 그 골목에 따라 문인들이 끼리끼리 패거리를 이루는 속에 '골목비평'이 씌어져왔던 것이다. 그러나 그 우화적인 기법의 시는 아무런 효과도 나타내지 못하고 스러졌고, 그 시인도 더이상 그런 시를 쓰지 않은 채 존재가 모호해졌다. 그 시가 아무런 효과를 나타내지 못한 것은 다른 동업자 시인이나 작가들이 동감은 하면서도 동조는 하지 않은 영리하고 간사한 침묵 때문이었다. 그리고 그 시인의 존재가 모호해진 것은, 이미 문단의 거대한 세력으로 작용하고 있는 '골목의 패거리들'의 힘과 함께, 문학의 본질을 왜곡하고 압살하는 문단풍토라는 것에 환멸을 느껴 문학을 포기했는지도 모를 일이었다.

　　그리고 이삼 년 전에 나이 지긋한 평론가가 꽤나 긴 글로 평단의 문제점을 지적하고 나섰다. 첫째가 서구 이론의 무조건적 추종과 억지 대입이 야기시키는 문제점과 병폐에 대해서였고, 두번째가 평론가들이 패를 짜서 그 힘을 권력화함으로써 평론도 망치고 문인들과 작품도 망치는 악습에 대해 비판하는 것이었다.

그 글은 두 가지 측면에서 객관성과 호소력을 가지고 있었다. 첫째, 그가 거론하고 있는 두 가지 문제점은 바로 이 땅의 평단이 안고 있는 가장 핵심적이면서도 뿌리깊은 악성종양이었던 것이다. 둘째, 그 사람이 바로 문제의 발단인 외국문학 전공의 평론가인 동시에 이 나라 영문학자들 중에서 실력이 있기로 소문이 나 있었던 것이다. 어쩌면 그는 평단의 문제점들을 거론하고 비판하기에 가장 잘 어울리는 적임자였는지도 모른다.

또한 그 사람은 대학에서 노교수층에 속하는 세월까지 글을 써오면서도 평론가로서의 명성보다는 학자로서의 연구에 치중했었고, 평론도 자극적이지 않고 온건하고 균형적이었고, 성품도 동적이지 않고 정적으로 언제나 언행에 신중을 기하는 사람이었다. 그런 그가 평단의 서구 열등감이나 사대주의에 대해 비판의 펜을 들고, 패 짜기의 병폐에 대해 수술의 칼을 들었다는 것은 너무 뜻밖이고 놀라운 일이 아닐 수 없었다. 반면에 그것은 바로 우리 평단의 병이 얼마나 심각한 상태에 빠져 있는가를 여실하게 입증하는 것이기도 했다. 그리고 그 글에 문인들의 눈길이 적잖이 모아졌던 것은 그 필자에 대한 신뢰성과 그 영향력과 함께, 같은 집안 사람들끼리 병을 고치게 되었다는 그 바람직한 방법에 기대를 걸었기 때문이다.

그러나 그 결과는 어떻게 되었는가. 노교수이며 노평론가가 모처럼 발휘한 용기는 아무런 파장도 영향력도 없이 울림 없는 메아리가 되어 사라지고 말았다. 그게 어떻게 된 일일까? 우리 속담에 손바닥도 맞때려야 소리가 난다고 하지 않았던가. 그 노평론가는 패거리 평론가들의 주무기인 침묵작전, 다시 말해 철저하게 무시하기, 철저하게 외면하기, 철저하게 깔아뭉개기에 걸려들어 혼자 떠벌린 형국이 되고 말았던 것이다. 거기다가 패거리에 들지 않은 평론가들은 아예 기죽어 노평론가의 편을 들고 나서지도 못했고, 백정 앞에 돼지 목덜미보다 더 약한 시인이나 작가들이 나서지 못하는 거야 더 말할 것도 없는 일이었다.

다시 돌이켜보건대 평단의 문제점은 서구 사대주의 확대, 패거리 짜기만이 아니다. 상업주의에 수청들기, 각종 심사 장악하기, 끼리끼리 간음하기 등 그 폐해는 이루 말할 수가 없다. 그리고 그 심각성은, 이것이 문인들이나 문단 안에 국한된 것이 아니라 사회문제화되고 있다는 데 있다.

"(……)더욱 심각한 것은 평단의 분열이다. 문예지별로, 출판사별로 평론이 나뉘어 자기네 작품만 다루고 있으니 문학 자체가 속으로 병들 수밖에 없다. 자기네 동네에서 나온 작품이면 무조건 좋고 다른 동네에서 나온 작품은 아무리 좋아도 거들떠보지 않으며 아무리 나빠도 나쁘다는 말을 해서는 안 된다. 서로서로 자기네 텃밭에서 벼든 피든 가리지 않고 무성하게 가꾸어나가면 되는 것이 현 평단의 모습이다.

문학의 양심인 평론가들이여, 부끄럽지 않은가. 당신은 마음에 내키지 않아도 얼마나 많은 평문을 당신의 이익을 위해 팔아왔는가. 얼마나 질타하고 싶은 작품이라도 당신의 안전을 위해 입 다물어왔는가. 평론가로서 당신의 줏대는 어디서 찾을 수 있겠는가."

이것은 앞서 말한 신문기자가 쓴 글의 일부이다.

이 글이 새삼스럽게 다가오는 것은 새로워서가 아니라 우리 문인들 모두의 양심을 자극하고 비겁을 일깨우고 책무를 추궁하기 때문이다. 문단과 평단이 얼마나 썩었으면 '국외자'인 신문기자가 그런 글을 쓰고 나섰을 것인가.

그러나 그 기자도 순진하고, 헛수고하는 것이다. 예전에 그래왔던 것처럼 평단의 패거리들은 그 숙달된 무표정으로 철저하게 깔아뭉개기를 시도하며 끄떡도 하지 않을 것이기 때문이다. 그럼에도 불구하고 이런 글을 쓰고 있는 나는 또 무엇을 하는 짓인가. 나 또한 어리석은 헛수고를 하는 것임을 잘 안다. 다만 내가 이런 정도로나마 글을 쓰기로 한 것은 아직도 이 땅의 문학을 지키고자 하는 한 가닥 진정성을 가지고 있기 때문이고, 이제 산전수전 다 겪은 이 나이에 작가로서 더이상 상처입을 것도 손해볼 것도 없다는 심보 때문이기도 하다.

평단에 만연한 병은 평론가들 스스로가 가장 잘 알고 있으며, 그 치유법 또한 그들이 가장 잘 알고 있다. 이 땅의 문학을 위해, 그리고 순수한 모든 독자들을 위해 평론가들이 그 길로 나서기를 바랄 뿐이다.

(『한국문학평론』 1997년 봄호)

역사와 문학과 리얼리즘

1

역사란 무엇인가.

이 물음은 언제부터인가 우리의 주변에서 꽤나 자주 제기되어왔다. 이 물음은 '인생이란 무엇인가' 하는 것과 마찬가지로 추상성을 띠고 있다. 그러나 '인생'이라는 추상성과 '역사'라는 추상성에는 상당한 차이점이 있다. 인생에 대한 물음이 철학성을 내포하고 있다면, 역사에 대한 물음에는 현실성이 가미되어 있음이 그것이다. 그리고 인생을 묻고자 함은 개체적 삶의 의미규명인 데 반해, 역사를 묻고자 함에는 집단적 삶의 의미를 찾고자 하는 욕구가 들어 있다.

역사란 무엇인가, 하는 의미를 파악하기 전에 왜 그런 물음이 제기되는가를 먼저 살펴볼 필요가 있다. 왜냐하면 그 물음의 원인이 규명됨으로써 '역사'가 가지는 추상성이 보다 구체성을 갖추게 되고, 그렇게 됨으로써 그 물음에 접근할 수 있는 의미의 범위와 통로가 그만큼 확실해지고 좁혀질 것이기 때문이다.

역사에 대한 물음의 제기는 각 개인이 갖추고 있는 사회의식 내지 정치의식의 성숙으로부터 비롯된 것이라고 여겨진다. 다시 말하면 그것은 인권의식의 자각과 참정의식의 발로로써 나타나게 된 현상이다. 봉건사회의 붕괴는 시민사회를 탄생시켰고, 시민사회는 개개인의 인권존중으로부터 정치세력이 형성된다는 사실을 현실적으로 증명했으며, 그 증명으로 하여금 명료한 개체의식이 개개인에게 확고하게 자리잡힘과 동시에 공동체의식도 형성되는 과정을 거쳤다. 그 공동체의식의 형성으로부터 역사에 대한 자각과 물음이 제기되기 시작한 것이다.

공동체의식은 시민으로서의 연대의식이며, 연대의식은 역사적 존재로서의 자아획득의 의식이다. 봉건사회가 영웅지배적 절대권력의 사회라면 시민사회는 영웅파괴적 상대권력의 사회인 것이며, 인간 개개인은 선택적 상대권력을 창출해낼 수 있는 창조자가 됨으로써 역사적 존재인 자아를 발견하게 되는 것이다.

역사는 영웅이나 호걸들이 만드는 것이 아니라 우리들 스스로가 만들어낸다는 자각, 우리들 스스로가 바로 역사의 주인이라는 인식, 이것이 현대의 민권사회를 형성하는 중심적 힘이 되면서 '역사란 무엇인가' 하는 질문은 아주 자연스럽고도 당연하게 제기될 수밖에 없었다.

2

역사란 무엇인가.

이제 이 물음의 정면에 서야 될 단계가 되었다. 인생에 대한 정의가 그러하듯 역사에 대한 정의 또한 각양각색일 수밖에 없다. 시대의 차이에 따라, 인식의 각도에 따라, 시각의 방향에 따라 그 정의는 달라질 수밖에 없다.

역사는 승자들의 기록이다.

역사에는 가정법이 용납되지 않는다.

역사의 시간은 과거이지만 역사는 미래를 비추는 거울이다.

이상 세 가지의 역사에 대한 정의나 해석은 그 나름의 타당성을 지니고 있는 것 같다. 그러나 그것들을 유심히 음미해보면 거기에는 상당한 거리와 차이가 있음을 발견할 수 있다.

첫번째, 역사가 승자들의 기록이라고 한 정의를 살펴보자. 이 정의는, 역사라는 것을 일단 과거로 한정한 상태에서 바라보되 정치지배자 시점을 중심으로 하고 있는 것이다. 이것은 역사의 기록성에 의한 표면만을 중시한 결과 내려진 정의다.

두번째, 역사가 가정법을 용납하지 않는다는 정의를 살펴보자. 이것도 역사를 과거의 일로 한정시킨 것은 동일하며, 특히 역사의 기록성과 실증성을 강조하고 있음을 알 수 있다.

세번째, 역사가 미래를 비추는 거울이라는 정의를 살펴보자. 앞서의 두 가지에 비해 역사를 과거로 한정시킨 것은 동일하지만 그 기능에 대한 언급을 첨가시킴으로써 앞의 것들과는 전혀 다른 국면을 제시하고 있는 것이다. 역사의 기능이 인간의 미래적 삶의 조망이라는 정의를 끌어냄으로써 우리가 왜 역사에 대한 인식을 해야 하며, 역사는 우리의 삶에 왜 중요한 것인가를 깨우치고 있는 것이다.

앞의 정의들이 역사학자나 사회학자에 의해 나온 것임은 주지의 사실이다. 그렇다면 문학의 입장에서는 역사를 어떻게 인식해야 할 것인가 하는 문제이다. 역사 연구의 기능이 사회학자와 동일할 수 없고, 사회학 연구의 결과가 문학의 시점을 대변할 수 없는 것이다.

역사나 사회학이 각기 개성적 시점을 갖듯 문학이 역사를 바라보는 데도 그 고유의 시점을 갖게 마련이다. 문학이 역사를 바라보는 시점 또는 역사에 대한 문학의 대응은 무엇인가.

3

문학에 있어서의 역사 수용이나, 문학이 가져야 하는 역사의 관점에 접근하기 위하여 먼저 마련해야 할 계단이 있다.

"우리는 왜 문학을 필요로 하는가. 문학이라는 그 새로울 것 없는 사고(思考)의 형식을 우리는 왜 필요로 해야만 하는가. 그것은 문학이 인간의 역사를 최종적으로 감당해낼 수 있는 능력을 갖추고 있기 때문이며, 문학만이 인간의 역사를 재창조해낼 수 있기 때문이다."

이것은 문학인의 자문자답이 아니라 사회학자의 자문자답이다.

"나는 철학에 접근하면서 종교를 잃었고, 문학을 접하면서 사상을 잃었다."

이 실토는 철학자의 것이다.

"어느 집단이나 어떤 민족이 겪은 역사상의 비극이나 상처는 문학을 통한 중간 여과과정 없이는 결코 그것이 치유되거나 화해되지 않는다."

이것은 역사학자의 깨달음이다.

이러한 인식을 통해서 볼 때 문학인이 역사를 봄에 있어서 어떠한 시점을 갖추어야 할 것인지는 자명해진다. 앞의 세 가지 인식에서 중심을 이루는 특성을 찾아보자.

첫번째에서는 '역사의 재창조' 기능이며, 두번째에서는 '철학이나 종교를 넘어서는' 능력이며, 세번째는 '인간의 삶을 위한' 임무이다.

이 세 가지를 종합해보면 문학의 기능·능력·임무가 밝혀지고, 그에 따라 문학인이 갖추어야 할 문학의 자세나 태도가 마련되는 것이다.

물론 이 단계에서 한 가지 단서를 붙여야 할 것이 있다. 앞의 세 가지 정의는 '보다 바람직한 문학'이라는 전제 아래 내려지고 있는 것뿐이며, 그 외의 것이 문학이 아니라고 독선적 부정을 하는 것이 아니라는 사실이다. 문학작품은 인간의 다각적 사고만큼이나 다양할 수밖에 없다. 그 다양한 것들 중에서 우리의 삶에 가장 최선이며 최상의 문학은 어떤 것이어야 하는가 하는 질문 앞에 서게 될 때 비로소 앞의 세 가지 정의는 생명감을 갖게 되는 것이다.

우리가 앞의 세 가지 정의를 이의 없이 수용한다고 할 때 직시해야 할 사실이 있다. 그것은 다름이 아니라 그 앞에 제시했던 역사에 대한 정의와 상호비교를 할 수 있어야 한다는 점이다. 그 비교에서 나타나는 상이점이나 차이점에 대한 이해와 납득이 있어야만 비로소 문학으로서의 역사 대응이 가능해지는 것이다.

우리는 이 단계에서, 왜 문학에 그다지 거창한 짐지우기를 하게 되었는지에 대하여 생각할 필요를 느끼게 된다. 문학이란 무엇인가를 새삼스럽게 따지지 않더라도 그것이 '인간의 삶 그 자체를 형상화하는 예술'이라는 사실에 우리는 대체적인 동의를 표하고 있다. 그 의미규정은, 문학의 기본정신은 휴머니즘의 구현이어야 한다는 구태의연한 주장으로부터 시작되어 제각기 관점을 달리하는 수많은 평론가들의 논쟁을 거치면서 자리잡게 된 것이다.

그 인도주의 정신의 구현이라는 것은 인권존중의 정신이나 인권옹호의 정신과 다를 것이 없다. 세계적으로 여러 방법에 의해 봉건사회체제의 척결이 단행되면서 인간존중의 사회체제는 이룩되었다. 그러나 새로 이룩된 사회라고 하여 그 정치체제나 경제구조가 중류수적으로 완벽하게 인간을 인간답게 존중할 수는 없었다. 새로운 정치체제는 그 나름의 모순과 문제점을 내포하고 있었고, 거기에 경제구조 또한 새로운 문제점을 야기시키게 되었다. 그것은 인간의 한계일 수 있으며, 인간이기 때문에 저지르지 않을 수 없는 모순인지도 모른다. 새로운 조직형태 속에서도 봉건사회적인 지배와 피지배, 그에 따른 소외와 갈등, 음지와 양지는 있게 마련이었다.

그러나 그것은 전시대의 문제점들과는 판이한 성격을 지니고 있음이 다름이었다. 문제의 성격이나 형태는 유사할 수 있었지만 그 문제를 대하는 사람들의 태도나 방법이 전시대와는 전혀 달라진 것이었다. 전시대의 대중이 노예적 수동성을 가졌다면 시민사회의 대중은 주인적 능동성을 가지고 문제를 해결하려고 든 것이다. 바로 여기서부터 문학의 사회적 기능에 대한 문제제기가 나오기 시작했으며, 문학의 역사적 임무가 생겨나게 된 것이다.

봉건적 영웅의 시대에 문학은 어떠했는가를 살펴보면 그 문제는 명백하게 구분이 된다. 미술이나 음악이 그러했듯이 문학도 영웅 예찬이나 찬사를 일삼음으로써 대중 노예화의 한 방법과 수단으로 동원되었던 것이 봉건사회 문학 전반의 모습이었다. 그런데 시민사회의 형성과 때를 같이하여 문학에서도 영웅이나 지배자의 모습은 사라지고 보통 인간들의 고뇌와 아픔, 비극과 상처가 자리잡게 된 것이다.

그런 사회적 대변혁에 따라 역사에 대한 인식도 달라질 수밖에 없었다. 그 결과 나타난 것이 '모든 인간은 역사적 존재다' 라는 것이었다. 이 말은 '역사는 승자들의 기록이다' 하는 정의에 정면으로 맞서는 것이며, 그 거리는 상상할 수 없을 지경으로 먼 것이다.

모든 인간은 역사적 존재다. 이 말은 대단히 열정적이고 혁명적이다. 모든 인간은 법 앞에 평등하다고 한 인권선언이 제1의 충격이라면, 그 말은 제2의 충격이다. 특히 정치지배자들의 입장에서 본다면 그 말의 충격은, 신은 죽었다고 선언한 니체의 말을 듣고 성직자들이 받았던 충격보다 더 클지도 모른다.

모든 인간은 역사적 존재다. 이 말은 제2의 인권선언일 뿐 아니라 역사라는 것의 과거 개념을 파괴하기에 이르렀다. 역사는 이미 지나간 세월, 돌이킬 수 없는 과거라는 통념을 깨고, 죽어버린 지나간 시간을 현재로 소생시켰을 뿐만 아니라, 역사는 현재 우리의 삶 자체이며, 우리 모두는 역사의 주인이라는 사실을 일깨운 것이다. 여기서부터 현재의 삶이 현재로서 독립된 것이 아니라 과거의 연장선상에서 진행되고 있다는 필연의 인식을 낳게 했고, 오늘의 삶의 모순이나 갈등이 과거와의 연계로부터 비롯되었으며, 그것의 해결이나 극복을 위해서는 어떻게 해야 할 것인가 하는 구체적 방법을 찾아낼 수 있게 한 것이다. 그리고 그 해결을 이루지 못했을 때 미래의 삶이 어떻게 될 것인지까지 인식하게 되었다.

이러한 역사인식 앞에 인간의 삶 자체를 다루어야 하는 문학이 짊어져야 할 짐이 무엇인지, 그리고 문학에 지우고 있는 사회적 짐이 얼마나 무거운 것인지, 문학인들은 깨닫지 않을 수가 없게 된 것이다.

4

사람들의 인식이 아무리 '모든 인간은 역사적 존재' 라고 하는 데까지 다다랐다 하더라도 역사가 승자들의 기록이라는 생리가 일소되는 것은 아니다. 인식과 생리는 별개의 것이며, 그 두 가지는 상호대응적 관계에서 공존할 수밖에 없는 것이다.

역사가 승자들의 기록이라는 생리를 버리지 못하는 한 거기에는 왜곡과 거짓과 은폐가 따르게 된다. 사람들이 역사적 존재로서의 자기를 확립하고자 함은 바로 그 왜곡과 거짓과 은폐를 밝혀내고 바로잡자는 데 목적이 있는 것이다. 우리는 그것을 역사의 진실이라고 부르며, 그 진실의 규명이야말로 현실적 삶의 모순과 갈등을 푸는 열쇠가 되고 미래적 삶의 디딤돌이 되는 것이다.

그런데 기록이 없는 역사의 진실을 그 누가 과연 진실되게 규명해낼 수 있을 것인가. 역사학자일까. 사회학자일까. 그들에게는 이미 가정법을 사용할 수 없다는 불문율이 올가미처럼 씌워져 있는 것이다. 그 임무 앞에 불려나가는 것이 바로 문학인이며, 시인보다는 소설가들이 적임자로 지목되는 것이다.

기록이 없는 역사의 진실을 캐내야 하는 임무, 그것은 결코 쉬운 일이 아니다. 역사의 진실은 곧 인간의 진실이고, 인간의 진실을 옹호하고자 하는 기록 없는 역사의 탐사는 이미 기록된 역사에 대한 도전이기 때문이다.

만약 어느 작가가 그 임무를 맡고자 한다면 그에게는 두 가지의 남다른 조건이 요구되는 것이다. 그는 첫째, 이미 기록된 역사에 대한 세밀한 통찰을 거쳐 그것이 내포하고 있는 문제점들에 대응할 수 있는 탁월하고도 투철한 역사의식을 확립하는 일이며, 둘째, 그것을 작품으로 실천해내기 위해서는 확고한 신념과 용기를 가져야 한다는 점이다.

그 두 가지의 조건을 갖추었을 때 그 작가에게는 비로소 '리얼리즘'이라는 것이 필요하게 된다. 역사의 진실을 캐내고자 하는 작가에게 냉철한 리얼리즘은 숟가락과 젓가락의 관계만큼 긴밀하고도 절실한 문제일 것이다. 그 상관관계를 놓고 볼 때, 리얼리즘이란 '리얼리티'라는 말이 포괄하고 있는 여러 가지 의미 중에서 가장 중요시해야 할 것이 '진실'이라고 생각한다. 그것이 문학적 의미의 용어로 사용될 때 그 점은 더욱 중요시된다.

역사의 진실이란 다름아닌 엄정한 객관성을 이름이다. 엄정한 객관성을 지켜낼 수 있는 문학은 바로 굳건한 리얼리즘의 정신이 있을 때 성취가 가능할 것이다. 리얼리즘의 정신은 '생생한 현장감의 표현'이나 '현실감이 느껴지는 실감나는 묘사'가 아니라 '사상화된 진실'이기 때문이다.

무릇 진실을 옹호하거나 수호하는 일이 얼마나 어려운 것인가에 대해서는 인간의 역사가 실증하고 있는 바이다. 진실의 편에 선다는 것이 고귀한 행위인 것은 분명하지만, 그렇기 때문에 거기에는 필연적으로 수난이나 고통이 따르게 마련이다. 그 어떤 종교를 막론하고 진정한 수행자의 삶을 살고자 하는 성직자에게는 외로운 고통이 따르는 것과 마찬가지이다. 그러나 성직자가 인내해야 하는 일차적인 고통이 끝없는 자기와의 싸움이라고 한다면, 진실을 지키고자 하는 문학인이 감수해야 하는 일차적인 고통은 기존의 불의와의 싸움에서 시작됨이 다르다.

이 시점에서 문학인은 선택적 기로에 서지 않을 수 없다. 인간을 인간되게 하고자 하는 사회의 일원으로서, 인간의 이야기를 써야 하는 문학의 본질 앞에 문학인은 고민해야 하는 것이다. 문학의 본질이 그렇다고 하나 모든 본질이 실체 그 자체일 수는 없듯이 문학도 그 양상이 다양하다는 것을 이미 앞에서 밝혔다. 문학인의 선택은 그 다양함 때문에 생기게 된다. 문학이 역사적 진실을 추구하고 구현할 수 있는 기능과 능력을 갖추었다면 동시에 오락적 기능이나 타락적 작용도 할 수 있는 것이다. 진실 추구적 문학을 할 것인가 오락 본위적 문학을 할 것인가, 하는 두 갈래의 길 앞에 문학인은 서게 된다. 그러나 그것은 결코 강요가 아니다. 오로지 문학인 스스로의 자각과 인식에 의해 결정하게 되는 자유의사의 선택일 뿐이다.

인간의 삶이 보다 바람직한 방향으로의 진전을 꾀한다는 전제를 놓고 볼 때 문학인이 어느 길을 택해야 할 것인지는 분명해지게 된다. 더욱이 인간이 무엇 때문에 문자라는 것을 발명해내게 되었으며, 문자로 기록하는 의미가 어디에 있는지를 재삼 생각해보면 그 이유는 보다 뚜렷해진다. 그러나 문학인 개개인의 자각과 인식이 동일할수 없는 것이며, 삶의 영위방법이 각기 다름에 따라 그 선택도 달라질 수밖에 없다. 그런데 그 두 가지 길의 문학이 가지는 차이점은 엄연하다. 진실 추구적 문학이 미래적 생명력을 신뢰하는 것이라면 오락 본위적 문학은 현실적 욕구충족에 자족하는 것이고, 전자가 수난을 각오하는 신념의 문학이라면 후자는 수난을 기피하는 기회의 문학이라고 할 수 있다. 따라서 전자가 역사적 생명을 획득하여 영원성을 가지게 된다면, 후자는 대중의 오락감각의 변모에 따라 그 생명이 시간적 소멸을 면할 수 없게 되는 것이다.

5

역사탐구의 문학이 바로 진실의 추구라는 사실 앞에서 문학이 파악하는 역사는 기록된 역사가 아니라 그 이면의 역사일 수밖에 없으며, 표피의 역사가 아니라 심층의 역사이며, 기존적 사실의 반복이 아니라 새로운 사실의 발견일 수밖에 없다.

그리고 문학이 파악하는 역사의 범주는 과거의 시간만이 아니라 현실 자체와 미래의 시간까지도 포함시키게 된다. 그것이 바로 역사학이나 사회학이 미칠 수 없는 바이며, 문학이 고유하게 가질 수 있는 능력이라 할 것이다.

문학의 진실추구라는 정신에 의하여 소생하는 역사는 속칭 역사소설이라는 것의 개념을 파괴 내지는 새로움을 요구하기에 이르렀다. 그러니까 역사소설이라는 것이 왕족을 중심으로 한 지배계급들의 비화나 적어대는 것처럼 인식되었던 것이다. 그런데 그것은 단순한 이야기일 뿐, 인간의 진실은 그 배면에 있다는 것을 인식하면서부터 필연적으로 주인공들은 정반대의 계층으로 뒤바뀌게 된 것이다. 왕조실록에는 도둑의 왕으로 기록되어 있는 임꺽정이라는 인물이 작가의 손을 빌려 의로운 사람, 시대모순에 저항한 인물로 되살아나는 것이 그 대표적인 예가 될 것이다. 그리고 동학을 '난'이라고 규정했던 것을 '혁명'으로 파악하여 구체적인 작품화를 시도한 것도 그런 하나의 예인 것이다.

문학, 특히 소설은 인간사에 대응하는 가장 적절한 형식이다. 그러나 소설은 곧 '이야기'라는 단순개념은 앞에 열거한 사실들로 하여금 부정될 수밖에 없다. 소설은 분명 이야기이다. 그러나 그것은 흥미 위주의 이야기가 아니라 인간의 진실을 담은 이야기여야 하는 것이다. 그 진실한 이야기가 시간과 공간을 초월하여 변색되지 않아야 하며, 자연발생적인 감동을 유발하여야 한다. 그 요구들이 충족되었을 때 비로소 소설은 예술로서의 가치획득을 할 수 있다.

소설이 진실을 담았다고 해도 감동의 유발이 없다면 읽히지도 않고, 더구나 기억되지도 않는다. 소설이 감동을 자아낼 수 있는 것, 그것이 바로 인간세상에서 소설을 필요로 하게 하는 절대요소일 것이며, 그 요소 때문에 소설에는 그런 과중한 임무가 주어지는 것일 터이다.

역사소설의 변모를 예로 들었지만, 소설이 파악하는 역사가 과거의 시간으로 국한되지 않는다는 사실과 함께, 소설이 지켜내야 하고 파악해야 하는 진실이 현재의 시점에도 작용됨은 물론이다. 이 대목에서 작가에게 요구되는 것이 의지와 신념과 용기인 것이다. 현실은 현실이기 때문에 많은 제약과 장애가 따르게 마련이다. 그것을 극복해낼 수 있는 것, 그것을 우리는 작가의식이라고 부르며, 현실로서의 역사적 진실 앞에 맞서는 작가의 의지에 의하여 우리는 우리의 삶을 재발견하는 작품을 읽을 수 있게 된다.

우리가 명작이라고 일컫는 대부분의 작품들은 그런 정신이 투철하게 반영되어 감동을 유발시키는 것들임을 의심할 여지가 없다. 다만 그것이 어떤 방법에 의해서, 또는 어떤 대상을 빌려서 승화시켰느냐 하는 개성적인 차이만이 있을 뿐이다.

우리는 다시 한번 역사가 무엇인가 하는 점을 확인해야겠다. 역사는 우리의 삶 자체라는 것을 우리는 실감해야 한다. 정치사 중심의 기록이 역사가 아니라 모든 국면의 인간의 삶이 곧 역사라는 점이다. 그 모든 국면에는 인간이 본능적으로 가지고 있는 탐욕이나 이기에 의해서 수많은 위선과 위악이 저질러진다. 그것에 맞서서 진실을 추구하려는 정신, 그것을 리얼리즘이라고 규정할 수 있을 것이다.

그러나 작가라는 사람들은 성인이 아니며 평범한 인간에 지나지 않는다. 다만 다른 점이 있다면 그들이 하는 작업에 특수성이 있을 뿐이다. 그 특수성이 모든 작가들의 인식과 일치하지는 않는다. 그러므로 모든 작가들이 역사의 진실 편에 설 수는 없다. 모든 인간이 역사적 존재라고 하지만 역사에 대한 인식 한번 제대로 해보지 않은 채 평생을 마치는 사람들이 더 많은 사실과 일맥상통하는 것이다.

우리의 현실 속에서 역사에 대한 일반의 인식이 나날이 높아져가고 있다. 이것이 무엇을 의미하는 것일까. 사회적인 지적 수준의 향상과 함께 자아발견의 욕구가 생성되고 있다는 반증이다. 이러한 사회현상은 문학에 어떤 영향을 미치게 될까. 그것은 다름아닌 지적 경찰 노릇이다. 그 경찰 노릇은 객관적 진실을 구현해내는 작품들을 요구하게 되고, 그것은 문학인에게 정신적 압력으로 작용하게 된다. 그 문학적 압력 앞에서 문학인들은 상대적인 긴장을 느끼지 않을 수 없게 된다. 질문이 있는 곳에 해답이 있듯이 그런 요구가 생기게 되면 그 요구에 부응하는 작품은 생산될 수밖에 없다. 탁월한 작품의 생산은 작가 개인의 독자적 능력만이 아니라 그 작가가 처한 사회와 문화의 공동제작이라는 말의 근거가 거기에 있다.

러시아 문학의 심오성이나 장구성은 바로 러시아 사람들의 요구와 소화에 의해 가능했다는 함수관계를 생각할 필요가 있다. 역사는 끊임없이 발전한다는 변증법적 논리를 전적으로 수긍할 수는 없지만 역사가 어떤 형태로든지 시대적 변모를 거치고 있음은 주지의 사실이다. 우리 사회의 역사에 대한 인식의 고양은 그 변모의 징후임에 틀림없고, 그 변모가 바람직한 방향으로 꾸준하게 진행될 때 발전은 이룩될 것이다. 그 변모에 맞걸려 우리에게도 냉철하고 투철한 리얼리즘 정신을 구현하는 작품들이 많이 생산될 것이다. 그러한 작품들이 성공적으로 씌어졌을 때 우리는 우리의 역사기록을 수정하지 않을 수 없거나, 역사해석의 계단을 몇 개씩 뛰어넘을 수 있게 될 것이다. 그러나 그런 일은 냉수를 마시듯 그렇게 쉽게 이루어지는 것이 아니며, 역사적 인내로 그 시간이 오기를 기다릴 수밖에 없다. 역사적 인내는 지루할 수는 있어도 결코 헛되지 않다는 사실을 믿으며, 우리의 문학에서는 얼마 전부터 '리얼리즘의 승리'라는 말이 자주 쓰이고 있다. 그것은 이미 리얼리즘 정신의 구현을 위한 작업이 구체화되고 있음을 시사하는 것이다.

역사는 바로 인간사이며, 인간사가 계속되는 한 문학 또한 존재한
다는 사실을 새롭게 상기할 일인 것이다.

(『도화 5집』(인천대학교지), 1987년 3월)

세계화의 함정, 그리고 작가

　세계화. 그 정의도 개념도 모호하다. 무엇을 하자는 것이며, 누구를 위한 것인지는 더욱 불투명하다. 그런데도 새천년이라는 들뜬 분위기와 함께 그 바람은 지구를 휩쓸고 있다. 그리고 그 바람에 무조건 편승하고자 하는 몸부림들이 세계 도처에서 벌어지고 있다.

　이번 유엔 총회에서 세계화의 문제점은 정반대의 입장 표명으로 극명하게 드러났다. 새천년을 맞이한 첫해의 유엔 총회는 유엔 역사상 최대 규모였다고 떠들썩했다. 그러나 소문난 잔치에 먹을 것 없더라고, 인류를 위한 그 어떤 뚜렷한 결실 없이 유엔 총회는 흐지부지 끝나고 말았다. 그런데 한 가지 결실이 있었다면 '세계화'에 대한 견해차이와 의견대립의 표출이었다.

　코피 아난 사무총장은, 세계화는 지구상의 모든 나라들의 발전과 번영을 가져올 것이라고 장밋빛 미사여구를 나열했다. 이에 대해 이라크 부총리와 싱가포르 총리는, 세계화는 일부 국가가 경제적 헤게모니 장악을 위해 만들어낸 술책으로 소수 국가의 배만 채우는 것이며, 세계를 빈국과 부국으로 뚜렷하게 양분시키는 부채질을 하고 있다고 정면으로 비판했다.

이러한 두 입장은 새로운 것이 아니다. 이미 학자들에 의해서 제기된 긍정적 전망과 부정적 경계를 정치인들이 국제무대에서 압축하고 있을 뿐이다.

작가의 안목으로 결론부터 말하건대, 세계화는 지구적 자본독재를 형성해 걷잡을 수 없이 심해지는 공해와 속수무책인 인구팽창과 함께 인류의 미래를 파탄으로 몰아넣는 3대 요인이 될 것이다.

사회주의권의 몰락으로 이룩된 미국의 자본독주와, 컴퓨터와 인터넷이라는 신기술이 융합되어 세계화라는 환상은 잉태되었다. 그러나 이백여 년에 걸쳐 전 세계를 휩쓸었던 지난 식민지시대를 돌이켜 보라. 그 시기에 몇몇 무력국가들에 의해서 얼마나 많은 나라와 종족과 그 고유한 문화유산들이 무너지고 멸종되고 잿더미가 되었는가를. 이제 자본무력은 세계화라는 미명 아래 전 지구를 지배하면서 자기들 뜻대로 세계를 획일화시켜 제2의 식민지시대를 열어갈 것이다. 헐리우드 영화의 자본을 앞세운 광폭성 앞에서 예술성을 자랑하던 프랑스나 이탈리아 영화들이 백기를 들어버린 지 이미 오래다. 한 분야의 예이지만, 프랑스나 이탈리아가 그 지경일 때 다른 나라들은 어찌 될 것인가. 예술성 짙었던 6, 70년대의 프랑스나 이탈리아 영화는 더이상 볼 수가 없고 무작정 두들겨부수고 죽여대는 헐리우드 영화들이 지구를 뒤덮고 있는 것, 이것은 전 세계 문화의 퇴보이며 인류적 슬픔이고 비극이다.

그리고 세계화의 단면인 그 사실에서 확인할 수 있는 것은 무엇인가. 그 획일화 앞에서 세계화는 모든 문화의 개성과 다양성을 보장할 것이라는 잠꼬대를 계속할 것인가.

우리 인류는 수많은 오류와 착오와 어리석음을 범해왔다. 가장 가까운 예가 인간의 달 착륙이었다. 이때 인간들은 '우주 정복'이라는 말을 서슴지 않고 썼고, 십 년 이내에 우주여행을 할 수 있게 된다고 전세계는 들떴다. 그런데 삼십 년이 지난 지금 어떤가. 인간들이 뒤늦게 확인한 것은 우주는 정복의 대상이 아니라는 사실이었다. 이것은 전혀 새로운 깨달음이 아니라 이미 2천5백여 년 전에 인두의 힌두교와 불교에서 그 점을 누누이 설파하고 있었던 것이다.

현대 인간들 중에서 우주에 가장 근접해 있다는 영국의 물리학자 호킹 박사가 며칠 전에 한국에 왔다. 그가 특별 강연을 했는데, 그 핵심은 '신은 짓궂은 도박사'이며 '우주는 영원한 미궁'이라는 사실의 재확인일 뿐이었다. 세계화를 놓고 너나없이 들뜨는 것은 '우주 정복'의 꿈에 부화뇌동했던 것과 똑같은 또하나의 어리석음이다.

민주주의란 하나의 나라에서만 필요한 것이 아니다. 우리가 흔히 말하는 인류의 평화란 세계 모든 나라, 모든 민족들의 주권과 문화가 차별 없이 공평하게 존중되고 이해될 때 이루어지는 것이다. 그러나 지금까지 경제력의 차이로부터 그 공평성은 계속 파괴되어왔다. 그런데 세계화가 강화되어가면 앞으로는 어찌 될 것인가.

문화인과 예술인들은 그 특유의 직관력과 통찰력으로 정치인이나 경제인들이 눈앞의 이익만을 위하여 저지르는 어리석음을 일깨우고 바로잡는 존재들이 아닐까. 그런데도 문화, 예술인들마저 세계화에 무작정 편승하려 하는 모습은 인류적 비극이 아닐까 싶다.

라파엘 콩피앙 선생은 "이제 단일언어로 글쓰기를 하는 사람은 아무도 없다"는 에두아르 글리상의 말을 인용하고 있다. 글리상은 어떤 근거로 그런 단언을 하는 것인지 이해할 수가 없다. 만약 유럽의 상황을 보고 그렇게 말했다면 그건 지나친 속단이고 경솔이다. 중국이나 일본, 한국의 작가들은 백 퍼센트 자국의 단일언어로 글을 쓰고 있기 때문이다. 그리고 어디 그 세 나라뿐이겠는가.

그리고 콩피앙 선생은 다언어적 글쓰기가 세계화 시대의 가장 바람직한 글쓰기이고, 그건 시대적 필연이라는 방향으로 논리를 전개하고 있는데 그건 세계화를 무조건 긍정한 결과가 아닌가 한다. 문학은 그 어떤 예술보다도 민족성과 지역성을 강하게 띠게 된다. 왜냐하면 그것이 바로 언어의 특성이며 고유성이기 때문이다. 그리고 작가란 자기 모국어 하나만으로도 끝없이 새로운 작품을 창조하기 위해 언어와 싸우다가(언어 연마) 끝내는 패배하게 되는 존재들이다. 모국어의 역사가 길면 길수록 그 행복한 패배는 심해진다. 그런데 어찌 다른 나라의 언어로 번역도 아닌 창작을 할 수 있다고 그렇게 쉽게 말하는가. 두 마리 토끼를 쫓는 포수처럼 어리석은 자도 없다. 하물며 작가에게 있어서랴. 말밖에 없고, 예술작품을 써낼 정도 수준의 문자가 없는 나라 출신의 작가들인 경우는 어쩔 수 없이 다른 나라 언어를 선택할 수밖에 없을 것이다. 그런 예는 보편성을 확보할 수 없다.

2000년 9월 7일자 세계일보는 브라질과 폴란드에서 영어사용 금지법안을 통과시켰음을 보도하고 있다. 이러한 사실이 무엇을 의미하는지 오늘의 작가들은 심사숙고해야 할 것이다. 그런 나라들은 앞으로 더욱 늘어날 수도 있다.

문화의 다양성, 그것은 인류 공유의 재산이다. 그리고 문화의 획일성, 그것은 예술인들의 죽음이며 인류의 파멸이다.

(2000년 서울 국제문학포럼)

6. 길과 함께한 생각들

인도가 손짓하는 길

만추벌, 그 피와 눈물의 땅

초원을 꿈꾸는 알라신의 나라

당당함과 위대함

인도가 손짓하는 길

"인도에서는 병든 개도 행복하다."

이 말은 첨단문명을 자랑하는 서구 어느 나라의 대학생이 몇 개월에 걸친 인도 여행을 마치면서 한 말이다. 이 한마디는 인도가 어떤 나라인지를 퍽 예리하게 표현한 것이 아닌가 싶다.

병든 개도 버림받지 않고 행복을 누릴 수 있는데 하물며 병든 사람이 어찌 천대받거나 불행할 수 있으랴. 인도의 도시마다 거지들이 많지만 특히 순례자와 관광객이 많이 모여드는 성지 바라나시에는 골목골목마다 거지 소년들이 떼를 이루고 있다. 그리고 사방에 거동이 불편해 붙박여 앉아 있는 병자들이 따로 동냥을 하고 있다. 그들 속에는 얼굴이며 손이 흉하게 일그러진 문둥병 환자들도 섞여 있다. 그런데 떼지어 몰려드는 거지 소년들은 돈을 구걸해서 자기들 배만 채우는 것이 아니라고 한다. 그들은 자기들이 먹기 전에 먼저 그 움직일 수 없는 병자들에게 돈을 나눠준다는 것이다. 석가모니의 자비와 예수의 박애를 그 소년들은 날마다 실행하고 있는 것이다. 그 신비로운 수수께끼를 그 대학생은 발견한 것이리라. 그 대학생이 파악한 것처럼 나도 인도에 발을 디딘 첫날 충격 속에서 인도만의 경이를 발견할 수 있었다. 인도는 이 세상 모든 생명 있는 것들의 생존을 일직선의 지평 위에 올려놓고 똑같은 가치로 존중하고 있었다.

한 마리의 소, 한 마리의 개, 한 마리의 염소, 한 마리의 원숭이, 하나의 인간, 그 생명 하나하나가 존귀하게 받들어지며 더불어 살아가는 삶의 조화를 이루고 있었다. 그 조화의 질서를 지키고 운영해가는 것은 모든 인도 사람들이었다.

20세기 문명을 한마디로 하자면 인간 확대의 문명일 것이다. 이 세상 만상 중에서 인간이 으뜸이라는 그 거친 물결은 아무런 반성도 회의도 없이 전 세계를 휩쓸었다. 백년 세월을 그렇게 치달아온 결과는 무엇인가. 인간 확대의 무작정한 맹신으로 멸종시켜버린 수많은 종류의 동물군은 일단 접어두자. 이제 인간은 인간이란 종족마저 이 지구상에서 완전히 말살시켜버릴 수 있는 끔찍한 무기들을 장만해놓고 있다. 이것이 늙은 20세기가 스스로 빠진 함정이다.

이런 삭막한 시대에 인도라는 거대한 땅은 마치 기적처럼 한 마리 다람쥐의 생명과 인간 생명의 존엄을 동일시하며 만상이 더불어 살아가는 모습을 현실로 간직하고 있었다. 이 지구상에서 그 어떤 나라가 그런 태곳적 조화를 이루고 있는가.

인간이라는 것이, 인생이라는 것이 본질을 투시해보면 뭐 별것인가. 한번 태어났으면 필경 죽게 되어 있는 것. 그 불변의 자연법칙 앞에서 어찌 인간의 목숨만이 세상 만상의 목숨보다 더 귀할 수 있는가. 그러나 인간이 하나의 곤충이나 하나의 풀꽃과 다를 것이 없다는 것을 언제 어디서나 잊지 않고 사는 것, 그것은 얼마나 어려운 일인가.

그런 심오한 인식이 생활로 실천되고 있는 종교의 땅, 인도를 눈여겨보면서 나는 수많은 감정의 굴절을 겪어야 했다. 그 굴절의 단면들은 충격도 있었고, 경이도 있었고, 부끄러움도 있었고, 부러움도 있었고, 회의도 있었고……

물론 인도를 이해하는 데는 여러 가지 측면이 있을 것이다. 한 나라와 한 민족을 이해하려면 정치·사회·문화·종교 그리고 그런 것들이 뒤섞여 내려온 역사까지 종합해야 할 것이다. 나는 인도에 가기 전에 되도록 아무런 지식도 갖추지 않기로 했다. 왜냐하면 어설픈 지식이나 편파적 정보는 엉뚱한 선입관을 형성할 위험이 있기 때문이었다. 그런데도 나에게는 '인도는 가난하고 게으른 나라'라는 인식이 언제부터인지 모르게 박혀 있었다. 그 고정관념 같은 인식마저 깨끗하게 떼쳐낼 수는 없었다.

뉴델리와 바라나시와 아그라를 살펴본 다음의 반응은 정반대로 나타났다. 열 명의 일행 중에서 넷은 긍정적이었고, 여섯은 부정적이었다. 부정적인 여섯은 인도인들의 남루한 가난과 비위생적인 생활과 비문명적인 모습에 정나미 떨어져하고, 이건 사람 사는 세상이 아니라고 몸서리치기까지 했다. 그런데 나는 어이없게도 그들을 일고의 여지도 없이 경멸했고, 그 동안 그들과 인간관계를 잘못 맺어온 것이 아닌가 하는 회의까지 생겼다. 그런 나는 인도에 가기 전에 가졌던 '가난하고 게으른 나라'라는 인식을 완전히 수정할 수 있는 답을 얻고 있었다.

물론 똑같은 물상을 놓고도 보는 사람의 입장이나 사고의 정도, 가치관의 차이에 따라 전혀 다르게 인식할 수 있다. 평소에 삶에 대한 종교적·철학적·문학적 인식이 전혀 없거나 그 수준이 낮은 사람은 인도 공항에 내리면서 벌써 정나미가 떨어지고 말 것이다. 평균 섭씨 사십오 도의 아교풀처럼 끈적끈적 달라붙는 더위와 숨을 쉴 수 없을 정도로 지독한 노린내로 금방 머리가 띵해지고 계속 솟는 구역질을 느끼며 혼비백산하게 된다.

그러나, 우리로서는 상상도 안 되는 그런 기후조건 속에서 그들은 어떻게 살아나가는 것일까 하는 지극히 간단한 의문을 제기하는 데서부터 인도의 존재는 그 문을 열기 시작한다. 살인적인 더위로 불타는 거대한 인도대륙의 젖줄인 갠지스 강가에 자리잡은 힌두교의 성지인 바라나시를 살펴보고 나면 그 누구든 머리를 얻어맞는 충격을 받게 된다. 그 충격은 일시에 긍정과 부정으로 나뉜다. 그 문화현장은 사고의 중간지대를 허용하지 않는다.

진정 인생이란 무엇인가 하는 긍정과 저것도 사람 사는 꼴인가 하는 부정이 그것이다. 그 어떤 것이 옳다고 주장할 수도 우길 수도 없다. 그러나 인생이 무엇인지를 밤 깊게 고뇌해보고, 삶이 무엇인지를 알아내려고 내면의 괴로움에 시달려본 경험이 있는 사람이라면 그 장소에서 순식간에 그 답을 얻게 된다. 살아간다는 것, 명예를 얻는다는 것, 남보다 잘살고자 하는 것, 권력을 갖는다는 것, 더 오래 살고자 하는 것, 그런 모든 것들이 얼마나 부질없으며 허망한 것인가를 깨닫게 된다.

갠지스 강은 무겁고 두꺼운 질감으로 유유히 흘러내리고, 떠오르는 아침해를 향해 수많은 순례자들은 두 손 모아 끝없이 절을 올리고, 바로 옆 화장터의 장작더미 위에서는 관에도 넣지 않은 시체가 불붙어 타고, 화장터 아래 물가에는 물에 뿌려지기를 기다리는 뼈들이 돌무더기처럼 높게 쌓여 있고, 물 속에서는 성수 목욕을 하느라고 남녀 가릴 것 없이 순례자들이 쉼없이 머리를 물 속에 담금질하고 있고, 그들과 그다지 멀지 않은 물 위에 무엇인가 둥둥 떠내려오는데 그 위에서 독수리가 큰 날개를 퍼득이고 있다. 그건 악취 풍기는 소의 시체를 뜯어먹는 참이었다.

한눈에 들어오는 그런 광경을 보고 외국인들은 일단 소스라치지 않을 수 없을 것이다. 더구나 문명의 혜택을 받으며 산 사람일수록, 문명의 이기에 대한 신봉이 클수록 충격과 놀라움은 클 것이다. 그러나 그 강가의 돌계단에 쭈그리고 앉아 있는 더부룩한 금발의 젊은이, 그는 프랑스에서 왔다고 했다. 무엇을 느꼈느냐는 물음에 그는 주저 없이 "허무"라고 답하며 담담하게 웃었다. 반바지 차림에 슬리퍼 같은 인도의 신을 신고 있는 그는 벌써 며칠째 그 강가에서 잠을 잤다고 했다.

삶과 죽음을 하나로 인식하고, 그래서, 영원의 잠에 든 죽은 자를 결코 두려워하지 않으며, 덜 탄 사람들의 뼈가 던져지고 악취 풍기는 죽은 소들이 떠내려가는 그 물에 성수 목욕을 하는 인도인들의 모습 속에서 그 프랑스 젊은이는 자기 나라에서 전혀 감지할 수 없었던 인생의 궁극을, 인간의 실체를, 자연의 섭리를 비로소 깨달은 것인지도 모른다.

인도의 가난에 대해서, 힌두이즘을 교묘하게 악용하는 정치의 책임이라고 비판하는 사람이 있다. 또는 고질화되어 있는 계급제도, 오 퍼센트의 상류층을 위하여 나머지 국민들은 노예상태에서 벗어나지 못하는 시대착오적인 계급제도가 개혁되지 않고는 인도의 가난은 물리칠 수 없다는 주장도 있다. 상당히 타당성이 있다. 그러나 인도의 가난이라는 것이 어떤 관점에서 설정되었는가가 문제다. 그리고 인도인 자신들이 가난이라는 것을 어떻게 인식하고 있는지를 먼저 파악해야 하리라.

정치인들이 지배수단으로 힌두이즘을 교활하게 이용할 수도 있다. 또한 세습적 신분제도가 사회발전의 저해요인이 될 수도 있다. 그러나 인도의 오늘은 그런 요인들과는 또 다르게 수천 년에 걸쳐서 그 땅 특유의 자연환경과 융화되면서 생겨난 인도인들만의 기질과 관습과 정신의 산물이 아닌가 싶다.

정치가 현대처럼 조직화·지능화되기 몇천 년 전에 벌써 그 땅에서는 불교와 힌두교가 발상했다. 이 두 종교는 기독교·이슬람교와 더불어 세계를 지배하는 4대 종교인 것을 환기해야 한다. 어찌하여 그 땅에서만 그리도 사색적이다 못해 허무적이고 체념적인 특질의 종교가 두 개씩이나 생겨나게 된 것일까. 이 숙제를 풀어내는 데서부터 인도의 진면목을 찾아내는 열쇠를 구하는 것이 아닌가 생각된다.

그들은 사십오 도의 끔찍스러운 더위 속에서 태어나고, 살아가고, 그리고 죽어간다. 심할 때는 오십 도가 넘기 예사고, 우리나라에서 영하 십 도가 되는 한겨울에 그곳은 삼십칠 도 정도라고 한다. 오십 도가 넘는 불볕 속에서 하루 종일 노출되어 살아남을 수 있는 동물은 아무것도 없다. 그저 식물만이 무사할 뿐이다. 그 혹독한 폭염 속에서 사람도, 소도, 개도, 다람쥐도 모두 하루살이일 뿐이다.

그 생명 있는 것들이 목숨을 부지하자면 본능적으로 백광을 피할 수 있는 그늘을 찾아들게 된다. 그것들은 그늘에서도 땀을 흘리지 않고 체력소모를 막으려면 움직임을 최소한 줄여야 한다. 무더위 속의 그늘에서 움직이지 않고 앉아 있으면 으레 졸음이 올 것이다. 마음놓고 졸고 그리고 깨어나고, 또 졸고 깨어나고를 되풀이해도 뜨거운 햇살은 줄기차게 쏟아지고, 더 잠이 오지 않아 이글거리는 불볕을 바라보며 무슨 생각에든 잠기게 될 것이다. 저 절대적인 위력의 태양과 자기라는 존재와, 태양의 위력 앞에서 하잘것없는 인간과 다른 동물들과, 불덩어리 태양을 품고 있는 하늘(우주)과, 수많은 생명 있는 것들과…… 그런 생각의 되풀이는 깊은 사고로 이어지고, 깊은 사고는 투명한 명상을 낳고, 중첩된 명상은 사상을 잉태시키고, 무게를 거듭한 사상은 마침내 종교를 탄생시키게 된 것이 아닐까.

그들이 탄생시킨 두 종교가 거의 비슷하게 허무와 체념을 넘어 달관적이고 우주적인 것은 어찌 된 것일까. 그건 결코 우연이 아닐 것이다. 태양의 존재를 좇다보니 우주를 파악하게 되었을 것이고, 우주의 광대무변함을 깨닫고 보니 지구가 얼마나 작은 별인지를 알았을 것이고, 그 작은 별에서 오글오글 살아가는 인간이라는 존재가 얼마나 작고 미약한지를 인식하게 되면서 '무상'이라는 사상이 나오지 않을 수 없었을 것이다.

불교에서는 이미 2천5백 년 전에 '수억 겁(數億劫)'이라는 말을 쓰고 있다. '겁'이란 하늘과 땅이 개벽하고 나서 다음 개벽을 할 때까지의 세월, 즉 '헤아릴 수 없이 지극히 오래고 긴' 우주의 시간을 가리키는 것이었다. 그런데, 우주의 시간이란 그 '한 겁'만이 아니라 '억의 겁'이고, 거기에 더하여 '억이 수없이 합해진' 것이라는 뜻이다. 그러므로 수억 겁의 우주의 시간이란 끝도 한도 없이 길고 긴 미궁일 수밖에 없다. 그 끝을 알 수 없는 세월 속에서 인간 육십 평생의 길이는 얼마일까. 그래서 인간 한평생의 삶을 촌각이라고 했던 것이고, 그러므로 찰나를 살다 가는 동안에 서로 각축하지 말고, 탐욕을 부리지 말고 베풀면서(보시) 살라고 일깨우고 가르친 것이다.

그런데 과학 제일주의에 빠져 있던 서양 물리학자들은 동양의 그 우주관을 비웃었다. 과학은 분석이고 논리라는 맹신에 사로잡힌 그들은 '수억 겁'을 미개한 동양인들이 지껄이는 허황되고 비과학적인 객소리로 취급해버렸다. 무식할수록 용감하다는 것은 바로 이런 경우일 것이다.

그런데 20세기가 끝나가면서 현대 물리학이 다다른 것은, 우주는 '영원한 미궁'이라는 뒤늦은 발견이며, 그러므로 우주는 인간의 능력으로 규명할 수 없었다는 연구포기 선언이었다. 그들이 심혈을 쏟아 규명한 것은 은하수에는 1천억 개의 별들이 있으며, 우주에는 은하수 같은 별떼가 또 1천억 개쯤 있고, 우주의 넓이나 생김새는 알수가 없다는 것이었다.

몇십 년 전에 '우주정복'이라는 말을 서슴지 않고 썼던 서양 물리학자들이 수십 년간 기를 쓰고 한 일이란 그들이 비과학적 미신이라고 무시하고 경멸해버렸던 동양의 우주관을 2천5백 년 늦게 쥐꼬리만큼 사실로 입증해낸 것뿐이었다. 현대 물리학의 최고 업적이라고 치는 빅뱅 이론과 소우주 탄생이라는 것은 이미 힌두와 불교에서 말한 '겁과 겁 사이'인 것이다.

우리가 인도 하면 게으른 나라로 인식하고 있는 그들의 게으름은 단순한 게으름이 아니라 최선의 생존방법이었다. 그것을 게으름이라고 흉잡거나 비하거리로 삼는 것은 온대지방이나 한대지방 사람들이 저지르는 턱없는 오판이고 경솔이다. 만약 온대나 한대지방 사람들을 평생 인도에서 살게 하면 게을러지는 것을 따지기 전에 자연수명을 절반이나 살 수 있을지 의문이다. 왜냐하면 쉴새없이 솟는 땀으로, 끝내는 수분 이상과 연관된 어떤 병으로 죽게 될 것 같기 때문이다. 우리를 안내하는 인도 사람은 땡볕 속에서도 땀을 흘리지 않는데 우리 일행은 그늘에서도 계속 땀을 흘려야 했다. 우리가 마시면 거의 틀림없이 설사를 하고, 스무 번쯤 설사를 하면 죽음에 이르게 된다는 인도의 물을 인도인들이 마시면 아무렇지도 않듯이 그들은 그 폭염 속에서 심하게 땀을 흘리지 않도록 체질이 적응되어 있었다. 소들이 거의 털이 없는 것처럼.

오늘의 인도의 모습은 꼭 정치의 술수로 빚어진 비참상도 아니요, 고질적 신분제도가 토해낸 오물도 아니다. 그런 영향도 얼마쯤은 있겠지만 더 절대적인 것은 그들 스스로의 기질과 가치관에 따라 가장 그들다운 삶을 그들은 즐기고 지속해나가는 것이 아닐까 싶었다. 왜냐하면 인도에서는 사회주의가 전혀 파급되지 않는다고 했다. 가난한 자들을 위한 혁명을 아무리 부르짖어도 가난한 대중들의 호응이 거의 없다는 것이다. 그와 반대로 성지 바라나시 강변에는 도를 닦고 있는 성자들이 무수하게 많다. 십대 후반의 새파란 젊은이에서부터 피골이 상접한 노인들까지. 그들은 가지가지 모습으로 깨달음을 얻고자 정진하고 있었는데, 대중들은 그들을 성자로 받들어 그날그날 먹을 것을 해결해주고 있었다. 세상에 이런 나라가 어디 있을까. 한 노인은 장님이었다. 그는 평생을 해의 움직임을 따라가며 수도를 하다보니 그만 시력을 잃고 만 것이다. 그는 누구보다도 존경받는 성자였다.

삶의 부질없음과 생명의 하찮음을 선험적으로 깨닫고 생활의 궁핍 같은 것은 이미 넘어서 있는 그들이 물질문명의 휘황한 깃발을 어떻게 바라보고 있을까.

"이 세상에서 나는 먹을 것은 모든 사람들이 고루 나누어 먹고도 남는다. 그러나 부자들의 욕심을 채우기에는 모자란다."

세계가 성자로 인정하는 간디가 한 말이다. 그 뜻 깊은 말을 한 것은 간디의 지성의 힘이라기보다는 그가 인도 사람이었기 때문에 가능했던 것은 아닐까.

인도의 또다른 경이는 그들만의 정신세계를 확고하게 지키고 있는 것 못지않게 그들 스스로의 고유 모습도 확실하게 지키고 있다는 점이었다. 그들은 영국의 식민지 지배를 이백여 년이나 받았다. 그런데도 남녀의 차림에서 서양옷을 거의 찾아볼 수가 없다. 한복 차림을 거의 하지 않는 우리와는 좋은 대조를 이루고 있었다.

그들이 영어를 공용어로 쓰고 있는 것도 식민지시대를 겪고 난 정신파괴의 유산이 아니다. 인도대륙에는 백 가지가 넘는 부족어들이 있고, 그것을 유사한 것들끼리 묶어도 22개 언어권이 된다. 그런 형편에서는 거대한 나라를 효율적으로 경영할 수가 없어서 영어를 공용어로 선택할 수밖에 없었다는 것이다. 현재 인도의 문학작품들은 그들의 22개 고유어로 씌어지고 있고, 문인협회 회원들도 그 22개 언어권에서 골고루 선정된다고 했다.

먼 하늘 끝으로 향하고 있는 듯한 인도인의 깊은 눈길, 그지없는 평온 속에 사색이 깃들인 해탈의 얼굴…… 그들을 오래 잊지 못할 것이다.

문득 인도가 지구의 중심이 아닐까 하는 생각이 들었다. 또한, 인간들의 영혼의 고향이 인도가 아닐까 하는 착각이 생기기도 했다. 인도는 그만큼 강렬했고, 원형적이었고, 항구적이었다.

(『불교사상』 1983년 창간호)

만주벌, 그 피와 눈물의 땅

흙바람에 묻혀 사십오 년, 송몽규의 넋

광활한 만주땅 북간도의 용정을 우리 민족 그 누가 모르는 사람이 있을까. 그곳은 일본의 식민통치 아래서 우리 민족이 겪은 쓰라린 수난과 우리 민중이 펼친 처절한 투쟁의 역사 속에서 영원히 기억되어야 할 대표적인 지역들 중의 하나이다. 용정은 그 이웃하는 명동촌과 더불어 독립정신을 고취시킨 교육장으로, 독립군 전사들을 길러낸 양성장으로, 조직적인 투쟁을 전개한 투쟁장으로 그 역사적 소임과 민족적 과업을 완전하게 이룩해낸 땅이다.

내가 용정을 찾아간 날은 검은 흙먼지를 일으키는 거센 바람이 몹시도 불었다.

흙이라면 황토만을 보아온 우리들에게 '검은 흙먼지'라고 하면 선뜻 이해가 안 되고, 더러는 의아해할지도 모른다. 그러나, 만주땅은 황토가 아니라 흑회색도 아닌 바로 검은색이다. 그러니 한자로 말하면 '흑토(黑土)'가 되는 것이다. 그런 넓고 넓은 만주땅을 거친 바람이 휩쓸어대니 '검은 흙먼지'가 천지를 뒤덮지 않을 수 없는 것이다. 그래서 만주는 바람도 검다.

검은 흙바람은 그냥 휘몰아치기만 하는 것이 아니었다. 휘돌고 맴돌며 회오리를 일으키는가 하면 문득 멈추었다가 느닷없이 몰아쳐오기도 했다.

그런데 대부분의 여자들은 그 흙바람을 막아내는 준비물을 갖추고 있었다. 반투명의 얇은 보자기들을 얼굴과 머리에 뒤집어써서 목에다 묶었다. 그 반투명의 천은 흙먼지를 막아 눈과 호흡기를 보호할 뿐만 아니라 머리카락이 흩어지고 엉키는 것도 막아주는 이중효과를 발휘하고 있었다. 그러나 남자들은 그 체면을 지키고자 하는 것인지 어쩐지 보자기를 쓴 사람은 하나도 없었다.

나는 준비된 보자기가 없기도 했지만 남자라는 운명에 따라 꼼짝없이 그 검은 흙먼지를 다 뒤집어쓰며 숨도 쉬고 눈도 뜨고 있어야 했다. 나는 그 검은 흙먼지를 들이켜고 눈을 비벼가며 그 옛날 이 대륙에서 목숨 부지하며 살아간 동포들과 독립을 위해 싸우다 죽어간 수많은 투사들을 가슴 깊이 되새겼다. 이 바람은 바람이 아니라 그분들의 넋이 나를 맞이하는 것이라 생각하면서.

그런 느낌이 맞았던 것일까. 용정에서는 뜻밖의 소식이 나를 기다리고 있었다. 그건 다름이 아닌 소설가 송몽규(宋夢奎)의 묘와 묘비를 찾아낸 것이었다.

우리는 시인 윤동주는 잘 알아도 '소설가 송몽규'는 별로 잘 알지 못한다. 시인 윤동주를 이야기할 때 '송몽규라는 사람'은 그저 단순 배경으로 나타났다가 사라지는 정도였다. 그러나 이 기회에 못 박아 두지만 송몽규는 결코 윤동주의 민족사적·문학사적 가치를 높이는 데 단순배경으로만 취급될 정도로 가볍거나 미미한 존재가 아니라는 사실이다. 독립투쟁과 직결된 그의 생애가 그렇고, 동아일보 신춘문예 당선으로 소설가가 된 그의 문학이 그렇고, 일본 감옥에서 생체실험의 희생물이 된 그의 최후가 그렇다.

그런데 왜 송몽규는 그 동안 윤동주의 단순배경으로만 취급되어왔을까. 그건 고의적인 역사왜곡이 아니었다. 역사의 정리과정에서 송몽규는 우연한 불행으로 잊혀졌을 뿐이다.

순서를 잡아 말하자면, 윤동주가 스물여덟 시퍼런 나이에 해방 여섯 달을 남겨놓고 일본 감옥에서 죽고, 그의 죽음을 애통해한 친구와 친척이 그가 남기고 간 시들을 모아 그를 추모한 것이 해방 삼 년이 지나서였다. 그 시집의 발문을 중견시인 정지용이 씀으로써 무명의 윤동주는 '시인'으로 탄생되었고, 따라서 '시인 윤동주'의 꽃다운 죽음은 민족사적 의미를 획득하게 된 것이다.

그러나 송몽규는 불행하게도 그러한 역사발견의 뒷받침이 없는 채 세월이 흘러가고 말았던 것이다. 그는 서울에 학연을 깊이 맺지 않아 친지가 없었고, 그렇다고 그의 남다른 생애와 문학을 소개할 만한 친척이 서울에 살지도 않았던 것이다.

현재의 용정중학교 교장을 지내고, 송몽규의 묘 찾는 일과 그 묘를 다시 윤동주의 묘 옆으로 이장하는 일까지 도맡아서 한 유기천씨의 안내를 받아 나는 흙바람 속을 헤쳐나갔다.

사진으로 눈 익은 윤동주의 묘에서 스물서너 발짝, 이십여 미터 옆에 송몽규의 묘는 이장되어 있었다. 청명절인 4월 5일을 택해 이장한 묘의 봉분에는 풀 한 포기 없이 흙이 맨살을 드러내놓고 있었다. 평지의 흙과는 다르게 봉분의 흙이 황토인 것이 그나마 마음을 덜 춥게 했다. 땅을 깊이 파서 나온 흙이라 황토라고 했다. 비석 앞에는 제단으로 붉은 벽돌이 두 겹으로 쌓여 있었다. 돌을 깎아 제단을 만드는 것은 돈이 많이 들어 엄두를 못 내고, 벽돌에 시멘트를 입히는 일은 곧 할 거라고 했다.

'청년문사 송몽규지묘(靑年文士宋夢奎之墓)' 라고 쓴 비석은 옛날의 것 그대로를 옮긴 것이다. 그 비석 양쪽에 솔가지가 하나씩 꽂혀 있었다. 일 주일 전 이장식 때 꽂은 그 솔가지의 청청한 초록빛이 스물여덟의 나이에 민족을 위해 죽어간 젊은 넋의 꿋꿋함을 상징하는 것도 같았고, 아니면 그 요절한 넋의 환생인 것도 같았다.

나는 반도의 남쪽땅에서 찾아온 최초의 참배객이 되어 그 묘 앞에 고개 숙인 채 오래도록 고개를 들 수가 없었다.

송몽규의 묘가 발견된 것은 1989년 12월 15일 용정시 지신향 장재촌 뒷산에서였다. 시작에서부터 삼 년이나 걸린 일이었고, 만주의 혹독한 겨울이 지나기를 기다려 이장한 것이었다. 그의 묘가 용정 어느 산엔가 있다는 말은 전해져오고 있었지만, 묘 찾기를 본격적으로 하게 된 것은 윤동주의 묘를 찾아내게 되면서부터였다.

송몽규의 묘를 찾아내기 위해서 용정의 노인협회 노인들이 모두 동원되었고, 용정중학교에서는 상금까지 내걸었다. 용정중학교가 그 일을 주도하게 된 것은, 그것이 민족의 열사 찾기인 동시에 자랑할 만한 졸업생을 찾는 일이기 때문이었다.

지금의 용정중학교는 중화인민공화국이 수립되면서 그전의 다섯 개 학교(은진중학 대성중학 동흥중학 명신여중 광명여중)를 하나로 합해서 만들어졌기 때문에 대성중학 출신인 윤동주와 송몽규는 당연히 졸업생일 수밖에 없었다.

송몽규의 묘를 찾아낸 사람은 어느 노인이었다. 그 노인은 무슨 점쟁이나 되는 것처럼 넘어져 흙에 묻혀 있는 송몽규의 비석을 찾아내고야 말았던 것이다. 그 노인이 점쟁이일 리는 없고, 넘어져 흙 속에

파묻힌 비석을 찾아내기까지 얼마나 애를 썼을 것인가는 더 말할 것도 없는 일이다.

송몽규의 묘비를 일으켜세워놓고 묘 찾기를 주도했던 사람들은 모여앉았다. 묘의 관리문제를 의논하기 위해서였다. 그 자리에서 나온 것이 묘의 이장이었다. 그 첫번째 이유가, 윤동주와 송몽규는 고종사촌으로 같은 해(1917년)에 한 집에서 태어나 소학교 중학교 대학까지 같은 학교를 다녔으며, 같이 독립운동을 하다가 체포되어 같은 재판소에서 같은 형기를 받고 같은 형무소에서 같은 해(1945년)에 죽었으므로(윤동주 1월 16일, 송몽규 3월 10일) 사후에도 같이 있게 하자는 것이었다. 두번째 이유는, 두 열사를 한자리에 모셔 추모함으로써 그 빛을 더 크게 하고, 젊은 세대들에게 민족의 기상을 드높이는 효과를 확대하자는 것이었다.

그래서 송몽규의 묘가 윤동주의 묘를 찾아가게 되었다. 그런데 송몽규와 윤동주의 묘비에 특기할 사실이 세 가지 있다. 첫째가 비석의 색깔이다. 그 공동묘지에 드문드문 서 있는 묘비들은 모두가 중국산 백옥석이라고 불리는 흰 돌이다. 그런데 유독 두 사람의 비석만은 우리나라의 쑥돌과 흡사한 흑회색 돌인 것이다. 왜 그럴까? 그건 우연일까? 그렇지 않을 것이다.

가족들은 두 젊은이의 남다른 죽음을 그렇게라도 증거하고자 하는 뜻을 담은 게 아니었을까. 둘째는 비문이다. '詩人尹東柱之墓'와 '靑年文士宋夢奎之墓'라고만 표시되어 있을 뿐이다. 그리고 묘비 뒷면에 한문으로 빽빽하게 쓴 경력에도 독립투쟁을 하다가 죽게 되었다는 기록은 없다. 일본 영사관이 눈 부릅뜨고 있던 상황을 실감하지 않을 수가 없다. 송몽규가 동아일보 신춘문예에 당선되어 '문사'가 되었음을 기록하면서도 정작 그 죽음의 원인은 밝히지 못하고 있는 것이다. 셋째는 두 비문을 지은 사람이 동일인이라는 사실이다. 그는 해사(海史) 김석관(金錫觀)으로서 두 사람의 스승이었던 것이다.

흰 사기그릇에 담긴 송몽규의 연분홍색 감도는 유골을 이장하며 윤동주의 묘 앞에서 '대면의식'을 거행했다고 한다. 두 사람은 생체실험을 당해 죽은 다음 사십오 년 만에 넋으로 다시 만난 것이다.

송몽규는 윤동주·문익환 등과 더불어 소학교 때부터 문예부 활동을 해오다 중학교 3학년 때인 1935년 1월에 마침내 동아일보 신춘문예를 통해 소설가가 되었다. 그리고 윤동주와는 다르게 남경군관학교로 진학했다. 거기서 그는 다시 일본 경도의 제국대학에 입학했다가 뒤이어 윤동주가 다니던 동지사대학으로 옮기게 되었다. 남경군관학교는 황포군관학교의 전신으로 무장독립투쟁을 결의한 조선 젊은이들이 입학했던 학교였다.

그는 왜 갑자기 거기서 일본으로 간 것일까? 일본에서 투쟁조직을 짜라는 어떤 밀명을 받은 것은 아니었을까? 이건 그가 남기고 간 역사의 수수께끼이다.

"송몽규 선생은 윤동주 선생과 많이 달랐지요. 남성적이고 활동적이었어요. 윤선생을 운동으로 이끈 것도 바로 송선생이니까요."

유기천씨는 신중하게, 그러나 자신 있게 말했다.

수난과 투쟁의 민족사에서 받들 인물들은 많을수록 좋다. 민족투사이며 소설가인 송몽규 선생의 재발견은 이제부터라도 늦은 일이 아니다.

명동촌, 두만강 건너 첫 '겨레마을'

용정에서 사십여 리, 택시로 삼십 분 정도 달려 드러나는 널찍한 들판 왼쪽으로 명동촌은 자리잡고 있다. 사십여 리를 택시로 삼십 분이 걸린다면 언제부턴가 아스팔트길에 익숙해진 우리들의 감각으로는 이상하게 느껴질 것이다. 그러나 용정에서 명동촌에 이르는 길은 포장이 되어 있지 않았고 택시도 무척 헐어 있었다.

그 길이 흙먼지 일어나는 비포장도로인 것이 오히려 감회가 깊었다. 나이를 많이 먹은 수양버들을 양쪽으로 거느리고 있는 이차선 폭의 그 길은 우리 민족의 수난사를 고스란히 품고 있었던 것이다.

일본의 식민착취로 생활터전을 잃어버린 사람들이 어찌할 수 없이 고향을 등지고 살길을 찾아 압록강과 두만강을 건넜다. 그중에 두만강을 건넌 사람들은 오랑캐령을 넘었고, 명동촌을 거쳐 그 길을 걸어 용정에 이르렀고, 용정에서 다시 빈땅을 찾아 낯설고 물선 만주땅 그 어딘가로 흩어져갔던 것이다. 그 길은 하나도 달라진 것이 없이 그때의 모습 그대로라고 했다.

지금은 나이 먹은 수양버들이 그때는 아기버들이었을 것이고, 고향에서 쫓겨난 사람들은 보잘것없는 짐들을 이고 지고 배고픔과 걷기에 지친 아이들을 이끌며 그 길을 걷다가 아기버들이 마련해준 그늘에서 다리 쉼을 했을 것이다. 그 길 이름은 지금도 '버들방천'. 수양버들이 늘어서고 길을 따라 '육도하'라는 냇물이 흐르고 있어서 붙게 된 이름이리라. 그 순우리말 이름이 눈물겹고 가슴을 찌르는 까닭은 무엇인가.

수양버들 그늘 아래 다리 쉼을 하면서 배고픈 아이들에게 개떡조차 먹일 수 없는 아낙네는 시름겨운 가슴으로 육도하 냇물을 떠먹였을 것이고, 남정네는 그 정경을 차마 눈 바로 뜨고 볼 수 없어 먼산 바라보며 담배연기와 함께 탄식을 토해냈을 것이다.

반도의 남쪽보다 봄이 한 달 이상 늦은 탓으로 4월도 중순이 넘어가는데 그제야 버들방천의 버들가지에는 작은 잎들이 돋고 있었고, 야산자락에는 진달래들이 그 선연한 꽃들을 피워내고 있었다.

용정과 명동촌의 중간지점 한쪽 면이 직립상태를 이루며 우뚝 솟은 커다란 바위가 있다. 직립면이 이십 미터 이상일 그 바위의 이름은 선바위. 신선바위가 아니라 '서 있는 바위' 라는 뜻의 우리말이다.

중국 영토였는데도 그 이름들이 순우리말로 붙여진 것이 경이롭고 인상적이다. 그러나 그건 하나도 새삼스러운 것이 못 된다. 지명은 공동체사회의 공유물로서 다수의 사람들의 감정과 정서와 수준에 맞지 않으면 안 된다. 한문공부를 한 유식한 몇몇 사람이 한자로 이름을 지어 붙이려 해도 그건 개인 취향일 뿐 다수의 거부로 이루어지지 않을 일인 것이다.

선바위는 유랑동포들이 점심을 먹으며 쉬어가던 자리라고 했다. 육도하와 칠도하가 하나로 합쳐져 바위의 아랫자락을 감돌아 흐르는 그 자리에서 가난하고 초라한 점심을 먹었을 법도 했다. 그런데 택시 운전사의 말로는 얼마 전부터 그 자리가 사형장으로 쓰이고 있다고 했다. 중국의 사형집행은 공개되며 총살이었다. 그 자리가 사형집행장으로 쓰인다는 것은 어쩐지 기분 언짢게 했고, 행정적으로 시정이 되어야 하지 않을까 싶었다. 나를 안내하고 있는 연변대학 권교수도 같은 생각이었다.

명동촌은 두만강을 건넌 동포들이 일군 첫 동네다. 우리는 명동촌 하면 김약연 목사와 명동학교와 명동교회를 떠올리게 되고, 그건 또 우리 민족의 독립운동과 직결된다는 것을 알고 있다.

명동촌은 남쪽 멀리로 억센 산악인 오랑캐령과 오봉줄기를 바라보면서 사방이 나지막한 구릉으로 감싸여 있다. 그 구릉 안의 들판에서 논을 일구었고, 구릉의 아랫자락을 따라가면서 밭을 일구었다. 그리고 명동촌과 장재촌은 오 리 정도의 거리를 두고 오십여 호씩 생활터를 잡은 것이다.

초가집들 사이에 서너 채의 기와집이 자리잡고 있는 명동촌은 전형적인 우리의 농촌 모습이었다.

집집마다 텃밭이 있었고, 나지막한 나뭇가지 울타리 너머로 볏짚더미가 쌓여 있었고, 순한 누렁이들이 고샅을 어슬렁거리고, 닭들은 한가하게 모이를 쪼거나 땅을 헤집고 있었다. 그리고 여기저기서 남녀가 어울려 농사일손을 바쁘게 놀리고 있었다.

마을 초입의 명동학교는 자취도 없고 빈터에는 깨진 벽돌장이며 시멘트 덩어리들만 뒹굴고 있었다. 그리고 교문을 나타내는 아름드리 나무밑둥 두 개가 그 터의 오래고 긴 역사를 나이테로 입증하고 있었다.

명동학교는 오래되어 저절로 허물어진 것이 아니었다. 중국 전역을 휩쓸었던 문화혁명 때 홍위병들이 파괴한 것이었다. 부르주아 의식계열의 타도와 함께 민족주의 의식의 척결이 부르짖어지면서 명동학교는 '민족주의 의식을 고취시킨 본산'으로 점찍혀 흔적도 없이 부서지는 운명에 처했던 것이다.

부서진 것은 명동학교만이 아니었다. 그 학교를 세운 김약연 목사의 묘비도 깨져나갔고 심지어 봉분까지도 반으로 깎이는 수난을 당했다. 그러나 세월이 흘러 문화혁명이 비판을 받고, 반동으로 징역을 살았거나 오지로 유배되었던 사람들이 무죄 복권되었다. 그에 따라 김목사의 묘비도 새로 세워졌고 봉분도 다시 제 몸을 찾게 되었다. 그러나 명동학교는 여전히 빈터로 남아 있는 것이다.

연변 조선족 자치구 안의 명동에 명동학교가 그 흔적이 없다. 역사의 격랑을 감안한다 하더라도 그건 못내 아쉬운 일이다. 문화혁명이 이미 역사비판을 받은 지금, 그것이 복원되지 않고 있는 것은 누구의 책임일까. 나는 몇몇 지명인사들에게 그 학교의 빠른 복원을 되풀이해서 이야기했다. 결국 역사란 무엇인가. 정신이 한 면, 흔적이 또 한 면을 이루어 상호작용을 하는 게 아닌가.

이번 여행에서 확인하고 놀란 것은 문화혁명의 폐해의 막대함이다. '도깨비 혁명'으로 야유되고 '모택동 노망극'으로 비난되는 문화혁명은 무고한 인명 피해도 엄청나게 냈을 뿐만 아니라 문화 전반에 걸쳐서 불태우고 때려부순 유산들이 상상할 수 없게 많았다. 그리고 그 당시에 홍위병으로 가담했던 수백만의 젊은이들이 공부를 하지 않은 채 나이를 먹어버려 이제 아무짝에도 쓸모없는 사십대로 늙어가는 사회적 후유증까지 남겨놓고 있었다.

여러 곳의 지식인들은 문화혁명이 중국을 이삼십 년 후퇴시켰다는 데 의견일치를 보이고 있었다.

'제2의 혁명'이니 '사회주의 완성'이니 하는 제3국에서의 평가가 지나친 의미부여인지 어쩐지 혼란을 일으키게 했다. 어쨌거나 문화혁명을 일으키게 된 중요한 원인 중의 하나가 권력유지를 위한 모택동의 늙은 욕망의 발동이었다는 점만은 부인할 수가 없다. 그래서 모택동은 불가능을 극복한 위대한 혁명가이면서도 권력 앞에서 인간의 한계를 넘어서지 못한 평범한 지배자로 생애를 마친 것이다.

다시 용정으로 나와 이 골목 저 골목을 더듬고 다녔다. 1930년대부터 해방이 되기까지 그곳에서 살았던 몇몇 문인들의 집을 찾아보기 위해서였다.

제일 먼저 찾아낸 곳이 「북간도」의 작가 안수길씨의 집이었다. 그 집은 벽돌에 시멘트를 바른 개화된 일본식 집이었다. 양철지붕이 양식 기와로, 판자울이 벽돌담으로 바뀌었을 뿐 건물 자체는 그때 그대로의 모습이라고 했다. 안내자의 말로는 그 집은 용정에서 몇 개 남지 않은 그 시절의 건물이라고 했다.

두번째로 찾아간 곳이 작곡가이며 아동문학가인 윤극영씨의 집이었다. 그가 살았던 집은 없어지고 팔백여 평이었다는 집터에는 스무 채가 넘는 집들이 다닥다닥 붙어 있었다. 그가 어째서 팔백여 평이나 되는 넓은 집터를 가지고 살게 되었는지는 세번째 집을 찾아가서야 알았다. 세번째 집도 윤극영씨가 살았던 곳인데 그 집터는 백여 평이라고 했다.

사연인즉, 광명여자고등학교의 음악선생이었던 윤극영씨는 백여 평의 집터에서 살다가 1940년에 간도협화회 회장으로 친일운동을 시작하면서 정원이 호화로운 팔백여 평의 집터로 옮겨가게 된 것이다. 협화회란 조선인을 상대로 일본 식민정책을 선전하고 고무하던 단체였다. 그 두 집은 한 예술인이 어떤 대가를 받고 역사적 배반을 했는지를 극명하게 보여주고 있었다.

네번째 찾아간 집이 소설가 강경애씨의 집이었다. 예전의 집은 없어지고 투박한 이층 벽돌집이 서 있었다.

용정의 큰길에는 옛날 건물들이 거의 없어지고 현대식 건물들이 줄서 있었다. 민가도 초가집들을 헐어내고 붉은 벽돌로 양식 가옥을 지어나가고 있었다. 그런데 거의 모든 집들이 마당이라고는 없이 촘촘히 붙어 있었다. 땅 넓은 나라에서 그게 어찌 된 일인지 이해하기가 어려웠다. 땅은 모두 국가가 소유한 상태에서 개인들은 이용권만 얻는 제도인데, 중국 정부의 주택정책은 주거생활에서 정서공간은 전혀 고려하는 것 같지 않았다. 그리고 집들이 자리잡고 있는 모양새도 무척이나 무질서해 보였다.

북경의 변두리가 그렇듯이 용정에서도 아파트 건립이 대량으로 이루어지고 있었다. 중국도 주택문제 해결이 시급함을 잘 보여주고 있었다. 중국에서도 아파트는 인기였다. 수세식 변소 등 문화생활을 할수 있기 때문이었다.

중국도 주택난을 겪고 있기는 마찬가지였다. 국민의 이십 퍼센트 정도가 집이 없다는데, 젊은 층들의 불만은 자못 노골적이었다. 부지하세월로 언제까지 기다려야 하느냐는 것이었다. 그런 한편으로 돈 많은 사람들은 집을 헐어내고 새집을 짓기도 했다. 그런 사람들은 개방정책 이후에 개인사업으로 부자가 된 층이었다. 사회주의 국가에서도 빈부의 차이가 현실적으로 드러나기 시작하고 있었다.

내몰린 삶에도 민족을 부둥켜안고

4월 15일에도 함박눈이 펑펑 쏟아지는 만주땅 연변 조선족 자치주는 이미 통일된 땅이었다. 남북한 사람들이 자유롭게 오가며 서로 인사를 나누고, 술자리에서는 남북쪽 노래가 아무런 거리낌없이 얼크러지고 설크러지며, 그곳 동포들은 어느 쪽 사람이건 전혀 가리지 않고 똑같이 반기고 있었다.

무슨 목적으로든 연변엘 가는 사람들은 느끼게 되리라. 어쩔 수 없이 민족은 하나라는 것을. 그리고 우리가 소원하는 통일은 기필코 이루어지리라는 것을.

중국에는 이백여 만 명의 우리 동포들이 살고 있다. 그중에서 1백 60여만 명은 자치주에, 나머지 사십여 만 명은 중국 전역에 흩어져 살고 있다. 그런데 그들은 어느 때 어느 곳에서든, 젊은 남녀든 늙은 남녀든 가리지 않고 먼길을 돌아 찾아간 나를 마치 친혈육 만난 듯 반가워하고 정겹게 대해주었다. 그것은 오로지 '동포'라는 이유 하나 때문이었다.

자치주의 어느 도시에서나 모든 간판과 안내문들은 꼭 한글이 위에 한문이 아래에 두 가지로 씌어 있었다. 그건 중국인들과 함께 살되 '조선족 자치주'임을 확실하게 입증시키는 증거물이었다. 우리 동포들은 중국 안의 56개 소수민족들 중에서 교육수준과 문화수준이 제일 높다는 긍지와 자부심을 가지고 있었다.

그 긍지와 자부심은 허황된 자기 과장이나 허풍스런 과대망상이 아니라 생활 속에서 그 토대를 굳게 다지고 그 꽃을 피워 열매를 따고 있었다. 종합대학을 중심으로 해서 각급 학교의 교육시설을 완벽하게 갖추고 있었으며, 텔레비전 방송을 독립 운영하고 있었고, 신문과 각종 잡지들을 한글로 발간하고 있었다. 그리고 민족 고유의 여러 가지 예술활동도 활발하게 벌이고 있었다.

그런데 그들의 긍지를 손상시키고 자부심을 훼손시킨 것이 '남쪽의 사람들'이라는 사실은 매우 중요한 일이다.

제한적 자유왕래가 열린 지 삼사 년 동안에 돈푼 좀 있는 사업가님네들이 연길을 찾아들어 이곳 땅 한 평이 얼마냐, 자기 돈이면 연변 땅을 다 산다느니, 만주땅을 다 사겠다느니, 심지어는 백두산까지 사겠다고 기고만장한 허풍들을 떨어댄 것이다. 거기다가 어느 기자는 자치주의 중심도시인 연길을 "황폐한 도시"라고 썼고, 어느 교수는 나쁜 점만을 골라내 쓴 기행문을 책으로 엮어냈고, 어느 여행사 직원은 문인 행세를 하며 "연변 문학은 유치원생 정도"라는 모독적인 평가와 함께 책을 내주겠다며 그곳 문인들의 원고까지 걷어갔다는 것이다. 이런저런 약속들을 해놓고 돌아가서 편지 한 장 없는 경우가 수두룩하다고 했다.

돈푼이나 좀 가진 졸부들이 중국땅에까지 가서 부동산 투기 근성을 드러낸 것이 창피스럽고, 중국에서는 작은 지방도시에 불과한 연길을 서울과 직접 비교한 어느 기자의 경솔한 표피적 관찰이 부끄럽고, 사회주의 사회의 특성을 고려하지 않고 자본주의적 시선을 고정시켜 균형을 상실한 어느 교수의 편파적 몰지각이 면목 없고, 여행잡지에 수필 몇 편 끄적거린 것을 가지고 그런 사기행각을 한 여행사 직원이 한심스러워 나는 도무지 낯을 들 수가 없었다.

"얼마나 가고 싶은 고국이고 얼마나 보고 싶은 동포였습니까. 우리는 그저 반가움에 환대했고, 성의껏 대접했던 거지요. 그리고 우리 마음같이만 생각하고 무언가를 기대했던 것도 사실이지요. 그러나 우리도 이젠 달라졌습니다. 먼저 우리의 잘못도 반성하면서, 그 동안의 정보로 옥석을 가릴 수 있는 판단력도 생겼으니까 냉정하게 관찰하고 탐색하고 있습니다."

문인이며 교수인 ㅊ씨의 말이었다.

그들은 그런 불쾌하고 서운한 기억들을 가지고 있으면서도 그러나 동포에 대한 믿음과 사랑은 그대로 간직하고 있었다.

중요한 것은 그들이 우리 남쪽이 잘산다는 것을 다 아는 동시에 우리 사회가 안고 있는 여러 가지 병폐, 즉 몸을 파는 수백만의 여자, 인신매매단, 조직폭력배, 극심한 빈부격차, 셋방 때문에 속출하는 자살 같은 것을 전부 알고 있으면서도 어느 교수처럼 체제공격적 편파성을 갖지 않는다는 점이다. 그들은 열흘 정도의 시차로 우리 쪽 신문을 거의 다 받아보고 있었던 것이다. 천안문사태 이후에도 중국의 개방은 그렇게 구체적이고 현실적으로 진행되고 있었다.

연변종합대학은 중국의 조선족들이 가지는 긍지와 자부심의 살아있는 근거다. 소수민족들 중에서 최초로 종합대학을 가졌기 때문만이 아니다. 그 대학을 설립한 사연부터가 기막힌 것이다.

해방이 되었다. 그 소용돌이 속에서 뜻있는 지식인들이 힘을 모아 맨 처음 한 일이 관동군 지방사령부를 접수한 것이었다. 거기에 대학 간판을 내걸었다. 그리고 교수들을 모으는 과정에서 사람이 모자라 일본인 의사와 고급기술자 십여 명의 발을 묶었다. 모두 오십여 명의 교수가 좁쌀 대두 서 말을 월급으로 받으며 학생들을 가르치기 시작했다.

그러다가 "조선족은 중국인민과 힘을 합쳐 일본놈들을 물리쳤을 뿐만 아니라 홍군과 함께 중국혁명을 이룩하기 위해 피를 흘린 동지"라고 모택동이 굳이 강조한 연장선상에서 중앙정부로부터 국립 종합대학 인가를 받게 되었다. 연변대학 간판을 극기와 겸손의 미덕을 실천한 홍군 총사령관 주덕이 쓴 것도 결코 우연한 일이 아니다.

발이 묶여 교수 노릇을 하던 일본인 십여 명은 일본 정부의 요청으로 1953년에 돌려보냈다고 했다. 그들은 온갖 잔악을 저질렀던 관동군 지방사령부 건물에서 팔 년 동안 조선인 학생들을 가르치는 것으로 개인적인 죄닦음을 한 셈이었다.

조선족들이 갖는 긍지와 자부심은 모택동이 언급한 두 가지 사실만으로 비롯되는 것은 아니다. 또 한 가지는 만주벌판을 손수 개척해 냈다는 주인의식이다. 만주벌판을 개척했다는 것은 곧 우리 민족의 쓰라린 수난사이며, 과거의 그 쓰라림이 크면 클수록 오늘의 주인의식과 자긍심은 더욱 견고해진다는 것을 알아야 한다.

현재 52개 학과에 육천여 명의 학생을 가진 연변대학은 야간과 통신대학까지 운영하고 있다. 사회주의 사회답게 학비며 기숙사비 같은 것은 일체 무료이며 용돈까지 지급하고 있었다.

그런데 용돈으로 책을 사지 않고 영화 구경 같은 것이나 하며 공부에 게으름을 피운다고 부교장(거기서는 총장이나 부총장이라고 호칭하지 않음)은 가벼운 걱정을 했다. 그러면서 "세상이 달라졌으니까" 하며 넉넉하게 웃었다.

남녀 대학생 이십여 명이 어울려 화단가에 도랑 파기를 하고 있는 자율노동의 모습도 인상적이었고, 기숙사 안에 있는 교수식당에 자리잡았는데 건너편 학생식당에서 그 요란하게 떠들어대는 소리들에서 싱싱한 젊음이 폭발하는 것을 느끼는 것도 상쾌한 일이었다.

도서관에는 육십여 만 권의 책이 있고, 한국의 책은 이만 권이 조금 넘는다고 했다. 그런데 도서관을 둘러보고 나는 놀라지 않을 수 없었다.

우리나라 책들은 모두 이층 서고에 넣고 철문을 굳게 닫아 주먹만한 자물통을 채워놓고 있었다. 그건 아무도 읽지 못하게 하는 통제가 아니었다. 너무 많이 읽어 파손되는 것을 막기 위한 '보호'였다. 그 책들은 대부분 기증받은 것으로 한 권씩밖에 없는 '유일본'이라고 했다. 그래서 학생들에게는 아예 대출할 수가 없어 교수와 연구생들에 한해서 연구를 위해 사용하며, 그것도 교장과 부교장 그리고 도서관장의 허락을 받아야만 그 서고에 들어갈 수 있다는 것이었다.

나는 조선어문학과 3학년 학생들을 상대로 두 시간 동안 강연을 했다. 그때 학생들은 우리나라에 대해 여러 가지 호기심을 강하게 나타냈고, 문학의 이해는 「청춘극장」을 훌륭한 작품으로 아는 정도였다. 그리고 그들은 책의 대출을 통제하는 것에 대해 불만을 터뜨렸다. 참 딱한 일이 아닐 수 없었다. 그래서 나는 내 작품집 『태백산맥』에 한해서 세 질을 보내겠노라고 약속할 수밖에 없었다.

또하나의 중요한 학교로 연변예술학교가 있다. 그 학교는 중학·고등·대학의 과정이 연결되어 있는 것이 특징이었다.

그리고 한 교수가 한 학생만을 상대로 실기수업을 하고 있는 것이 특히 눈에 띄었다. 방음장치가 된 작은 교실들에서 우리 고유의 노래들을 부르고, 악기들을 다루고 있었다.

창 밖으로는 봄비가 촉촉이 내리는데, 나이 어린 학생들의 〈박연폭포 타령〉을 듣고 가야금 산조를 듣고 날라리 가락을 들으며 그 무슨 설움인 듯 가슴 깊이 여울져오는 눈물겨움은 무슨 까닭일까. 그 어린 학생들은 초창기 이주로부터 따져 4대나 5대에 해당하고, 민족혼은 그렇게 피흐름하듯 면면히 흘러내리고 있었던 것이다.

연변의 조선족들은 그 국적이 중국이다. 그럼에도 그들은 4, 5대까지 또렷또렷하게 우리말을 할 뿐만 아니라 그렇듯 민족예술도 지켜나가고 있다. 그 모습은 당대의 자식들이 모국어를 까맣게 잊어버리는 미국의 이민과는 너무 대조를 이루는 모습이었다. 그 차이는 무엇일까. 그 이유는 너무나 자명하다. 만주땅의 동포들은 '타의에 의한 떠남'이었고 미국땅의 교포들은 '자의에 의한 떠남'이었던 것이다. 그래서 한쪽은 잊지 않으려고 애썼고, 한쪽은 잊으려고 애썼던 것이다.

제대로 스승을 모시지 못하고 이곳저곳 노인네들을 찾아다니며 익힌 노래고 악기들이라 자신들부터 서툴다는 예술학교 교수들의 공통된 겸손 앞에서 어느 국악인은 자칫 자만할지도 모른다. 그러나 겸손은 용기 있고 힘있는 자만이 향유하는 미덕임을 잊어서는 안 된다.

개방바람 타고 우리 가요 선풍

연변이 아무리 조선족 자치주라고는 하지만 그곳을 처음 여행하는 사람이라면 누구나 놀라지 않을 수 없는 사실이 하나 있다. 그건 다름이 아니라 연변 어느 곳에나 우리나라 대중가요들이 상상 밖으로 범람하고 있다는 것이다. 그 대중가요들은 '흘러간 옛노래' 뿐만이 아니라 최신 유행곡들까지 가리지 않고 틀어대고 불리고 있었다. 최진희의 〈우린 너무 쉽게 헤어졌어요〉가 인기를 끄는 한편에서는 주현미의 〈신사동 그 사람〉이 열창되고 있었다.

술자리에서는 으레 부르는 것이었고 대낮에 식당에서도 그런 노래들을 틀어놓고 남녀가 어울려 춤을 추기가 예사였다. 그들은 흘러간 노래보다는 오히려 최신 유행곡들을 더 즐기고 있었다. 그 까닭인즉 새것에 대한 호기심과 함께 춤을 추기에 더 신명나는 곡이기 때문이었다.

나는 처음에 조국에 대한 그리움과 애정이 그런 식으로 표현되는 자치주의 현상이겠거니 했다. 그런데 날이 자꾸 지나면서 여러 지역을 돌다보니 전혀 그것이 아니었다. 장춘의 식당에서도 계속 한국의 대중가요는 흘러나왔고 하얼빈의 어느 식당에서도 마찬가지였다.

그 식당들은 중국음식점이지 한식점이 아니었던 것이다. 그런데 돌아오는 길에 북경에서 택시를 탔더니 거기서도 우리의 대중가요가 들리고 있었다. 그 운전사는 분명히 중국 사람이었다. 하도 이상하고 어이가 없기도 해서 나는 옆에 앉은 소설가 김학철 선생의 아들 김해양씨에게 운전사가 중국 사람이 아니냐고 확인했다. 김형은 눈치 빠르게 내 마음을 알아채고는 그 노래가 무슨 뜻인지 아느냐고 운전사에게 물었다. 운전사의 대답이 걸작이었다. 가사내용은 모르지만 곡이 좋아서 듣는다는 것이었다. 그러면서 그는 엄지손가락을 세워 보이며 곡에 맞추어 어깨춤까지 추었다.

"허! 한국 노래가 중국을 천하통일했군."

내 말에 김형은 소리내서 웃었다.

우리나라 노래가 때와 장소를 가리지 않고 넘쳐흐르고 있는 것은 그뿐이 아니었다. 연길 공항에서의 일이었다. 비행기를 기다리고 있는데 느닷없이 내 귀를 파고드는 소리는 "아아, 대한민국, 아아 나의 조국" 하는 노래였다. 나는 소스라쳐 놀라며 소파에서 등을 뗐다. 그러면서 나는 "저 노래 누가 잘못 튼 것 아니오?" 하고 물었다. 그때서야 김형은 유심히 귀를 기울이더니 "글쎄요" 하며 느리게 고개를 저었다. 그 표정이며 고개를 젓는 품이 잘못된 것이 아닐 거라는 뜻이었다. 역시 그 노래는 누가 실수로 잘못 튼 것이 아니었다. 2절까지 계속되면서 "아아, 대한민국, 아아 나의 조국"은 공항 대합실을 찌렁찌렁 울리고 있었다.

공공기관이라서 중국인들이 유독 많이 배치된 공항과 그 가사의 내용과…… 나의 놀라움은 우리의 상식으로는 도저히 용납될 수 없는 일이기 때문이었다. 그들이 둔감한 것인지 대범한 것인지 알 수가 없는 일이었다.

어쨌거나 우리의 대중가요들이 그토록 중국 전역을 휩쓸고 있는 것은 개방에 따라 일어나기 시작한 물결이었다. 그리고 물결이 거센 것은 그 동안 혁명가곡의 울타리에만 갇혀 있었던 반작용 때문이었다. 그건 문학에서 기존의 사회주의 리얼리즘에 비판적 자세를 취하며 모더니즘에 관심이 쏠려 있는 현상과 같은 것이었다.

리얼리즘이냐 모더니즘이냐를 진지하게 논의하는 것이 그곳 문단의 현황이었다. 특히 젊은 문인들은 '전폭적 수용' 쪽으로 기울어져 있었다. 그건 우리 문단과는 대조적인 현상이었다. 고기압과 저기압이 끝없이 교류하는 것처럼 서로 다른 정치·사회상황과 맞걸리는 필연적 현상일 수밖에 없었다.

그런데 한 가지 중요한 사실이 있다. 우리나라의 노래가 그토록 퍼지고 있는 것에 비해 일본 노래는 단 한 번도 들어본 적이 없었던 것이다. 그건 분명한 이유가 있었다. 우리 동포들은 말할 것도 없고 중국인들도 지난날 일본이 저지른 만행을 잊지 않고 있었던 것이다. 중국인들의 그 단호한 문화 거부는 일본 문화의 수입을 거론하는 우리를 비웃는 것만 같아 못내 창피스러웠다.

그리고 우리나라 노래가 중국을 뒤덮다시피 하는 것은 우리나라 노래들이 꼭 출중해서가 아니라는 사실이다. 내가 공항이며 호텔·박물관 등 여러 곳에서 확인한 사실이지만 그건 우리나라에 대한 전폭적인 호감과 직결되는 문제였다. 그 호감을 앞으로 키워나가느냐, 줄이느냐는 전적으로 우리에게 맡겨진 책임이 아닐까 한다.

개방정책에 따른 변화는 그것만이 아니었다. 무도장, 가라오케, 카페 같은 것들이 특히 눈에 띄었다.

무도장은 우리가 흔히 댄스홀이라고 부르는 것이고, 우리는 '춤바람' 으로 사회문제를 야기시켜 일찍부터 단속의 대상이 되어왔던 '사교춤' 을 그곳에서는 '고상한 오락' 이라고 인식해서 기관의 후원을 받고 있었다.

무도장은 연길 시내에만 열 군데였고, 내가 가본 곳은 노동자문화궁전(영화관)과 함께 있는 무도장이었는데, 1백여 평의 홀에 남녀가 가득 차서 쌍쌍이 춤을 추고 있었다. 그곳에서 가수가 부르는 노래의 구십 퍼센트가 우리나라 대중가요였다.

무도장은 저녁 여덟시부터 열시 정도까지 시간제한을 하고 있었고, 입장권은 십원(우리돈 천오백원)이며, 술은 물론이고 다른 음료도 일절 팔지 않았다. 오로지 춤만 추게 되어 있었다. 그래서 '고상한 오락' 이 될 수 있는 모양이었다. 그 '고상한 오락' 의 정의는 노름하고 주정뱅이 되는 것에 비해 건전하다는 의미였다.

그러나 늙은 세대들은 그 '고상성' 에 대해서 아주 부정적이었다. 벌써 탈이 나기 시작했다는 것이었다. 무도장이 대중오락장으로 등장한 것이 삼 년쯤 되었으니까 탈이 생길 만도 했다. 그러나 젊은 세대들은 반대입장이었다. 탈이 나는 것은 개인의 문제라는 것이었다.

가라오케는 우리와 마찬가지로 일본 문화의 흉내였다. 그런데 우리나라와 다른 것은, 취객들이 다투어 노래를 불러대는 것이 아니라 주로 듣는 편이라는 점이었다. 앞쪽에 대형 텔레비전이 설치되어 있고, 비디오테이프가 돌아가면서 화면에 가사와 함께 배우들의 연기가 나타나는 것이었다. 그런데 그 노래 전부가 우리나라 노래였고, 그 테이프들은 일본에서 만들어진 것이었다. 우리와 달리 술꾼들이 조용한 것은 노래를 배우고 있기 때문이었다.

그러니까 무도장과 가라오케는 우리나라 노래를 보급시키는 역할을 충실히 해내고 있는 셈이었다.

술도 팔고 커피도 파는 카페라는 것은 벌써 사회적 말썽을 일으키고 있었다. 연변일보 4월 8일자 3면에는 카페에서 저질러지고 있는 퇴폐·타락행위에 대해 노골적으로 쓰면서 신랄하게 비판을 가하고 있었다. 여자를 사이에 놓고 폭력행위가 벌어져 두 명이 죽는 살인사건이 벌어졌고, 여자들이 '몸을 파는' 행위를 서슴지 않고 있으니 그게 될 일이냐는 내용이었다. 그 기사는 카페에서 여자들이 손님 옆에 앉을 수 없도록 금지한 행정조치를 뒷받침하는 것이었다.

카페는 의자 등받이가 높고, 불그스름한 조명을 탁하게 해놓고 있었다. 그 분위기며 치장이 우리의 1970년대 술집들의 모습과 너무나 흡사했다.

거기서 젊은이들은 맥주며 양주에 취해 소리지르거나 여종업원을 옆자리에 앉히려고 실랑이를 벌이기도 했다. 택시를 타거나 그런 비싼 술집에 드나드는 젊은이들은 대개가 자영업으로 부자가 된 사람들의 자식이거나 고급 당원의 자식이라고 했다.

가라오케나 카페는 모두 자영업이고, 그 수는 날로 늘어가고 있다는 것이다. 많은 사람들이 택시운전이나 다른 자영업을 원하고 있는 것과 상통하고 있는 현상이었다.

중국의 개방정책 십 년은 긍정과 부정의 양면을 지닌 채 막을 수 없는 물결로 흘러가고 있었다. 개방정책 이후로 살기가 훨씬 좋아졌다는 것이 모든 사람들의 실감이었고, 그러므로 더욱 적극적으로 그 정책은 시행되어야 한다고 생각하고 있었다.

그 신념과 욕구 앞에서 한국이란 나라는 중국인들 앞에 무슨 모범처럼 떠올라 있었다. 내가 만나본 중국인들은 그 누구나 한국은 곧 잘사는 나라라는, 호감인지 부러움인지 모를 반응을 나타냈다. 그리고 그들은, 우리가 몇 년이나 걸려야 한국처럼 살 수 있느냐는 말을 묻기도 했다.

그런데 한 가지 이상한 것은, 그들이 왜 대만을 대상으로 삼지 않고 한국을 대상으로 삼는가 하는 점이었다. 대만은 어차피 자기네 나라로 생각하기 때문인지, 대만이 한국보다는 더 잘살기 때문에 2차 대상으로 미뤄둔 것인지, 아니면 한국 정도가 그렇게 잘살게 되었는데, 하는 비하감이 작용하고 있는 것인지 딱히 알 수가 없었다.

그런 맥락에서 천안문사건은 모든 사람들의 숨죽인 목소리 속에서 비판당하고 있었다. 젊은 세대들은 정치행위의 부당성을 비판하고 있었고, 기성세대들은 경제정책의 침체를 비판하고 있었다.

지금 중국인들의 잘살고자 하는 욕구는 1960년대 중반에 우리가 그랬던 것처럼 국민적 공감대를 형성하고 있었다. 그 팽배한 욕구 앞에서 중국 공산당은 무언가 해결책을 내놓지 않을 수 없는 입장이었다.

동포들 중에서 직업을 자영업으로 바꾼 사람들 대부분이 친척 방문으로 남쪽땅을 다녀온 다음부터라는 사실이 주변의 중국인들에게는 한국을 잘사는 나라로 구체적으로 인식시켰는지도 모른다. 4천8백만 명의 당원을 제외한 절대다수의 대중들은 정치체제에 별다른 관심이 없고 당장 잘살 수 있기만을 갈구하고 있다. 그런데 당이 그 문제를 해결하지 못하면 그 절대다수가 언젠가는 정치세력으로 둔갑하게 된다는 고민을 중국공산당은 안고 있는 것이다.

동포여성 자영업 붐

연변의 동포사회에서 치마를 입은 여자들은 거의 볼 수가 없었다. 모두가 바지 차림이었다. 눈에 비에 바람이 뒤섞이는 변덕스러운 4월의 날씨는 아직도 겨울의 꼬리를 사리고 있기 때문이었다. 그래서 한복을 입은 여자들도 눈에 띄지 않았다.

그런데 남자에 비해 여자들의 청바지 차림이 훨씬 더 많았다. 거기서도 청바지는 인기를 누리고 있었다. 그러나 값이 워낙 비싸 젊은 여자들은 애만 닳는다고 했다. 사회체제를 불문하고 또 국적을 불문하고 그놈의 청바지가 왜 그렇게 인기를 끄는 것인지 알 수가 없는 노릇이다. 여자들 중에 대충 이십 퍼센트 정도가 청바지를 입고 있는 것 같았다.

여자들의 바지 차림에서 유별난 것이 한 가지 있었다. 청바지든 무슨 바지든 간에 가리지 않고 여자들은 하나같이 바지통을 좁게 해서 몸에 찰싹 붙게 입고 다녔다. 그건 자꾸만 짙어지는 화장과 함께 개방 정책 이후에 이삼 년 전부터 일어난 유행이라고 했다. 그런 유행은 연변만이 아니고 만주의 큰 도시인 장춘이나 하얼빈도 마찬가지였다.

날씨가 완전히 풀리는 5월이면 모두가 치마로 갈아입게 되는데 그 치마들이 또 무릎 위로 올라가는 몽당치마라는 것이었다. 그런 이유에 대해 "여자는 원래 그런 것 아니냐"며 남자들은 떨떠름한 반응이었다.

우리가 그렇듯 그곳의 동포들도 일상생활에서는 거의 한복을 안 입는다고 했다. 활동에 불편하다는 것이 절대적 이유였다. 한복은 어디서나 명절이나 잔치, 놀이 때 입는 '예복'으로 밀려나기는 마찬가지였다.

여자들의 짙은 화장과 함께 어우러진 유행이 머리모양이었다. 흡사 흑인들의 머리칼을 닮아 보기에 따라서는 흉측스럽게 느껴지기도 하는 곱슬곱슬 볶아댄 파마머리가 '신식 멋쟁이'라는 것을 나타내고 있었다.

그러나 화장을 전혀 하지 않은 여자들도 많았다. 중년 이상의 여자들은 거의 화장을 하지 않았고, 머리모양도 표나지 않게 그냥 수수했다. 특히 대학생들은 화장한 모습을 전혀 볼 수 없었다. 화장기 없는 얼굴에 충만해 있는 젊음이 더없이 청순하고 고와 보였다. 야할 정도로 화장을 하고 다니는 우리나라의 꽤나 많은 여대생들과는 좋은 대조를 이루고 있었다.

여성들은 그러한 유행들을 받아들임으로써 개방정책의 선두에 서 있는 역할을 무의식중에 해내고 있는지도 모른다. 그 본능적인 유행 지향성이 정치의 힘으로 어느 날 갑자기 차단당했을 때 여성들의 반응은 어떨 것인가. 그 반발은 결코 작은 힘이 아닐 것이다.

동포 여성들은 시대의 변화에 그렇게 민감한 반응을 보이는 한편 생활력 또한 강하게 표출시키고 있었다. 사회주의 사회에서는 여자들도 모두 평등하게 직장을 갖는다는 것은 새삼스러울 것이 없는 사실이지만 동포 여성들이 직장이 아닌 자영업에 표나게 많이 나서고 있다는 것은 그 동안의 근면성과 강한 생활력을 동시에 입증하는 것이었다.

직장생활에 비해 수입이 월등하다고 인식되어 있는 자영업을 하려면 먼저 최소한의 자본이 없어서는 불가능한 일인 것이다.

택시영업에 나선 여자들이며 상설시장에 가게를 얻어 장사를 하고 있는 그 많은 동포 여성들은 모두가 그 동안의 생활을 통해서 착실하게 돈을 모아왔다는 뜻이었다. 그리고 그녀들은 직장의 여덟 시간 노동을 박차고 스스로 무한정의 노동생활로 뛰어든 것이다.

다 헐어빠진 일본제 소형차를 택시로 끌고 있는 어느 삼십대 여자는 도로공사를 한다며 세금을 갑자기 오십 퍼센트나 올렸다고 불만을 털어놓고 있었다. 그래도 요금을 멋대로 받는 장사니까 나 같은 사람한테 바가지도 씌우고 하면 교수 월급보다 두세 배는 될 게 아니냐고 나는 슬쩍 능쳐보았다. 그랬더니 여사장님은 씩 웃더니, "교수야 당원들보다 좀 낫지만 그래도 내가 일하는 시간에 비하면 반의 반도 안 되는 것을 왜 계산하지 않씀?" 하며 다부지게 말했다.

그것은 이미 사회주의적 균등분배의 계산법이 아닌 자본주의적 자유경쟁의 계산법이었다.

그렇게 일을 열심히 해 돈을 벌어 뭘 할 거냐고 물어보았다.

"할일이 많고 많지요. 냉장고 세탁기도 사야 하고, 구식 살림살이도 다 바꿔야 하고, 집도 새로 장만해야 하고……"

그 여자는 마치 묻기를 기다리기라도 한 것처럼 줄줄이 말을 이었다.

택시요금은 북경을 제외하고는 어디서나 그때그때 흥정을 해서 타야 한다. 외국인이 바가지를 써도 그건 외국인의 책임이다. 흥정의 자유권을 제대로 행사하지 못했으니까. 요금계산기가 안 달린 것을 미개하다고 흉보거나 욕해도 아무 소용이 없다.

그게 싫으면 중국에 오지 말라는 것이 중국인들의 두둑한 배짱이다. 고궁이나 박물관 같은 곳의 입장료가 외국인들은 중국 사람들에 비해 적어도 세 배, 보통이 다섯 배인 것이 그것을 입증한다. 보고 싶으면 돈을 많이 내고 그게 싫으면 보지 말라는 것이다. 참 부럽기도 하고 우습기도 한 배짱이었다. 북경의 택시에 요금계산기가 부착된 것은 최근의 일로, 9월의 아시안게임에 대비한 것이었다. 국제행사 앞에서는 중국의 배짱도 어찌할 수 없었던 모양이다.

연길시장은 현대식 건물로, 우리의 시장들과 다를 것이 없었다. 가게들이 업종별로 구분되어 있는 것이나 시장 특유의 북적거리는 활기도 마찬가지였다.

다만 다른 것이 있다면, 우리의 경우는 상점이 개인 소유가 많은데 비해 그곳은 모두 국가에서 임대를 한 상점들이라는 점이었다.

백화점 같은 것은 국가직영이 많았고 시장에는 자영업인 개인상점들이 많았다. 시장경제의 초기단계인 것이다.

연길시장의 긴 상품진열대에는 약 이 미터 간격으로 일련번호가 붙어 있었다. 그 한 칸씩이 자영업자들이 정부로부터 임대한 가게였다. 그런데 가게의 주인들은 여자가 압도적으로 많았고, 그들의 대부분이 우리 동포였다. 연길의 인구가 반이 중국 사람인 것을 생각하면 우리 동포들이 자영업에 얼마나 적극적으로 나서고 있는지를 알 수 있었다. 그건 곧 경제권의 장악과 직결되는 문제였다. 특히 채소와 과일시장의 주인은 거의가 동포들이었다.

가게마다 물건이 많이 쌓여 손님들을 기다리고 있었다. 어느 가게에서든 물건이 모자라 줄을 서는 사태는 볼 수 없었다. 남녀 구분 없이 가게 앞에 긴 줄을 서고 있는 소련의 모습. 그건 우리 눈에 너무 익은 것이다. 그러나 중국에서는 그 어느 도시에서도 그런 정경은 볼 수 없었다. 중국은 생필품의 부족현상은 전혀 없었다. 생필품이 아닌 사탕 담배 화장품 같은 것도 진열대에 그득하게 쌓여 있었다.

그런 물건들은 누구나 아무 제한 없이 살 수 있었다. 그리고 재미있는 것은 자영업인 경우 가게마다 물건값을 자유롭게 붙이고 있는 점이었다. 그러니까 같은 청바지라고 하더라도 가격차이가 나고 그러므로 흥정이 이루어지지 않을 수 없는 것이다. 정부 직영상점의 점원들과 자영업자들이 손님을 대하는 태도에는 분명히 차이가 있었다. 자영업자들이 훨씬 더 친절하고 웃음이 많은 것은 물론이었다. 그러나 자영업자들도 우리의 상인들처럼 호객행위는 하지 않았다.

채소나 과일시장에서는 어떤 물건이든지 꼭 저울질을 해서 파는 것이 특징이었다. 조그만 좌판을 벌이고 있는 행상까지도 어김없이 저울질을 해서 값을 불렀다. 적당하게 크기를 갈라놓고 값을 부르는 우리와는 대조적이었다. 그러니까 중국에서는 덤을 달라거니 안 된다거니 하는 시비가 아예 없었다.

시장 밖 큰길가에서는 싸구려 판매가 이루어지고 있었다. 사람 사는 세상은 다 마찬가지라서 그 좌판 앞에는 사람들이 바글바글 끓었다. 손님들이 많아 신명이 나는 것인지 어쩐지 상인들도 목청 돋워 상품을 선전하고 있었다. 그런 싸구려 판매는 장춘의 한복판인 중국인민은행 앞 큰길에서도 벌어지고 있었다.

시장 안에는 북한에서 수입된 상품을 파는 가게들이 따로 있었다. 상품의 종류는 여러 가지였지만 연길 사람들의 마음에 차는 것은 명태와 오징어 정도라고 했다. 바다라고는 구경할 수 없는 만주땅에서 원산 앞바다의 해산물이 돋보일 것은 당연한 일이었다.

연길시장에서 명물인 것은 아무래도 개시장이 아닐까 싶다. 털을 매끈하게 깎아낸 개들을 통째로 즐비하게 늘어놓고 파는 것이 개시장이다. 그 개들의 뒷다리에는 관청에서 검사를 한 파란 도장들이 찍혀 있다. 분명히 먹기는 먹으면서도 '혐오식품'이라는 난데없는 말로 낙인찍어 검사고 뭐고 없이 되는 대로 취급하고 있는 우리의 형편보다는 더없이 책임 있고 당당한 일이 아닐 수 없었다. 출근시간 무렵이면 그 개를 사가지고 자전거 뒤에 싣고 가는 남녀를 흔히 볼 수 있었다. 개장국집 주인들인 것이다. 개 한 마리 값은 대개 백원에서 백오십원. 교수의 한 달 월급이 평균 이백원이니까 싼값은 아니었다. 개고기를 전문으로 요리하는 음식점들은 흔했고, 모두가 '개장국'이라는 간판을 내걸고 있었다. 보신탕에서 영양탕으로, 다시 사철탕에 이르기까지 수난을 겪어온 우리에 비해 그곳은 원형보존이 잘되어 있었다.

날이 갈수록 중국 음식에 물리게 된 나는 개장국 덕을 많이 보았다. 평소에 그다지 즐기는 편은 아니었지만 기름기 많은 중국 음식을 피해 찾아낸 담백한 음식이 바로 개장국이었다. 개고기는 돼지고기를 앞지르는 것은 물론이고 쇠고기보다 높은 자리를 차지하고 있었다.

가사 분담하는 남녀평등

우리나라의 사회조직으로서는 잘 이해가 안 되는 것이 중국에는 많다. 그중에 하나가 여자들이 차지하고 있는 다양한 직업이다. 철도 업무를 거의 여자들이 도맡고 있는가 하면, 호텔업무도 여자들을 중심으로 이루어지고 있었다. 그러니 백화점이며 여러 가지 직영상점들의 점원이 여자 일색인 것은 더 말할 것이 없다. 그뿐만 아니라 여자 택시 운전사가 흔하고, 우리나라 버스의 두 배 길이나 되는 시내버스 운전까지 여자가 예사로 하고 있었다.

그런 직종들 중에서 우리의 상식으로 이해가 될 수 있는 것은 상점의 점원 정도일 뿐이었다.

그런데 더 인상적인 것은 일반 남자들이 여자의 업무수행에 대해 아니꼬워하는 태도를 보인다거나 남자의 고질병인 짐승성을 드러낸다거나 하는 일은 전혀 없었다. 남자들은 업무를 수행하고 있는 여자들의 나이가 많고 적음에 상관없이 사무적 태도를 바르게 취했고, 당원이라 하더라도 무슨 티를 내는 일 없이 그 여자들의 말을 따라 질서를 잘 지키고 있었다. 그런 사회적 관계는 직무에 대한 서로의 존중과 인간에 대한 평등의식이 바탕을 이루고 있는 결과라고 할 수 있다.

철도업무 중에서 표를 끊거나 표를 검사하는 일 같은 것은 전혀 과중한 노동이 아니므로 여자들이 맡는 것이고 그 대신 기운을 많이 써야 하는 일들을 남자들이 맡는다는 것이었다. 그런 합리적 기준으로 보면 호텔업무가 여자를 중심으로 이루어지고 있는 것도 금방 이해가 되는 것이다.

그런데 중국을 다녀온 우리나라의 많은 사람들이 여성 근로자들의 불친절에 대해서 꽤나 불쾌해하고 비판적인 것으로 알고 있다. 그러나 그건 자본주의 사회와 사회주의 사회의 구조가 근본적으로 다르다는 사실을 이해하지 못한 데서 비롯되는 일이다.

로마에 가면 로마의 법을 따르라고 하지 않았던가. 사회주의 사회에 가서 자본주의적 친절을 원하고 소비자로서 왕 대접을 받기를 바란다면 그것부터가 잘못된 것이다. '소비자가 왕'이라는 그럴듯한 구호는 돈을 한푼이라도 더 긁어모으려는 사업집단이 대중들을 최면시키기 위한 상업적 전술일 뿐이고, 자본주의 사회의 친절은 치열한 경쟁 속에서 기업주가 길들이고 강요하는 억지친절이고 거짓 친절이 아닌가. 사회주의 사회에서는 아무리 서비스 업종이라 하더라도 우리나라 백화점에서 흔히 볼 수 있는 그 허리를 반으로 꺾어 하는 큰절을 아무도 시키지 않는다는 사실을 먼저 알아야 한다.

마찬가지로 사회주의 사회의 사람이 자본주의 사회를 구경 와서 겉으로 드러난 그런 위장된 친절을 보고 자본주의 사회가 사회주의 사회보다 훨씬 낫다고 판단하는 것도 큰 오산이다. 그걸 계기로 만약 그 사람이 자본주의 사회에 살기로 결정을 했다면 어떻게 될까. 보나마나 그 사람은 자본주의 사회의 자유경쟁이란 미명 아래 피도 눈물도 없이 자행되는 약육강식과 적자생존에 짓밟혀 얼마 견디지 못하고 도태되고 말 것이다. 사회주의 사회의 일괄분배를 그리워하면서.

중국땅의 여자들은 사회생활에서만 남녀평등을 누리고 있는 것이 아니었다. 가정에서도 완전한 평등이 이루어져 있었다.

나는 세 차례 동포들의 집에서 밥대접을 받게 되었다.

두 집은 교수였고 한 집은 작가였다. 물론 초대된 사람은 나 혼자만이 아니었다. 그런데 한 집은 일손을 불러모아 집주인인 남자가 손님들과 편히 쉴 수 있었지만, 다른 두 집 남자들은 아내의 부엌일을 거들랴 손님들의 이야기에 말참견하랴 바쁘게 돌아가고 있었다. 손님들 앞에서 그런 일을 하는 것을 보고 나는 놀라지 않을 수 없었는데, 그곳에 사는 다른 사람들은 아무렇지도 않게 대하는 것이었다. 나는 꾹꾹 참았다가 밥을 먹기 시작하면서 그 문제를 넌지시 물어보았다.

"네, 우리 다 그리 삽니다. 서로 직장생활을 하니까 가정생활도 분할로 달성시켜야지요."

당연하지 않느냐는 대답이었다.

"우리는 그렇지 않은데…… 사모님은 좋으시겠습니다."

내 말에 부인은 고개를 저었다.

"그렇지 않습니다. 중국 남자들이 하는 것에 비하면 조선 남자들이 하는 일은 아무것도 아니지요. 중국 남자들은 요리까지 다 합니다."

맞벌이를 하는 우리나라 여자들은 지옥살이를 하는 것이 아닐까.

우리나라에는 아직도 여성들의 평생직장 문제가 해결되지 않은 채 사회문제로 남아 있고, 여권신장이 계속 부르짖어지면서도 별다른 진전이 없다. 그러나 연변의 동포 여성들은 그런 문제로는 아무런 고민이 없었다. 냉장고나 세탁기를 어서 갖고 싶은 바람은 있을망정.

그곳 여성들의 또 한 가지 좋은 점은 술 마시고 늦게 돌아오는 남편들을 기다릴 일이 없는 것이다. 그곳에서는 술을 마시는데 2차 3차가 없다. '백주'라고 하는 술이 워낙 독해서 1차로 다 취할 뿐만 아니라 사회주의 사회는 밤의 향락문화가 없기 때문에 늦게까지 문을 여는 술집도 없는 것이다. 나는 그곳 문인 십여 명에게 우리의 문화를 보급시키느라고 2차 3차를 시도하려고 기를 썼지만 술집을 찾느라고 시간낭비가 많았고, 겨우 찾아낸 술집에서도 한 시간 남짓 되어 쫓겨나고 말았다. 그때 시간이 열시 반쯤이었고, 결국 3차는 포기할 수밖에 없었다. 술꾼에게는 초저녁에 불과한 그 시간에 모든 술집은 문을 닫아버렸던 것이다.

우리나라 남자들이 중국은 한 번 가지 두 번 갈 데는 못 된다고 하는 말에는 묘한 의미가 여러 가지로 담겨 있는 것이다. 반대로 우리 여성 동포들은 남편들이 사업상의 이유를 내세워 대만이나 태국을 가려고 하면 적극 반대하고 나서고 그 대신 중국으로 자주 들어가게 등을 떠미는 것이 일거양득이다. 중국은 남편들의 몸 버릴 데가 없어서 좋고, 개방한 지 얼마 안 되어 돈벌이 할 것도 훨씬 많은 것이다. 이런 얄미운 충동질은 가정적으로나 사회적으로나 국가적으로나 백익무해한 것이니 남성 동포들은 음흉한 마음 버리고 양해하시길.

초대받은 세 집에서 정성들여 만든 음식들을 먹어보았지만 그건 우리의 음식과는 꽤 거리가 있었다.

그 이유는 두 가지일 것이다. 첫째, 예로부터 반도땅의 남쪽과 북쪽의 음식은 차이가 있었을 것이다. 그런데 북간도 일대는 함경도 사람들이 일찍부터 터를 잡게 되었다. 그래서 말도 음식도 풍습도 함경도식인 것이다. 둘째, 긴 세월을 중국 사람들과 함께 살다보니 알게 모르게 음식들이 변하게 된 것이다.

우선 김치부터가 달랐다. 김치를 고춧가루로 담는 것이야 같은데 그 맛은 우리 것과 같지 않았다. 원인인즉 김치에 젓갈을 전혀 쓰지 않기 때문이었다. 그리고 간도 잘 맞지 않았다. 그러니까 김치에서 감칠맛이나 깊은 맛은 느낄 수 없고 풋냄새만 심하게 났다. 만주땅은 바다가 멀어 갖은 젓갈을 구하기가 어렵고, 소금 또한 값이 헐한 물건일 수가 없었다.

또 고춧가루도 발이 굵게 빻아진데다가 고추씨까지 통째로 김치에 뒤섞여 있어 먹기에 곤란함이 많았다. 햇김치나 김장김치나 다 마찬가지였다. 김치에 굶주린 입에 그런 김치는 김치 생각을 해갈시켜주는 것이 아니라 오히려 집김치 생각을 더 간절하게 만들었다.

그쪽 사람들은 식성도 중국화된 탓인지 김치를 그다지 즐기지 않았다. 김치를 최고의 영양식품으로 치고 있는 나로서는 한 달 동안이나 제대로 된 김치를 먹지 못하는 것이 제일 큰 고역이었다.

김치만이 아니라 다른 나물 종류들도 무치는 방법이 달라 이쪽의 맛을 느끼기는 어려웠다. 된장을 풀어 끓인 토장국 정도가 이쪽의 맛과 별다름이 없었고 상에 오른 반찬의 반은 중국식 음식이었다. 땅콩을 볶아 소금을 뿌린 것이 그 대표적인 것이었다.

"살다보니 중국 음식이 다 돼서…… 입에 안 맞으실 텐데……"

주부들은 멋쩍은 듯 이 말을 잊지 않았다.

불고기집은 거기서도 인기였다. 북경에서도 그랬고, 연길에 한 군데 있는 음식점도 발 디딜 틈이 없을 정도였다. 연길의 불고기집은 장춘에서 기술을 배워왔다는데 이 년 동안에 '떼돈'을 벌어 장소도 옛날 낡은 집에서 현대식 건물로 옮겼다는 것이었다.

불고기값은 중국 음식의 두 배 이상 비쌌다. 그러나 맛은 우리의 불고기맛에 영 미치지 못했다. 내가 글쟁이가 아니고 사업을 하는 입장이라면 서슴없이 북경 한복판에다가 불고기집을 차릴 것이다. 앞으로 우리나라와의 관계는 가속화될 수밖에 없고, 중국을 찾아가는 사람들은 날로 늘어날 것인데 천안문광장이나 자금성 그 어디쯤 제대로 된 불고기집을 차려놓으면 돈벌이가 안 될 리가 없는 것이다. 거기서 불고기만 팔 것이 아니라 장기 여행자들을 위해 오래 간수할 수 있는 반찬 몇 가지를 만들어 팔면 돈벌이는 더욱 잘될 것이고, 그건 서로가 좋은 일이 아닐 것인가. 파리 에펠탑 옆에 있는 일본 우동 집이 본국에 장학금을 보내는 소문난 부자라는 게 꼭 그들의 일만은 아닐 것이다.

그러나 미국 돈을 철저하게 통제하는 중국 정부가 자기네 땅에서 번 돈을 마음대로 가지고 나가게 할 것인지 어떨지는 나도 잘 모르는 일이다. 말은 완벽하게 지키고 있으면서 음식은 왜 그렇게 변하고 있는지 모를 일이었다. 어쩌면 그 땅의 혹독하게 춥고 긴 겨울 탓은 아닐 것인가. 기름기와 독한 술을 먹고 마시지 않으면 추위를 견뎌낼 수 없어 기름기 많은 중국 음식을 가까이 하게 된 것은 아닐까.

전답마다 빗물 아닌 눈물이

전라남북도와 경상남북도 출신 동포들이 모여 사는 마을을 찾아가는 길은 멀고도 멀었다. 전라도와 경상도 사람들이 무리지어 사는 마을은 연변 자치주 안에서는 찾을 수가 없었다. 그렇다고 연길 언저리나 용정 같은 곳에 몇 사람이라도 살고 있는가를 알아보았지만 역시 찾아낼 수가 없었다. 그건 두 가지 역사적인 이유 때문이었다. 한 가지는, 이주가 늦어진 전라도와 경상도 사람들은 먼저 이주해온 함경도 쪽 동포들이 터를 잡은 남만주에는 머무를 수가 없어서 빈땅을 찾아 북으로 북으로 올라가야 했던 것이다. 다른 한 가지는, 전라도와 경상도 사람들은 일본이 감행한 중국 침략정책의 이용물로 개척단이란 이름 아래 북만주로 강제이주를 당했던 것이다.

전라도와 경상도 동포들이 흑룡강성 서남쪽에 집단촌을 이루어 살고 있다는 말을 듣고 우선 하얼빈으로 가기로 했다. 하얼빈은 흑룡강성의 중심도시이기 때문이다. 연길에서 하얼빈까지 가자면 장춘을 거쳐야 했다.

장춘까지는 쌍발 프로펠러 비행기로 두 시간 정도 걸렸다. 그런데 비행기가 두 시간이나 출발이 늦어지는 바람에 장춘 도착이 밤 열시가 넘어 호텔을 잡지도 못하고, 밥도 꼬박 굶을 뻔했다. 비행기가 그렇게 늦어지는데도 공항측에서는 아무런 안내방송도 없었고 승객들도 아무런 불평 한마디 없이 그저 기다리고 있었다. 나는 중국식 인내를 배우면서 중국의 한 단면을 체험하는 기회를 가졌던 것이다.

만주땅의 가운데 위치하고 있는 장춘은 일본의 침략야욕이 얼마나 장기적이며 집요했는가를 단적으로 보여주는 대표적인 도시였다. 일본은 중국대륙을 손아귀에 넣기 위해 장춘을 그 발판으로 삼았다. 장춘에 관동군 총사령부가 자리잡은 것도 그 때문이다. 중국을 망쳐먹고도 모자라 일본의 괴뢰 노릇을 하며 온갖 수모를 다 당했던 못난 황제 부의가 연명했던 곳도 장춘이다.

장춘은 일본이 본격적으로 개발한 도시인데, 그 전체적 설계가 그들의 냉혹한 침략야욕을 실감 있게 보여주고 있었다. 지금도 그때 당시의 관공서들을 중심으로 해서 각종 건물들이 고스란히 남아 있는데, 그 규모며 견고도가 최신 건물들을 압도하고 있었던 것이다. 그런데 큰길을 따라 늘어선 층이 많은 건물들의 공통된 특징은 폭이 유난히 좁은 창문들이 이상스러울 만큼 많이 뚫려 있다는 점이었다.

그건 다름이 아니라 유사시에 시가전에 대비한 것이라고 했다. 그리고 그 건물들은 거의가 지하 이층까지 갖추고 있는데 그건 방공호라는 것이었다. 그야말로 전 도시의 요새화였던 셈이다. 그런데 웃지 못할 일은 그 건물들이 어찌나 단단한지 다 헐어내고 건물을 높게 짓자 해도 헐어내는 것이 힘이 들어 그냥 그 위에다 이층이고 삼층이고 이어붙여 증축한 건물들이 흔했던 것이다.

관동군 총사령부 건물이 일본의 침략을 상징한다면 그와 대조적으로 약탈을 상징하는 건물이 있었는데 그건 바로 은행이었다. 그리스 신전을 흉내내 대리석으로 지은 은행은 겉모양의 육중함도 대단했지만 내부의 어마어마함은 그 누구든 발을 들여놓아 기를 펴지 못하도록 위압적으로 꾸며져 있었다.

삼층 이상 높이의 천장과 그 천장을 떠받치고 있는 수십 개의 대리석 기둥들. 삼백 평이 넘는 단면적과 천장까지의 드넓은 공간 속에서 더없이 왜소하게 보이는 사람들의 모습. 그러나 그것까지도 겉모습일 뿐이었다. 그 건물의 지하는 삼층으로 꾸며져 있는데 그곳에는 금괴를 만드는 공장이 설치되어 있었다는 것이다. 그리고 그 지하실에서 장춘역까지 지하통로가 뚫려 있다.

금괴로 변한 중국땅의 금이 그 지하통로를 통해 일본으로 얼마나 빠져나갔는지 아는 사람이 몇이나 될까.

중화인민공화국을 세운 모택동이 장춘을 방문해 두 곳을 구경했다는 것이다. 한 곳이 자동차 공장이었고, 또 한 곳이 그 은행이었다. 지금은 '중국 인민은행'으로 쓰이고 있었다.

하얼빈에서 전라도 동포들이 모여 사는 마을이 중화진에 있다는 것을 알았다. 서둘러 길을 잡았지만 기차에서 미니버스로, 다시 버스로 갈아타야 하는 육백 리 길은 여섯 시간 반이나 걸렸다. 칙칙폭폭 증기기관차와 포장이 안 된 길에 낡은 자동차들은 그렇게 시간을 잡아먹는 귀신들이었다.

중화진의 '진'은 우리나라의 '면' 단위에 해당하며, 지도에는 그냥 '중화'라고 표시된다. 중화는 온통 전라남북도 사람들이었고, 경상도 사람들이 약간 섞여 살고 있었다.

마침 한족(중국인)에게 시집보내는 집이 있어서 그 집에 끌려가다시피 했다. 동네 사람들이 다 모이다시피 한 그 잔칫집에서 나는 황송할 정도로 환대를 받았다. 특히 아낙네들은 나를 에워싸고는 반가워 어쩔 줄을 몰라했다. 자기네들 마을에 남쪽에서 사람이 찾아오리라고는 꿈에도 생각하지 않은 일이라고 했다. 거기다가 나도 고향이 전라도라는 말에 그 반가움은 더 큰 물결로 출렁거렸다.

그들은 전라도 말을 그대로 쓰고 있었고, 잔칫상에 오른 술은 기막히게도 막걸리였다. 변함이 없는 전라도 말보다는 그 텁텁한 막걸리를 보는 순간 코허리가 찡하게 울린 것은 무슨 까닭이었을까. 전라도 땅에서부터 수천 리가 떨어진 북만주땅 오지에 몇십 년 동안 살아오면서도 잔칫날이면 막걸리를 빚는 그 마음은 돌아갈 길 없는 고향에 대한 그리움이 사무치고 사무쳐 푸르른 죽순으로 돋고 또 돋는 것이 아닐 것인가.

잔칫상의 두 마리 생선은 어김없이 그 대가리를 내 쪽으로 돌리고 있었다. 손님을 대접하는 상에는 꼭 생선이 올라오게 마련인데, 으레

껏 생선 대가리는 손님을 향하게 놓였다. 생선 대가리에 지목된 그 사람은 이유 없이 첫 술잔을 단숨에 들이켜고 안주로 생선 눈을 빼먹어야 한다. 그래야만 비로소 다른 사람들이 음식을 먹을 수 있게 되는 것이다. 그건 손님을 제일 높게 대접하고자 하는 중국 풍습이었다.

나는 신랑 신부의 행복을 빈다는 인사말로 예의를 갖추고 막걸리 한 사발을 거침없이 들이켰다. 물을 타지 않은 진짜배기 막걸리가 빈 속을 흘러내리며 아릿아릿하게 자극을 일으키는 것이 까닭 모를 슬픔으로 내 감정을 흔들고 있었다.

원래 술이란 묘한 물건이어서 기쁘나 슬프나 괴로우나 즐거우나 다 그럴듯하게 마실 이유가 되는 것 아니던가. 그런데 그 자리는 그런저런 이유들이 겹친데다 가슴 저 깊은 곳으로부터 그 지향 없는 사무침이 물결져오고 있으니 어찌 술을 아니 마실 수 있으랴.

그 진한 막걸리를 권커니 잣거니 하다보니 모두 취했고, 취하고 보니 가무를 즐기는 조선족답게 노래와 춤판이 어우러져 돌아갔고 노래가 꼬리를 물다보니 누군가가 "아리랑 끙끙끙 아라리가 났네에" 하는 전라도 아리랑을 부르게 되었고, 그 아리랑을 몇 번이고 되풀이해 부르다가 어느 할머니가 울기 시작해 그 울음은 전체로 번지고 말았다.

"나 죽기 전에 고향에 한번 가고 잡단 말시. 누가 나 고향에 잠 보내주소웨."

한 할머니가 부르짖듯 토해낸 말이었다. 그런데 그 할머니는 내 소매를 잡고 있었다.

나는 여관으로 가지 못하고 어느 동포의 집으로 끌려갔다. 여관잠을 재울 수 없다는 우리의 옛 인정 그대로였다.

그곳 깊은 시골에 내가 찾는 1930년대의 이주자들은 단 한 사람도

살아 있지 않았다. 결코 많으리라고 예상했던 것은 아니지만 그렇게
도 다 세상을 떠났을 줄은 몰랐다. 팔십을 넘긴 그들이 한두 명쯤은
살아 있으리라 기대했던 것이다. 굶주린 고생이 심했고, 날씨까지 너
무 추운 땅이라 모두 오래 살지를 못했다는 것이었다. 그 사람들의
자식들이 육칠십으로 고령층을 이루고 있었다.

나는 개 한 마리를 잡아 상을 차리고 그분들에게 지난 이야기들을
들었다. 여자 노인네들은 목이 메고 눈물을 찍어내며 지난 이야기들
을 엮어냈고, 남자 노인네들은 줄담배를 피워대며 뭉텅이진 한숨들
을 토해냈다. 그 회한에 찬 이야기들을 어찌 다 여기에 적을 수 있을
까. 다만 그 마디마디가 모두 생살을 찢는 아픔이었고, 핏방울 뚝뚝
떨어지는 처절함이었다는 것만 밝혀둔다.

우리는 함께 생각해야 한다. 이미 세상을 떠난 사람들의 상처와 아
픔은 접어둔다 하더라도 지금도 생피 흐르는 상처와 아픔을 싸안고
한 맺힌 가슴으로 살아가고 있는 동포들이 만주땅만이 아니라 세계
도처에 있다는 것을. 일제 식민 삼십육 년은 흘러간 과거가 아니라
오늘도 엄연히 살아 있는 현재다.

일본의 진정 무릎 꿇는 사죄가 없는 한 '과거 청산'이란 있을 수
없음이 그 이유 때문이다. 일본과의 문제는 민족의 문제이지 정치상
의 문제가 아니다. 일본이 독일식의 진정한 사죄를 하지 않는 한 그
문제는 우리 민족 모두에게 '용서되지도 잊혀지지도 않는' 영원한
과제로 남겨져 있어야 하고, 우리 모두는 그 역사의 짐을 달게 져야
한다.

그 노인네들은 8·15해방을 '사변'이라고 했다. 이유인즉 우리 동
포들이 분노한 중국인들에게 일본놈들로 오인되어 죽고, 일본놈들
과 한편이라고 해서 죽고, 그 살인극 속에서 목숨을 건지려고 발버둥

친 것이 8·15였던 것이다. 그러다보니 알거지가 된 채 조국으로 돌아가려야 갈 방도가 없이 길이 막혀 그 지긋지긋한 만주땅에서 다시 모를 꽂고 자식들을 낳으며 살 수밖에 없었노라고 했다.

그들의 눈에서 떨어지고 있는 눈물은 무엇인가. 그것은 피다.

'고향 가고 떼돈 벌고' 모국행 열풍

오늘의 만주땅 동포사회를 이야기하면서 빼놓아서는 안 되는 중요한 문제가 있다. 그건 다름이 아니라 우리 남쪽땅에 친인척을 둔 동포들의 고향 방문이다. 그 동안 꽤나 많은 동포들이 다녀갔고 앞으로도 계속 오게 될 것이다.

그 동안 우리나라를 다녀간 동포들은 몇십 년 만에 부모의 고향을 찾아 친인척들을 만나는 개인적 소망을 이루었다.

그런데 그들이 또 한 일이 있다. 그들은 여기서 가지고 들어간 미국 돈으로 우리나라가 정말로 잘살더라는 사실을 이웃들에게 확인시킨 것이다. 그리고 그 소문은 퍼지고 퍼져 중국인들까지 그 사실을 믿게 되었다.

중국 사람들이나 동포들이 우리나라 경제 형편을 알기 시작한 것은 세 가지 계기를 통해서였다고 한다. 첫째가 중국민항기 사건이었고, 둘째가 올림픽 때였으며, 셋째가 동포들의 고향 방문이었다. 그 중에서 가장 결정적인 계기가 된 것이 고향 방문이었음은 물론이다.

우리가 다 알다시피 동포들이 우리나라에서 돈을 가지고 갈 수 있었던 것은 그들이 마련해가지고 온 이런저런 약재들을 가까운 사람들이 사준 때문이었다. 그 돈이 미국 돈으로 바뀌어 중국으로 들어가면서 파문은 일어나기 시작했다.

구체적으로 예를 들어보자. 어느 동포가 우리 돈 삼백만원을 가지고 갔다면, 환율이 대략 백오십 대 일이니까 중국 돈 이만원이 된다. 그 이만원은 중국에서 어느 정도의 실용가치가 있을까? 고소득에 해당하는 대학교수의 한 달 월급이 이백원이다.

그러니까 이만원은 교수의 백 달 월급, 즉 팔 년 사 개월치 월급이 되는 셈이다. 그 돈이야말로 중국사회에서는 어마어마한 액수가 아닐 수 없는 것이다.

저 멀고 먼 만주땅에서 찾아온 피붙이가 설령 얼굴을 모르는 처지라 해도, 아니 얼굴을 알아볼 수 없는 피붙이한테서 큰아버지며 작은아버지며 고모며 이모며 외삼촌이 쓰라린 고생을 하고 살다가 고향을 그리워하며 죽어갔다는 기구한 이야기들을 들으면 들을수록 우리의 맹목적인 혈연주의와 감상적인 인정주의가 뒤엉켜 그 피붙이가 눈치 보며 내놓은 몇 가지 약재를 돈으로 바꿔주려고, 그 누구나 아낌없이 힘을 모았을 것이다. 물론 거기에는 턱없이 보약 좋아하는데다, 예로부터 명약 많기로 유명한 중국 약재를 피붙이가 가지고 왔으니 틀림없이 진짜라는 믿음까지 보태져서 삼백만원 정도는 별로 어렵지 않게 마련해주었을 것이다.

남쪽땅 고향을 다녀온 사람들이 갑자기 부자가 되자 동포사회에는 큰 파장이 일어나기 시작했다. 고향도 가고 부자도 되고, 그거야말로 기막힌 일이 아닐 수 없었다. 그래서 너도 나도 고향 갈 길을 찾아나서는 어지러움이 나게 되었다.

그러나 시간이 가면서 여러 가지로 형편이 바뀌기 시작했다. 중국 정부가 약재를 통제하기 시작했고, 우리나라에서 보약재를 정식으로 수입하게 되었으며, 동포들이 많이 나오면서 약재들이 범람사태를 일으켰고, 거기다가 동포들이 처분하고 간 약재 중에 더러 가짜가 있음이 뒤늦게 드러나기 시작한 것이다. 물론 동포들이 가짜를 일부러 가지고 왔을 리가 없고, 그들도 속아서 사온 물건일 것이다.

그런 여러 가지 사정변화는 동포사회에서 더없이 딱한 비극을 초래하고 있었다. 내가 확인한 한 가지 사실은 이랬다. 어느 여자는 팔천원을 빚내서 약재와 약들을 샀다. 그런데 공항에서 절반 정도 압수당하고 출국했다. 나머지를 가지고 우리나라에 왔지만 친척들이 그다지 잘살지 못하는데다 가짜라는 불신감이 겹쳐 거의 처분할 수가 없었다. 빈손이다시피 중국으로 돌아갔고, 공항에서 압수당한 물건을 찾았지만 그것을 다시 돈으로 바꿀 수는 없었다. 고스란히 빚더미에 묻히게 된 것이다. 본전은 고사하고 이자도 물 수가 없게 된 그 여자는 빚에 쪼들리기 시작했다. 그러나 돈을 받을 가망이 없는데 돈을 빌려준 사람들이 가만히 있을 리가 없었다. 그들은 소송을 제기했고, 그 여자는 집을 팔아 빚을 갚으라는 판결을 받고 말았다. 빚잔치를 앞두고 있는 그 여자는 실성기를 보이고 있고, 그 자식들은 기약 없이 집 없는 신세가 돼버린 것이다.

그 여자와 비슷한 처지에 빠진 어느 남자는 자살을 기도했다가 겨우 목숨을 건졌다고 하는가 하면, 여자 쪽 고향을 다녀온 어느 부부는 그 결과가 좋지 않아 날마다 싸움을 하다가 이혼 직전에 처해 있다고도 했다.

그러나 동포사회에서 남쪽의 고향을 찾아가고자 하는 열기는 여전히 뜨거웠다. 왜냐하면 그런 불행한 사태보다는 행운을 얻는 경우가 훨씬 더 많기 때문이다. 나는 여권을 받아놓고 녹용을 구하러 다니는 사람을 서넛이나 보았다. 그리고 이십대 후반의 어느 남자가 나를 붙들고 여행할 길을 뚫어달라고 어찌나 목을 매는지 혼이 났던 것이다. 나는 곤혹스럽게 나한테 그럴 능력이 없다고 몇 번이고 말했지만 그 남자는

"작가선생이 그럴 리가 있느냐"며 도무지 내 말을 믿지 않았다.

우리나라에서처럼 직통전화가 된다면 외무부에 전화를 걸어 그 사실을 확인시켜주고 싶은 심정이었다. 우리나라 여행객들이 바로 그런 약속을 무책임하게 이 사람 저 사람에게 해놓고 돌아와서는 편지 한 장 보내지 않기 때문에 불신을 당하고 욕을 먹는 것이다.

후유증은 그런 경제적인 것만이 아니었다. 예순 줄의 어느 남자는 사촌들이 사는 고향을 다녀온 뒤로 팔 개월 동안 농사일을 완전히 놓은 채 들뜬 마음으로 살고 있었다. 고향에 돌아가 살다가 죽어야겠다는 생각 때문에 도무지 일손이 잡히지 않는다고 했다. 그럼 그 동안에 무슨 수로 살았냐니까, 그 남자는 답답하다는 듯 나를 쳐다보더니 "친척들이 준 돈이 아직도 일 년은 먹고살 만큼은 남았다"며 묘하게 웃었다. 그 남자는 만주땅을 지긋지긋해했고, 다시 고향땅을 찾아갈 궁리만 하고 있었다.

그의 들떠 있는 마음을 사로잡고 있는 망향병은 치료하기 어려울 정도로 심했다. 그리고, 그가 두번째 고향을 찾아갔을 때도 친척들이 그렇게 반기고 후하게 해줄 수 있을 것인지 염려스러웠다.

결과야 어찌 되었든 간에 일단 고향에 다녀온 사람들은 그래도 소원풀이를 한 셈이었다. 그런데 고향이 남쪽이면서도 전혀 갈 길이 없는 사람들의 낙심해 있는 전경은 딱하기 이를 데 없었다. 백방으로 친척들을 찾고 있지만 연결이 안 되는 사람들이었다. 몸피가 작은데다가 눈이 퀭하게 마른 어느 여자 노인네는 아버지의 고향이 정읍 근방이라는 것만 막연하게 알고 있어서 KBS로 몇 차례 편지를 보냈지만 친척들을 찾을 수 없었다는 것이다. 그 노인네의 부모는 무슨 까닭인지 생전에 고향 이야기를 거의 하지 않은 것이 오늘의 병고가 된 것이다. 그 노인네는 아무것도 바라는 것이 없다고 했다.

그저 죽기 전에 어린 날 떠나왔던 고향을 딱 한 번만 가보는 것이 소원이라고 했다. 퀭한 눈에 어리는 눈물이 그 절실함을 잘 말해주고 있었다.

"저 노친네 저리 상심해 갖구는 무신 큰 탈 날 것이구마."

"긍께 말이요. 맘을 저리 허물어서는 안 될 일인디."

이웃 여자들이 딱해하며 수군거리는 말이었다.

"나 맘이 요리 내려앉어부렀시니 나 곧 죽을 것이오."

그 여자 노인네가 나와 헤어지며 정말 가슴 내려앉는 듯한 한숨을 쉬며 한 말이었다. 나는 아무 말도 할 수가 없었다. 나는 그 노인네의 마음을 더욱 내려앉게 만든 죄책감을 쉽게 떼칠 수가 없었다.

고향, 그것은 무엇인가. 그것이 무엇이길래 죽음을 끌어당길 만큼 절절한 그리움이 되는 것인가. 고향은 넋의 샘이고 몸의 뿌리가 아닐 것인가. 그래서 나이 들수록 그 두 끈에 끌려가게 되어 있는 게 아니랴.

'상지(尙志)'라는 역은 흑룡강성에 있는 하나의 작은 역에 지나지 않는다. 그러나 그 역의 이름이 우리의 역사에서는 완전히 묻혀 있는 '동북항일연군'에서 활약했던 조상지(趙尙志) 장군의 업적을 기려 붙여졌다는 사연을 듣게 되면 그 작은 역은 금방 새로운 모습으로 커보인다. 아니 이야기 순서가 바뀌었다. 그 작은 도시의 이름이 상지고, 따라서 기차역도 상지가 된 것이다.

항일무장투쟁의 업적으로 그 이름을 중국땅과 그 지도 위에 새기게 된 장군…… 나는 상지역 앞의 작은 식당에서 '동북항일연군'의 광대한 활동무대와, 그 역사성과, 조상지 장군의 업적 같은 것을 곰 똘하게 생각하고 있었다.

그런데 식당의 두 여자가 갑자기 까르르 웃었다. 나는 그 웃음이 신경에 거슬려 고개를 들었다. 그때 나와 동행하고 있는 김형이 떨떠름한 얼굴인 채 입을 열었다.

"저 여자들이 조선생님이 한국에서 오신 걸 알아보고 하는 말인데요, 이곳 중국사람들이 돼지 쓸개를 말리느라고 정신이 없다는 겁니다."

"돼지 쓸개요?"

나는 그때까지도 아까의 생각에 그대로 빠져 있었던 것이다.

"네, 돼지 쓸개를 말려 거기다가 곰 쓸개에서 빼낸 액을 주사기로 조금씩 넣는다는 겁니다. 그걸 돈 많은 한국 사람들은 진짜 웅담인 줄 알고 사는 거라며 저리 웃는 것 아닙니까."

나는 빈 입맛만 다셨다.

나는 더이상 조상지 장군에 관한 회상에 젖어들 수 없었다. 하필이면 '상지'라는 곳에서 그런 달갑지 않은 말을 듣게 된 것은 야릇한 일이었다.

가짜 웅담 만들기는 또하나의 예기치 못한 후유증이었다.

격전지 백운평마을 빈터만 썰렁

만주벌판은 넓다. 넓다면 얼마나 넓은가. 흔히 "광막하다"고 말한다. 끝이 없이 넓다는 뜻이다. 그래도 그 넓음에도 실감이 생기지 않는다. 그저 막연할 뿐이다.

장춘에서 하얼빈까지 기차가 다섯 시간 가까이 달리는 동안 산이라고는 하나도 볼 수가 없이 벌판이 펼쳐져 있었다. 가끔 나타났다 사라지는 것은 느리게 출렁이는 부드러운 물결 같은, 경사가 완만하기 그지없는 구릉일 뿐이었다. 그러나 그 벌판은 만주벌판의 일부일 뿐이었다. 그러니까 만주벌판의 넓이를 형용할 수 있는 언어는 없다.

다만 한 가지 구체적인 사실을 밝히는 것으로 그 넓이의 끝없음을 실감할 수밖에 없다.

그 벌판에는 방풍림의 행렬이 서로 멀찍멀찍 거리를 두고 가로세로로 뻗어 있다. 그 사이에 밭들이 일구어져 있는 것이다. 그런데 두 마리의 소나 말이 끄는 쟁기로 밭고랑을 내는데 아침 일찍 이쪽 끝에서 출발해서 저쪽 끝에 도착하면 점심때가 되고, 사람이고 마소고 점심을 먹고 다시 출발해 이쪽에 당도하면 석양이 된다는 것이다. 하루 종일 두 고랑을 간 그 밭고랑의 길이는 보통 이십 리라고 했다. 그 왕복 사십 리의 길이는 두 마리씩의 마소가 하루 일거리로 해낼 수 있는 평균치이면서, 사람의 하루 노동량과도 맞춘 경험적 계산이었을 것이다. 우리와는 달리 왜 마소가 꼭 두 마리씩 쟁기를 끄는가도 그 거리를 생각하면 이해가 쉬워진다.

그러나 만주에는 그런 끝 간 데 없는 벌판만 있는 것이 아니다. 벌판 가운데는 상상할 수도 없는 험준한 산악지대도 품고 있다. 백두산은 거기 그 자리에 드높이 솟아 남과 북으로 억센 산맥을 거느렸으니, 장백산맥이란 이름으로 만주땅에 뻗어나가고 있는 산줄기들이 그중의 하나이다. 중국에서는 백두산을 장백산이라고 하고 더러는 백산이라고도 했다. 연길시에서 제일 큰 호텔이 백산호텔이었고, 장춘에서도 제일 큰 호텔이 장백산호텔이었다. 땅이 넓어 산도 많으련만 중국에서도 백두산은 역시 영산으로 받들어지고 있었던 것이다.

백두산이 만주땅으로 거느리고 있는 그 무수한 산줄기들. 그건 그냥 산들의 모듬이 아닌 것이다. 그 산줄기와 산줄기, 골짜기와 골짜기들은 빼앗긴 나라를 되찾기 위해 수많은 동포들이 줄기차게 피 흘려 싸우고 죽어간 역사의 투쟁지였다.

무심한 마음으로 그 산들을 바라보면 그저 흔한 산들에 불과할 뿐이다. 그러나 역사를 찾으려는 마음으로 그 산들을 바라보면 그 산들은 문득문득 달라진다. 그리고 이 산줄기에 어린 피냄새를 맡게 되고 저 골짜기에 서린 신음 소리를 듣게 된다.

우리의 지난 역사의 수난이 크면 클수록 그리고 상처가 깊으면 깊을수록 우리는 우리 땅의 산야는 물론이고 만주땅의 산야까지도 소홀하게 보아넘길 자유가 없다. 더욱이 민족이 분단되어 있는 상황 아래서는. 다시 말하면 우리의 민족분단은 해방 이후의 역사만 왜곡하고 굴절시킨 것이 아니었다. 분단에서 비롯된 이념대립에 따라 식민지시대의 투쟁사까지도 서로 편리하고 이익이 되는 쪽으로 비틀고 파묻고 지워버리는 못된 짓들을 해왔던 것이다. 그리하여 조국을 위해 피 흘리고 민족을 위해 죽어간 그 지순한 분들의 희생을 더럽히고 배반하는 역사를 조작했던 것이다. 그 죄악을 도려내고, 비틀린 것을 바로 펴고, 파묻힌 것을 되찾아내고, 지워버린 것을 다시 살려내야 하는 책무가 지금 우리에게 지워져 있는 것이다. 분단은 영원할 수 없다. 기필코 성취될 통일의 역사를 믿으면서 우리는 역사 바로잡기, 역사 바로찾기에 힘을 모으지 않으면 안 된다.

민족통일의 역사 위에서 그 어떤 역사의 왜곡과 굴절과 암장이 용납될 것인가. 사회주의자들의 독립투쟁이나 민족주의자들의 독립투쟁이나 모두 한자리에 모아져야 하는 것이며, 그런 다음에 그 업적의 경중은 다시 역사의 엄중한 평가로 판단되어야 하는 것이다. 지금까지 아무리 조작하고 위장했어도 긴 역사의 지평 위에서 보면 그건 다 부질없고 하잘것없는 어리석음일 뿐이다.

그런 역사신념으로 청산리전투지를 찾아갔다. 하늘은 청옥빛으로 맑은데 바람은 몹시도 거칠게 불었다.

건조기의 산불 예방을 위해서 5월 말까지는 모든 산이 입산금지였다. 그러나 답사나 연구활동에 한해서 예외를 두고 있었다. 나는 연변대학 민족연구소 소장 박창욱 교수의 도움을 얻어 연구원 김춘선씨와 함께 입산허가를 받을 수 있었다.

우리에게 너무나 잘 알려져 있는 청산리전투는 정작 청산리에서 일어난 것이 아니며, 그 일대의 산악지대에서 벌어진 몇 차례의 전투(완루고전투·백운평전투·천수동전투·고동하곡전투)를 합쳐 큰마을인 청산리의 이름을 따서 통칭하는 것이다.

그러니까 청산리전투는 청산리와 어랑촌의 두 골짜기를 중심으로 벌어진 산악전투였다. 두 골짜기는 마을이 형성될 수 있는 똑같은 입지조건을 갖추고 있었다. 양쪽으로 마주 보고 있는 산줄기 사이로 널찍한 농토와 함께 맑은 냇물이 흐르고 있었다. 그런데 그 골짜기의 길이가 자그마치 사, 오십 리 안팎이었다. 그러니 우리 동포들이 그 골짜기를 찾아들어 움막 짓고 마을을 이루며 논을 일구기에는 안성맞춤이었다.

만주땅을 돌면서 논을 발견하게 되면 그 지역이 바로 우리 동포들이 사는 곳이라고 생각하면 거의 틀림이 없다. 우리 동포들은 가는 곳마다 밭보다는 논을 일구기에 주력했고, 그 탁월한 논농사 기술을 중국인들에게 가르쳐주기도 했다. 긴긴 세월 동안 쌀을 주식으로 삼아온 민족이기에 그 고난 속에서도 밭농사보다 훨씬 힘든 논농사를 택해야 했던 것이다.

어랑촌골짜기에는 와룡, 어랑촌, 천수동 세 개의 마을이 있었고, 골짜기는 활등처럼 휘어 있었다. 그에 비해 청산리골짜기는 두 개의 S자가 이어진 모양의 입체적 조형을 이루며 차츰 높은 산들로 연결되고 있었다.

어랑촌골짜기보다 조금 더 긴 청산리골짜기는 다섯 개의 마을을

띄엄띄엄 품고 있었다. 그 마을들이 유지하고 있는 간격이 바로 농토를 중심으로 한 지극히 자연스러운 생존권 확보의 공간이었다. 그런데 다섯 개의 마을 중에 맨 위에 자리한 백운평마을은 무성한 잡초 속에 빈터만 썰렁할 뿐 집들은 자취를 찾을 길이 없었다. 잡초 속에 묻힌 부서진 농기구와 구들장 몇 개가 그 옛날 마을터였음을 말해주고 있었다.

그 빈터를 채우고 있던 이십여 채의 집들은 왜 흔적도 없이 사라진 것인가. 흔히 말하는 청산리전투, 아니 이 기회에 정확하고 구체적으로 지적해서 '백운평전투' 때 일본 토벌대들이 불질러버렸던 것이다. 일본군들이 태운 것은 집만이 아니었다. 사람까지 모조리 태워 죽였던 것이다.

'백운평전투'는 그 마을에서 일 킬로미터 정도 더 올라간 지점인 경사 급한 산봉우리들 사이의 계곡에서 벌어졌다. 거기서 싸운 것이 김좌진 부대였다. 그러니까 백운평마을에서 아래로 이 킬로미터 떨어진 산비탈에 세워진 '청산리항일전적지'라는 나무푯말은 위치표시로는 영 잘못되어 있는 것이다.

그리고 정작 치열한 전투는 어랑촌골짜기의 상봉인 천보산(일명 완루고)에서 다음날(1920년 10월 22일) 벌어졌다. 독립군의 유격전술에 휘말려 일본군이 저희들끼리 총질을 해대 죽이고 죽은 싸움이 바로 그것이다. 그곳에서 싸운 것은 홍범도 부대였다.

우리의 역사책이나 역사교과서들은 우리의 독립군들이 일본군을 통쾌하게 무찌른 위대한 승리로 청산리전투를 하나도 빠짐없이 기록하고 있다.

그건 분명 위대하고 빛나는 승리였다. 병력을 비교하고 무기를 비교할수록 일본정규군인 기계화부대를 그리 엄청나게 무찔렀다는 것은 신화적 승리가 아닐 수 없는 것이다. 그런데 그 전투를 지휘한 것은 유일하게 김좌진 장군으로만 기록되어 있다. 홍범도 장군은 깨끗하게 지워지고 없는 것이다. 이유는 간단하다. 홍범도 장군이 공산주의자라는 이유 때문이다. 분단역사는 그렇게 앞선 시대까지도 왜곡하고 암장시켜왔다.

얼마 전에 어느 학자가 청산리 '전투'를 '전쟁'이라고 그 이름을 바꾸어야 한다고 주장한 것을 보았다. 신문기사였으므로 그 글의 자세한 내용은 잘 모르겠으나, 먼저 중요하게 다루어져야 하는 것은 명칭을 보다 큰 의미로 바꾸는 것이 아니고 비틀리고 지워진 내용부터 바로잡고 밝혀내는 것이 올바른 순서가 아닐까.

청산리전투의 승리는 수십 번 생각해도 위대하고 장쾌하다. 그러나 만주땅에 그리도 험준한 산줄기와 깊은 골짜기가 많듯 우리 동포들은 그 골골마다에서 피 흘려 싸우며 수없이 위대한 승리의 깃발을 올렸다. 청산리전투는 '유일한 것'이 아니고 그런 승리한 전투들 중의 하나인 것이다. 이 사실을 바르게 밝히는 것 또한 앞으로 해내지 않으면 안 될 일이다.

4월이 다 저물어가고 있는데도 백운평골짜기의 냇가에 선 수양버들 실가지에는 얼음꽃이 투명하게 맺혀 있었다. 그리고 높은 산봉우리들은 며칠 전에 내린 눈을 하얗게 이고 있었다.

청산리골짜기의 굽이를 돌고 돌아 초입에 이르렀을 때 책가방을 메고 든 꼬맹이 대여섯 명이 장난질을 하며 까르르 웃어대며 석양빛 속에서 깡충거리고 있었다.

학교가 파해 집으로 돌아가는 아이들이었다. 그런데 그들이 외치는 소리가 바로 우리말이었던 것이다. 나는 문득 저 아이들이 이 골짜기에서 일어난 옛날 이야기를 알까 하는 생각을 했다. 나는 아이들에게 손을 흔들었다. 아이들도 장난을 멈추고 손을 마구 흔들었다. 그래, 내가 너희 고조할아버지들의 이야기를 소설로 쓸 참이다. 나는 바르게 쓸 테니 너희들은 건강하게 커라, 이런 속다짐을 하며 청산리 골짜기를 벗어났다.

'잘살아보세' 열기, 멈출 수 없는 개방

나는 만주땅을 한 달 동안 헤매고 다니면서 평범하게 살아가는 동포들도 많이 만났지만 당원이며 지식인들도 적잖이 만났다. 그런데 그 두 부류의 사람들은 나에게 묻는 말들이 판이하게 달랐다.

일반 동포들은 그저 남조선(거기서는 오랜 관습으로 한국이라는 명칭을 쓸 줄 몰랐다)은 어떻게 해서 그리 잘살게 되었느냐고 물었다. 그러나 지식인들의 질문은 대개 두 가지로 간추려졌다. 첫째가 동유럽의 사태를 어떻게 생각하느냐는 것이었고, 둘째가 오늘의 중국 경제형편은 한국의 몇년도에나 해당할 것 같으냐는 것이었다. 나는 중국인 교수들도 몇 사람 만나보았는데 그들의 질문도 거의 비슷했다.

"정치적으로는 인민성을 확보하고, 경제적으로는 당의 통제 아래 실시된 일괄분배의 모순을 개선하고자 하는 사회주의 재생운동이 아니냐."

나의 이런 대답에 그들은 거의가 놀라는 표정을 지어 보였다. 그리고 반문하는 것을 잊지 않았다.

"정말 그렇게 생각하느냐?"

그렇다고 하면 그들은 안도하는 빛을 드러내며 다음 질문을 했다.

"그럼 한국 지식인들은 대개 얼마나 그렇게 생각하느냐?"

"그 비율은 알 수가 없고, 편견 없이 사태를 객관적으로 파악하려고 노력하는 사람들은 거의 다 그렇게 생각할 것이다."

이쯤 되면 그들은 자신들의 속마음을 나타냈다. 그 동안 사회주의는 문제가 있었다는 것, 문제는 시급히 해결해야 하되 그 문제들이 자본주의에 대한 사회주의의 패배나 종말은 아니라는 것, 왜냐하면 자본주의도 개선하지 않으면 안 되는 많은 자체모순을 가지고 있기 때문이라는 것, 자신들은 사회주의의 재생능력을 믿고 있다는 것 등이었다.

"나는 경제전문가가 아니니까 잘 모르겠는데 전반적 느낌으로 보아 1970년대의 초반 정도에 해당하지 않을까 싶다. 왜냐하면 그때 우리도 대체적으로 식생활이 해결되었고, 공업생산이 시작되면서 농업인구의 변화가 생겼고, 텔레비전이며 냉장고 등 문화소비상품들이 대중화되기 시작했다. 그렇지만 중국은 원자폭탄을 만들고, 위성로켓을 실험하는 첨단과학기술을 가지고 있으니까 내 비교가 맞는지 어쩐지 잘 모르겠다."

이것은 두번째 질문에 대한 나의 대답이었다.

"그런데 중국을 여행한 꽤나 많은 사람들이 우리 형편을 한국의 1950년대 말이나 1960년대 초와 같다고 말한다. 어떻게 생각하는가?"

"글쎄, 그건 좀 지나친 혹평 같다. 어느 한 부분만 확대해서 보고 그러는 것 같은데, 그때 우리나라의 가장 시급한 문제가 '민생고 해결'이었다. 사람들은 과거를 쉽게 잊어버리는 습성이 있지 않은가."

그들은 다소 자존심이 회복되는 것 같은 반응을 나타냈다.

중국에 며칠 머무르고 나서 중국의 심층을 말할 수는 없다. 중국의 소비제품 몇 가지를 보고 중국 전체의 경제를 진단할 수 없다. 만약 그렇다면 그건 경솔이고 자만이다. 중국의 소비제품 대부분이 우리

나라의 것들보다 질이 떨어지는 것은 분명하고, 제반 문화소비품들이 대중화되어 있지 못한 것도 사실이다. 그러나 중국이 공업화를 본격적으로 추진할 때 그 결과가 어떻게 나타날 것인지도 생각해보아야 한다.

중국은 아직도 팔십오 퍼센트의 국민이 농민들이다. 농업을 기계화로 전환하면서 농민의 삼십 퍼센트 정도를 공업화에 투입했을 때 그 수가 얼마인가를 생각해보라. 그 엄청난 노동력은 곧 중국의 잠재력이다.

그리고 우리가 1960년대 중반에 잘살고자 하는 욕구가 국민적 공감대를 형성해 마침내 1970년대의 노동폭발력을 창출해냈듯이 지금 중국의 국민들도 잘살고자 하는 욕구가 팽배해 있는 것이다. 그 욕구는 곧바로 당에 대한 불평으로 연결되고 있으며, 당은 그 압력에 직면해 심한 고민을 하고 있는 것이다. 중국인들의 경제축적력은 유태인들과 맞먹는 것으로 세계적으로 소문이 나 있지 않은가. 그런 중국인들이 마침내 통제적 일괄분배에 만족하지 못하고 보다 더 잘살기를 원하며 뜻을 뭉치고 있다. 그 공통된 뜻 앞에서 중국의 개방은 멈춰질 수가 없으며, 당은 어떤 해결책이든 내놓지 않으면 안 되게 되어 있다. 이 사실을 당원들도 인정하고 있다.

당이 어떤 해결책을 내놓게 되면 지난날 우리가 그랬듯이 중국인들의 노동력은 엄청난 폭발력을 갖게 될 것이다.

그러나 우리가 한 가지 분명히 알아야 할 사실이 있다. 중국 공산당이 국민들의 요구에 따라 어떤 해결책을 내놓는다 하더라도 그건 어디까지나 사회주의 범위 안에서의 해결방법이지 그 변혁이 바로 자본주의화는 아니라는 사실이다. 그들 당원들의 입장에서는 사회주의 포기란 추호도 용납할 수 없는 문제였고, 국민들도 사회주의 자체에 대해 불만을 갖는 것은 아니었다.

나는 이번 중국여행을 통해서 미처 예상하지 못했던 일들과 계속 부딪치면서 그때마다 놀라고는 했다.

그 첫번째가 일반인들이 당원들에게 가하는 노골적이고 거침없는 힐난이었다.

"어째 말을 그리함둥. 게으름 피우고 놀고 먹는 일말고 당원들이 하는 일이 뭐이가 있소."

"당원들이 제일 잘하는 일이 오늘 할 일을 열흘 뒤로 미뤄놓고 트럼프 놀이 하는 것밖에 뭐가 또 있소."

이런 식의 공박을 어디서나 쉽게 들을 수 있었다. 그러면 당원들은 멋쩍게 웃거나 못 들은 척 딴전을 피우며 뭐라고 얼버무리고 마는 것이었다. 그런 자유스럽고 편안한 관계는 너무 뜻밖이었다.

그 두번째는 사람들이 무척이나 활달하고 구김살이 없다는 점이었다. 누구나 자유분방하게 움직이고 있었고, 처음 보는 사람도 아무런 스스럼 없이 대화를 하는 개방성을 갖추고 있었다. 특히 여자들의 활달함과 적극성은 놀랄 만한 것이었다.

세번째는 여행자에게 무제한으로 열려 있는 자유였다. 당과 정부를 비난하는 정치선동을 하지 않는 한 여행자들은 어디든 갈 수 있고, 어떤 것이든 사진을 찍어도 제한이 없었다.

네번째는 북경을 비롯해서 내가 돌아본 도시의 상점마다 중무장하듯 철창들이 쳐져 있었던 점이다. 철창들이 많이 쳐지면 쳐질수록 그만큼 도둑들이 많다는 증거였다.

사회주의 사회와 도둑, 그것이 오늘의 중국이 안고 있는 여러 가지 문제들을 압축해서 보여주는 것인지도 모른다.

다섯번째는 당원들이 모여 앉아 당면한 생활향상 문제에 대해 토론을 하다가 으레 귀결되고 동의하는 것이 '우리는 땅이 너무 넓고 인구가 너무 많아 어쩔 수 없다. 이만큼 사는 것도 잘사는 것이다' 하는 결론이 있다. 과연 말이 지니는 주술성은 그 어떤 최면술보다도 강한 것인가. 그 말은 여러 가지 효과를 발휘하고 있었다. 당의 업적 선전인 동시에 당원들의 손쉬운 고민 해결책이었고, 대중 설득을 위해 더없이 좋은 무기였다.

당에 대한 불만을 털어놓던 대중들도 누군가 그 말을 꺼내면 모두가 금방 시무룩해지며 수긍해버리고 마는 것이었다. 하기는 이, 삼십 리 길이의 밭고랑을 쟁기질하고, 기차를 한번 탔다 하면 서른 시간은 예사로 견뎌야 하는 중국 사람들로서는 일찍부터 땅의 거대함에 잔뜩 기죽고 가위눌려 있어서 '땅이 너무 넓어 어쩔 수 없다'는 말이 더없이 실감될지도 모른다. 그러나 바로 그것이 함정이다. 그 넓은 땅이 곧 문제해결의 열쇠라는 점이 교묘하게 은폐되어 있는 것이다. 나는 그 점을 지적하면서 "당신들은 영토 허무주의와 인구 체념주의에 빠져 있다. 한국 남쪽과 한번 비교를 해보자. 중국은 남쪽 땅의 팔십 배가 넘는다. 그런데 남쪽 인구는 4천3백만이다. 그럼 중국 인구는 삼십이억이 넘어야 한다. 그런데 십일억을 가지고 무슨 엄살이고 변명인가" 하고 입 바른 소리를 했다. 그러면 당원들은 머쓱해져서 아무 대꾸도 하지 않았다.

여섯번째로는 남자들은 술을, 여자들은 화학음료를 너무들 많이 마시고 있었다. 어느 식당에서나 물잔을 따로 내놓는 일이 없을 지경이었다. 화학음료 중에는 그 약방에 감초격인 코카콜라가 빠질 리가 없었다. 한 깡통을 마시는 것이야 예사고, 앉은 자리에서 세 깡통을 마시는 사람도 보았다. 사회주의 중국은 자본주의 미국의 번성에 착실하게 봉사하고 있었다. 그런데 모든 화학음료가 치아며 내장은 말할 것도 없고 뼈까지 삭아내리게 한다는 대중 인식이 거의 이루어지지 않은 상태였다.

중국을 떠나면서 받은 제일 강렬한 인상은 천안문광장에 세워진 손문의 대형 초상화였다. 천안문에 걸린 모택동 초상화와 일직선으로 마주 보고 있는 손문의 초상화가 제일 강한 인상으로 박힌 까닭은 무엇일까. 그의 초상화가 대만에도 똑같이 걸려 있기 때문이리라. 삼민주의를 주창하며 신해혁명을 일으킨 손문—그 사람은 양극체제를 초월하여 그야말로 중국역사의 별로 떠오른 것이다.

손문의 초상화는 오래도록 많은 것을 생각하게 했다. 그것은 어쩌면 내가 분단역사 속에 살면서 글이라는 것을 쓰기 때문인지도 몰랐다. 우리의 분단역사에서도 양쪽에서 주저없이 초상화를 내걸 수 있는 인물이 있었더라면 분단은 좀더 빨리 해결될 수도 있는 것이 아닐까. 이런 아쉽고도 부질없는 생각과 함께 중국 속에서 살고 있는 동포들의 모습모습이 눈물로 가슴을 적셔드는 것을 느끼며 홍콩행 비행기에 앉아 있었다. 머지않아 다시 또 찾아가리라는 생각을 하면서.

(한국일보, 1990년 6월 9일부터 8월 7일까지 10회에 걸쳐 연재)

초원을 꿈꾸는 알라신의 나라

맑고 투명한 푸르름으로 빛나는 홍해와 어우러진 해변도시 제다는 환상적 아름다움을 자아내는 상아빛 도시였다. 남자들의 옷이 전부 흰색이듯 강렬한 태양의 열기를 막아내려고 도시의 거의 모든 건물이며 집들이 흰색에 가까운 엷은 아이보리색으로 치장되어 있기 때문이다. 그런 색조는 리야드나 다란 같은 도시들도 마찬가지였다. 터키의 이슬람 사원들은 거의 흑회색인데 반해 사우디는 사원들 역시 상아빛이었다. 현지인들도 그 차이는 딱히 모르는데, 아마도 터키보다 사우디가 더 강렬한 태양을 이고 있는 탓이 아닐까.

사우디의 도시들은 낮보다 밤이 더 활기차고 화려하다. 인도나 베트남이 그렇듯 사우디 사람들도 살인적인 직사광선을 피해 밤의 문화를 형성해온 것이다. 그들이 결혼식이며 온갖 잔치를 밤에 벌이는 것을 보면 야행성 문화가 얼마나 뿌리깊은 것인지 잘 알 수 있다. 그래서 도시마다 가로등 불빛이 유난히 휘황하고, 전신주마다 여러 가지 형상의 네온사인 치장까지 현란한 것이다.

사우디의 역사 깊은 도시 제다의 의미는 '할머니의 땅' 이라는 뜻이다. 그 할머니는 다름아닌 창세기의 '이브'이다. 그러니까 제다는 '이브의 땅'이다. 그 사실을 입증이라도 하듯이 제다에는 이브의 묘가 있다. 알라신의 성지 메카와 함께 그 존재는 이슬람교도들의 정체성이며 긍지임은 물론이다.

이브 묘의 위치를 슬라이드로 알려주는 박물관은 구시가지에 있다. 구시가지에 얼마 남지 않은 옛 건물들은 흙으로 지었으면서도 삼사층이나 되고, 수명도 천년 이상인 것이다. 지금도 상가와 주거지로 사용해도 끄떡없는 그 건축술이 놀랍기만 하다. 우리가 흙벽에 볏짚을 섞듯 그들은 밀짚과 잔돌을 섞은 것이다. 또 특이한 것은 강한 모래바람과 뜨거운 햇살을 막기 위해 입체적으로 만들어진 창이다. 그 창문들이 눈에 익은 것은 우리 한식의 문틀 형태와 많이 닮은 데가 있어서다. 짙은 갈색인 그 창문들의 조형미는 무척 예술적이다. 여러 종류의 코란에 삽입된 천연색 판화들의 경이와 함께 이슬람 문화의 독특한 예술성을 느끼게 한다.

그런 사우디의 오랜 문화전통은 수도 리야드의 구시가지에서도 접할 수 있다. 이방인에게 더욱 흥미를 돋우는 것은 그런 곳에 잘 어울리는 골동품 상점들이다. 온갖 골동품들 속에서 긴긴 세월에 걸친 이슬람 문화의 숨결과 맥박을 느낄 수 있어 여행의 보람이 알뜰해지고, 마음에 드는 것을 한두 개 사는 재미도 톡톡하다. 뜻밖에도 값이 싸다.

제다의 신시가지는 구시가지에 비해 백 배쯤 커지지 않았나 싶다. 그러기는 리야드나 다란도 마찬가지다. 도시들을 본격적으로 현대화시켜나간 결과다. 그렇지만 세월에 시달려 허물어지거나 기울어지고 있는 옛 건물들의 복원에도 열중이었다. 어디에서나 문화 보존을 위해 열성인 모습은 아름답고 미덥다.

제다는 상아빛의 우아한 도시이면서 조각품의 도시이기도 하다.

현대화된 도시를 건설해나가면서 온갖 조각품들을 자연상태로 배치해 도시미화를 꾀한 것이다. 자칫 딱딱하거나 건조해지기 쉬운 현대 도시의 약점을 조각품들로 해소시키려고 한 그 안목과 결단이 예사롭지가 않다. 그 수많은 조각품들은 제다를 인상 깊게 만드는 결정적 역할을 하고 있다.

그런데 나는 그냥 사우디에 여행 간 것이 아니었다. 세번째 대하소설을 열 권으로 쓰기 위해 취재를 간 것이다. 우리의 수많은 근로자들이 어떤 땅 어느 곳에서 무슨 일들을 하며 얼마나 고생들을 했는지 실감하기 위해서다. 그 자취는 사우디의 도처에서 쉽게 찾을 수 있었다. 한마디로 사우디 대도시의 큰 건물들 중에서 절반 이상을 우리나라 사람들이 지었다고 해도 과언이 아니라는 것이었다. 그러니까 새삼스러울 것 없이 사우디는 우리의 경제발전에 큰 도움을 준 나라다. 그런데도 사우디의 어느 지식인은 "서로 함께 발전한 사이"라고 겸손하고 진지하게 말했다. 그리고, 한국인들의 열성과 성실성이 고맙다고도 했다. 그 말이 의례적인 인사치레가 아닌 것은 일상생활에서 확인되고 있었다. 도시 외곽에서 검문을 하는 경찰들이 '꼬리'('코리아'의 사우디 발음)인 것을 알아보면 무사통과였다. 교통위반을 해도 꼬리는 슬쩍 눈감아준다는 것이었다. 상인들도 내가 꼬리인 것을 알아보고 엄지손가락을 세워 보이며 환하게 웃었다. 그런 친교와 우의가 지난날 연인원 백오십만 명이 머물며 열심히 일하고 사우디 법을 잘 지킨 때문이기만 할까. 거기에 인정 많고 후덕한 사우디 사람들의 상정이 보태진 게 아닐까. 사우디에서 십오 년 넘게 살고 있는 우리 교포들의 체험담에 의하면, 고속도로에서 기름이 떨어져 차가 멈춰버리면 지나가던 차가 기름을 빼주기 예사고, 차가 고장나서 쩔쩔매고 있으면 지나가던 차들이 몇 대고 멈춰 함께 고쳐주고, 어디서고 차를 얻어타려고 손을 들면 열이면 열 대가 다 태워주고, 생면부지의 사람에게도 물건값 모자라는 것을 외상 주고…… 우리로서는 이런 세상을 상상이나 할 수 있는 것인가.

사우디 사람들의 그런 심성이 지금까지도 꼬리에 대해 변함없는 애정을 품게 한 것이다. 그런데 우리의 의식 속에서 사우디는 어떻게 되고 있는가. 사우디의 호경기가 사라지면서 점점 잊혀져가고 있는 것이다. 그러나 우리가 수교하고 있는 그 많은 나라들 중에서 사우디처럼 우리에게 전 국민적인 호감과 신뢰를 가지고 있는 나라가 몇이나 될까. 그런 우호적인 감정은 우리에게 너무나 소중한 자산이고 귀하게 여겨야 할 힘이 아닐까. 돈벌이가 바닥났는데 무슨 잠꼬대냐, 이윤과 실리추구에 빠른 기업들은 이렇게 일축할지 모른다. 그러나 그런 눈치 빠름이야말로 단견이고 눈뜬장님이다. 모든 국가관계가 실리로만 성립될 수 없을 뿐만 아니라, 설령 그렇다 하더라도 사업을 전혀 모르는 내 눈에도 사우디는 무한한 경제성을 잠재하고 있는 나라였다.

인구 천백만에 남한의 이십 배가 넘는 국토, 석유자원만이 아니라 그 양을 측정해도 어렵게 매장되어 있는 금과 철광, 꾸준하게 추진되고 있는 국가적 현대화 사업, 컴퓨터 생활화의 시작…… 건물이나 짓고 도로나 놓는 단순기술이나 가진 기업들, 그리고 한탕주의에 길들여진 우리의 안목으로는 그런 것이 안 보일지도 모른다. 그러나 그런 경제실리를 떠나서라도 나라가 국제활동을 하는 데, 우리에게 호감을 가지고 있는 국가가 얼마나 필요한 것인가. 더욱이 사우디는 이슬람의 중심국가가 아닌가. 우리는 거의 잊고 있지만 우리가 제2차 오일쇼크를 무사히 넘길 수 있었던 것이 꼭 돈의 힘만이었는가. 그때 큰 힘이 되었던 것은 사우디의 협조였다.

친구도 옛친구가 좋다는 속담처럼 우리가 사우디와 우정을 돈독히 해나가는 것은 소중한 일이다. 그러기 위해서는 그 동안 소홀히 해왔던 그들의 문화를 심도 있게 이해하는 것이 필요하다. 사우디의 문화는 우리와 이질적인 것도 많지만 동질적인 것도 많다. 이질적인 것은 주로 종교의 다름에서 비롯되는 것이고, 동질적인 것은 생활풍습에서 찾을 수 있다. 이슬람 국가들 중에서도 특히 사우디는 종교국가로서 코란의 율법을 엄격하게 시행한다. 코란은 단순히 한 종교의 경전이 아니라 바로 사우디의 국법이다. 그러므로 그 시행은 비판이나 논란의 대상이 아니라 무조건 따라야 하는 기본법이다. 그 어느 나라 사람이든 우리나라에서 우리의 법을 어길 수 없는 것과 마찬가지다. 그래서 외국 여자들도 사우디에서는 검은 옷을 입어야 하고, 나도 보름 동안 여자들을 쳐다보고 싶은 욕구를 억누르느라고 무진 애를 썼다. 금주에다 여자를 희롱하는 것마저 엄벌의 대상이니 사우디에 오래 사는 우리나라 남자들은 죽을 맛이겠지만 그 부인네들은 사우디가 최고라고 입을 모은다.

그런데 그들의 생활풍습은 우리와 닮은 데가 너무 많다. 유난히 흰색을 좋아하고, 대가족제도로 살아가고, 손님을 반겨 후하게 대접하고, 물건을 살 때 꼭 덤을 주고, 장자 우선의 질서를 지키고, 어른들을 공경하고, 이웃과 친화하고, 못사는 사람을 불쌍히 여기고…… 그러나 오늘의 시점에서 현저한 차이가 나는 것은, 우리는 이미 상당 부분 잃어버렸거나 파괴해버린 그런 삶의 미덕들을 그들은 고스란히 간직하며 삶에 윤택을 내고 있다는 점이다.

일본은 사우디에서도 우리와 좋은 대조를 이루고 있었다. 그들은 발전소나 비료공장 같은 데 고도의 기술로 제작된 정밀기계를 고가로 팔아먹은 것만이 아니었다. 사우디 사람들 전체가 입고 다니는 남자의 흰 옷감, 여자의 검은 옷감 거의가 일제이며, 향을 피우는 숯과 그 숯에 불을 붙이는 가스라이터는 완전히 일본 독점이라고 했다. 귀한 손님이 올 때, 여러 예식에 향 피우기를 즐기는 사우디의 문화를 일본 사람들은 꿰뚫어본 것이다. 일본의 그 치밀한 상혼을 약아빠졌다고만 할 것인가. 오늘 우리 앞에 닥친 경제난국은 어쩌면 당연한 것인지 모른다.

사우디 사람들이 갈원하는 것은 두 가지가 있다. 초록의 숲과 비다. 열대사막의 기후 속에서 당연한 소망이다. 무성한 숲을 얼마나 열망하면 국기의 바탕이 온통 초록색이겠는가. 그 초록색은 생명의 상징이고, 알라신의 은혜의 상징이기도 하다. 그런데 사우디는 머지않아 초록색으로 온 국토가 뒤덮일지도 모른다. 몇 년 전부터 비가 자주 내리는 것이다. 내가 머문 보름 동안에도 예닐곱 차례나 비가 쏟아졌다. 손님을 귀히 여기는 그들은 손님 중에서도 비와 함께 오는 손님을 최고 귀인으로 친다고 했다. 나는 세 번인가 최고 귀인으로서 극진한 인사를 받았다.

세계적인 기후변화는 사우디에도 많은 비가 내리게 하고 있는 것이다. 머지않아 사우디 전체가 옥토로 변할지도 모른다. 그것이야말로 알라신의 최고 축복이 될 것이다. 우리는 그때 가서 밀을 싸게 사려고 허둥대지 말고 이미 쌓아놓은 우의나 손상되지 않도록 지켜나가야 하지 않을까.

우기가 아닌 건기에 다시 한번 사우디를 느껴보았으면 한다.

(한겨레, 1997년 12월 11일)

당당함과 위대함

대영박물관은 영국이 셰익스피어 다음쯤으로 세계에 자랑하는 것이 아닐까 싶다. 그러나 정작 거기에 순수한 영국의 것이 얼마나 되는지 의심스럽다. 거의가 남의 나라, 식민지 지배를 했던 땅에서 가져온 것들이다. 그러니 그 많은 물건들이 강탈한 것임은 더 말할 것이 없다. 그런데 안내원들은 당당하게 말한다.

"여기에 유물이 전시되고 있는 나라들은 모두 우리에게 고마워해야 한다. 왜냐하면 현지에 있었더라면 거의 다 소실되고 소멸되었을 것이기 때문이다."

그래서 신전이며 암벽화 같은 것들을 일부러 두들겨 깨다가 붙여 놓았는가? 일본이 침략을 '진출'이라고 하는 것과 다름없는 당당함이다.

거기에 대한제국에서 최초로 발행한 우표도 있다. 우리나라가 영국의 식민지 지배를 당하지 않았는데도. 그들의 집요한 수집벽이 일등 문화의식으로 평가되고 있으니 가치기준이란 참으로 아리송하다.

물론 프랑스의 루브르 박물관이나 파리 시내 여러 곳에 딴 나라의 미술품들이나 유적들이 많이 있다. 그런데 대영박물관에 있는 것들과 다른 것은, 그것들 대부분은 '강탈'이 아니라 '정식으로 기증받은 것'이라고 프랑스 안내원은 자랑스럽게 말한다. 무슨 말인고 하니, 그것들은 거의 나폴레옹 전성기에 프랑스로 옮겨온 것인데, 그때 나폴레옹이 일일이 '기증서'를 받았다는 것이다. 나폴레옹의 그런 행위는 '나폴레옹은 역시 위대한 영웅'이었다고 떠받드는 자랑거리의 하나가 된다.

7. 역사 만들기

용서하지도 않고 잊지도 않는다

술 취해 행패 부리는 자가 술 취했다고 하는 일 없고, 미쳐서 살인한 자가 미쳤다고 하는 일 없고, 흉기 들이대고 금품 훔친 강도가 도둑질했다고 하는 일 없는 법이다. 남의 나라를 강탈한 일본은 끝내 강도 근성을 버리지 못하고 '무조건 항복' 한 패전 오십육 년 만에 그 더러운 본성을 세계 앞에 드러냈다. 역사교과서를 새빨간 거짓말로 기록한 그 행위는 일본이 얼마나 사기꾼의 나라이며, 얼마나 비양심이 극치를 이루고 있는 나라인지를 국제적으로 입증하는 것이다.

아무리 흉악한 강도라고 하더라도 제 자식만큼은 강도질하지 않고 바르고 훌륭하게 되기를 바라는 법이다. 그런데 일본은 거짓말투성이인 역사교과서를 가지고 자라나는 새 세대의 아이들에게 다시 강도질을 가르치려 하고 있다. 우리는 우리 땅을 강탈하고 우리 민족을 억압·참살한 역사를 왜곡한 사실에 분노하기에 앞서 거짓된 교과서로 또 강도질을 배우며 올바르고 참되게 자라나지 못하게 된 일본의 새 생명들을 한없이 가엾고 불쌍하게 여긴다.

일본은 들어라.

역사란 진실만을 먹고사는 살아 있는 생물이다. 역사를 거짓으로 꾸미고 왜곡으로 치장한다고 해서 과거의 잘못과 악행이 가려지고 지워질 것 같은가. 그건 일순간의 치졸한 어리석음일 뿐 역사는 진실을 되살려내 영원으로 간다. 일찍이 세계의 역사가 그것을 잘 보여주고 있다. 그리고 과거는 현재의 아버지이고 미래는 현재의 아들이라는 사실을 똑똑히 기억해야 한다. 남의 나라를 강탈하고 침략한 추악한 범죄의 과거를 지닌 일본이 세계 속에서 제대로 된 나라로 대접받는 길은 오직 하나밖에 없다. 그것은 과거의 잘못을 진정으로 사죄하고 통렬하게 반성하는 것이다. 제2차세계대전 당시에 동맹국이었던 독일이 그 본보기를 잘 보여주었다. 그런데 일본은 그 모범을 본받지 않고 패전 이후 계속 간교한 망언만 일삼아오다가 마침내 교과서 왜곡이라는 새로운 범죄를 저지르고 나섰다.

당시 서독 총리 빌리 브란트는 유대인들과 세계를 향하여 무릎을 꿇으며 진정으로 사죄를 했다. 그 진실된 모습은 얼마나 인상적이고 아름답기까지 했던가. 그리고 그들은 패전의 초토화 속에서 나라를 재건하는 어려움을 겪으면서도 피해보상을 착실히 해나가는 동시에 해마다 사죄를 거듭했던 것이다. 그리하여 독일은 역사의 족쇄에서 풀려나는 자유를 얻게 되었고, 국제사회에서 오늘날의 떳떳함과 신뢰를 얻게 된 것이다.

독일이 실천한 그 진실 앞에서 유대인들은 비로소 '용서하지만 잊지는 않는다'는 민족적 동의를 세계인 앞에 내놓았다. 그 진정한 사죄와 관대한 용서는 인간이 피워낸 더없이 아름다운 화합의 꽃이고, 인류의 미래를 밝히는 등불이었다. 우리 한국인들도 유대인들처럼 그렇게 용서할 아량과 너그러움을 가지고 있었다. 그런데 일본의 왕은 무릎 꿇어 사죄하기는커녕 역대 장관들 중에서 적지 않은 수가 한일협정 이후 사십 년에 걸쳐서 망언들을 되풀이해 우리의 민족감 정만 자극했다. 그리고 과거사 문제가 정치적 걸림돌이 될 때면 교묘하고 애매한 단어들을 짜맞추어 그 위기를 모면하는 교활한 술수를 계속 부려왔다. 그리하여 우리로 하여금 '용서하지도 않고 잊지도 않는다'는 민족적 동의에 이르게 만들었고, 마침내 역사 교과서를 왜곡함으로써 한국인들은 가슴가슴마다에 그 동의를 깊이 아로새기지 않을 수 없게 되었다.

일본은 들어라.

한반도의 역사가 어떤지 아는가. 이 땅의 역사 오천 년에 걸쳐서 외침을 일천 번 넘게 받아왔다. 그러면서도 우리는 오늘까지 꿋꿋하고 군세게 살아오고 있다. 그 줄기찬 민족혼과 끈질긴 생명력을 한데 모아 이번 기회에 이성적 분노와 논리적 증오로 양날이 된 칼을 갈아 일본의 심장을 겨눌 것이다. 우리가 이번 역사 교과서 왜곡으로 전민족적으로 분노하고 증오의 불길을 태워올리는 것을 일시적 흥분이나 한순간의 물거품 같은 것이라고 가볍게 생각하려 했다가는 큰코다칠 것이다. 지금의 한국은 친일파들이 대통령이며 국무총리, 국회의장을 해먹었던 삼십 년 전이 아니다. 그리고 그 시대에 사회 각 분야를 장악하고 있던 친일파 족속들은 그 동안 거의 다 죽어 사라졌다. 이제 사회 중추세력이, 처절한 고난의 민족사에 대해서 이성적 분노와 논리적 증오로 무장된 의식의 세대로 탈바꿈했다는 사실을 일본은 잊지 말아야 한다. 좀더 구체적으로 말하면, 한국의 삼십대부터 육십대까지는 4·19로 이승만 독재를 무너뜨렸고, 온갖 고문을 무릅쓰며 끈질긴 투쟁을 벌여 박정희 유신독재를 자멸케 했으며, 분신까지 불사해가며 십 년 동안의 피어린 투쟁으로 전두환, 노태우 군사독재를 물리치는 승리의 역사체험을 가진 동시에 역사의 진실을 부활시킨 힘을 가진 세대들이라는 사실이다.

그들은 일본이 우리 민족한테 저지른 만행이 무엇이며, 우리가 입은 피해와 고통이 무엇인지 너무나 잘 알고 있다. 이번 역사교과서 왜곡을 계기로 그 세력들은 일제의 식민지 역사를 다시금 상기하고 곱씹으면서 길고 끈질긴 싸움을 벌이게 될 것이다.

일본은 식민지 지배 삼십육 년에 걸쳐서 한국인들을 육백만 명 이상 죽였다. 불령선인이라고 해서 총 쏘아 죽이고, 전쟁터에 끌어가 죽이고, 노무자로 끌어가 생매장해 죽이고, 불태워 죽이고, 정신대로 끌어가 실컷 능욕하고 나서 죽였다. 그뿐만 아니라 쌀을 비롯한 농산물, 금을 비롯한 광산물, 원시림을 비롯한 임산물, 도미를 비롯한 해산물까지 삼십육 년 동안 줄기차게 약탈해 한반도땅을 황폐화시키는 동시에 한국인의 절대다수를 굶주림에 허덕이게 만들었다. 그리고 한일병탄이 있기 십여 년 전부터 자행된 문화재 약탈과 도굴 행위는 패전의 그날까지 계속되었다.

이런 엄연한 역사범죄를 교과서 왜곡으로 덮으려 하다니. 그건 양심이 털끝만치도 없는 파렴치함이며, 스스로의 눈을 찌르는 어리석음이며, 세계 속에서 고립을 자초해 자멸의 무덤을 파는 짓이다.

일본은 한국에 대해서만 그따위 짓을 한 것이 아니다. 몇 년 전에, 일본을 대표하는 지성파 정치인이라는 이시하라 신타로는 "난징대학살이란 있지도 않은 것을 중국이 조작한 것"이라는 말을 공개적으로 했다. 사십여 만 명을 장작더미 쌓듯 차곡차곡 쌓아 살육한 사진 증거만이 아니라 수없이 많은 목격자들이 있는데도 그런 발언을 거침없이 하는 이시하라 신타로의 용맹이 가상하지 않을 수가 없다. 그가 한때나마 소설가였다는 사실이 사람을 더욱 슬프게 만들었다. 그런데 그 다음에 더욱 놀란 것은 그가 일본 최고의 도시이며, 국민의 지적 수준도 제일 높다는 도쿄도 지사로 당선된 사실이었다. 그때 절망감 속에서 일본인들을 다시 보게 되었다. 그런데, 오늘의 역사교과서 왜곡은 그런 자를 지사로 뽑은 일본인들의 의식에 뿌리를 내리고 있음을 다시 확인한다.

일본은, "너희 내부의 친일파도 척결하지 못한 주제에 무슨 말이 많으냐"고 우리를 야유하고 비웃을지도 모른다. 또, 일본이 역사 교과서를 서슴없이 왜곡하는 것도 어느 부분 한국 내의 친일파들을 믿고 한 짓일 수도 있다.

우리는 해방과 더불어 완전히 척결했어야 할 친일파들을 단 한 명도 처벌하지 못한 채 국가사회 모든 분야에서 그들이 날뛰게 한 사실을 부인하지도 않고 외면하지도 않는다. 그건 분명 우리 민족 성원 모두를 불행하게 만든 비극이었고 비통한 역사현실이었다. 그러나 그 사태는 우리의 무능이나 무책임으로 인해 벌어진 것이 아니었다. 그것은 다름아닌 미국이 저지른 작태였다.

패전 일본을 점령한 미국이 일본의 대부분의 전범들을 냉전시대의 반공 앞잡이로 써먹기 위해 무죄로 풀어놓아주었듯이 미 군정은 한국에서도 똑같은 정책을 폈다. 그래서 각종 친일파들은 친미파로 둔갑하여 반공투사가 되는 동시에 모든 분야에서 실권을 장악했다. 그 반역사적 상황 속에서 친일파 척결을 내세우면 바로 빨갱이로 몰려 생사가 오락가락하는 판이었다. 이승만 정권은 그 토대 위에서 탄생했고, 6·25가 터지면서 반공의 탈을 쓴 친일파들의 세력은 더욱더 확고부동하게 되었다. 그런데 4·19로 역사 청산의 기회가 오는가 했는데 5·16 쿠데타로 박정희 시대가 열리면서 친일파들의 득세는 꽃이 만발하듯 해버렸다. 일본만군 출신 박정희를 둘러싸고 친일파들은 권력의 향연을 맘껏 즐겼으며, 박정희 독재 앞에서 친일파 척결을 내세우는 건 여전히 생사의 갈림길에 서는 것이었다. 이 엄혹한 상황의 연속을 직시해야 한다. 그러나 우리는 그러한 살인적인 정치상황을 빙자하여 우리의 책임을 회피하려 하거나 우리의 의무를 유기하려 하지 않는다.

일본은 들어라.

우리에게는 1980년대라는 시대가 있었다. 그 시대는 단순히 군사독재 타도의 시대만은 아니었다. 통일운동의 대중화 시대였고, 노동운동 승리의 시대였으며, 전통문화 복원의 시대였다. 그러나 또하나 중요한 것은 역사진실의 부활의 시대였다는 점이다. 다시 말해 1980년대는 한국사회의 모든 문제점들을 총체적으로 해결해나간 혁명의 시대였다.

당시, 오늘의 군사독재의 근원은 무엇이며, 사회의 제반 모순들은 어디서 비롯되고 있는가 하는 문제제기와 함께 역사 파헤치기는 시작되었다. 그 역사진실의 부활에 따라 미 문화원은 불타올랐던 것이고, 친일파 척결의 문제는 새롭게 대두되면서 대중파급을 이루게 되었다. 현시점에서, 해방 이후 한국 현대사가 수없이 많은 모순 속에서 꼬이고 비틀린 원인이 친일파들을 일소하지 못한 데서 비롯되었다는 사실을 모르는 한국 사람들은 하나도 없다. 그 대중인식 위에서 서른 권이 넘을 『친일파 인명사전』(가칭) 자료가 완비되었고, 곧 삼십억원가량의 출판비를 민간 차원에서 모금하는 운동이 전개될 것이다. 이것이 바로 역사가 진실만을 먹고사는 생물이라는 사실을 입증하는 것이다.

또 일본은, 한국 사람들이 일시적으로 왁자하게 떠들다가 이내 잠잠해지는 '냄비근성'을 가졌으니 염려할 것 없다고 자위하지 말라. 앞에서 잠깐 언급했듯이 친일파들의 시대는 이미 끝났고 이젠 역사의 책무를 스스로 떠맡고자 하는 새 세대들의 시대가 되었다. 1980년대를 거치면서 한국에는 크고 작은 시민단체와 사회단체들이 탄생해 지금 이만여 개에 이르고 있다. 그 단체의 성원들은 1980년대의 투쟁의식과 책임의식으로 무장해 있다. 일본의 역사교과서 왜곡은 그들로 하여금 일시에 연대하고 단결해 장기적인 총력투쟁을 전개하게 만들 것이다.

우리는 일본에도 양심적인 사람들과 정의로운 시민·사회단체가 적잖이 있다는 것을 잘 알고 있다. 우리는 언제든지 그들과 우의의 손을 잡을 것이다. 아직도 때는 늦지 않았다. 일본은 과거사를 진정으로 사죄하고, 왜곡된 역사 교과서를 다시 올바르게 써라. 그 길만이 일본이 세계 속에서 떳떳이 사는 길이며, 한국과도 좋은 이웃이 되는 길이다.

(『한겨레 21』, 2001년 4월 26일자)

분단정권의 벽을 넘어서

1990년 9월 4일을 남쪽의 신문들은 일제히 '역사의 날'이라고 이름 붙이기를 주저하지 않았다. 그러나 그건 결과에 대한 기대를 전제로 한 예비된 이름이었지 결코 완성된 이름이 아니었다. 그런데 역시한 이틀 지내놓고 보니 그 이름은 잘못 지어진 이름이었다. 아니, 쓸모없는 이름이 되고 말았다.

어쩌면 양쪽 정치권에서는 '분단 사십오 년 만에 양쪽 총리가 만났다는 그 사실 자체'만으로도 1990년 9월 4일은 '역사의 날'이라고 할지도 모른다. 그거야 자체 선전이 필요한 정치권에서 알아서 할 일이다. 그러나 만약 그 어느 쪽에서든 그런 짓을 한다면 북쪽의 인민이든 남쪽의 민중이든 코웃음을 치고 말 거라는 사실을 잊어서는 안 된다.

결론부터 말해서 1990년 9월 4일이 그야말로 '역사의 날'이 되었으려면 이번 회담에서 그 어떤 최소한의 합의나마 이루어냈어야 한다. 그런데 소문난 잔치 먹을 것 없더라고 우리가 받아든 것이라곤 허망한 빈손뿐이다. 그래서 1990년 9월 4일은 '양쪽 두 총리가 시끌

벅적하게 첫인사 한 날' 일 뿐이다.

이런 결론에 대해 어떤 잘난 사람은 아무것도 모르는 철부지라고 비웃을지도 모르고, 또 어떤 점잖은 사람은 성급하다고 나무랄지도 모른다. 이번에는 서로의 입장에서 그렇게 될 수밖에 없는 형편이었는데 철딱서니 없이 기대는 무슨 기대며 이번에는 '만남' 그 자체만으로도 그 의미가 있는 일인데 뭘 그리 서두르냐는 식으로 말이다.

과연 그럴까. 분단상황 속에서 우리 모두가 지난 세월 동안 겪어낸 억눌림의 고통과 옥죄임의 괴로움이 그 얼마였던가. 그런데 어찌 기대하는 것이 없을 것이며, 남겨진 것 없는 요란스러운 잔치 뒤끝의 쓴 허탈이 없을 것인가.

사십오 년 동안이나 그렇게 살아왔으면서 뭐가 그리 성급하고, 이제 일을 시작하려는데 여러 말 하지 말라고 할지도 모른다. 그러나 그건 말이 안 되는 또다른 강압일 뿐이다. 지난 세월 사십오 년은 양쪽 정권이 통일을 위해 당연히 노력을 바쳐야 하는 세월이었으며, 사실이 그렇지 못했다면 그 동안의 잘못을 바로잡는 뜻에서라도 이번 일을 '만남' 으로 끝내서는 안 되는 역사적 책무가 있었다.

이런 말에 대해서 누군가는 자꾸 심정적인 말 하지 말라고 공박할지도 모른다. 그러나 통일, 민족이 하나로 합치는 것은 과연 무엇인가. 그것은 정치적인 문제인 동시에 심정적인 문제가 아닌가. 그 두 가지 비중은 어느 것도 크지 않고 똑같다. 정치만 있고 심정이 없이 어찌 갈라진 민족이 하나가 될 수 있겠는가. 정치는 수평적 대결이며 심정은 수직적 결합이다. 정치가 수평적 이성이라면 심정은 수직적 질서다.

우리가 통일문제를 놓고 여러 분야를 막론하고 숱하게 쓰는 말이 있다. '민족동질성 회복' 이 그것이다. 그 말이 정치적 용어인가. 아니면 상업적 용어인가. 그것도 아니면 사회학적 용어인가. 그것도 아니라면 그럼 문학적 용어인가. 그 말은 그 어느 것도 아니다. 굳이 따지자면 통일의 길을 찾기 위한 우리들의 심정이 모아져 나온 '심정적 용어'이고, 민족동질성 회복에서 찾고자 하는 것도 바로 '민족의 심정' 아닌가.

잘 알고 있다. 통일을 찾아가는 길이 멀고도 험난하다는 것을. 그리고 또 알고 있다. 그러므로 서두르거나 욕심을 부려서는 안 된다는 것을. 그래서 이번 회담을 이틀 동안 꼬박 지켜보면서 양쪽 정권에 대해, 그리고 전민련과 전대협에 대해 이 글보다 열 배 이상의 길이로 할말이 많지만 다음 회담을 기다리며 참기로 하는 것이다.

그러나 한 가지만은 분명히 못 박아두고자 한다. 양쪽 정권은 이번에 시작한 회담만은 지난날의 7·4 공동성명처럼 되게 해서는 안 된다는 사실이다. 우리는 그때의 '자주 평화 민족대단결'이라는 기막힌 통일방안이 양쪽 분단정권의 안보용으로 악용되고 말았음을 똑똑히 기억하고 있다. 만약 이번에도 그렇게 된다면 양쪽 분단정권은 북쪽의 인민과 남쪽의 민중으로부터 똑같이 버림받게 될 것이다.

진정 바라건대, 양쪽 정권은 민족 전체의 숙원이요 비원인 통일을 이룩하기 위하여 이성적 성실성과 심정적 진정성을 가지고 서로 머리 맞대고 가슴 싸안으며 주장과 역설이 아닌 의논과 협의를 통해 민족통일사에서 부정당하는 분단정권으로 끝날 것이 아니라 통일정권으로 끝없는 박수를 받을 수 있도록 모든 슬기와 지혜를 짜내기를 간곡히 당부하는 바이다.

그리고 북쪽의 인민과 남쪽의 민중은 우리 모두가 이 땅의 주인이라는 엄연한 사실을 한시도 잊지 말고 앞으로 진행될 회담을 똑똑히 지켜보며 감시·감독해야 한다. 그 감독권이 주인인 우리들 모두에

게 주어진 역사의 의무이며 책임인 것이다. 양쪽의 정권은 어디까지
나 우리들의 대행자에 불과하다.

(동아일보, 1990년 9월 7일자)

통일은 제2의 8·15해방

다시 8월이 왔다. 그것은 마흔다섯 번을 거듭 되풀이하여 우리를 찾아왔다. 그런데 우리 민족은 그 긴 세월 동안을 반으로 갈라져 살아왔다. 그런 삶은 혹독한 식민지 치하에서도 없었던 일이다. 더구나 그 세월은 식민지 삼십육 년보다 구 년이나 더 길어지고 말았다. 그래서 우리는 분단을 민족의 비극이라 부른다.

우리에게 '8·15 해방'은 무엇이었던가. 일본의 식민 통치에서 벗어났다는 것인가. 그건 그렇게 단순한 것이 아니었다.

식민 통치에서 벗어났다는 것은 단순한 시대적 현상일 뿐이었고 '8·15 해방'이 우리에게 부여한 역사적 의미와 민족적 책무는 따로 있었다. 그건 민중에 의한, 민중을 위한, 민중의 민족 자주국가를 세우는 일이었다.

8월의 태양 아래서 우리 모든 민중은 그 역사적 사명을 달성하려고 다 함께 팔 뻗쳐 뜻을 모으고 서로서로 어깨동무하며 힘을 모았다. 그런데 두 강대국이 우리의 땅을 전리품으로 점령함으로써 우리 민족은 두 쪽이 났고, 8월의 태양은 어둠에 묻히게 되었으며, '8·15

해방'은 여지껏 '미완의 해방'으로 남게 되었다.

그리하여 남과 북에 서로 성격을 달리하는 정권이 세워졌으니, 대한민국 민주공화국과 조선민주주의 인민공화국이 그것이다. 또다시 어둠에 묻힌 8월의 태양과 함께 8·15 사십오주년을 맞으며 냉정하게 검증하건대 두 강대국이 밀어닥치지 않고 진정으로 우리의 민족자주국가를 수립하였을 때에도 '대한'이니 '조선'이니 하는 국호가 붙었을 것인가.

결코 그렇지 않았을 것이다. 민중이 주체가 되고 주인이 되는 나라는 무엇인가. 그건 더 말할 것 없이 봉건 왕권국가의 전면 부정이다. 이 땅의 오래고 긴 역사를 보라. 봉건국가들마저 왕조가 바뀌면 당연히 국호를 바꾸었다.

그럼에도 불구하고 '민주'와 '공화국'을 내세운 남과 북의 정권은 서로 다투기라도 하듯 봉건 왕조국가의 이름을 따서 붙이기에 바빴다.

이건 얼마나 시대착오적인 모순이며, 본질 왜곡적인 망동인가.

이런 비극적 현상은 어디서 비롯되었는가. 바로 분단이다. 전체 민중들의 뜻이 수렴·결집되지 못한 상태에서 정권이 만들어지다보니 그 정권의 정통성에 급급한 나머지 생겨난 결과가 그것이다. 그 봉건왕조의 두 국호가 우리 민족의 '미완의 해방'을 슬프게 증언하고 있다.

땅도 민족도 반으로 갈라져 있는 이 '미완의 해방'을 '완성의 해방'으로 바꾸는 것은 무엇일까. 그건 바로 통일이다. 그러므로 통일은 '제2의 8·15해방'이다.

8·15 사십오주년을 맞으면서 공교롭게도 통일에 대한 논의가 그 어느 때 없이 활기차게 이루어지고 있다. 그러나 그건 우연한 일이 아니라 나라 안팎의 필연성에서 비롯된 결과이다. 앞으로 통일에 대한 민족적 욕구는 더욱 팽창될 것이고 그에 따라 정치적 요구는 더욱

강해질 것이다. 통일운동 세력의 신장은 그만두더라도 일반 대중들을 상대로 한 여러 갈래의 여론조사 결과들이 그것을 구체적으로 입증해주고 있다.

생각해보라, 분단의 삶 오십 년을 넘긴다는 것을. 세계적으로 제국주의의 식민지 지배가 끝나간 20세기를 보내면서 우리만 유일하게 분단민족으로 남아 있어야 할 것인가. 그것은 민족사적으로는 한없이 어리석은 비극이며 세계사적으로는 더없이 창피스러운 아둔함이다.

물론 분단이 그러했듯이 통일도 주변 강대국들의 문제와 우리의 내부 문제가 두 개의 톱니바퀴로 맞물려 돌아가고 있는 복잡한 문제다. 그러나 보다 중요한 것은 우리 자신들의 문제다. 민족 전체가 통일을 하겠다고 똘똘 뭉치는 이상 힘 가진 나라들인들 어찌할 것인가.

이것을 관념론이나 감상주의라고 비웃거나 매도하지 말라. 같은 민족이니까 그것은 가능하며, 그 일체감의 단결 없이는 통일은 요원하다.

한 가지 명백히 하고자 하는 것은 통일에 대한 민족적 염원이 그 어느 때 없이 뜨겁게 발화하기 시작한 이 세기말에 양쪽 정권 담당자들은 통일 달성에 대한 진정성을 확보하고 그런 다음 그 방법을 찾아 진지하고 성실하게 서로 머리를 맞대야 한다는 점이다. 양쪽의 민중이 민족통일사를 기록하기 위하여 똑똑히 지켜보고 있기 때문이다.

(한국일보, 1990년 8월 15일자)

오늘 우리의 모습

미국과 소련이 서로 먼저 유인 우주선을 쏘아올리려고 다투고 있었던 사십여 년 전의 일이다. 미국에서 첫 유인 우주선을 발사하는 광경을 텔레비전으로 미국 전역에 방영했음은 물론이다.

그런데 우리나라의 신문들이 그 소식을 전하며 함께 보여준 사진은 유인 우주선을 실은 로켓이 불을 뿜고 치솟는 모습이 아니었다. 그 사진은 엉뚱하게도 로켓이 치솟는 텔레비전 화면을 향해 네댓 살먹은 사내아이가 거수경례를 하고 서 있는 모습이었다.

그 사진은 보는 사람들로 하여금 한눈에 숙연한 느낌을 갖게 했다. 굳이 사진설명을 읽지 않더라도 그 사진은 꼬마가 로켓의 몸체에 그려진 미국 국기를 향해 거수경례를 하고 있음을 알 수 있었고, 어린 꼬마까지도 그처럼 애국심을 나타내고 있다는 것이 우리를 숙연하게 만들었다.

그 인상적인 사진은 그뒤로도 심심찮게 여러 지면에 실리고는 했다. 그런데 그 사진이 자연스럽게 찍힌 것인지 아니면 의도적으로 연출된 것인지 지금까지도 알 수가 없다. 어쨌거나 그 사진은 외국사람인 우리들까지 숙연하게 만들 정도였으니 미국인 전체의 애국심을 얼마나 자극했을까는 더 말할 나위가 없다. 유인 우주선 발사경쟁에서 소련에 뒤지고 있던 미국은 그 한 장의 사진으로 국민들의 애국심을 한껏 자극하는 동시에 단결을 촉구하는 효과를 톡톡히 보았을 것이다.

미국은 국력이 강함에 비해 그 역사가 짧다. 그래서 문화도 별로 보잘것이 없다. 그 점을 아프게 꼬집는 나라가 프랑스다.

그래서 그런지 미국만큼 '국기'를 강조하고 앞세우는 나라도 드물다. 우주인의 어깨나 군인의 어깨에 성조기가 부착되는 것은 말할 것도 없고, 대통령 선거며 여러 가지 문화축제에서도 성조기는 물결을 이루며 나부끼고, 심지어 외국에 수출하는 영화에까지 성조기는 예사롭게 등장한다. 미국인들은 문화의 동질성으로 뭉쳐 있는 것이 아니라 국기의 위엄 아래 뭉쳐 있다. 또한 미국은 성조기를 앞세워 미국의 위대성을 세계인에게 주입시키고 최면시키고 있다.

미국과 미국인들에 비해 우리는 어떤가. 광복 오십주년 기념일인 지난 8월 15일에 태극기를 달지 않은 집이 절반에 가까웠다는 것이 우리들의 모습이다.

그리고 국가적인 행사가 있을 때마다 휴지들과 함께 버려지고 짓밟힌 태극기들이 행사장을 뒤덮다시피 하는 광경을 텔레비전을 통해 자주 보게 된다.

대중의 지식수준은 날로 높아져가는데 왜 우리의 모습은 그렇게 되어가는 것일까. 교육의 잘못일까. 물질만능에 취해 조국애를 망각해버리는 것일까. 정치에 대한 환멸이 엉뚱하게 국가에 대한 불신으로 확대되는 것일까. 어쩌면 그 모든 것이 합해진 결과일지도 모른다.

그러나 그 어떠한 이유로도 태극기에 대한 경배가 소홀해지거나 존중이 경시되는 것은 곤란한 일이다. 그건 국기가 나라의 상징이기 때문만이 아니다.

우리는 다른 나라들과는 달리 나라를 빼앗겼던 슬픈 역사를 가지고 있다. 식민지 세월 동안 나라를 되찾기 위해 피 어린 투쟁을 하다 죽고, 억울하게 학살되고, 징병으로, 징용으로, 죽은 수가 육백여 만 명을 헤아린다. 그 많은 동포들이 죽어가면서 염원했던 것은 태극기가 휘날리는 조국의 광복이 아니었던가.

3·1운동 당시에 태극기를 흔들며 만세를 부르다가 왜경의 칼에 오른팔이 잘리자 다시 왼손으로 태극기를 흔들고, 그러다가 왼팔마저 잘려버린 어느 남자의 처절한 모습이 몇 년 전에 각 신문에 실린 일이 있었다. 그 남자는 식민치하에서 죽어간 육백여 만 동포의 염원을 단적으로 보여주고 있었다.

지난 식민지 역사는 우리 모두에게 나라의 소중함과 태극기의 존귀함을 웅변으로 일깨워주고 있다. 그런데 우리는 무슨 이유 때문인지 그 절실한 웅변을 듣지 못하고 있다. 그건 민족사에 대한 배반이며 육백여 만 원혼에 대한 배신이다.

우리는 식민지의 쓰라린 역사 교훈을 되새기며 미래의 3,600년, 아니 3만6천 년의 역사를 굳건히 세우지 않으면 안 된다. 광복 오십주년을 맞이하여 우리는 그 각오를 새롭게 다짐해야 하는 동시에 태극기를 아끼고 사랑하는 마음도 새롭게 가져야 한다. 그것이 바로 우리 스스로를 아끼고 사랑하는 일이기 때문이다.

(경향신문, 1995년 8월 28일자)

주역이 누구인가

새해 아침에 경건한 마음으로 옷깃을 여민다. 무한한 세월의 흐름
속에서 한 해가 바뀐다는 것은 별다른 의미가 없다는 말도 있다. 다
분히 종교적이고 철학적인 관점인 이 말은 그럴 법도 하다. 그러나
과연 그럴까.

한 해가 바뀐다는 것은 단순히 인간의 편의에 의해서 자르고 꾸민
시간단위가 아니다. 그건 엄연한 자연의 순환법칙과 우주의 운동법
칙에 따른 인간의 발견이고 순응이었다. 그 법칙에 따라 자연과 우주
는 변하고 인간 또한 변하지 않을 수가 없었다. 그리고 인간은 해가
바뀌는 의미를 깨닫고, 그 시간단위에 따라 삶을 계획하고 운영해온
것이 수천 년에 이른다. 그러므로 해가 바뀐다는 것이 별의미가 없다
는 말은 지극히 추상적이고 관념적인 변설에 지나지 않는다.

우리는 지난 1995년을 맞으면서 자못 엄숙하고 숙연했다. 왜 그랬
던가. 1995년이 해방 오십 돌이었을 뿐만 아니라 분단 오십주년이었
기 때문이다. 우리들 모두가 엄숙하고 숙연해질 수밖에 없었던 것은
분단 오십 년이라는 비극의 주인공이 우리 자신들이었기 때문이다.

그래서 새해맞이로 우리가 동의한 것은 '분단을 넘어 통일의 시대를 열자'는 것이었고, '참된 해방은 통일'이라는 합의를 이루어냈던 것이다. 그러니까 1995년에 우리 스스로가 우리에게 부과한 역사적 과제는 1995년을 통일 원년으로 삼고, 전 민족이 동의하는 새롭고도 획기적인 통일방안을 창출하고 실천에 옮기는 것이었다. 그러나 그 중대한 일은 아무런 성과를 거두지 못했다. 원인은 무엇이었는가. 지난해 하반기 들어 온통 이 나라를 뒤흔들었던 노태우, 전두환 두 사람 사건 때문이었다. 온 나라가 두 사람을 잡아넣는 일에 휘말리면서 우리 스스로 짐지운 역사적 과제는 뒷전이 되고 말았다.

　그럼 우리는 빈대 잡으려다가 초가삼간 태운 것인가? 결코 그렇지 않다. 우리는 다만 일의 앞뒤를 가려서 처리한 것이었다. 전두환, 노태우로 대표되는 역대 군사독재의 부당성과 파렴치함을 국민과 역사의 이름으로 심판하고 처벌하는 것은 통일문제보다 더 시급한 현실적 문제였다. 왜냐하면 현실의 역사정리 없이 미래역사는 존재할 수 없으며, 정의로운 사회 실현이 곧 통일의 역사 실현의 기반이 되기 때문이다.

　이 시점에서 분명히 못 박아둘 것이 있다. 노태우, 전두환을 구속시키고 역사의 심판대에 서게 한 주인공은 누구냐 하는 점이다. 그것은 두말할 필요 없이 이 나라 국민인 우리들 모두다. 문민정부를 자처하는 김영삼 대통령은 집권하자마자 '광주문제'에 대해 뭐라고 했던가. '역사의 심판에 맡기자'고 했다. 그것은 '문민'을 스스로 부정한 것이며, 비겁한 책임회피였고, 국민의 존재를 무시한 행위였다. 그리고 검찰은 그에 발맞추어 "성공한 쿠데타는 처벌할 수 없다"는 괴이쩍은 말을 앞세워 '공소권 없음' 결정을 내려 5·18을 역사의 뒤안길에 파묻고 말았다.

그런 행태에 대한 국민적 저항은 지자체 선거를 통해 여당을 참패시키는 것으로 나타났다. 그리고 잇따라 각계각층의 서명운동이 성난 물결을 이루며 전국으로 퍼져나갔다. 그 거센 물결은 1996년 4월 총선을 향해 치닫고 있었다. 그 물결에 휩쓸리면 현 정권은 존립이 위태로운 지경에 처할 수밖에 없었다. 그 위기로부터의 탈출시도가 노태우씨의 구속으로 나타났다. 그러므로 역사청산의 주인공은 바로 우리들 모두였고, 김영삼 정권은 기본권을 행사하려는 전 국민적 저항에 굴복한 거였다. 지난 1987년 노태우씨가 국민에 대한 항복으로 6·29선언을 내놓았던 것처럼.

그런데 '역사 바로 세우기'라는 이름으로 역사청산의 주역이 김대통령인 것처럼 변해가는 징조가 나타나기 시작했다. 우리는 그 음험한 시도를 결코 용납해서는 안 된다. 우리는 우리의 습벽 가운데 지나친 겸손이 한 자리를 차지하고 있음을 상기해야 한다. 인간관계에서 겸손한 것은 더할 수 없이 좋은 미덕이지만 역사 앞에서 겸손한 것은 자칫 비겁이고 무책임이 될 우려가 있다. 우리는 "대한민국의 주권은 국민에게 있고 모든 권력은 국민으로부터 나온다"는 헌법 조문을 새삼스럽게 상기할 필요가 있다. 우리는 이 조문을 곱씹으면서 이 나라 주인으로서 떳떳하고 당당하고 냉정해야 한다.

우리는 노태우씨와 전두환씨 그리고 그 일파들에 대한 법적 조치가 어떻게 집행되는지를 두 눈 부릅뜨고 똑똑히 지켜봐야 한다. 그것이 새해를 맞으며 우리가 짊어진 역사적 임무다.

그 처리를 냉철하게 감시하는 것, 그것이 새 역사를 창조하는 것이며 통일의 디딤돌을 놓는 것이다.

(한겨레, 1996년 1월 7일자)

깨어나야 할 잠

　국회의원 선거운동이 치열하게 벌어지고 있다. 그런데 이번 15대 국회의원 선거는 국가적으로나 민족적으로 그 의미가 각별하다는 것을 우리 모두 깨닫지 않으면 안 된다. 왜냐하면 이번 선거는 지난 삼십년 간의 군사독재를 물리치고 최초로 실시되는 총선인 동시에, 이번 선거를 통해서 구성되는 국회에 의해서 이 땅의 참되고 올바른 민주주의가 실현되느냐 아니냐가 결정되기 때문이다.

　그런데 선거바람이 일어나는 것과 함께 이상야릇한 말들이 떠돌기 시작했다. "그래도 마 우짜겠노." "벨수 있간디, 미워도 다시 한번이제." "얼래, 우리보고 핫바지라구유."

　각기 말투와 어감이 다른 이 세 가지 말이 무엇을 뜻하는지 모를 사람은 이 땅에 하나도 없을 것이다. 이번 선거를 놓고 지방색을 이처럼 명쾌하고도 단적으로 드러낼 수 있는 말이 또 있을까 싶다. 인물이든 정책이든 볼 것 없이 어쨌거나 경상도 전라도 충청도에서는 자기네 지방 사람들만 찍겠다는 마음을 너무나 잘 나타내고 있는 것이다.

김영삼 대통령이 하는 일이 불만스럽기도 하고 마땅찮기도 하지만 막상 투표를 할 때는 같은 경상도 사람인데 "그래도 마 우짜겠노" 하며 그가 이끄는 정당 사람들에게 몰표를 던지겠다는 것이고, 김대중 총재에게 실망도 하고 서운함도 느끼지만 그래도 투표를 하게 될 때는 또 경상도에 대한 적대감으로 "벨수 있간디, 미워도 다시 한번이제" 하며 그의 정당 후보자들만 찍겠다는 것이고, 김종필 총재가 유신독재의 때를 묻히고 석연찮은 점들이 있긴 하지만 경상도와 전라도가 극성을 부리며 충청도 사람들을 무시하는 투이니 "얼래, 우리 보고 핫바지라구유" 하며 충청도의 단결력을 보이겠다는 것이다.

오늘날과 같은 지방색이 역대 군사독재의 못된 유물이라는 것은 누구나 잘 알고 있다. 그리고 그 지방색이 나라 망치는 병이라는 것도 모르는 사람이 없다. 그러면서도 그 몹쓸 병은 고쳐지지 않고 선거가 거듭될수록 더 심해지기만 하고 있다. 과연 그 이유가 어디에 있는가. 정치인들이 갈수록 악랄하게 지방색을 조장하고 악용해서 그런 것인가. 정치인이 아닌 유권자들에게는 아무 책임도 잘못도 없는 것인가. 그렇지 않다.

먼저 정치인들에게 절반의 잘못이 있다. 그리고 나머지 절반의 잘못은 우리 유권자들에게 있다.

망국병인 지방색의 바탕을 이루는 데는 세 가지 요소가 있다. 혈연 지연 학연이 그것이다. 우리 사회에서는 지금도 사람을 첫 대면 할 때 으레 "고향이 어디냐" "성씨(집안)가 어찌 되느냐" "어느 학교를 나왔느냐"를 따진다.

그 세 가지는 상대방에 대한 신뢰의 척도가 되는 것은 물론이고 능력에 대한 평가의 기준까지 되어버리는 것이다. 고향이 같고, 집안이 좋고, 학교까지 같으면 전폭적으로 신뢰를 보이고 능력까지 만점으로 인정해버린다. 이 얼마나 감정적이고 비과학적이며 위험천만한 일인가.

고향 따지고 족보 따지고 학연 따지는 것은 그야말로 시대착오적인 봉건시대의 악습이고 폐습이다. 민주주의는 개개인의 인권과 인격을 존중하고 또한 그 능력을 존중하는 데서 비롯된다. 그런데 민주주의를 내세운 사회에서 학연 지연 혈연을 인간평가의 기준으로 삼고 있으니 민주주의가 제대로 될 리 없는 것이다. 정치와 상관없는 우리 사회의 모든 조직과 크고 작은 직장들에서 온갖 파벌들이 난무하고 갈등이 빚어지고 있는 뿌리에는 반드시 그 학연 지연 혈연이 작용하고 있다.

정조의 청결 유무로 여자의 절대가치를 따지는 것은 우리나라가 세계에서 으뜸이다. 학연 지연 혈연을 따지는 것도 우리가 단연 최고다.

우리는 민주사회를 내세우면서도 의식은 케케묵은 봉건사회를 살고 있다. 정치인들은 바로 우리의 그런 병든 의식을 자극하며 지방색을 획책하고 있는 것이고, 우리는 우리의 깊은 병을 모른 채 그 충동질에 놀아나며 지방색을 확대 재생산하고 있는 것이다. 우리는 어서 깨어나야 한다. 그 망국적 봉건의식에서.

(한겨레, 1996년 3월 31일자)

정치범과 흉악범

사형제도의 폐지와 존속은 세계적 논란거리 중의 하나다. 그런데 사형제도를 완전 폐지한 나라는 없으면서도, 폐지의 목소리는 갈수록 높아져가고 있다. 사회의 타락과 함께 범죄가 날로 급증하고 흉포화되어가는 것과는 대조적인 현상이다.

우리 사회에서도 종교적 범위나 학문적 관심을 넘어서 시민이 '사형제도의 위헌'을 헌법재판소에서 주장하기에 이르렀다. 이것은 일개인의 문제가 아니라 우리 사회의 성숙을 반증하는 것이 아닐까 한다.

그런데 헌법재판소는 '사형제도의 합헌' 결정을 내렸다. 결정문은 "사형은 죽음에 대한 인간의 본능적 공포심과 범죄에 대한 응보적 욕구가 맞물려 고안된 필요악으로 불가피하게 선택된 제도이며……" 등으로 기술하고 있다. 그러나 그 결정에는 어딘가 미묘한 느낌이 드는 단서가 붙어 있었다. "언젠가는 사형제도가 없어져야 하겠지만……"

이 단서를 눈여겨보며 곱씹어 생각한 것이 비단 나 혼자일까. 아마 평소에 사형제도에 대해 관심을 가져온 사람이라면 거의가 이 대목을 그냥 지나치지 않았을 것이다.

그 말은 헌법재판소의 조심스러움을 나타내는 것 같기도 하고, 무언가 자신이 없는 느낌이기도 하고, 많은 고심을 한 것 같기도 했다. 그런데 한 가지 분명한 사실은 헌법재판소에서도 사형제도가 없어지기를 바라고 있다는 것이었고, 그 깊숙한 속에는 지난날 법의 이름으로 사형을 선고했을 판사 개개인들의 고뇌가 숨쉬고 있음을 감지할 수 있었다.

그럼에도 이번 결정은 큰 문제를 안고 있지 않았나 싶다. 그건 바로 결정의 획일성이고 독단성이다. 헌법재판소에서는 막연하고 추상적으로 사형제도가 없어지기를 희망할 것이 아니라 이번 결정을 유형화, 세분화시키는 고심과 진통을 겪었어야 한다.

다시 말하면 "정치범, 사상범 등은 사형제도로 다스려서는 안 되고, 흉악범, 가정파괴범 등에게는 사형제도가 합헌……" 하는 식으로 말이다.

그러나 그런 일은 헌법재판소가 할 수도 없고, 해서도 안 되는 월권사항이라고 할지 모른다. 그렇지만 그런 '월권'을 해서 사회적 문제제기를 하고, 그것을 계기로 사회여론이 일어나고, 그리고 국회에서 입법하게 할 수 있는 일도 아닌가. 이런 말을 '소설가적 망상'이라고 탓하기 전에 헌법재판소는 이번 결정으로 앞으로 그 어떤 못된 대통령이 나타나 정치범이나 사상범을 멋대로 처형해도 괜찮은 합법성을 마련해주었다는 점을 잊지 말아야 할 것이다.

우리는 살인도 없고, 사형제도는 더구나 없는 세상을 꿈꾸며 살고 있다. 그것은 문학이 궁극적으로 꿈꾸는 세상인지도 모른다. 그러나 경제가 발전하고 생활수준이 향상되고 자본주의 찬미가 커질수록 범죄는 늘고 그 수법은 흉악해지고 있다. 이 모순 속에서 사형제도 폐지만이 능사인지 곰곰이 생각하지 않을 수 없다.

정치범과 사상범을 사형시키는 사회는 더 말할 것 없이 미개사회다. 그런 사회를 없애는 것이 인간의 목적이어야 하고 인류사회의 지향이 되어야 할 것이다. 그러나 술이나 마약 같은 것에 취하지 않은 말짱한 정신으로 범죄조직을 만들고, 자기와 아무런 감정이나 원한이 없는 제3자를 무작정 죽여대거나 축재하여 잘살기를 바라는 흉악범들의 문제는 신중하게 다루어지지 않으면 안된다.

이상(理想)에만 치우친 무조건적 인도주의는 현실에서는 죄없이 죽어간 사람들의 억울함을 증폭시킬 뿐만 아니라, 더 큰 문제는 범죄를 더욱 조장할 수도 있기 때문이다.

(한국일보, 1996년 12월 6일자)

3·1정신과 우리의 미래

　우리에게 일제 식민지시대는 청산되었는가. 결코 그렇지 않다. 두 어 달 전에 열렸던 한일 정상회담에서 일본 총리는 이 나라 대통령 앞에 몇 번이고 머리 조아리며 과거사에 대해 사과했다.

　그런데 사나흘 뒤 일본 총리 하시모토는 자신의 사과는 외교상의 예의였을 뿐 정신대에 대해 망언을 한 자기네 장관의 발언에 대한 사 과가 아니었다는 정반대의 태도를 취했다.

　'형제적 우의'를 느꼈다며 회담 결과에 만족을 하면서 돌아온 이 나라 대통령의 등뒤에다 대고 그런 표리부동한 말을 해대는 일본 총 리의 그 간교한 두 개의 얼굴. 그 야누스의 얼굴은 우리를 대하는 일 본의 좋은 상징인 동시에 왜 일본의 역대장관들이 끊임없이 망언을 되풀이하는지를 잘 입증하는 것이다.

　우리는 다시 3·1절을 맞는다. 우리는 해방 이후 지금까지 3·1정 신 이어받아 제대로 된 나라를 만들자고 외쳐왔다. 그런데 지금 이 나라는 정치환멸, 경제파탄으로 국가적 위기가 조성된 상태에서 대 통령이 국민 앞에 사죄하는 굿이 벌어지고 있다. 우리가 이어받자는

'3·1정신'은 도대체 무엇인가. 우리는 경건하게 저 3·1운동을 다시 상기할 필요가 있다.

일제의 핍박을 견디다 못해 폭발한 3·1운동은 3월 1일부터 4월 말까지 꼬박 두 달에 걸쳐 전국적 항쟁을 일으키면서 이백여 만 명이 동원되어 1천5백 회의 시위를 벌이는 동안 체포된 사람이 7만4천 명, 부상자가 1만6천 명, 사망자가 8천5백 명이나 되는 민족적 대사건이었다. 그리고 그 항쟁은 우리 민족이 유랑했던 땅 만주며 연해주며 미주까지 번져 나라를 찾자는 독립투쟁의 봉화에 불을 붙이는 계기가 되었다. 그리하여 해방이 되는 그날까지 육백여 만 명이 죽어가는 식민지 투쟁의 역사가 엮어졌다.

다시 생각해보자. 3·1운동으로 죽어간 8천5백 명을. 그 숫자는 돈 팔천오백원이 아니다. 사람의 목숨 8천5백이다. 세계 식민지 역사 이백여 년 동안에 그 어디에서 단일사건으로 8천5백여 명이 죽었는가.

우리는 그렇게 치열하게 싸웠던 것이다. '유관순'은 단지 그 많은 희생자들 중의 한 사람이었다.

해방 조국은 3·1운동으로부터 비롯된 동포들의 피 흘림으로 얻어진 것이었다. 세월이 좀 흘렀다고 해서, 배가 좀 불러졌다고 해서, 누가 그 핏값을 경시하고 소홀히 할 수 있는가. 과거의 역사를 망각하는 민족에게는 미래가 없다. 오늘 우리 사회의 난맥상은 바로 3·1정신의 망각이며, 그 희생자들에 대한 배신이고 모독이다.

유대인들은 2차대전의 수난을 발판으로 잃어버렸던 나라를 다시 세웠다. 그리고 그들은 독일의 범죄에 대하여 "용서하지만 잊지는 않는다"고 민족적 동의를 했다. 왜냐하면 독일 수상 빌리 브란트가 유대인들 앞에 무릎을 꿇고 진정한 사죄를 하는 동시에 전 세계를 향해서도 사죄를 했기 때문이었다. 그런데 일본은 현직 총리까지도 우리를 희롱하고 기만하고 있다.

　우리는 어찌해야 할 것인가. 우리는 '용서하지도 않고 잊지도 않
는다' 는 민족적 동의를 고수해야만 한다. 그것이 3·1정신을 이어받
고 되살리는 길이다. 그리고 오늘의 난국의 원인도 끝끝내 밝혀내는
것만이 3·1정신의 부활이고 미래의 횃불을 드는 일이다.

(한겨레, 1997년 3월 1일자)

박정희 신드롬

억압은 저항을 낳고 독재는 투사를 낳는다. 박정희 십팔 년 독재는 대표적인 두 사람의 정치투사를 낳았다. 그들이 바로 김영삼 대통령과 김대중 국민회의 총재이다. 그들은 독재투쟁의 후광을 업고 영웅시되어 한 사람은 대통령이 되었고 또 한 사람은 대통령 사수에 도전하는 질긴 생명력을 확보하고 있다.

그런데 김영삼 대통령은 박정희에게 은혜라도 갚으려는 듯이 정치무능과 가족부패를 시범적으로 보여 때아닌 '박정희 신드롬'을 낳는 계기를 마련했다. 신문의 독자투고란에 실린 '김영삼 정권은 군사독재만도 못하다'는 비판이 바로 그 근거다. 그리고 대학생들이 복제하고 싶은 인간 가운데 첫번째로 박정희를 꼽고, 복제해서는 안되는 인간 중 첫번째로 김영삼을 꼽으면서 '박정희 신드롬'은 사회적인 우려를 자아내기 시작했다. 그리고 때를 맞춘 듯 '박정희를 좋아하는 사람들의 모임'이 발족되었으며 어느 작가가 박정희를 영웅시하는 소설을 발표하고, 어떤 정당이 박정희의 경제치적을 확대해가며 자기네 후광으로 이용하려 하면서 '박정희 신드롬'은 완성되는 모습을 보여 마침내 사회문제로 대두하기에 이르렀다.

김영삼 정권에 대한 실망과 배신감의 반작용으로 돌출된 '박정희 신드롬'은 우리 시대의 슬픔이면서 비극이다. 문민정부를 자처한 김영삼 정권은 출범 초기에 구십 퍼센트가 넘는 지지율을 보였다가 최근에는 삼 퍼센트로 추락했다. 그러나 '박정희 신드롬'이 김영삼 정권에 대한 반작용의 소산이라는 일시적 현상을 넘어 우리에게 요구하고 있는 사실이 있다. 그건 대통령 박정희에 대한 정당하고 올바른 역사평가인 것이다. 만약 박정희에 대한 냉정하고 객관적인 평가가 이루어져 있었더라면 이번과 같은 돌출현상이 나타났을 것인가. 지금 우리 사회에는 박정희에 대해 두 가지 측면의 서로 상반된 견해가 대립되어 있다. 하나는 경제적인 측면을 강조하는 것이고 다른 하나는 정치적인 측면을 강조하는 것이다. 이 양분된 견해는 박정희를 위대한 영도자로 만들기도 하고 가혹한 독재자로 만들기도 한다.

경제적 측면을 강조하는 입장에서는, 획기적 경제발전을 위해서 개발독재는 당연한 것이며, 그 과정에서 야기된 소수의 희생은 불가피했다는 주장이다. 그리고 정치적 측면을 강조하는 입장에서는, 경제발전은 박정희 혼자서 이룩한 일이 아니며, 경제개발을 빌미로 장기 독재체제를 구축하여 무법적 인신구속과 무자비한 고문을 자행한 것은 용납될 수 없다는 주장이다.

이런 상반된 주장 앞에서 일반 대중들은 자칫 갈피를 잡기가 어렵고 혼란스럽기 십상이다. 그러나 한 가지 명백한 사실이 있다. 그 두 가지 서로 다른 측면은 분명 박정희가 공유하고 있는 양면이며 두 개의 얼굴이라는 점이다. 그러므로 우리는 박정희를 냉정하고 객관적인 역사평가의 무대로 올릴 때 어떻게 해야 할 것인가를 심각하게 묻지 않으면 안 된다. 무릇 역사평가는 단편적이거나 편파적이고 주관적이어서는 안 된다. 모든 역사평가는 포괄적이고 균형적이며 객관적이어야 한다. 그렇다면 박정희의 경제발전 공로를 확대시켜 비인간적 독재정치의 과오를 정당화시키거나 덮으려 해서는 안 된다. 또한 그의 가혹한 군사독재를 비판하면서 그가 선도한 경제정책의 방향 잡기마저 외면하거나 묵살해서는 안 될 것이다.

박정희를 아무리 좋게 본다고 하더라도 십팔 년간의 독재정치는 완전히 실패한 것이며, 그런 시대는 우리에게 두 번 다시 와서는 안 된다. 그리고 오늘날과 같은 경제발전도 오로지 박정희 혼자서 이룩한 것이라는 식의 과장은 결코 용납되어서는 안 될 역사 왜곡이다. 경제를 발전시킨 주역은 온갖 궂은 일, 험한 일 마다하지 않고 이 앙다물며 피와 땀과 눈물을 흘린 '국민 전체'였다. 박정희는 전후의 빈곤에서 허덕이며 잘살기를 갈망하는 국민적 욕구를 한데 모아 불붙이는 정치적 계기를 마련했던 것뿐이다. 그가 정치·경제 양면에서 긍정적 역사평가를 받으려면 3선 개헌으로부터 비롯된 정치만행을 저지르지 말았어야 한다.

정부가 내린 역사평가는 '5·16 혁명'을 '5·16 쿠데타'로 규정한 것에 머물러 있다. 그리고 박정희 군사독재 십팔 년에 대해서는 역사학계에서조차 객관적 평가를 내리지 않은 채 오늘에 이르러 있다. 그의 사후 십팔 년 세월이 너무 짧은 탓일까. 아니면 보신주의적 직무유기 때문일까. 사회적으로 객관적 평가가 이루어져 있었더라면 엉뚱하게 '박정희 신드롬'은 불거지지 않았을 것이다. 때아닌 박정희 환생은 그에 대한 냉정하고 엄정한 역사평가가 필요하다는 것을 우리 모두에게 일깨우는 좋은 계기인 것이다.

(경향신문, 1997년 6월 3일자)

창작의 자유와 검열의 칼

역사 위에서 중국의 진시황은 '폭군'으로 규정되어 있다. 그는 중국의 긴 역사 속에서 무수히 출몰했던 황제들 중에서 그래도 천하를 통일할 만큼 탁월한 능력을 지닌 인물이기도 했다. 그런데도 그가 폭군으로 낙인찍혀버린 까닭은 무엇인가. 그건 다름아닌 민간의 서적을 불사르고 유학자들을 구덩이에 묻어 죽인 분서갱유(焚書坑儒)라는 짓을 저질렀기 때문이다. 그와 반대로 우리 역사 속에서 세종대왕이 둘도 없는 성군으로 추앙받는 것은 한글을 창제함과 아울러 많은 책을 지어내게 했기 때문이다. 이러한 역사의 평가는 비록 중국이나 우리나라뿐 아니라 세계 어느 나라에서나 공통적인 것이다.

그리고 현대사회에서는 더욱 한 나라의 민주주의 성숙도나 문화수준을 가늠하는 데 있어서 저작의 자유가 얼마나 보장되느냐로 판가름난다는 것은 더 말할 필요가 없다. 나아가 책이나 저자에 대해서 함부로 제재를 가하거나 검열의 칼을 휘두르는 나라에서 문화의 꽃이 필 리가 없다.

정권 주변의 금권비리로 경제위기가 조성되고 어느 대통령 후보자녀의 병역기피 의혹으로 사회적 불신이 소용돌이치는 속에서 검찰은 느닷없이 만화가들을 소환하는 소동을 일으켰다. 그것은 학원폭력의 일소와 일본만화의 악영향, 그리고 청소년 보호라는 명분과 연결되어 시행된 일이었다. 그러나 민주사회의 상식적 측면에서나, 예술작품의 표현의 자유 측면에서나 검찰의 그런 행위는 너무 성급하고 과도한 것이었다. 검찰은 오늘의 걱정스러운 학원폭력과 청소년들의 비행 원인이 어디서부터 비롯되었는지를 보다 구체적이고 종합적으로 따져보아야 한다. 지난 정권에서부터 '총체적 부패'라고 스스로 규정한 우리 사회 전반의 타락과 비양심, 입시 위주의 교육으로 실종되어버린 인간도덕 교육, 일등만을 최고의 가치로 부추기는 사회 분위기, 타인의 삶을 철저하게 외면하는 가족이기주의, 그리고 천민자본주의 물결과 함께 기승을 부리고 있는 문화상업주의, 이런 것들이 복합적으로 작용하여 청소년들을 좌절시키고 타락케 하며 폭력화로 내몰고 있는 것이다. 그런데 검찰은 마치 청소년들의 폭력행위와 비행의 주범이 만화인 것처럼 속단하고 법의 칼을 뽑아들었다.

선진민주주의를 표방하고 있는 세계의 그 어떤 나라에서도 창작표현의 자유는 헌법으로 보장할 뿐 아니라, 공권력의 지배를 벗어난 일종의 성역이 되어 있다. 왜냐하면 법이 지향하는 인간다운 사회의 건설보다 더욱더 모든 예술가들은 아름답고 슬기로운 인간사회를 추구하며 진정한 노력을 바치고 있기 때문이다. 그러므로 모든 예술품에 대한 가치평가와 수용여부는 오로지 그 감상자나 향수자들에게 맡겨져야 한다. 오늘날 인류가 누리고 있는 질 높은 온갖 문화는 법의 산물이 아니라 예술의 산물인 것은 두말할 필요가 없을 것이다. 더구나 다가오는 21세기가 '문화의 세기'라는 것은 이미 세계적으로 동의되어 있다. 그리고 미국의 만화영화 하나가 벌어들인 수입이 우리나라의 연간 자동차 수출총액을 능가하고 있다는 것은 잘 알려진 사실이다.

그런데 이 땅에서는 공권력의 발동으로 만화가들이 시한부 창작 중단을 선언하고 있으니 웃지 못할 비극이 아닐 수 없다. 군부독재의 유산인 공연윤리위원회의 횡포가 지금까지도 계속되고 있는 마당에 검찰까지 신중하지 못하게 가세한다는 것은 우리의 '문화의 세기'를 암흑으로 만드는 어리석음일 뿐이다. 검찰은 사회범죄에 대해서는 냉혹하게 법의 칼을 뽑되 창작표현의 자유에 대해서는 한사코 법의 칼을 감추는 것이 아름다운 검찰의 모습이라는 것을 알아야 한다. 그러나 이 땅의 모든 예술인들도 이런 기회에 스스로 한번 돌아볼 필요가 있다. 문화상업주의가 기승을 부리고 있는 이 시대에 혹시 창작의 자유를 빙자하고 표현의 자유를 악용해가며 상업주의에 편승하지는 않았는지. 예술인의 자유는 '사회적 공헌'이라는 조건부 허용임을 잊어서는 안 된다. 드넓은 창공을 나는 새에게도 무한한 자유는 없다.

(경향신문, 1997년 8월 26일자)

형제애 회복을

　분단 오십오 년의 역사가 바뀌려 하고 있다. 같은 민족이 반토막나 불구의 삶을 살아온 세월이 어느덧 오십오 년이라는 것이 끔찍스럽고, 그나마 육십 년이 되기 전에 그 해결의 길을 찾아나선 것이 다행스럽기 그지없다.

　내가 『태백산맥』을 쓴 근본적 이유는 민족통일에 작은 힘이나마 보탬이 되고자 하는 소망 때문이었다. 그건 나만이 아니라 분단시대를 사는 거의 모든 작가의 자각이고 사명이기도 할 것이다. 6·25 이후 씌어진 이 땅의 소설 중 육십 퍼센트 이상이 '분단'을 소재로 하고 있다는 것이 그 사실을 잘 입증하고 있다.

　그러나, 이데올로기를 앞세운 감정적 대립에서 벗어나 민족적 이성을 회복해 서로의 잘못을 반성하고 이해해야 한다는 『태백산맥』의 지향은 올바로 받아들여지지 않았다. 나는 국가보안법 위반혐의로 고발당했고, 몇 년에 걸쳐 경찰과 검찰의 수사를 받으며 그 괴로움을 괴로움이 아니라 분단시대의 작가로서 당연히 겪고 넘어가야 하는 과정으로 받아들이려고 애썼다.

그러는 동안에 이제 남북 정상회담이 추진되고 있다. 그건 소설 속에서 꿈꾸어왔던 일이 현실로 이루어지는 경이로움이다. 그러나 정상회담을 바라보는 민족 성원들은 기대와 희망에 못지않게 우려와 불안을 갖고 있다.

정치는 현실이라 한다. 그러나 현실만이 아니라 미래이기도 하다. 특히 분단문제는 미래성이 강하다. 민족분단의 세월이 길어지면 길어질수록 후대들이 가하는 비판은 그만큼 가혹할 것이기 때문이다. 이번 정상회담을 통해 남과 북의 정상이 민족의 역사 속에서 똑같이 박수를 받게 되길 바라는 마음 간절하다.

우리 한반도를 에워싸고 있는 4대 강국이 형식적이든 책임회피든 간에 공통적으로 하는 말은 "한반도의 분단은 민족 내부의 문제이고 그들 스스로 알아서 해결할 문제"라고 하고 있다. 이번 회담에 임하는 두 정상은 이 말을 명심해야 할 것이고, 그것이 함께 짊어지는 짐이 되어야 할 것이다.

힘센 이웃들은 자기네 이익을 위해 두 형제를 이간시켜 싸움까지 하게 만들었다. 두 형제는 피나는 싸움을 하고, 그 감정으로 수십 년이나 원수처럼 살았다. 그러나 뒤늦게 그 어리석음을 깨닫고 저버렸던 형제애를 회복해 한 덩어리가 된다면 계속 더 싸우기를 바라는 이웃들인들 어찌할 것인가.

문학적 발상으로 한반도 상황을 너무 단순하게 보는 것이라고 생각할 사람들도 있을 것이다. 그러나 아무리 복잡하고 미묘한 국제관계의 거미줄이 얽혀 있다고 한들, 결국 통일이란 민족이라는 동질성 위에서 하나가 되고자 하는 진정한 의지의 발현 아닌가. 그 굳건한 뭉침 앞에서 국제관계가 어떤 힘을 쓸 수 있을 것인가. 두 정상은 민족사 앞에 진실하고 겸손하게 머리를 맞대야 하고 양보와

이해의 미덕을 실현해야 할 것이다. 그 어떤 이념도 민족에 우선할
수는 없다.

(중앙일보, 2000년 6월 2일자)

철마야, 통일을 향해 굳세게 달려라

'철마는 달리고 싶다.'

경의선 철도 종단점에 세워진 이 푯말은 '통일이여 오라' 하는 외침보다 훨씬 더 처절한 절규다. '통일이여 오라' 는 기도적 염원이면서 수동적인 데 반해 '철마는 달리고 싶다' 는 다리 잘린 통증이 절절하게 드러나면서 능동적이기 때문이다.

마침내 경의선 철길을 잇게 되는 날이 왔다. 철마야, 이제 맘껏 달려라. 그 동안 얼마나 오래 기다렸더냐. 통일을 향해 굳세게 달려라. 손바닥 얼얼하도록 박수갈채를 보내며 감격에 겨워 이렇게 외칠 수밖에 없다. 이산가족들의 만남이 통일의 상징이었다면 철길을 잇는 것은 통일의 구체적 표현인 까닭이다.

우리의 분단은 산맥을 가르고 강도 가르고 철길도 갈랐다. 그러나 산맥과 강은 자연이라서 사람을 제외한 모든 생명 있는 것들을 품어 자유롭게 살게 함으로써 그 유장한 생명력을 과시했다. 그런데 철길은 철저하게 인공이라서 사람의 왕래가 끊어지면서 그 생명도 죽음을 맞이할 수밖에 없었다. 이 지상에 있는 모든 길은 인간의 역사다.

그리고 모든 길의 생명은 소통에 있다.

인간이 인간을 위하여 인간에 의해 만들어낸 가장 오래된 창조물이 길이다. 그 길들을 통해서 인간들은 끝없이 새로운 역사를 이루어왔다. 그런데 우리는 분단으로 우리의 모든 길을 차단한 채 오십 년이 넘도록 살아왔다. 그것은 민족의 반죽음을 의미하는 것이다.

그러나 이제 하나의 길이 이어지게 되었다. 이것은 민족의 소생을 뜻하며 통일을 향해 첫발을 내딛는 실행이다. 그까짓 것, 고작 개성까지밖에 못 가는데 뭐가 그리 대단하냐고 말하지 말자. 이 작은 시작은 믿음의 실험이다. 서로에게 믿음이 쌓일 때, 그 두께만큼 물건만 오가는 것이 아니라 사람들도 평양까지 그리고 신의주까지 갈 수 있는 날이 오게 된다.

우리는 경건하게 그리고 오래 기억해야 한다. 시드니 올림픽 스타디움에 남북한 선수들이 공동입장했을 때 십일만 관중들이 일제히 기립박수를 보냈던 것을. 그것이 들뜬 잔치마당에서 일시적으로 일어난 흥분된 행위였을까. 그건 결코 그렇지 않다. 거기에 모인 세계인들은 이미 한반도 분단의 아픔을 눈여겨보아왔던 것이고, 공동입장을 확인하는 순간 우리의 통일을 축원하기 위하여 일부러 일어나 뜨거운 박수갈채를 보냈던 것이다. 그렇지 않고서야 그 누가 지시한 것도, 그 누가 지휘한 것도 아닌데 어떻게 십일만 명이 일사불란한 행동을 할 수 있을 것인가.

그 뜨거운 축원은 남과 북이 백 개씩의 금메달을 따는 것보다 더 값진 세계인의 선물이었다. 그 축원에 첫번째 답하는 것이 이번의 철길 잇기인지도 모른다. 세계인이 보내는 축원이 뜨거우면 뜨거울수록 남과 북, 우리 민족이 져야 하는 짐은 무거워진다. 그 짐을 가볍게 하는 것은 오직 하나, 서로에 대한 믿음 쌓기이다.

이번에 철길이 이어지는 것을 계기로 더이상 우리 내부에서 트집 잡기 위한 트집, 헐뜯기 위한 헐뜯음은 중단되어야 한다. 민족의 화해와 협력은 새로운 역사의 시작이고 시대의 대세다.

　이 거대한 물줄기를 구시대적 언행으로 막을 도리는 없다. 우리는 세계인의 주목 앞에 현명하게 응답해야 할 책임이 있다.

(한겨레, 2000년 9월 19일자)

황소의 걸음을 배우자

경의선 철길을 잇는 복원공사 기념식이 있던 날 나는 스스로 명칭을 붙인 '글감옥(서재)'에서 벗어나 일 년에 한두 번 하는 모처럼의 외출을 했다. 그날이 하필 원로작가 황순원 선생님의 영결식이었기 때문이다.

이 나라 문학의 큰 기둥이었던 황순원 선생님을 저 세상으로 배웅하는 슬픔과, 그분의 고향이 평양이라는 것과, 반세기를 넘긴 분단역사로 끊겼던 철길이 다시 이어지는 것과…… 이런 사실들이 겹쳐지면서 내 감정은 못내 착잡하기만 했다.

"야, 정말 경의선 철도가 이어지기는 이어지는 모양이지?"

"글쎄, 사람 오래 살고 볼 일이라니까."

수수로운 마음으로 버스를 기다리고 있던 나는 이 짧은 대화를 듣는 순간 피식 웃음이 흘러나왔다. 그런 말을 나누고 있는 것은 대학생임이 분명한 젊은이들이었기 때문이다. 나이에 어울리지 않게 "사람 오래 살고 볼 일이라니까" 한 우리말 특유의 반어법에 실린 의미가 참으로 절묘했다.

그 한마디에는 전혀 기대하지 않았고 꿈꾸지 않았던 일이 현실로 이루어지고 있는 것에 대한 경이로움이 잘 나타나 있다.

통일에 대한 관심이 차츰 엷어져간다는 젊은이들의 반응이 그럴 때 늙은 세대들의 반응이 더욱 적극적인 것은 더 말할 것도 없다.

6·15 남북공동선언 이후 남북관계는 그렇듯 정신을 차릴 수 없을 지경으로 빠르고 파격적이고 구체적으로 화해와 협력을 진행시켜나 가고 있는 것이다.

그런데 3차 장관급 회담이 끝나자마자 신문들은 회담의 알맹이가 없다고 요란하게 비판의 소리를 높이고 있다. 또 우리의 고질병인 '빨리빨리'가 도지고 있는 것인가. 이런 경박과 경솔은 신문들이 할 일이 아니다.

물론 회담의 결실은 알찰수록 좋다. 그러나 회담에는 상대가 있는 것이고, 모든 것이 우리가 원하는 대로, 바라는 대로 되는 것이 아닌 것은 상식이다.

서로의 입장을 이해하고 설득하고 타협해서 서로에게 유익한 결과 를 만들어내는 것이 회담의 미덕이다. 더구나 남북의 회담이란 그 어 떤 회담보다도 조심스럽고 신중해야 함은 오십 년이 넘은 분단과 대 치가 잘 말해주고 있지 않은가. 혹시 정부가 전시효과나 업적과시를 위해 여러 가지 회담을 성급하고 조급하게 몰아갈지 모르니까 오히 려 신문들은 진중함과 침착을 경고하고 주문해야 옳은 일이 아니겠 는가. 그런데 어쩌자고 한술 밥에 배부르기를 바라는 조급성과 끓지 도 않은 밥을 먹으려 드는 성급함을 드러내고 있는가.

6·15에서부터 지금까지 이루어져온 일들은 걱정스러울 정도로 과 속이고, 너무 많은 결실을 맺었는지도 모른다. 그러나 그 일들은 앞 으로 우리가 가야 할 통일의 천리길에 첫걸음을 내디딘 것에 불과하

다는 것을 명심해야 한다.

통일 십 년을 맞은 독일의 저명인사들이 하는 말을 우리는 귀담아 들어야 한다. 그들은 공통적으로 경제의 통일이나 영토의 통일보다 더 앞세워야 할 것이 마음의 통일이라고 강조하고 있다. 독일과 우리는 분단의 성격 자체가 다르다. 그러나 통일 다음에 오는 문제점은 꽤나 유사할 것이다. 그들이 아직도 다 이루지 못한 '마음의 통일'이란 오늘의 우리를 가르치는 교훈이고, 우리의 미래를 비춰주는 거울이다.

남과 북은 서로의 불신 속에서 오십 년이 넘게 살아왔다. 그 불신을 믿음으로 바꾸는 노력의 시작이 통일을 향한 첫걸음이다. 그리고 그 일은 하루아침에 이루어지지 않는다. 불신의 벽을 쌓아올렸던 것만큼 서로가 서로에게 진정한 마음을 가지고 믿음을 심고 가꾸는 것, 그것이 통일로 가는 길이다. 그 노정을 제발 서두르지 말고 차근차근한 걸음씩 가자. 황소의 느린 듯하나 끈질긴 걸음이 끝내는 천리를 가는 지혜를 배우자.

그리고, 상호신뢰를 쌓는 것 못지않게 중요한 것이 우리 내부의 불신을 없애는 것이다. 그러기 위해서는 국가보안법에 대한 개정만이라도 빨리 마무리해야 한다. 남북의 화해와 협력에 대한 국민들의 지지도는 팔십 퍼센트에 이르고 있다. 이는 민족사의 대전환을 뒷받침하며 통일시대의 개막을 알리는 종소리이다.

(경향신문, 2000년 10월 5일자)

두번째 식물 대통령

1997년 6월 갑자기 '박정희 신드롬'이라는 것이 일어났다. 그러나 그 엉뚱한 현상을 '갑자기'라고 표현하는 것은 잘못된 것이다. 바람이 불어야 나무가 흔들리고, 북은 쳐야 소리가 나는 것처럼 박정희의 부활은 그럴 만한 이유가 있었기 때문이다. 그건 다름아닌 당시 대통령이었던 김영삼의 정치무능과 가족부패의 반작용에서 비롯되었던 것이다.

어느 대학의 학생회가 학생들을 상대로 한 여론조사에서 복제하고 싶은 인간 가운데 첫째로 박정희가 뽑히고, 복제해서는 안 되는 인간 첫째로 김영삼이 뽑힌 것은 진지한 평가가 아니라 신문의 만평식으로 실망스러운 현실정권을 야유하고 비아냥거리기 위함이었다.

그런데 말썽 많던 권력남용과 부정행각으로 대통령 아들이 쇠고랑을 차고, 급기야 IMF 외환위기까지 터져 김영삼씨가 완전한 식물 대통령이 되면서 '박정희 신드롬'은 비웃기 차원을 벗어나 정당한 평가로 자리잡고 말았다. 그때 희한하고도 서글픈 만담이 전국을 휩쓸었다.

"부산 앞바다에는 수없이 많은 손가락이 둥둥 떠다닌다. 왜냐하면 지난 선거에서 김영삼을 찍은 것을 후회해 부산 사람들이 다 손가락을 잘랐기 때문이다."

웃을 수도 없는 그런 속 쓰린 말과 함께 박정희는 역사의 무덤에서 찬란히 부활하고 있었다.

"그는 십팔 년이나 대통령을 했지만 친족들의 부정이 단 한 건도 없었다. 박정희가 일으킨 경제를 김영삼이 다 엎어먹었다"는 말과 함께 박정희는 부활했다. 어쩌면 김영삼 전 대통령의 가장 혁혁한 업적은 바로 박정희를 부활시킨 것인지도 모른다.

그런데 박정희씨를 더욱 휘황찬란하게 거듭 부활시킨 대통령이 또 나타났다. 아들 하나만이 아니고 세 명 모두 의혹의 안개 속에서 추문을 뿌려대고 있는 김대중 대통령은 김영삼 전 대통령의 업적을 시샘했음인가. 나는 그를 찍은 손가락을 잘라야 하게 생겼다. 아니 내 주변사람들에게 그를 찍으라고 권했으니 그 죄를 어찌해야 할지 모르겠다. 어찌하여 그런 어이없고 가당찮은 일들이 '문민정부'를 내걸고 '국민의 정부'를 내건 정권에서 되풀이되고 있는가.

지금 이 땅을 뒤덮고 있는 것은 인간과 권력에 대한 환멸뿐이다. 환멸이란 1차의 분개와 분노를 거치고 2차의 낙담과 절망을 지나 나타나는 3차 감정이다. 사람들은 암울한 환멸 속에서 "차라리 이민을 가고 싶다"는 말을 예사로 하고 있다. 그건 환멸의 깊이가 얼마나 깊은지를 드러내는 단적인 표현이다.

현직 대통령의 아들들을 둘러싸고 벌어지는 온갖 추문은 우리가 어느 시대에 살고 있는지 회의케 한다. 봉건시대의 권력은 군림과 횡포였다. 거기에는 비인간적인 억압과 착취만 있을 뿐이었다. 그래서 인간의 얼굴을 한 권력을 찾기 위해 오랜 세월에 걸쳐 인류가 투쟁해서 만들어낸 것이 민주주의다. 민주주의의 권력은 봉사와 명예다. 그런데 민주주의 국가, 그것도 민주투사 경력을 가진 대통령의 아들들이 마치 봉건시대의 왕자들처럼 권력을 남용했다.

그 결과 김대중 대통령은 두번째 식물 대통령이 되었다. 왜 이런 일이 벌어졌는가. 되짚어보면 그들은 자신들의 권력욕을 달성하기 위해 민주투쟁을 이용했을 뿐 진정으로 민주주의를 할 의지도 소양도 없었던 게 아닌가 싶다. 장면 정권이 4·19의 희생을 배반한 것처럼 그들은 1980년대의 무수한 희생을 철저히 배반했다. 결과적으로 그들의 정권은 없어야 했을 정권이고, 그들은 이 땅의 민주주의를 십년이나 후퇴시켰다. 오죽하면 사람들 입에서 '군사정권만도 못하다'는 말이 예사로 나오겠는가.

무한경쟁시대를 맞아 앞으로 갈 길이 바쁘기만 한데 식물 대통령을 둘씩이나 목격하며 이다지도 국운이 없음을 한탄해야 하는 국민들의 비애는 너무나 크다. 그런데 우리는 월드컵이라는 국제행사를 눈앞에 두고 있다.

이 중대한 시점에 야당은 대통령 가족의 흠을 정치적으로 이용하려고 정쟁에 혈안이 되어 있다. 우리가 월드컵 16강에 드는 것보다 더 중요한 일은 그 행사를 적자 없이 성공적으로 치러내는 일이다. 수사는 검찰에 맡겨두고 야당은 국익에 마음을 모아야 한다. 대통령 자리는 정치인이 다다르는 최고의 영예인지 모르나 반면에 역사의 단두대에 오르는 것임을 재삼 인식하면서……

(매일경제, 2002년 5월 14일자)

1980년 5월 28일

오늘은 1980년 5월 28일 수요일이다. 일력(日曆)상으로는 평범한 하루일 뿐이고, 우주적 시한으로 보면 자취조차 찾을 수 없는 마디에 불과할 뿐이다.

그러나 나는 오늘 너무 격한 충격을 받았다. 그 충격의 심도나 무게를 나 스스로 감당할 길이 없고 주체할 방법이 없어 이 글을 적는다.

그저께 광주시가 계엄군에 의해 진압되었다. 이 '진압'이란 말은 무법자 전두환의 입장에서 차용된 말에 불과하다. 임금의 입장에서 볼 때, '동학혁명'이 '난(亂)'이듯이 말이다. 광주시는 계엄군에 의해 짓밟힌 것이다.

그날 새벽 세시의 암흑 속에서 광주시민이 팔백 명이나 죽었다는 것이다.

나는 이 소식이 정말 '유언비어'이기를 간절히 바라고 있다. 거짓말이기를, 헛소문이기를, 과장이기를 간절히 바라고 있다.

그런데 일본 신문들이 그렇게 보도하고 있다는 것이다. 어느 신문은 칠백 명, 어느 신문은 팔백 명으로 보도했다는 것이다.

이 나라 신문들은 하나같이 '계엄사령부 발표'라는 사족을 붙여, 민간인 17명 사망, 계엄군 2명 순직으로 보도하고 있다.

어느 것을 믿어야 할까.

슬프고 서럽게도 나는 일본의 보도를 믿을 수밖에 없다.

이 나라 신문들은 일찍이 이승만 치하에서 병들었고, 박정희 치하에서 죽었으며, 이제 전두환의 비상계엄하에서는 썩는 냄새를 폭폭 풍기고 있다. 팔 일간 계속된 피로 물든 그 엄청난 항쟁을 보면서 신문들은 단 한 토막의 취재기사도 내보내지 못하고 말았다.

어찌하랴. 이 절망의 늪에서 비참하고 암울한 채로 일본 신문들의 보도를 믿을 수밖에. 물론 일본 신문들을 직접 본 것도 아니다. 저 지하 수천 척 아래로 몰래몰래 흘러서 들려오는 소식이 그렇다고 전해주는 것을 듣는 것이다.

일본의 보도를 믿는 데는 분명한 이유가 있다. 일본의 신문들은 국제적으로 보도경쟁을 벌이는 차원에 있다. 그러므로 보도의 정확성, 신속성을 생명으로 삼고 있다. 우리나라와의 제반 국교관계로 허위나 과장된 보도를 하지 못하리라는 것을 그 이유로 꺼내기에는 너무 하찮은 것이다.

학생 시민이 야밤 두 시간 사이에 팔백 명이나 죽었다. 광주시민은 팔십만이다. 그러면 몇분의 일인가.

이럴 수도 있는가.

박정희의 십팔 년간 독재, 그 뿌리를 뽑자고 일어선 순수한 국민의 바람을 대변한 광주시민들은 계엄군이라고 이름 붙여진 전두환 휘하의 인간 말종들에게 무참하게 학살당하고 만 것이다.

진정 이럴 수도 있는가.

이 참담한 현실 앞에서 나는 무엇인가. 나는 무엇을 할 수 있는 존재인가.

허수아비, 허수아비, 허수아비.

명색이 작가라는 이름을 붙이고 십 년 세월을 글을 써왔다. 그런데 이 참담한 살육의 현장에서 무엇을 할 수 있는가.

작가는 끝까지 글로 말하는 것이라고 할 것인가. 작가의 참여는 그 도구가 행동이 아니라 글이어야 한다는 논리를 펼 것인가.

아니다. 지금은 논리를 전개하는 토론회도, 세미나도 아니다. 사람이 죽어가고 있다. 자유를, 자유를 찾아 부르짖던 사람들이 살육을 당하고 있다.

이때 작가라는 이름을 가진 나는 과연 무엇을 어떻게 할 수 있는가.

오늘의 현장을 똑똑히 기억해두었다가 역사의 이름 위에 그 가치와 진실을 증언하고 못된 무리들은 비판하고 단죄하는 것이 작가의 사명이라고? 어림없는 소리다. 교활한 회피다. 비열한 기만이다. 비겁한 도주다. 나에게는 그럴 자격이 없다. 만약 그럴 만한 자격을 획득하려면 그 뜨겁고 순수한 항쟁에 직접 참여하고, 그리고 몸 사리지 않고 싸우다가 천행으로 살아남았을 때에만 가능한 것이다.

학생들이 칼에 찔리고 총에 죽어갈 때 나는 천리 밖에 무사하게 앉아 있었다. 그런 주제에 어찌 감히 뒷날 그 이야기를 언급할 수 있을 것인가.

오늘 이 시점에 만해 한용운 선생이나 시인 이육사가 살아 있었다면 어찌했을 것인가. 결코 좌시하지 않았을 것이다. 그분들이 쟁취하고자 했던 것도 '자유'이며, 오늘 쟁취하고자 하는 것도 '자유'가 아닌가. 차이가 있다면 이민족(異民族)과 동족이라는 것뿐이다.

그분들의 혼은 역시 위대했다.

처자식이 있기 때문이라고 변명하지 말자. 상황이 다르다고 파렴치하게 굴지 말자.

만해도 육사도 사랑하고 아끼는 처자가 있었다. 이민족이 자기들의 욕심을 채우기 위해서 식민지 백성을 탄압하거나 살육하는 것은 어쩌면 너무나 당연한 것인지도 모른다. 그런데 정권 야욕에 눈이 어두워 동족을 무차별 살육하다니. 어떤 상황이 더 야만적이고 잔인한가는 물을 필요조차 없을 것이다.

나는 오늘 용서받을 수 없는 비겁자가 되었다. 아니 한마디로 허수아비인 것이다.

더 살고 싶지 않은 이 암담한 좌절감. 내 얼굴을 보기조차 싫은 참담한 환멸.

그러나 아내는 나의 이런 심정을 이해하지 못할 것이다. 이 격한 감정의 물굽이는 나 스스로도 이해하지 못할 부분이 있으니까.

덧붙임 : 이 글은 다른 글들처럼 활자화된 것이 아니고 제목도 없이 원고지에 씌어 있는 것을 이번에 원고정리를 하다가 발견한 것이다. '내가 이런 글을 썼었구나' 하고 새삼스러운 마음이 들기도 한다. 이미 활자화되었던 다른 글들은 다시 읽고 조금씩 손질하고 다듬었지만 이 글은 전혀 손대지 않았다. 다만 제목을 첫줄에서 뽑았을 뿐이다. 그때 그 감정을 그대로 남겨두는 것이 좋을 성싶었다.

8. 대담

세 개의 원고지 기둥

나는 친북주의자가 아니다

세 개의 원고지 기둥

"인연이란 참 징헌 것이여."

1998년 4월 24일 서초동의 전통찻집 다솔. 작가 조정래는 자리에 앉자마자, 자신의 대하소설 『태백산맥』에 등장하는 하대치처럼 걸직한 남도 사투리를 토해냈다. 그는 새 대하소설 『한강』 연재 준비로 한창 바쁜 와중에 인터뷰에 응해야 하는 자신의 처지를 그렇게 표현했다. 그와의 인터뷰는 우연한 만남이 실마리가 되었다. 지난 3월 초 김포공항 대합실에서 조우한 그는 작품 취재차 광주에 가는 길이라고 했다. 그가 곧 세번째 대하소설 연재를 시작한다는 말을 듣고 기자는 정식으로 인터뷰를 요청했다. 얼떨결에 그러마 했던 그는 한겨레에 연재를 시작하기 이십 일 전에야 그 약속을 지켰다.

도입부를 무엇으로 할까 온갖 생각 들끓어

"새 작품을 시작하기 전에는 피가 말라붙는 듯한 긴장감을 느껴요."

조심스럽게 말문을 연 조정래의 윗입술이 부르터 있었다. 휴지로 입술을 닦아내자 붉은 핏자국이 화인처럼 찍혔다. 문득 삼 년 전 대하소설『아리랑』탈고 직전 그와 인터뷰했을 때의 기억이 떠올랐다. 당시 그는 "이제야 '글감옥'에서 '가출옥' 하게 됐다"고 말했었다.

— '글감옥'에 '재투옥' 되는 심정이 어떻습니까.
암담하고 착잡합니다. 한줄기 빛도 없는 굴 속으로 들어가는 느낌이거든요. 앞으로 사 년 동안 긴 터널을 어떻게 뚫고 나갈지…… 그러나 마음 한편에선 투지도 생겨요.

— 소설 제목을 선정하느라 고심이 많았다고 들었습니다.
약 백오십여 개의 제목을 죽 적어놓고 주변 사람들의 의견을 물으면서 하나씩 지워나갔죠. 최종적으로 '한강'이 남더군요.

— 마지막까지 경합에 올랐던 후보가 궁금한데요.
한반도를 상징하는 '황토', 분단을 상징하는 '불신시대' 등이 있었습니다. 황토는 주제의식이 약하다는 이유로, 불신시대는 너무 부정적이라는 이유로 탈락했어요.

—『태백산맥』이나『아리랑』에서는 제목 자체가 작품의 주제이자 상징이었습니다. 특히『아리랑』에서는 윤활유 역할까지 톡톡히 했지요.
『한강』도 마찬가집니다. 한강은 포괄적이고 미래지향적인 의미를 가지고 있어요.

그는 제목의 의미를 적은 노란색 종이를 꺼냈다. 거기에는 이렇게 적혀 있었다.

- 민족분단의 상징으로 '한 많은 강, 한스러운 강'
- 민족통일의 상징으로 '하나 되어 흐르는 강'
- 민족동질성의 상징으로 '한민족의 젖줄이며 대동맥인 강'
- 통일민족의 미래 상징으로 '넓고 크게 한없이 흐르는 강'

— 『한강』도 역시 제목이 크다는 느낌을 주는군요.

아무래도 대하소설이니까요.

— 현재 얼마나 썼는지 궁금합니다. 첫 장면을 소개해주십시오.

놀랄지 모르겠지만 아직 하나도 안 썼어요. 머릿속에는 앞으로 쓸 것들이 파노라마처럼 자리잡고 있지만 아직 첫 장면을 고르지 못했어요. 지금 첫 장면을 무엇으로 할까 온갖 생각이 들끓고 있지요. 그 중 하나를 잡아서 원고지에 옮기면 이미 반은 쓴 셈입니다.

— 전의 두 소설 모두 도입부가 인상적이었습니다.

모두들 그렇게 말해서 솔직히 부담이 큽니다. 작가에겐 도입부를 제대로 쓰는 것이 제일 고통스러워요. 『태백산맥』과 『아리랑』 도입부를 쓸 때도 원고지를 찢고 또 찢기를 얼마나 반복했는지 모릅니다. 그걸 자꾸 반복하다보니 나중에는 문장 자체가 잘못된 것이 아닌가 하는 착각이 들 정도였지요. (그가 목소리를 가다듬은 뒤 말을 이었다.) 모름지기 제대로 된 작품이라면 도입부는 흡입력이 있어야 하고 종결부는 여운이 있어야 합니다. 소설에 흡입력과 여운이 없다면 예술이 아니지요.

— 이 작품을 쓰겠다고 마음먹은 것은 언제인가요?

계획은 1980년대 초부터 했습니다. 『태백산맥』을 쓰기 전에 이미 구상은 끝난 상태였지요.

— 구체적인 준비는 언제부터 했습니까?

『아리랑』을 끝내고 바로 시작했죠. 『아리랑』을 탈고한 게 1995년 7월 25일(그는 그 날짜를 정확히 기억해냈다)이었으니까 어느새 삼 년이 다 되어가는군요.

현대사의 주인공은 박정희가 아니라 민중

조정래의 오른손에는 두 알의 가래가 쥐어져 있었다. 인터뷰 내내 그는 쉬지 않고 가래를 굴렸다. 컴퓨터의 도움을 받지 않고 직접 손으로 수만 장의 원고를 쓰는 바람에 그의 어깨는 정상이 아니다. 그래서 항상 가래를 들고 다니며 팔 운동을 하는 것이다.

— 글을 빨리 쓰는 편이지요?

솔로호프가 아홉 권 분량의 『고요한 돈강』을 쓰는 데 십오 년, 박경리 선생이 열여섯 권의 『토지』를 쓰는 데 이십오 년, 황석영씨가 열 권의 『장길산』을 쓰는 데 십이 년이 걸렸습니다. 반면에 내가 열두 권짜리 『아리랑』을 쓰는 데 사 년 팔 개월이 걸렸어요. 그러나 원래 계획은 사 년이었지요.

— 팔 개월이 지체된 특별한 이유라도 있습니까?

『태백산맥』이 국가보안법을 위반했다고 우익단체가 검찰에 고발하는 바람에 실랑이를 하느라고 늦어졌지요. 그 사건은 지금까지 미결로 남아 있어요. 난 지금도 국가보안법 위반혐의잡니다.

『한강』의 분량은 얼마나 될까. 조정래는 원고지 1만6천5백 매의 『태백산맥』을 열 권으로 이만 매의 『아리랑』을 열두 권으로 묶은 바 있다.

─『한강』은 열 권 정도로 묶을 계획이라고 들었는데요.

열 권으로 확정했습니다. 나에게 '정도'라는 말은 없습니다. 전에도 예상한 분량이 어긋난 적은 없었지요. 적어도 작가라면 작품의 분량도 통제할 줄 알아야 한다고 봅니다. 열 권이면 원고지로 약 1만5천 매가 됩니다. 그만한 분량이면 원고지만 쌓아놓아도 내 키보다 높아요. 『태백산맥』은 내 키보다 십 센티미터 높았고, 『아리랑』은 서서 손을 뻗어야 할 정도였지요. 한국 근현대사 백년을 대하소설로 정리하겠다는 나의 오랜 꿈은 마침내 그 서른두 권으로 완성됩니다.

─『한강』을 완성하면 조선생님 키보다 큰 세 개의 원고지 기둥이 생기는 셈이 되겠군요.

지금 내 소원이 뭔 줄 아십니까? 바로 그 세 개의 원고지 기둥을 세워놓고 그 가운데 서서 사진을 찍는 겁니다. (사진기자를 가리키며) 그 장면을 찍어주겠소? (사진기자가 그런 기회를 준다면 영광이라고 하자) 그래요. 약속합시다. 그건 내 자식이나 손자들한테 제일 자랑할 만한 것이 되지 않겠어요? 그런 바람이 있기에 내가 스스로 글감옥이라는 긴 터널로 들어가는 것 아니겠습니까? 사실 『한강』을 집필하는 앞으로의 사 년은 혼자서 험한 산을 오르는 것과도 같아요. 동료도 없는 고독한 산행 말입니다. 지금 내 심정 이해할 수 있겠어요?

— 새 작품을 통해 독자에게 전달하고 싶은 메시지는 무엇입니까?

이번에도 작품 전체를 관류하는 것은 녹진한 민중사가 될 것입니다. 경제성장과 민주주의로 상징되는 한국 현대사의 진정한 주인공은 민중입니다. 그러나 많은 사람들은 여전히 박정희를 떠올립니다. 그것이야말로 우리의 어리석음이고 비극입니다. 아직도 봉건주의와 식민주의의 잔재를 청산하지 못했다는 반증이기도 하지요. 그것을 뿌리뽑아야 민주주의가 바로 설 수 있습니다.

— 일부 보수언론과 지식인들은 박정희 신드롬을 조장하고 있습니다.

그들은 대중에게 최면을 걸어 그 신화를 파급시키려 합니다. 내가 『한강』을 쓰려는 작은 이유 중의 하나도 바로 여기에 있습니다. 나는 소설을 통해 그 왜곡된 신화를 깰 것입니다. 실증적 작업을 통해 한국 현대사 건설의 주인공이 박정희가 아니라 이 땅의 민중들임을 분명하게 보여줄 겁니다. 그래서 조갑제나 이인화 등이 하고 있는 일이 얼마나 부질없고 부끄러운 짓인가를 느끼게 해줄 겁니다.

— 굳이 '작은 이유'라고 표현한 까닭은 무엇입니까?

『한강』에서 박정희는 극히 일부의 인물로 묘사될 뿐입니다. 더욱이 박정희 살리기 자체가 넌센스인데 그것만을 깨기 위해 이 소설을 쓴다는 것은 우스운 일 아닙니까?

취재노트 열다섯 권은 대하소설 『한강』의 원천

『한강』의 시대적 배경은 1960년대부터 1990년대까지다. 일제시대

와 해방공간을 다룬 『아리랑』과 『태백산맥』의 후속편이나 완결편이
되는 셈이다. 공간적 배경도 만주와 하와이 등지까지 무대로 삼은
『아리랑』보다 더 넓어진다. 작가는 특히 남북한을 소설의 주요무대
로 동등하게 등장시키는 해방 이후 최초의 실험을 시도한다. 이를 위
해 그는 정부에 방북취재도 신청해놓은 상태다.

— 『한강』에도 벌교와 군산 같은 중심적인 공간이 있습니까?
『태백산맥』이 벌교를 중심으로 응집된 형태이고 『아리랑』이 군산
을 꼭지점으로 부챗살처럼 퍼져나가는 형태라면 『한강』은 그 둘을
합쳐놓은 것이 될 겁니다. 맨 처음엔 전국 각 지방에서 서울로 집중
되고 다시 서울에서 세계로 뻗어나가는, 마치 두 개의 쥘부채를 손잡
이를 맞대고 펼쳐놓은 모양새가 될 겁니다.

— 『한강』에는 등장인물이 몇 명이나 됩니까?
해방세대, 전후세대, 경제성장세대 등 3세대에 걸쳐 약 오백 명이
등장할 겁니다.

— 『태백산맥』의 염상진, 김범우, 염상구 등이나 『아리랑』의 방대근, 지
삼출, 양치성 등과 같은 생동하는 인물이 이번에도 등장하겠지요?
그것은 소설이 나오면 알 수 있을 테니 지켜봐주십시오. 다만 전에
등장했던 인물을 연상시키는 인물이 다시 나오지는 않을 겁니다. 왜
냐하면 이 세상에는 닮은꼴은 많지만 똑같은 사람은 없거든요. 이전
의 소설에 등장하는 주인공과 중복되지 않는 개성적 인물을 창조하
는 것이야말로 작가의 능력을 판단하는 기준이라 할 수 있습니다. 이
년 전부터 이미 삼백 명의 주요 등장인물을 준비해놓았습니다. 나머

지 이백여 명의 엑스트라는 필요할 때마다 충원할 겁니다.

— 작가는 영화감독과 비슷하군요.

수많은 등장인물을 먹여살린다는 점에서 작가는 영화감독과 같지
요. 이십 년 가까이 작품에 등장하는 무형의 인물들에게 생명과 성격
을 부여하며 살다보니 간혹 현실 속에서 만나는 유형의 인물들을 몰
라보기도 합니다. 나와 인터뷰한 기자들을 몰라본 적도 한두 번이 아
니니까요. 그래서 건방지다느니 오만하다느니 하는 오해도 참 많이
받았지요. 일부러 그런 것이 아님을 이해해주었으면 합니다.

— 작품을 쓰기 전에 엄청난 취재를 하는 것으로 알고 있습니다. 특히 현
장답사와 증언채록을 제일 중시하는 것으로 아는데요.

소설에 등장하는 무대는 이미 모두 다 다녀왔습니다. 작품을 쓰는
와중에도 필요하면 또 갈 겁니다. 『아리랑』 취재로 여행한 길이를 따
져보니 지구를 세 바퀴 반이나 돌았더군요. 아마 이번에 그 기록도
갱신될 것 같습니다.

— 취재과정에서 잊지 못할 일화가 있다면 소개해주십시오.

사우디에 갔을 때의 일입니다. 방향감각을 잃어버릴 정도로 광활
한 황무지 가운데로 고속도로가 뚫려 있더군요. 난 우리 노동자들이
건설한 그 고속도로를 지켜보며 우리 민족의 무섭고도 끈질긴 생명
력을 온몸으로 느낄 수 있었어요. 참으로 눈물겹고 감동스런 순간이
었습니다. (그의 말은 계속 이어졌다.) 역사의 기록물은 '사실'에 불
과해요. 그러나 현장에 가면 '진실'이 있습니다. 예컨대 역사의 기록
물에는 "조선인들은 1902년 처음으로 하와이로 이민을 갔다"고만 되

어 있습니다. 그러나 현장에 가서 동포들을 만나보니 "조선인들은 채찍을 맞으며 노예노동을 했다"고 증언하더군요. 그리고 하와이에 직접 가보니 땅이 시뻘겋어요. 화산토이므로 당연히 뻘겠던 거지요. 그러나 작가의 눈에는 그 시뻘건 흙과 동포들의 피 어린 고난이 일치됩니다. 그것이 바로 소설적 상상력입니다.

그는 『한강』을 쓰기 위해 사전취재를 하면서 열다섯 권의 취재노트를 작성했다고 한다. 그것은 곧 대하소설 『한강』의 마르지 않는 원천인 셈이다.

진실에 목말라하는 민중을 외면하는 지식인

조정래의 대하소설이 독자를 사로잡은 또다른 비결은 풍속사 재현, 민중언어 복원, 기존형식 파괴 등에 힘입은 바 크다. 그는 "새 소설에서도 근대화라는 미명하에 마모되고 파괴되어가는 우리 자신의 모습을 세밀하게 그려내겠다"고 다짐했다.

"생생하고 구체적인 묘사를 통해 당대의 삶을 재연함으로써 우리의 삶이 어디서 왔으며, 왜 여기로 왔는지, 이제 어디로 가야 할 것인가를 보여줄 겁니다. 동시에 새로운 소설기법의 창조를 통해 삼인칭 소설이 보여줄 수 있는 문학적 감동을 극대화할 것입니다."

그러나 『한강』이 뛰어넘어야 할 장벽도 만만치 않다. 우선 『태백산맥』과 『아리랑』이 주로 과거의 이야기였던 반면에 『한강』은 현재의 이야기를 정면으로 다룬다. 재벌, 정치권, 법조계, 언론, 군, 공무원, 미

CIA 등이 적나라하게 소설 속에 등장한다는 것이 작가의 설명이다.

― 현재의 상황이 워낙 불가측하기 때문에 전보다 어려움이 많을 것 같습니다. 혹시 실패할 가능성은 없는지 우려되는 게 사실입니다.

매달 『말』지를 읽는 오만 명의 흔들리지 않는 독자가 있듯이 사천만 중 역사의 진실에 목말라하는 사람은 적어도 사, 오십만 명은 된다고 봅니다. 나는, 그런 잠재성을 보지 못하고 흔들리는 지식인의 기회주의가 도리어 더 문제라고 봅니다. 사실 지난번 『아리랑』을 쓸 때도 민족문학 진영에 있는 후배들마저 절대 안 팔릴 것이라고 하더군요. 1990년대에는 더이상 거대담론과 민중사관이 통하지 않는다는 것이 그들의 논리였어요. 그러나 결과는 그 정반대였지요.

― 『태백산맥』과 『아리랑』은 얼마나 팔렸습니까.

『태백산맥』이 십년 동안 4백 90만 부, 『아리랑』이 삼 년 동안 삼백만 부 팔렸습니다.

― 1994년 극우보수세력이 『태백산맥』을 용공으로 매도하며 고발했을 때 불안하지는 않았습니까?

당시 여든이 넘은 어머니가 전화로 걱정해주시더군요. 그래서 염려하시지 말라고 했습니다. 만약에 감옥에 가도 그 동안에 책도 많이 읽고 담배도 끊고 건강해져서 나오면 되지 않겠느냐고요. 나 스스로 그런 각오가 있었기에 큰 걱정은 하지 않았습니다.

― 그때 아쉽고 섭섭한 점도 많았지요?

제일 안타까웠던 것은 『태백산맥』을 1980년대 최고의 작품으로 평가했던 문학평론가 등 일부 지식인들이 그 사건을 계기로 전면적인 비판자로 표변한 점입니다. 그런 일을 직접 닥치고 보니 인간에 대한 회의마저 생기더군요.

—지난해 『말』지에 「내가 태백산맥과 창비를 쓰레기통에 버린 이유」라는 기사가 실린 적이 있습니다. 『말』지가 그런 글을 실은 것은 조선생님이 개발독재의 일익을 담당한 박태준씨를 지지했기 때문이었습니다.

우리의 역사가 있는 한 우리는 박정희 시대를 전면 부정할 수 없습니다. 왜냐하면 경제발전의 성과가 있기 때문입니다. 그 경제발전의 중심에 포항제철을 탄생시킨 박태준씨가 있습니다. 포철은 한국의 경제발전을 주도한 중화학공업으로 방향을 전환하는 데 결정적 역할을 했고, 박태준씨는 그 주역이었습니다. 특히 거의 모든 공기업이 부패와 부실로 얼룩져 있는 풍토에서 포철만이 건실할 수 있었던 것은 그분의 독특한 양심과 헌신성 그리고 애국심이 있었기 때문입니다. 그분은 그 누가 따를 수 없이 결백하고 청렴하며 공인으로서 뚜렷한 모범입니다. 그분은 국민적 존경을 받아 마땅하며, 그 업적에 대해서 『한강』에서 크게 다룰 예정입니다. 이 땅에서 귀하게 받들어야 할 인물입니다.

개발독재 포철신화의 주인공 박태준과 극우세력의 표적이 된 진보적 작가 조정래. 그들은 십여 년 전 만나자마자 서로에게 가지고 있던 편견과 오해를 걷어내고 친구가 되었다고 한다.

"박태준씨는 박정희의 3선개헌을 반대한 거의 유일한 측근입니다. 최근 박정희 신드롬이 일 때도 그는 '박정희는 위대했지만 그 당시에 필요했던 사람이었을 뿐이다. 지금 다시 거론하는 것은 온당치 않다'고 용기 있는 발언을 했습니다. 우리에게는 '상표'만 보고 모든 것을 판단하는 경향이 있어요. 그러나 정작 우리가 주목해야 하는 것은 '품질' 아닙니까? 상표가 다소 낡았더라도 품질이 좋은 것을 골라내는 혜안이 필요하다고 봅니다."

내 데뷔작품「누명」은 반미소설이었다

작가 조정래에게도 신인작가 시절은 있었다. 『태백산맥』과 『아리랑』이라는 너무나 강렬한 빛에 가리어서 그렇지 그는 신인시절을 선전하며 보냈다. 문단에 데뷔한 1970년부터 『태백산맥』을 쓰기 시작한 1983년까지 십삼 년 동안 그는 여덟 권의 작품집을 냈다. 그중에는 두 권의 장편소설도 포함되어 있었으니 결코 미약한 작품활동이 아니었다. 그 동안 영화화되거나 외국에 번역 소개된 「불놀이」「청산댁」「유형의 땅」「황토」등이 바로 그 작품목록이다. 데뷔 때부터 현재까지 쓴 그의 모든 작품을 해냄출판사가 조만간 전집으로 엮어 낼 것이라고 그가 귀띔했다.

─ 데뷔작품이 무엇인지 궁금합니다.

놀랄지 모르겠지만 내 데뷔작은 반미소설입니다. 「누명」이라는 제목의 단편소설이었는데 한국인 카투사 병사가 미군부대에서 누명을 벗기 위해 싸운다는 내용이지요. 세번째 작품도 당시로서는 건드리기 힘들었던 연좌제를 정면으로 다룬 「어떤 전설」이라는 단편이었고요.

─ 『태백산맥』은 문학작품이면서도 1980년대 역사학계와 운동권에 엄

청난 영향을 미쳤습니다. 그런 작품을 쓴 작가의 학창 시절이 궁금하군요. 동국대 국문학과를 나오신 걸로 아는데 몇학번입니까?

62학번입니다. 그 동안 내놓고 자랑을 하지 않아서 그렇지 알고 보면 나도 주도적인 6·3세댑니다. 당시 동국대 총학생회 학예부장을 지내며 거의 모든 격문을 내가 다 썼으니까요.

— 사회 초년병 시절은 어땠습니까?

문학으로 인간의 진실에 기여해야겠다고 마음먹고 작가가 되었습니다. 요즘에야 젊은 사람들이 전업작가입네 하지만 그때만 해도 밥벌이를 위해 다른 직업을 가질 수밖에 없었지요. 나도 삼 년 동안 교사생활을 했습니다. 그런데 삼 년째 되는 해에 중경고등학교로 자리를 옮겼고, 그해 10월에 유신이라는 게 터졌는데 군 장성 출신 교장이 「누명」과 「어떤 진실」을 읽고는 당장 나가라고 합디다. 당신 같은 사람한테 학생들을 맡길 수 없다는 것이었습니다. 결국 학교를 그만두었는데, 나는 유신 희생자 1호였던 셈이지요. 그뒤로 출판사를 전전하다가 나중에는 직접 출판사를 운영하기도 했지요.

— 다른 작가들이 대중적 인기를 누리며 잘나가고 있을 때 무명작가 조정래의 심정은 어땠는지 궁금합니다. 『태백산맥』이 뜨기까지 어떻게 자기단련을 했습니까?

1970년대에 대중적으로 인기를 얻으려면 상업주의 신문에 연재소설을 쓰는 것이 가장 빠른 길이었어요. 신문사는 주로 연애소설을 요구했는데 한마디로 주문생산방식이었지요. 나도 두 군데 신문사에서 연재를 요청받았는데 거부했습니다. 만약 그때 썼다면 뜰 수도 있었을지 모르죠. 그러나 그 대신에 오늘날의 조정래는 없었을 겁니다.

그때 주문생산에 응했던 인기작가 중에 지금까지 남아 있는 사람이 과연 누가 있습니까. 대중은 슬기로울 뿐만 아니라 때로는 잔혹하다는 사실을 알아야 합니다.

— 올곧게 민중적 낙관주의를 유지할 수 있었던 배경은 무엇입니까?

그것이 인간사회의 진실이기 때문입니다. 난 그것을 지키려 했고 작품으로 형상화하려 했을 뿐입니다. 만약 대중의 호응이 없었더라도 난 개의치 않았을 겁니다. 우리에게 가장 중요한 것은 인간이 인간답게 살 수 있는 세상을 만드는 일입니다. 문학도 바로 그것에 기여하기 위해 존재하는 것 아닙니까? 나의 글쓰기는 바로 그런 정신에 뿌리를 대고 있습니다.

— 뭔가 진짜 실체적인 대안이 있어서 그런 것인지 별다른 대안이 없어 그런 것인지 궁금합니다. 주관적이고 막연한 낙관주의만큼 허망한 것도 없으니까요.

인간이 존재하는 한 문학은 존재합니다. 거기에서 벗어나려는 것은 부질없는 짓이지요. 내가 특별난 것이 아니라 다만 그 정신을 잃지 않으려 했을 뿐입니다.

— 문단과 세상은 갈수록 가벼워지고 있습니다.

세상이 가벼워지는 것은 1980년대의 치열성과 엄숙성에서 소외됐던 사람들의 반발에서 비롯되었다고 봅니다. 그러나 문인들이 그것에 부화뇌동하고 편승하려는 것은 잘못된 동조라고 봅니다. 그것은 참다운 문인의 길이 아니죠.

―『말』지의 연령별 주 독자층은 삼십대입니다. 그들에게 한 말씀 해주십시오.

삼십대는 개인적으로나 집단적으로 현대사를 변화시킨 주역입니다. 동학정신이 백년의 역사를 지배했듯이 삼십대의 시대정신이 향후 백년의 역사를 지배할 것입니다. 삼십대는 사십대, 오십대, 육십대까지 변치 말고 그 순수, 치열, 헌신의 정신을 우리 사회에 투영시켜야 할 책무가 있습니다.

― 1980년대와 90년대의 청년학생들을 비교한다면……

수평적인 비교에는 문제가 있습니다. 의식은 당대의 상황과 여건에 따라 결정됩니다. 단순히 90년대 학생들은 의식이 없다거나 진지하지 못하다고 혹평하는 것은 타당하지 못합니다. 80년대의 희생이 있었기에 90년대의 평안이 가능한 것은 사실이지만, 90년대의 학생들도 80년대의 상황에 놓여 있었다면 싸웠을 것입니다. 완전히 달라진 상황에서 80년대의 잣대를 들이대고 90년대를 폄하하는 것에는 동의할 수 없습니다. 그들에게 내재되어 있는 정체성을 찾아내고 그것을 북돋아주려는 자세가 필요합니다.

마음먹은 것은 반드시 이루고서야 물러앉아

― 존경하는 작가가 있습니까?

없습니다. 시대와 공간을 초월해서 모든 작가들은 나의 동료일 뿐입니다.

― 조선생님도 작가의 운명인 글쓰기의 괴로움을 겪을 텐데, 잘 안 풀릴

땐 어떻게 합니까?

　나는 글이 안 될수록 책상에 더 바짝 다가앉습니다. 한번 물러서기 시작하면 걷잡을 수 없게 되거든요. 열 장이고 스무 장이고 원고지를 찢더라도 절대 피하지 않습니다. 하려고 마음먹은 것은 반드시 이루고서야 돌아앉습니다. 물론 고통은 엄청나지만 그만큼 성취감도 크지요.

　인터뷰가 끝나갈 무렵 찻집 실내 스피커에서 「고향 생각」이 흘러나왔다. 그는 낮은 목소리로 "해는 져서 어두운데 찾아오는 사람 없어. 밝은 달만 쳐다보니 눈물만 흐른다"라는 노랫말을 따라 불렀다. 조정래의 목청을 통해 흘러나왔기 때문이었을까. 노래의 마지막 곡조는 애달팠지만 동시에 강인한 생명력도 느껴졌다. 마치 도도하게 흐르는 한강처럼.

　"바알근 다알만 쳐다보오니 누우운물만 흐으른다아아."

(『말』, 1998년 4월호)

나는 친북주의자가 아니다

작가 조정래씨가 『태백산맥』을 시작으로 『아리랑』을 거쳐 『한강』
에 이르는 이십 년간의 글쓰기를 마치고 숨 고르기를 하고 있다. 작
가가 장년기의 거의 전부를 바쳐 쓴 세 편의 대하소설은 200자 원고
지 5만1500장 분량으로, 쌓아놓은 원고지의 높이가 그의 키 세 배를
넘는다.

1983년에 집필을 시작해 육 년 만에 완결한 『태백산맥』은 이념의
금기지대를 깊숙이 파고들면서 분단문학의 최고봉을 이루었다는 평
가를 받고 있다. 『태백산맥』은 지금까지 550만 부가 팔리며 작가에
게 찬사와 함께 경제적 안정을 가져다주었지만 해방 이후 금기시되
던 빨치산들의 삶과 투쟁을 작품화한 데 따른 유형무형의 고통도 겪
게 했다.

조씨는 『태백산맥』을 완간한 후 약 일 년간 국내외 취재활동을 해
1990년 12월 『아리랑』의 집필에 착수해 1995년 7월에 탈고했다. 『아
리랑』은 일제의 토지조사로 농토를 잃은 농민들이 하와이 만주 러시
아로 흩어져 생존과 항일의 정신을 이어가는 모습을 그렸다. 그리고

1997년 베트남 사우디아라비아 독일 등으로 취재여행을 다녀와 다음해부터 『한강』을 쓰기 시작해 2002년 완료했다. 마흔에 『태백산맥』을 시작해 『아리랑』『한강』을 쓰고 나니 그의 나이 예순이었고, 초등학교에 다니던 아들은 대학을 나와 군대를 마치고 결혼해 손자를 안겨주었다.

그는 주색잡기와 담을 쌓고 산다. 둔부 종기, 신경성 위궤양, 오른팔 마비 등 직업병이 생길 정도로 오로지 글쓰기에만 매달려 이십 년 동안 대하소설 세 편을 완성했다. 『한강』을 끝내고 쓴 「이십 년 글감옥에서 출옥」에는 조씨의 작가정신을 보여주는 내용이 들어 있다.

"진정한 작가란 그 어느 시대, 그 어떤 정권하고도 불화할 수밖에 없다. 왜냐하면 모든 권력이란 오류를 저지르게 돼 있고 진정한 작가는 그 오류들을 파헤치며 진실을 말하기 때문이다. 그러므로 작가는 정치성과는 전혀 관계없이 진보적인 존재일 수밖에 없으며, 그러나 진보성을 띤 정치세력이 배태하는 오류까지도 직시하고 밝혀내야 하기 때문에 작가는 끝없는 불화 속에서 외로울 수밖에 없다."

작가는 최근 경기도 성남시 분당구 궁내동의 빌라로 이사와 아내 김초혜 시인과 단둘이 산다. 빌라 앞은 분당구에도 이런 곳이 남아 있을까 싶은 시골마을이다. 바로 앞산에 덕양군(중종 아들) 묘소가 있다. 아침 일찍 찾아갔을 때 김 시인이 차와 과일을 내왔다. 작가는 대학에 강연을 갔다가 선물로 받았다는 철쭉 분재에 스프레이로 물을 뿌리며 "분재는 작은 화분에 나무를 심어놓고 고문을 하는 취미"라고 말했다.

신문사 논설위원도 글을 써서 먹고 사는 직업이지만 사설은 길어봐야 200자 원고지 여섯 장, 칼럼은 열 장 정도다. 어쩌다 잡지에 길게 써봐야 백오십을 넘지 않는다. 조씨가 쓴 『태백산맥』(전10권)은

1만6,500장, 『아리랑』(전12권)은 이만 장, 『한강』(전10권)이 1만 5,000장이다. 전업작가가 이십 년 동안 쓴 글이라고 하더라도 장강 (長江)과 같은 글의 길이에 숨이 막힌다.

키보다 세 배 더 높은 원고량

— 초인적인 것에 가까운 글쓰기의 에너지는 어디에서 나오는 것입니까.

1959년 서울에 올라와 1960년대 후반까지 수도가 없는 성북동 산 동네에서 살았습니다. 고등학교 1학년 때부터 대학 사 년 졸업하고 군대 가기 전까지 칠 년 동안 물지게를 졌습니다. 엄동설한에 눈이 내린 날은 물 길러 가기가 정말 싫습니다. 추운 날 산동네 비탈길을 물지게를 짊어지고 올라오는 일이 보통 지겹고 힘든 게 아니에요. 이불 속에서 꾸물꾸물하다가 한 십 분 지나버리면 삼, 사십 명이 줄을 서요. 게으름을 떨치고 빨리 일어나면 가장 먼저 도착해서 금방 물을 담아 돌아올 수 있어요. 인생이 별것 아닙니다. 남들보다 오 분 빠르게 움직여 부지런하게 되면 항상 내가 앞에 갈 수 있다는 깨달음을 물지게질을 통해 얻었습니다.

— 이 시대에 태어난 작가의 소임은 무엇이라고 생각합니까.

나는 거의 병적일 만큼 실존적인 물음에 대한 책임의식을 지니고 있습니다. 나는 왜 이 땅에 태어났을까? 왜 우리 역사는 이렇게 흘러 왔을까? 작가는 무엇을 써야 할 것인가? 그런 의식을 가진 건 내 기질과도 관련이 있을 겁니다. 이런 땅에 태어난 야속함, 원망스러움, 어린 시절 6·25를 겪으면서 상처받고 핍박받은 것들이 복합적으로 얽혀 있겠죠.

우리가 문학을 시작할 때는 순수문학만이 문학의 전부인 것처럼 인식하고 있었습니다. 참여문학은 존재하지 않았지요. 김동리 황순원 같은 분들이 전부 그런 식으로 몰고갈 때입니다. 참여와 역사 같은 주제가 강한 것에 대해 천착을 하다보니 등단하는 데도 불리했어요. 대학 시절에 등단을 못 하고 군대를 마치고 와서 했습니다. 내가 알고 있는 것을 쓰지 않는다면 작가가 아니지 않느냐 하는 사명감에 긴 소설을 세 번씩이나 쓰게 됐습니다. 참 복잡한 문제입니다. 단순하게 설명이 안 돼요.

1989년 우익단체들이 『태백산맥』을 쓴 작가를 국가보안법 위반혐의로 고발한 사건은 아직도 종결되지 않아 검찰의 최장기 미제 사건으로 남아 있다. 오백만 권 이상 팔려 전 국민이 읽다시피 한 소설을 유죄 의견으로 기소하기도 어렵고, 그렇다고 무혐의 처분을 내리면 우익단체들이 또 고발을 할 테니 검찰은 그저 세월에 맡겨놓기로 한 것 같다. 그 동안 국가보안법이 개정 또는 폐지돼 자동 종결되기를 바라는 눈치다.

1994년 우익단체들은 『태백산맥』에 대해 오백여 개 고발사항이 담긴 고발장을 검찰에 접수했다. 검찰은 이중 백이십 개를 추려 작가에게 사실을 입증할 객관적인 자료를 내놓으라고 요구했다.

빨치산도 인간이었다.

— 120개 심문사항을 예를 들면 어떤 것이었나요. 120개 질문에 대해 일일이 증거자료를 갖추어 답변하는 것이 보통일이 아니었을 텐데……

『태백산맥』에는 여순반란사건 때 미국 비행기가 뜨고 미국 함정이 여수 앞바다에서 폭격을 한 내용이 나옵니다. 우익단체에서는 이런 허위사실을 날조한 조정래는 빨갱이라고 고발한 거지요. 또 '백두산 호랑이'라고 불리는 토벌대장 김종원이 국민학교 운동장에서 좌익 혐의자들을 모아놓고 한 명씩 끌어내 일본도로 목을 치는 내용도 새 빨간 거짓말이라는 거지요.

객관적 자료라는 것은 책, 신문, 정부보고서 등을 말합니다. 당시 사건을 겪은 사람들에게 취재했다고 해도 안 통합니다. 내가 직접 목격하고 체험한 거라고 해도 안 됩니다. 예를 들면 미군 비행기가 폭격을 해 불발탄이 바로 우리집 마당에 떨어졌는데도 그것은 객관적 자료가 아니랍니다. 그리고 미군 LST가 여수 앞바다에서 폭격을 가하는 것을 본 사람들이 수두룩한데도 증인을 부를 필요가 없다는 겁니다. 얼마 전에 이를 입증하는 미국 쪽 사진자료가 공개됐습니다.

노근리사건도 미국기자가 써서 퓰리처상을 받고 기밀문서를 통해 입증이 되니까 믿어주는 거지요. 나 같은 사람이 쓰면 거짓말이 되는 거예요. 검찰조사를 받느라 일 주일간『한강』쓰기를 중단하고 백이십 개 항목에 대한 자료를 모두 찾아서 백 퍼센트 제출했어요. 답변서에 인용한 책만 열일곱 권에 이릅니다. 김종원이라는 토벌대장 이야기는 국회 속기록에도 나옵니다. 만군(滿軍) 출신으로 거창양민학살사건에도 관련됐고 이승만 대통령으로부터 신임을 받아 승승장구했습니다.

조씨는『태백산맥』때문에 1994년 치안본부(경찰청) 남영동 분실에서 조사를 받았다. 김영삼 정부 시절이라 고문을 당하지는 않았지만 모욕적인 언사와 공포 분위기는 여전했다.

— 1980년대 초까지 분단문학은 국가보안법이 허용하는 범위 내에서만

썼지만 『태백산맥』은 실정법이 허용하는 한계를 뛰어넘었다는 평가가 있습니다. 우익단체 쪽에서는 심지어 친북 문학이라고 공격을 하는데요.

감정적인 반공주의자들의 공격입니다. 소설을 제대로 읽어야 합니다. 소설을 오독하는 것도 독자의 자유입니다. 그러나 상대방을 공격하기 위해서 억지주장을 하는 것은 명예훼손이고 무고입니다.

분단상황에서 반공주의자들은 상대방을 빨갱이라고 몰아붙여 백전백승했습니다. 이들에게 경찰과 군대는 모두 옳고 성역이며 절대로 더럽혀서는 안 되는 조직입니다. 공산주의자와 빨치산은 무조건 때려죽일 놈들이고 악마고 흡혈귀라고 가르쳤습니다.

이런 상황이니 빨치산도 아픔을 느끼고 사랑을 아는 인간이며 배움과 인정이 있는 사람들이었다고 말하는 것조차 용납을 못 하는 겁니다. 이런 감정적인 반공주의를 벗어나지 못하면 우리는 분단의 문제를 이념적으로 해결할 수 없습니다.

남쪽에서 기득권을 행사하는 사람들이 있다고 하면 북쪽 정권을 유지하면서 기득권을 행사하는 세력도 있습니다. 조정래는 북쪽의 기득권 세력에게조차 비판의 대상입니다. 나는 1950년대의 상황에서 공산주의자와 빨치산의 입장을 말하는 것이지 전쟁 이후에 사회주의 독재정권을 꾸려온 김일성 체제를 옹호하는 것이 절대로 아닙니다. 감정적 반공주의자들이 『태백산맥』과 나를 친북으로 모는 것은 착각이고 오류입니다. 분명히 말하거니와 나는 친북주의자가 아닙니다.

『태백산맥』은 통일의 징검다리

— 김대중 정부는 대통령 선거공약으로 국가보안법 개폐를 내걸었지만 한나라당과 자민련의 반대로 지키지 못했습니다. 국가보안법에 대해서 개

인적으로 어떤 생각을 갖고 있습니까.

당연히 폐지돼야 합니다. 국가보안법의 뿌리를 캐고 들어가면 일제시대 독립운동가들을 탄압하던 치안유지법이 나옵니다. 국가보안법말고도 얼마든지 간첩을 잡을 수 있고 처벌할 수 있습니다. 박정희 정권이 독재강화의 방법으로 써먹은 법을 민주화시대에 그냥 놓아두고 있는 것은 말이 안 되죠. 6·15공동선언에서 남쪽의 대통령이 북쪽의 수뇌와 만나 포옹을 하고 민족통일의 역사를 열어가기로 합의했지 않습니까. 국가보안법 개정도 못 하고 이 정권이 끝난다면 6·15 공동선언의 정신을 스스로 부인한 것이 돼버립니다. 이런 논리의 모순은 국제적 망신입니다. 일거에 없애기 어렵다면 부분 개정이라도 해야 합니다.

—『태백산맥』 때문에 노태우 정권 때 세무조사를 받았다지요.

1983년 『현대문학』에 연재를 시작해 1986년에 제1부 세 권을 단행본으로 냈습니다. 문예지에 연재할 때는 별관심이 없다가 단행본으로 나오니까 운동권에서 폭발적으로 읽혔습니다. 그러자 수사기관들이 주목하기 시작했습니다. 그 무렵 방송 프로그램에 나를 출연시킨 KBS 직원들이 한직으로 밀려나기도 했습니다. 참으로 미안했습니다.

우익단체가 사법당국에 진정서를 냈지만 검찰이 1992년 문제삼지 않기로 했습니다. 그러다가 영화로 만드니까 우익단체들이 백이십 장이 넘는 고발장을 만들어서 고발하기에 이르렀습니다. 『태백산맥』은 작가에게 영광을 안겨줬지만 그에 못지않은 고통을 지금까지 주고 있습니다. 『태백산맥』을 출판한 한길사가 세무조사를 받고 추징을 당했습니다. 내가 탈세를 했더라면 파렴치범으로 몰렸겠지요.

『태백산맥』을 영화화했던 임권택 감독이 프랑스 칸 영화제에서 〈취화선〉으로 감독상을 받았다. 임감독은 『신동아』 2002년 6월호 인터뷰에서 "원작 『태백산맥』은 좌편향적인 느낌이 드는 작품이지만 영화는 이데올로기 지향성에서 다르다"는 말을 했다. 물론 임감독이 문학작품에 대해 정밀한 분석능력을 가진 사람은 아니다.

— 『태백산맥』에 국가보안법의 잣대를 들이대는 것에 동의하지 않는 독자들 중에는 이 책이 해방공간 그리고 전쟁의 무대에서 좌익혁명에 가담했던 사람들에 대한 긍정 또는 동정의 시각을 담고 있다고 보는 사람도 있습니다.

모든 가치는 상대적입니다. 가치 이전에 감정도 상대적이죠. 아까 말한 대로 공산주의자들은 무조건 악의 표상이고, 자본주의와 남쪽 대한민국의 군인과 경찰은 무조건 선의 상징으로 설정한 이분법의 가치관을 가진 사람들은 『태백산맥』을 받아들일 수 없는 거지요. 사실을 사실이라고 하거나 똥은 냄새가 난다고 해서도 안 되는 거지요. 그것이 이분법 사회의 슬픔입니다.

빨치산들이 가지고 있는 최소한의 진실은 무엇일까? 왜 그렇게 하나밖에 없는 목숨을 바치며 한 시대를 살다 갔을까? 그 수수께끼를 풀지 않고서는 그들을 이해할 수 없습니다. 그들을 이해하지 않고는 서로의 잘잘못을 밝힐 수도 없고, 서로의 잘잘못을 밝히지 않고서는 화해와 협력의 길로 갈 수도 없고, 진정한 화해와 협력이 없어서는 통일의 문이 열리지 않습니다. 나는 거기에 징검다리를 놓고 싶은 문학적 욕구 때문에 『태백산맥』을 쓴 것입니다.

— 혹시 금강산에는 가봤습니까?
안 갔습니다.

빨치산, 지금 북한 보면 통곡할 것

— 북한의 현 체제에 대해서 어떻게 생각하십니까.

유감스럽게도 가장 비인간적인 체제입니다. 봉건주의가 무너진 이유는 비인간성 때문입니다. 봉건주의의 비인간성은 권력의 세습, 양반 상놈 차별하는 계급주의로 나타납니다. 그러한 비인간성 때문에 인간들은 봉건주의를 무너뜨리기 시작한 것 아닙니까. 거기에 대한 반동으로 민주주의와 사회주의가 나온 것인데 사회주의를 표방한 북쪽이 권력세습을 했으니 더 말하여 뭣하겠습니까. 다른 건 말하고 싶지도 않습니다.

— 빨치산들은 무엇을 위해 산으로 들어가 승산이 없는 싸움에 목숨을 걸었습니까. 그리고 그들이 살아서 이상으로 그렸던 사회주의 국가가 지금 북한의 모습일까요.

해방 당시에 전 국민의 팔십오 퍼센트가 농민이었습니다. 농사를 지어서 생산물의 칠팔 할을 뺏기고 보리죽으로 끼니를 이어가는 고통에서 벗어나고 싶은 대중의 욕구가 거대한 힘으로 존재했습니다. 빨치산의 다수가 농민이었습니다. 그 사람들이 바라는 것은 사람답게 사는 것이었습니다. 지구상의 모든 이데올로기는 결국 사람답게 사는 세상을 만들어보려는 생각에서 나온 것입니다.

해방정국에서는 사회주의도 좋고 자본주의도 좋고 무엇이든지 제대로 살게만 해주면 좋다는 것이 대중들의 욕구였죠. 그런데 북한은 1946년에 토지를 무상몰수해서 무상분배했습니다. 남한은 1950년 6·25가 터지기 직전에 겨우 유상몰수 유상분배를 했습니다. 남쪽의 농민들 사이에 토지문제에 대한 불만이 컸습니다. 토지소유 제도 때문에 사회주의에 편든 소박한 농민들이 많았습니다. 바로 그 때문에 죽어갔어요.

북한에서는 식량 부족으로 해마다 수많은 사람들이 병들고 죽어가는 고통의 세월이 오륙 년째 계속되고 있습니다. 지리산에서 죽어간 빨치산들이 저세상에서 북한을 바라보면 통곡을 하겠지요.

위고 같은 작가 되고 싶었다

'한국논단' 식 사상 검증이 아니다. 독자들이 작가 조정래에 대해 품고 있는 궁금증을 물어 그의 육성을 통해 들어보는 것은 의미가 작지 않다. 무거운 질문들이 이어져 답변하는 작가의 얼굴이 굳어 있었다. 분위기를 푸는 뜻에서 작가 조정래를 노벨문학상 후보로 추천하려는 움직임에 대해 질문을 던졌다.

"몇몇 시민단체를 중심으로 그런 운동이 일고 있습니다. 나는 그런 일을 하지 말라고 말렸는데 그분들은 작가가 개입할 일이 아니라며 결단식도 가졌습니다. 노벨문학상을 타려면 운동 갖고는 안 되고 우선 작품을 영어 프랑스어로 번역부터 해야지요.

노벨상은 수많은 상 가운데 하나일 뿐이고 상금이 꽤나 많아서 세계적인 권위를 획득한 측면이 있습니다. 최근에 열렸던 21세기 세계 문학 세미나에서 한국기자들이 노벨문학상 수상 작가인 소잉카에게 한국문학은 언제쯤 노벨상을 탈 수 있겠냐고 물었습니다. 우문에 현답이 나왔어요. 그는 좋은 작품은 그 스스로가 중심이라고 말했습니다. 왜 그런 걸 물어 그런 대답을 듣습니까. 자존심이 그렇게도 없습니까. 자연스럽게 노벨상을 준다면 거절하지는 않겠습니다. 그러나 그것이 내 문학 또는 우리 문학의 절대가치처럼 이야기되는 것에 대해서는 모욕을 느낍니다.

— 『태백산맥』 같은 대하소설은 번역작업이 만만치 않겠지요.

일본에서 『태백산맥』이 완역 출판됐습니다. 십 년 전 미국 하와이대 마셜 필 교수가 영어 번역을 준비하다가 심장마비로 갑자기 죽었습니다. 『아리랑』은 프랑스 아르마탕 출판사에서 7권까지 나오고 금년 내로 완간될 겁니다.

— 이문열씨는 우파를 대표하는 작가이고, 조정래씨는 좌파를 대표하는 작가라고 규정한 문학기사를 읽은 적이 있습니다. 이런 평가에 동의합니까. 이문열씨와 그의 작품에 대해서는 어떻게 생각합니까.

정치 이데올로기적인 측면에서 좌파라고 한다면 나는 거부하겠습니다. 그러나 개혁 진보를 지지하는 입장의 좌파라는 것에는 동의합니다. 많은 사람들로부터 당신은 무슨 주의자냐는 속물적인 질문을 수없이 받았습니다. 나는 인간사회의 정의와 진실을 문학으로 지키고자 끝없이 노력하는 사람입니다. 그러니까 진보주의자라고 말합니다. 또한 우리 민족의 자존심은 물론 다른 민족의 존엄성도 절대로 훼손하거나 침해해서는 안 된다고 생각합니다. 그러므로 민족주의자입니다. 그리고, 문학행위는 어떠한 정치체제적인 제약이나 압박을 받아서는 안 된다는 신념을 갖고 있으니 자유주의자입니다. 그렇지만 그런 것이 얼마나 부질없는 분류입니까. 다 소용없는 것입니다. 나는 그저 예술을 하다가 죽어갈 예술가일 뿐이에요. 그것으로 충분합니다.

이문열씨는 개성 있는 작품을 잘 씁니다. 그런데 지나치게 작품 외적인 것에 관심이 많아요. 그것을 털어버리면 더 큰 작품을 쓸 수 있을 거예요.

— 다른 작가들이 쓴 소설도 많이 읽는지요.

이것저것 읽다가 좋은 작품을 만나면 다시 또 읽습니다. 수많은 작품들이 복합돼 영향을 주면서 한 작가의 개성적인 세계를 만드니까 특정 작가에 영향 받았다고 하기는 어렵죠. 내가 훌륭한 작품을 쓴 사표로 인정한 사람은 톨스토이와 도스토예프스키입니다. 빅토르 위고는 사회성과 정치성, 인간 진실의 문제에 치열하게 접근하면서 예술성을 함께 조화시킨 모범이라고 평가합니다. 위고 같은 작가가 되고 싶다는 생각을 등단 초기부터 했습니다.

긴 작품을 쓰느라 이십 년 동안 남의 작품을 많이 못 읽었습니다. 중간중간 준비하는 과정에서 국내 젊은 작가의 작품을 찾아 읽고 있습니다. 최근 『한강』을 마치고 나서 몇몇 젊은 작가들의 작품을 읽었습니다. 남의 작품을 읽어야 내 작품의 결함을 발견할 수 있습니다. 또 남의 좋은 부분도 인정해야 나도 더 잘 써야 한다는 각성이 생길 수 있지요. 남의 작품 읽기를 게을리하는 태도는 작품을 잘 쓰고자 하는 노력을 포기하는 거나 마찬가지입니다.

연좌제는 용서할 수 없다

— 최근에 읽은 젊은 작가들 작품 중에 인상에 남은 작품을 들어보면……

최인석 이승우 방현석 은희경 씨 등의 작품이 괜찮더군요.

필자는 조씨의 대하소설 중에서 『태백산맥』만 읽었다. 『아리랑』과 『한강』은 인터뷰를 앞두고 벼락치기로 읽기에는 너무 방대하다. 인터뷰 질문을 만들기는 『아리랑』과 『한강』을 모두 읽은 집사람에게서 도움을 받았다.

—『한강』에서는 연좌제로 고통을 겪은 인물을 다루었는데요. 연좌제가 헌법으로 금지될 때까지 수많은 사람들이 연좌제로 불이익을 당했습니다. 혹시 개인적으로 이런 고통을 겪지는 않았습니까.

나는 그런 고통은 겪지 않았지만 주변 친구들이 사회진출에 제약을 받는 것을 많이 봤습니다. ROTC 임관 일 개월을 남겨놓고 마지막 신원조회에 걸려 장교가 못 된 친구도 있지요. 당대를 넘어서 다음세대의 인권까지 제약을 하는 나라가 문명국가 중에 과연 있을까요. 『한강』에서만 쓴 게 아니고 「어떤 전설」이라고 하는 소설에서도 연좌제를 다루었습니다.

『한강』은 두 가지 이야기가 큰 흐름을 이룹니다. 하나는 우리 경제발전이 어떤 과정을 거쳐서 오늘에까지 이르렀는가 하는 것입니다. 젊은 세대에게는 전설이 돼버린 것을 총체적으로 알리고 싶은 욕구가 있었습니다. 다른 또 하나는 오십 년 넘게 계속된 분단상황이 민족에게 어떻게 상처를 입히며 망각되어왔는지를 쓰고 싶었습니다.

연좌제가 법으로 금지된 것은 얼마 안 됩니다. 이미 당사자들이 상처받고 인생이 망가져버린 다음에 뒷북친 식이죠. 이런 비인간적인 정치횡포가 어떻게 용서받을 수 있겠습니까. 우리 민족사에서 두고 두고 이야기되어야 할 것입니다.

조정래는 단지 상상력만으로 소설을 쓰는 작가가 아니다. 우리 민족의 이민사를 다룬 『아리랑』은 만주를 중심으로 해서 동남아 러시아 일본 하와이가 무대다. 『한강』은 우리나라의 경제발전을 이루다 보니 무대가 세계로 펼쳐진다. 『한강』을 쓰기 위해 베트남 독일 사우디아라비아 등지로 취재여행을 다녔다. 그는 이국땅에 눌러앉은 근로자 광부 간호사 등을 만나 이들이 뿌린 피와 눈물의 체험을 채록했다. 조씨는 흩어진 보석들을 주워 닦고 갈아서 소설로 엮고 맞춰내는 작업을 했다고 말한다.

박현채 선생 증언 참고

—『태백산맥』에서 번 돈을 『아리랑』 취재에 상당 부분 투자했다지요.

상상력은 작가가 막연하게 추상적으로 지어내는 것이 아닙니다. 상상은 항상 자극받고 촉발되는 부분이 있어야 생명력을 얻습니다. 사진이나 기록에는 바람 햇볕 땅의 냄새가 없고 사람들의 감각도 죽어 있습니다. 나는 현장을 보는 순간 이야기가 엮이어 나옵니다. 수십 가닥의 실타래가 자동으로 풀려나가듯이…… 취재를 갈 땐 뭔가를 얻어와야겠다고 긴장합니다. 일반적인 여행의 낭만이 아니에요. 무언가를 찾으러 가는 일입니다.

그는 독일에서 한국인 광부와 간호사를 수십 명 만나서 취재를 했다. 때문에 독일의 간호사 출신 이민사회에서는 『한강』이 베스트셀러를 기록하고 있다. 『태백산맥』을 쓸 때는 한번 나가면 열흘씩 보따리를 싸들고 취재여행을 다녔다.

—『태백산맥』의 현장은 주로 전남지방과 지리산 일대지요. 이 일대를 모두 답사하고 소설을 쓰기 시작했습니까.

1차 무대는 보성군 벌교읍입니다. 2차가 순천 화순 광주 쪽이고요. 3차가 지리산입니다. 1차 무대는 너무 잘 알기 때문에 취재가 필요없었습니다. 2차 무대부터 취재를 했습니다. 화순 백아산, 장흥 유치 등이 전부 빨치산 지구입니다. 지리산은 아흔아홉 골짜기라고 합니다. 평생 여기서 심마니를 한 사람도 골짜기를 다 모른다고 할 정도로 큰 산이에요. 전남 경남 전북의 가운데 떡 버티고 앉아 있는 산입니다. 전북도당 경남도당 전남도당이 맡았던 골짜기가 모두 다릅니다.

그는 지리산에서 빨치산 투쟁을 했던 생존자들을 증인으로 데리고 다녔다. 빨치산과 반대쪽에서 싸운 토벌대의 증언도 수집했다. 『태백산맥』3, 4부는 경제학자 박현채씨(작고)의 기억에 팔십 퍼센트를 의존했다고 작가는 술회한다.

"『태백산맥』에 나오는 위대한 전사 '조원제'가 바로 박현채 선생입니다. 빨치산 투쟁한 사람들을 찾아다니다가 박선생을 만났습니다. 이분은 저의 광주 서중학교 선배입니다."

박씨는 광주 서중학교(지금의 광주일고) 3학년 때 남로당 서중학교 총책이었다. 서중학교는 전남지방에서 공부 잘하는 학생들이 들어가는 학교였다. 천재라는 소리를 듣던 박씨는 조숙해 어린 나이에 사회주의 이데올로기에 깊이 빠졌다.

"박선생은 종전 직전에 화순에 보급투쟁을 하러 내려왔다가 체포

됐습니다. 다행히 학생이라서 징역을 살지 않고 특별사면 조치를 받았습니다. 기억력이 비상해 지리산 빨치산 시절을 샅샅이 기억했습니다. 정말 놀라워요. 대개 빨치산 투쟁을 한 사람들은 자기가 활동한 분야밖에 몰라요. 그러나 박선생은 지리산 빨치산을 총체적으로 다 아는 분입니다. 전투부보다 상위인 문화부 중대장을 맡아 그렇습니다. 문화부는 작전부라고 할 수 있습니다. 문화부 중대장이 '안 된다'고 하면 전투 중대장은 전투를 못 하게 돼 있습니다. 박선생이 문화부 중대장을 17~18세 때 했습니다. 똑똑하고 강인한 체력을 지니고 있었습니다."

찢어버린 『남부군』 메모

—『태백산맥』 쓰기 전에 혹시 이태씨의 『남부군』을 읽어보았습니까.

"『태백산맥』은 한꺼번에 나온 게 아니고 사 년 동안 4부로 나뉘어 나왔습니다. 문학평론가 중에는 무식을 무기처럼 쓰는 사람들이 있어요. 몇몇 문학평론가들이 조정래의 『태백산맥』은 이태의 『남부군』에 빚진 바 크다고 마구 써버렸어요. 황당무계한 거짓말이에요. 무식하고 무책임한 속단입니다.

『태백산맥』을 3회분 정도 썼을 무렵에 동료 소설가가 원고지로 된 『남부군』 복사본을 내게 보냈어요. 빨치산 소설을 쓰는 데 도움이 될 테니 참고해보라는 뜻이었지요. 이 원고를 이미 읽어본 작가들 이름까지 적어보냈더군요. 생각이 깊은 분이지요. 내가 참조한 내용을 다른 작가가 쓸 수도 있으니 조심하라는 뜻이었지요.

내가 취재한 부분과 겹치는 것도 있고 완전히 새로운 것도 있었습니다. 도움이 많이 됐어요. 읽으면서 중요한 부분은 메모를 해놨습니다. 『태백산맥』 1부 2부에는 빨치산이 안 나오잖아요. 3부부터 나옵니다. 그런데 2부가 출간되고 나서 『남부군』이 책으로 출판돼 사십만 부가 팔렸습니다. 당황했습니다. 상당히 쓸모가 있다고 판단해 꼼꼼히 메모를 해놓았는데 책이 나와버렸으니 큰일났지요. 이태씨의 『남부군』에서 도움 받으려고 했던 부분이 쓸모없게 돼버린 거예요. 난감했습니다. 다시 취재하기로 하고 『남부군』 메모를 전부 찢어버렸습니다.

— 빨치산과 전쟁을 한 토벌대 출신 사람도 만나봤습니까.

토벌대의 증언은 객관성을 확보하기 위해 반드시 필요하지요. 그분들은 놀랍게도 '그들은 굉장히 용감했다' '도덕적이었다' 고 증언했습니다.

— 메모를 찢어버렸더라도 지리산 빨치산을 이해하는 데 이태씨의 『남부군』으로부터 일정한 도움을 받았겠군요.

그렇습니다. 그러나 『남부군』 메모를 모두 버리고 새롭게 취재를 했습니다. 지리산에서 이태씨가 만든 『진중신문』의 주필을 만났습니다. 이분이 『남부군』을 다 읽어보고 나서 너무 많은 것이 사실과 다르다고 증언했습니다. 왜 그렇게 썼는지 모르겠다고 했습니다. 수원에 살았는데 작고했습니다.

그는 지금도 원고지에 글을 쓴다. 『태백산맥』과 『아리랑』 쓸 때는 컴퓨터가 일반화되지 않았다. 출판사에서 컴퓨터를 선물했지만 『한강』의 취재를 다니느라 자판 연습을 할 시간이 없었다. 『한강』도 손으로 썼다. 최근에는 아들이 최신 기종의 컴퓨터를 선물했지만 인터뷰와 탈장수술 등으로 쫓기느라 연습을 못 하고 있다.

"연습을 해서 일기나 잡문을 컴퓨터로 쓰더라도 소설은 계속 손으로 쓰겠습니다."

— 컴퓨터를 익히면 글쓰기에 아주 편리합니다. 원고지에 써나가면 파지가 많이 생기잖아요.

압니다. 그런데 그 편리함이 오히려 소설쓰기에 방해가 될 수 있다는 생각이 듭니다. 나는 파지를 별로 안 냅니다.

그는 인터뷰를 하다 말고 옆방에 보관하고 있는 『아리랑』 원고를 보여주었다. 과거 신문사에 원고를 보내는 작가 중에는 전문 해독사가 필요할 만큼 악필이 적지 않았다. 조씨의 원고는 별로 고친 데가 없을 정도로 깔끔했다. 『아리랑』의 무대인 전북 김제시에서 아리랑 문학관을 세운다고 해 그곳에 보내주기로 했다고 말했다.

스님이었던 아버지

— 작가 조정래의 작품세계를 이해하는 데 도움이 되는 평론을 소개해주겠습니까.

황광수씨가 『조정래의 소설세계 — 소설과 진실』이라는 평론집에서 단편 중편에서부터 시작해 『아리랑』까지 총체적으로 조정래를 알수 있도록 썼습니다. 서울대 권영민 교수의 『태백산맥 다시 읽기』도 읽을 만합니다. 권교수는 내가 고발당한 상태에서 이 책을 펴내 고통을 당했습니다. 나를 조사한 경찰 수사반장이 권교수한테 전화를 걸어 두 시간 이상 공갈 협박을 했습니다. '당신 서울대 교수 그만하고 싶으냐. 빨갱이 편을 드는 당신도 사상이 의심스럽다.' 권교수가 나 때문에 고생을 해 아주 미안하게 생각하고 있습니다.

조정래의 연보는 '1943년 전남 승주군 선암사에서 출생'으로 시작한다. 출생부터가 보통사람과 다르다. 어머니의 신심이 지극해서 절에서 태어난 것일까. 아니다.

일제는 한일합방의 예비공작으로 강력한 힘을 지닌 불교를 일사불란하게 통제하기 위해 32개 본산을 만들었다. 선암사도 그중의 하나였다. 조씨의 부친(조종현)은 24세에 법사가 되었다. 일제는 똑똑한 승려들을 골라 일본 승려들처럼 결혼을 하게 했다. 이른바 대처승 제도다. 조씨의 부친은 선암사 대웅전에서 결혼식을 올렸다. 일제 이전에는 한국에 대처승이 없었다.

조종현씨는 선암사 부주지로 사답(寺畓)을 소작인들에게 무상으로 분배해야 한다는 진보적인 의식을 갖고 있어, 절의 재산을 지키려는 주지와 다툼이 벌어졌다. 승려들이 양쪽으로 갈려 싸우는 와중에서 여순반란사건이 나자 주지 쪽에서 부주지를 빨갱이로 몰았다. 조종현씨는 체포됐지만 광주고법에서 무죄 판결을 받고 풀려났다. 『태백산맥』에 나오는 '법일'의 모델이 바로 작가의 아버지다.

조종현씨는 이후 벌교상고, 광주일고, 서울 보성고에서 국어교사를 거쳐 우석고 교장을 지냈다. 시조 시인이었다. 작가는 아버지가 학교를 옮길 때마다 따라다녀 광주 서중과 보성고를 졸업했다.

대하소설 세 편이 천만 부 넘게 팔린 인기작가의 인세 수입은 얼마나 될까. 대한민국 소설가의 한 달 평균 원고료 수입이 십만원이라고 한다. 『태백산맥』이 550만 부, 『아리랑』이 350만 부, 『한강』이 지금까지 150만 부 팔렸다. 작가의 순수 창작물로 천만 부 돌파는 한국에서 처음이다. 인세는 책값의 십 퍼센트이다.

"오해가 있어요. 지금 정가 팔천원의 십 퍼센트로 계산을 하면 나는 팔십억원을 번 사람이 돼버려요. 바보 같은 계산이죠. 『태백산맥』이 처음 나왔을 때 책값이 삼천이백원이었어요. 사천원 사천오백원 오천원 하다가 팔천원이 된 것은 금년 1월이에요."

— 그래도 어림잡아 오십억원 이상은 벌었겠네요.

그 돈이 송두리째 쌓이는 것이 아닙니다. 나는 이십 년 동안 다른 직업을 갖지 않은 전업작가였습니다. 기초생활비와 자식을 가르쳐야 하는 돈이 들어갑니다. 그리고 새 작품을 쓰기 위해 두 차례나 지구를 세 바퀴 이상 도는 거리를 취재여행을 다니며 재투자한 비용이 엄청나요. 안내자 통역을 데리고 비행기 타고, 호텔생활 해야 하고, 수고비를 지불하다보면 재투자 비용이 상상을 초월할 정도로 많이 들어가요. 세금도 무서워요. 원고료는 연간 이천만원까지는 면세되지만 오천만원을 넘기 시작하면 종합소득세에서 누진이 붙어요. 나처럼 소득이 높으면 사십삼 퍼센트를 내야 돼요.

— 일억원 벌 때마다 사천삼백만원을 냈으니 나라살림에 크게 기여했군요.

십이 년 동안 매년 거의 일억원씩 세금으로 냈어요. 『태백산맥』과 『아리랑』이 겹쳤을 때는 한 해에 거의 이억원을 냈어요. 그러니까 나는 성실 고액 납세자입니다. 세무조사를 당했어도 아무 일 없었으니까요. 참여연대 같은 시민단체 또는 불우장애인 단체 같은 데 조그만 성의를 표시할 수 있는 정도의 여유밖에 없어요. 큰돈은 없습니다.

비디오가게에서는 책도 대여해준다. 도서대여점마다 『태백산맥』 『아리랑』 『한강』은 반드시 비치하고 있다. 요즘은 전업주부들이 소설을 많이 읽는다. 콩나물값도 깎는 주부들이 열 권짜리 대하소설을 팔만원 내고 사는 것은 부담스러운 일이다. 대여점에서는 권당 삼박사일씩 빌려주고 팔백원을 받으니 열 번만 대여하면 원금이 회수되는 셈이다. 집 근처에 있는 대여점의 경우 작년 연말에 구입한 『태백산맥』이 컴퓨터 기록에 마흔 번을 빌려준 것으로 나와 있었다.

소비자로서는 편리하지만 작가와 출판사에서 보면 책이 덜 팔려 불이익을 당하는 게 된다. 하지만 방송국에서는 음반을 틀 때마다 저작권료를 지불하지 않는가.

김근태 의원 후원 멤버

— 출판협회 같은 데서 대여점 문제를 정식으로 제기한 적이 있습니까.

도서대여점 문제가 사오 년 전 출판사들에 의해 제기됐습니다. 그런데 전면적으로 규제할 법이 없습니다. 대여점들도 법을 만들면 인세를 내겠다고 주장하지요. 예를 들면 팔백원 받고 빌려줄 때마다 팔십원씩 인세로 내겠으니 국회에서 법을 만들어오라는 식이지요. 어느 대여점에서 내 책을 보니 비닐 껍질이 다 찢어져서 새로 커버를 했더군요. 대학도서관에 있는 책들도 하드보드로 다시 표지를 입혔어요.

열 권 한 질을 모두 사려면 팔만원이니 책값이 싼 편은 아니지요. 그 돈을 내고 열 권을 다 사 읽는 독자들이 고맙습니다. 돈이 모자라면 빌려봐야지요. 주부들로부터 자식에게 조선생님 책을 읽히고 싶은데 책값이 비싸니 출판사에 부탁해서 싸게 살 방법이 없겠냐고 묻는 전화를 서너 차례 받았어요. 그 전화를 하기까지 그 엄마가 얼마나 망설였겠어요. 아버지들은 그런 전화를 절대 안 해요. 어머니의 사랑이 용기를 내게 하는 거예요.

책방에서 알면 항의가 들어오니 소문내지 말라고 하면서 출판사를 소개해줬지요. 그 모정이 얼마나 눈물겨워요. 그게 소설이죠. 소설이 별거예요. 그런 절절한 이야기가 소설이지……

— 얼마전 신문에 김근태씨(민주당 국회의원)의 양심선언을 헛되게 하지 말라고 칼럼을 썼더군요. 김의원후원회 회원이라지요.

내가 전두환 정권 때 우익의 협박을 받고 위태로운 상태에서『태백산맥』을 써나가고 있을 때, 두 사람이 정신적인 위안을 주었습니다. 바로 문익환 목사와 김근태 의원입니다.『태백산맥』을 쓰다가 잡혀 들어가 수난을 당하게 되면 두 사람처럼 의연하게 대처하리라 그런 생각을 했습니다. 김근태씨가 정치를 시작하기에 솔선해서 그를 돕기 시작했어요.

국민의 대표로 뽑힌 사람이 국민 앞에 잘못을 고백하는 것이 얼마나 부끄럽고 힘든 일입니까. 양심 없이는 할 수 없는 일이고 커다란 용기입니다. 잘못을 시인하지 않는 것이 우리 사회의 전통처럼 돼버려 역사가 계속 왜곡됐습니다. 왜 그만 처벌받아야 합니까. 그의 용기와 양심은 보호되어야 마땅합니다. 만약에 다른 정치인들이 철통 같은 침묵을 지켜 법 밖에서 안주하고, 김의원만 처벌당하는 사태가 오면 시민단체의 이름으로 정치인 전부를 고발할 작정이에요. 나는 참여연대가 만들어진 시점부터 이사로 활동하고 있습니다.

동국대 국문과 하면 미당 서정주가 떠오른다. 조씨와 아내 김시인은 모두 동국대 국문과를 졸업한 미당의 제자들이다. 김시인은 미당의 추천을 통해 등단했다. 결혼할 때 미당이 주례를 섰다.

미당과 조정래, 그리고 조영남

— 미당은 '시의 정부'라는 평을 들을 만큼 뛰어난 시인이었지만 친일 및 독재정권과의 유착행적으로 비판을 받고 있습니다. 스승에 대해 말하기가 조심스럽겠습니다만 미당에 대해 어떤 평가를 하고 있습니까.

『실천문학』여름호에 모두 써놓았습니다. 그것으로 대신하죠.(이 책 5부 중 「용서는 반성의 산물」)

그는 1985년 『한국문학』 주간을 하면서 해방 사십 년 특집으로 친일문인들의 문제를 특집으로 다루려고 했다. 그는 미당을 찾아가 글의 마지막에 '잘못했다'는 한마디만 하면 선생님은 자유로워진다며 글쓰기를 권유했다. 미당은 안색이 변하며 "뭐라고! 넌 대학생 때부터 반골 기질이 승하더니만…… 그래 들어봐라"며 두 시간 동안 여러 말을 했으나 글쓰기는 거부했다. 조주간은 결국 친일 선배문인들의 반성하는 글쓰기 대신에, 젊은 문인들의 반성 없는 선배 친일문인들을 비판하는 특집으로 바꾸었다.

"미당은 그야말로 미당인 채로 이 세상을 떠나갔다. 그리고 미당 비판을 놓고 문단과 세상이 한바탕 시끌시끌해졌다. 미당이 마지막으로 잘못했다는 한마디만 남겼어도 그렇게 시끄러웠을 것인가. 미당은 그의 빼어난 시들처럼 생애도 깔끔하게 정리했어야 했다. 그 일을 끝내 하지 않음으로써 미당은 후진들이 서로 얼굴을 붉혀야 하는

업보를 남겨놓았다."(조정래, 『실천문학』 2002년 여름호, 「용서는 반성의 선물」 중에서)

— 조금 막연하고 조금 거창한 질문 같기도 한데 문학이 지향해야 할 가치는 어떤 것이라고 생각하십니까.

인간의, 인간을 위한, 인간다운 세상을 만드는 데 기여하는 문학을 해야 합니다. 궁극적으로 이것이 나의 문학하는 자세이고 가치관입니다. 그러니까 '문학이 이데올로기의 무엇이다' 하는 것은 객적은 소리입니다. 모든 이데올로기는 인간을 구제하기 위해서 만든 제도입니다. 그러나 인간은 불완전한 존재이기 때문에 모든 제도는 모순이 있을 수밖에 없고, 그 모순 속에서 사멸하거나 침몰합니다. 사회주의가 바로 인간적인 것을 확보하지 못해 소멸하고 있습니다. 사회주의가 다시 오리라고 말하는 사람도 있지만 내가 보기에는 안 올 거예요. 오더라도 다른 방법으로 오겠죠. 문학은 인간을 위해 기여해야 돼요.

그의 친구 중에는 그와 전혀 어울리지 않을 것 같은 사람도 있다. 가수 조영남씨가 그 가운데 한 명이다. 조영남씨는 탤런트 윤여정씨와 헤어질 무렵에 조정래씨의 집에 와서 피란생활을 했다.

미국은 한국을 인정하라

— 조영남씨의 바람기는 널리 알려져 모르는 사람이 드뭅니다. 사적으로 그분의 여성관이나 부부관에 관해 논의해본 적이 있습니까.

조영남은 음악적 재능이 탁월한 사람입니다. 선험적으로 광대끼를 갖추고 있는 좋은 연예인이죠. 그런 만큼 자유주의적인 데가 많아요.

내가 만날 때마다 심각하게 역사 사회의식이 빈약하다고 지적하니까, 그는 '조선생님은 입만 열면 애국애족을 말한다'고 비아냥거리기도 합니다. 그가 윤여정씨하고 이혼할 때 우리집에 와 있으면서 윤씨와 전화로 재산에 관한 논의를 하길래, 내가 '당신은 또 벌 수 있으니 다 주라'고 조언했지요. 자식을 그쪽에서 키우니 아무 말 말고 다 주라고 했습니다. 그가 차도 줘야 하냐고 물어서 차는 너의 발이니까 차만 빼놓고 다 주라고 했습니다. 그때 이후로는 충고한 적이 없습니다. 인생은 각자 알아서 살아가는 것 아닙니까. 말로 하기보다 내가 집사람하고 사이좋게 사는 것이 그에게 교훈이 되기를 바랍니다.

조정래 김초혜 부부는 문단에서 소문난 잉꼬부부다.

— 딱딱한 인터뷰를 너무 오래 끌면 독자들이 지루할 것 같아서 조영남씨 이야기를 한 것입니다(웃음).

좋아요. 이런 거 좋아요. 조영남씨도 이번 『신동아』인터뷰 읽어봐야 돼요. 그에게 말을 안 하고 있었지만 하고 싶었던 이야기입니다.

— 조영남씨는 작가 조정래씨가 자기의 잔치를 망쳐놓은 적이 있다고 썼더군요. 초대한 손님 중에 농구선수 박신자씨의 미국인 남편이 있었는데 그이는 CIA 한국 부지부장이었어요. 조선생께서 미국을 비판하며 박씨의 남편과 심하게 언쟁을 벌였다는 것입니다. 작품에서도 미국을 비판하는 내용이 더러 발견됩니다. 6·25와 미국, 세계질서를 주도하는 지금의 미국에 대해서 어떻게 생각하십니까. 조지 부시 정권이 들어선 이후 횡포도 많지만 약소국가로서 미국이 세계질서를 주도하는 현실을 부인할 수만도 없는 것 아니냐는 생각이 들어요.

한미관계야말로 애증이 얽혀 있는 관계 아니겠습니까? 6·25 때도 도움을 받았지만, 한국이 경제발전을 이룬 데는 미국시장의 덕을 크게 보았음을 부인할 수 없지요. 그러나 우리에게도 역사와 전통이 있고 독립성과 주체성이 있어요. 강대국의 횡포를 언제까지고 받아주기만 해서는 안 됩니다. 대등한 국가 대 국가의 관계가 정립돼야 합니다.

우리 스스로 태도를 분명히 하고 미국이 알아듣도록 설명해야 합니다. 미국도 한국이 변했다는 것을 인식하지 않으면 두 나라 관계는 좋아지기 어렵습니다. 우리는 일인당 GNP 팔십 달러에서 경제건설을 시작해 지금은 만 달러에 이르렀습니다. 문맹률이 세계에서 가장 낮은 나라가 한국입니다. 미국이 이러한 나라를 과거 원조물자 주던 팔십 달러 수준의 국가로 다루어서는 곤란합니다.

부시 대통령이 '악의 축' 발언을 하고 방한하니, 무슨 사태가 벌어졌습니까. 시민단체들이 연합해 반미시위를 벌였습니다. 한국은 1990년대 이후 십 년 동안에 이만 개의 시민단체가 만들어진 나라입니다. 미국이 한국사람에 대한 존엄성을 인정하지 않는다면 한미관계는 계속 악화될 것입니다. 21세기에 사이 좋은 동반자로 가려면 미국은 좀더 겸손해질 필요가 있고, 한국은 더욱 당당하게 미국을 향해 우리의 입장을 확실히 해줄 필요가 있습니다.

— 『태백산맥』이 처음에는 한길사에서 나왔는데 나중에 해냄으로 출판사를 옮겼죠. 어떤 연유로 헤어졌습니까.

말하고 싶지 않아요. 인세 인지 문제였습니다. 마땅치 않은 상태에서 계약기간이 만료돼 다른 곳으로 옮겼습니다.

월남전 돈 벌려고 참전

─『한강』에 월남파병도 다루었던데 월남 파병에 대해서도 논란이 있었지요. 고엽제 후유증으로 고통받는 분들도 있고, 용병론을 펴는 학자들도 있습니다. 월남참전 용사들은 용병론으로 우리를 모욕하지 말라고 흥분합니다. 월남파병에 대해서 총제적으로 어떻게 판단합니까.

『한강』에서 베트남에 간 군인과 근로자의 문제를 모두 다루었습니다. 베트남 전쟁 소설이 서너 편 나와 있지만 근로자 문제는 전혀 언급을 안 했어요. '라이 따이한' 이라고 하는 튀기는 전부 근로자들이 뿌려놓고 온 씨거든요. 근로자들이 동거생활을 한 결과입니다. 군인들은 전쟁하느라고 바빴고 어쩌다가 매춘녀들을 상대했지요. 그런데 라이 따이한을 군인들이 만들어놓은 것처럼 잘못 알고 있어요.

혈맹인 미국과 함께 공산주의 침략을 막는다는 명분으로 베트남 전쟁에 참여했다고 말하지만 당시 지원 군인들은 '월남에 돈 벌러 간다' 고 했습니다. 중요한 건 그 대목이에요. 월남참전 용사들은 자존심이 상하겠지만 명분은 명분이고 내용은 돈벌이였다고 인정할 수밖에 없는 거예요.

"도대체 우리가 베트남에 뭐 하러 왔는가. 돈 많은 나라 미국이 퍼붓는 달러는 먼저 먹는 게 임자다. 일본 놈이 제일 많이 먹는다. 필리핀 대만도 와 있는데 우리도 많이 먹는 수밖에 없다." 소설에 나오는 피엑스병이 그런 말을 합니다. 당시 병사들이 월 사십 달러를 받았습니다. 요즘 돈으로 치면 거의 천 달러는 되는 가치입니다. 근로자들은 그것보다 일곱, 여덟 배를 더 벌었습니다. 용병이라는 말이 자존심을 상하게 하더라도 내용을 부인할 수 없습니다.

— 미국에서는 월남전 참전에 대해 잘못이었다는 반성이 폭넓게 이루어졌습니다.

잘못된 전쟁이었지요.

— 『한강』에서는 박태준 전 포항제철 회장을 높게 평가했지요.

두 가지 측면에서 그분을 높게 평가했습니다. 첫째 기업인으로서 가장 양심적이고 모범적으로 일관했습니다. 둘째 포항제철로 우리 경제의 체질을 바꿔놓았습니다. 포철이 생기면서 중화학공업으로 우리 경제의 방향이 바뀌었습니다. 1972년까지 매해 일억 달러 가까이 철강을 수입했습니다. 그런데 포철이 3고로 4고로를 가동하면서 국산 철강으로 자급자족할 수 있게 됐습니다. 가격은 수입철강에 비해 삼분의 일이나 쌌습니다. 박정희 대통령이 죽었을 때 일인당 GNP가 천 달러이던 것이 만 달러까지 왔잖아요. 그렇게 된 데는 중화학공업의 힘이 절대적이었습니다. 그분의 남다른 헌신성과 애국심이 이룩한 결과라고 생각합니다.

— 역사를 배경으로 해서 소설을 쓰다보면 신문을 많이 참조하게 되지 않습니까.

소설을 쓰기 전에 관련서적을 최대한 구해서 읽습니다. 동국대학 도서관에서 삼사 개월 동안 1959년 이후의 동아일보, 조선일보를 뒤져 노트에 메모했습니다. 노인네가 몇 달씩 도서관에서 신문을 뒤지니까 학생들 사이에서 소문이 났지요. 소설쓰기가 그렇게 원시노동입니다. 남이 대신 해줄 수가 없습니다.

세 편 소설에 등장인물 천이백 명

— 대하소설 세 편에 등장하는 인물이 천이백명이 넘는다지요. 작명소를 차려도 되겠어요. 같은 이름을 쓰는 실수를 한 적은 없습니까.

이름에도 유식한 사람과 무식한 사람의 분위기가 다릅니다 우스운 이름도 있고 촌스러운 이름도 있어요. 못사는 사람일수록 '천금' '만복' 식으로 이름을 지어요. 얼마나 촌스러워요. 부모의 염원이 거기에 담겨 있는 거예요. 양반들은 항렬을 따집니다. 사람이 다른데 이름이 절대로 겹치면 안 되지요.

『태백산맥』을 쓸 때는 그나마 편했어요. 『아리랑』에는 『태백산맥』에 나온 이름을 쓸 수 없게 됐지요. 『태백산맥』에서 독자들에게 명확하게 인상이 찍혀버린 성씨, 하대치 염상진 등은 이름뿐만 아니라 성도 못 쓰게 돼요.

유심히 보면 『태백산맥』에서 주인공으로 등장한 사람들의 성은 『아리랑』에 안 나옵니다. 『아리랑』에 나온 주인공 성은 『한강』에 안 나오고…… 또 조가는 안 씁니다. 쓰더라도 잠깐 지나가는 인물로 쓰지요. 왜냐하면 내가 조가이기 때문에 나쁜 사람으로 쓰자니 기분이 나쁘고, 좋은 사람으로 쓰자니 흉볼 것 같아서요. 소설을 쓰기 전에 이름을 미리 준비하지요. 무식한 이름, 지성적인 이름, 촌스러운 이름을 지어 분류를 해놓고 하나하나 사용합니다.

소설 세 편에 등장인물이 천이백 명 정도 되지만 겹치는 이름이 하나도 없다고 장담을 했어요. 그런데 어떤 여성 독자가 '허진'이라는 이름이 『아리랑』에도 나오고 『한강』에도 나오는 것을 찾아냈어요. 그걸로 끝난 줄 알았더니 두 사람이 또 한 사람씩 지적했습니다. 세 사람이 겹칩니다. 물론 잠깐 스쳐 지나가는 인물이지만. 무의식이라는 게 무서워요. 깨끗이 씻어내고 새로 시작하려고 하는데도 그게 잘 안 되나봐요. 그래서 이 사람들한테는 사과하는 의미로 책에다가 사인을 해서 한 권씩 보내줄까 생각하고 있어요.

하루 세 번씩 맨손체조

— 글쓰기 외에 어떤 취미를 가지고 있습니까?

취미라는 게 없습니다. 주색잡기를 안 하는 것이 제 삶의 자세입니다. 나는 글을 쓸 때는 술을 일절 안 마십니다. 나는 에피소드가 없는 것이 에피소드인 작가라는 말을 듣습니다. 『아리랑』을 한국일보에 사 년 연재했고, 『한강』을 한겨레에 삼 년 연재했는데 원고 때문에 신문사 담당기자가 저한테 전화한 일이 한 번도 없습니다. 미리미리 보내니까요. 자존심 때문에 내가 맡은 일은 최선을 다해 책임지려고 합니다. 주색잡기는 하지 않지만 운동은 건강을 위해서 열심히 합니다. 맨손체조를 하루에 세 번 합니다. 그리고 아침저녁으로 산책하고 일요일에는 꼭 등산을 합니다. 이 세 가지를 하루도 안 빼고 해서 이십 년 동안 건강을 유지할 수 있었습니다. 맨손체조 효과는 대단히 큽니다. 많은 사람들이 했으면 좋겠어요.

— 등산은 어디로 다닙니까.

내가 분당으로 이사온 이유가 두 가지입니다. 공기가 좋고 아무 데서나 올라가면 바로 산입니다. 등산로를 따라 가면 남한산성에 다다릅니다.

동갑인 아내 김초혜 시인과는 동국대 국문과에서 만나 연애하다 결혼해 삼십오 년째 함께 살고 있다. 김초혜 시인이 영문과에서 국문과로 옮기자 국문과 선배들 사이에 구애경쟁이 벌어졌다. 문학서클 합평회를 할 때 조씨가 김시인의 만년필을 돌려주지 않았다. 김시인이 만년필을 돌려받으러 찾아왔을 때 "공짜로는 줄 수 없고 빵을 사달라"고 한 것을 계기로 가까워졌다. 1960년대에 연애 걸던 방법이다.

부부는 결혼할 때 서로의 작품세계에 대해서 존중하고 일절 간섭하지 않는다는 원칙을 세웠다. 김시인은 조씨가 쓰는 작품의 첫 독자이고 교정자다. 원고상태에서 읽고 마땅찮은 부분을 찾아내 고쳐주는 일을 끊임없이 계속하고 있다. 조씨는 『아리랑』에 붙인 작가의 말에서 작품의 절반은 아내가 써준 것이라고 공을 나누었다.

"세상이 얼어붙었던 전두환 정권 초기에 소설 『태백산맥』을 쓰려고 할 때 다가올 위협이 두려웠어요. 집사람에게 이런 고민을 털어놓았죠. 분명히 소설로 인해 불이익을 당하고 피해를 보게 될 터인데 그때 견딜 수 있겠냐고 물었지요. 그랬더니 아내가 '당연히 작가가 써야 할 것은 써야지, 정치적, 사회적으로 압박을 받는다고 해서 피해버린다면 말이 되느냐'고 격려를 해줬어요. 그리고 이십 년 글쓰기를 계속하도록 뒷바라지를 해주었습니다."

김초혜 시인은 시집을 아홉 권이나 냈다. 이중 『사랑굿』은 시집으로서는 전무후무하게 백만 부 이상 팔려 베스트셀러가 되었다. 사진기자가 왔을 때 같이 사진을 찍으라고 권유하자 조씨는 "저 사람은 평생 매스컴에 얼굴을 안 내밀어요. 그게 저 사람이 살아가는 방법입니다"라고 말했다.

— 김초혜 시인의 시 중에서 가장 좋아하는 작품을 하나 소개해주시죠.

「어머니」입니다.

「어머니」의 전문은 이렇다.

한 몸이었다
서로 갈려
다른 몸 되었는데

주고 아프게
받고 모자라게
나뉘일 줄
어이 알았으리

쓴 것만 알아
쓴 줄 모르는 어머니
단 것만 익혀
단 줄 모르는 자식

처음대로
한 몸으로 돌아가
서로 바꾸어
태어나면 어떠하리.

―출판사도 경영했다지요.
교사생활을 그만두고 원고료 가지고는 못 사니까 글만 전문적으로 쓰기 위해서는 경제력 확보가 필요하다는 생각을 했지요. 1978년부터 출판사를 제가 직접 경영하다가 1980년에 그만뒀어요. 세끼 밥만 먹고 한 이십 년 먹고살 돈을 그때 벌었어요. 내놓는 것마다 만 부 이상 삼, 사만 부씩 팔렸어요. 집사람 일 년 후배인 방송작가 김수현씨 소설도 냈고…… 출판사를 하기 전에는 『소설문예』라는 포켓북 잡지를 해봤는데 잘 안 돼서 일 년 만에 경영권을 넘겨버렸죠.

애비의 고통을 느껴라

조씨에게는 외아들이 있다. 자식을 많이 두면 글쟁이 해서 먹여살리기 힘들 것 같아 딱 하나만 두었다고 했다.

"이처럼 독자를 많이 만날 줄 알았더라면 서넛 둘 걸 그랬어요"

아들이 대학생이 됐을 때 『태백산맥』 전문(全文)을 원고지에 베끼라는 숙제를 내줬다. 삼 년 전 시집온 며느리한테도 같은 숙제를 내 『태백산맥』을 여섯 권째 원고지에 정서하고 있다.

"소설을 통독하고 나서 한 문장 한 문장 옮겨 베끼면 역사, 인물, 세상에 대한 이해, 문장공부 등 얻어지는 것이 한두 가지가 아닙니다.

며느리도 자식입니다. 애비가 쓴 작품이 어떤 고통 속에서 이루어졌는가를 천분의 일이라도 알려면 한 번은 베껴봐야 합니다. 저작권은 작가의 사후에도 오십 년 동안 보장됩니다. 값진 노동의 대가를 한푼이 됐든 두 푼이 됐든 간에 받으려면 애비가 바친 순수한 고통의 질감을 느껴봐야 될 것이라고 생각했습니다."

(『신동아』, 2002년 7월호)

바탕과 뿌리

　첫번째 산문집을 엮는다. 올해로 작가생활 삼십삼 년이 되었다. 그 동안 소설을 써오는 틈틈이 이런저런 산문들을 썼다. 소설쓰기를 잠시 멈추고 있는 여유 속에서 그것들을 정리하고 간추렸다. 그리고 새로 쓴 것들도 얼마쯤 곁들였다.

　그 동안 많은 독자들이 소설 밖의 작가에 대해서 알고 싶어했다. 나로서는 감당하기 힘겹게 밀려드는 강연 요청도 그 일환이었다. 그리고 문학에 대한 질문들도 적잖았다. 이번 산문집이 그런 궁금증들을 다소나마 풀 수 있게 되었으면 한다.

　여기에 실려 있는 산문들은 나의 생각들을 꾸밈없이 적은 것들이다. 그 글들을 통해서 내 소설들의 바탕과 뿌리를 좀더 구체적으로 이해할 수도 있지 않을까 싶고, 내 의식의 나무가 어떻게 가지들을 뻗고 있는지도 짐작하고 헤아리게 되지 않을까 싶다.

　글의 형식상 소설이 작가를 가능한 한 은폐하는 것이라면 산문은 어쩔 수 없이 작가를 노출시키지 않을 수 없게 된다. 그런 측면에서

산문은 솔직하되 작가 자신에게는 부담스러운 글일 수도 있다. 그러
나 그 진솔함 때문에 소설가의 산문은 소설 작품 못지않게 필요한 것
으로 여겨지기도 한다.

문학동네와의 오랜 약속을 이제야 지키게 되어 기쁘다. 깨끗하지
못한 원고들을 정리해 책으로 엮어내느라고 애쓴 문학동네 식구들에
게 고마움을 표한다.

2002년 겨울
조정래

문학동네 산문집

누구나 홀로 선 나무
ⓒ 조정래 2002

1판 1쇄 │ 2002년 12월 30일
1판 12쇄 │ 2020년 3월 27일

지은이 조정래
펴낸이 염현숙
책임편집 김현정 조연주 장한맘
마케팅 정민호 박보람 우상욱 안남영
홍보 김희숙 김상만 오혜림 지문희 우상희 김현지
제작 강신은 김동욱 임현식 │ 제작처 (주)상지사 P&B

펴낸곳 (주)문학동네
출판등록 1993년 10월 22일 제406-2003-000045호
주소 10881 경기도 파주시 회동길 210
전자우편 editor@munhak.com │ 대표전화 031)955-8888 │ 팩스 031)955-8855
문의전화 031) 955-3576(마케팅) 031) 955-8864(편집)
문학동네카페 http://cafe.naver.com/mhdn

ISBN 89-8281-619-4 03810

www.munhak.com